Kjerringer

Roman

GYLDENDAL

Utgitt første gang 2011
I Gyldendal Pocket 2012
2. opplag 2012

www.gyldendal.no

Printed in Lithuania
Trykk/innbinding: UAB Print-it, Litauen 2012
Sats: Type-it AS, Trondheim 2012
Papir: 55 g Bulky Creamy (2,0)
Omslagsdesign: Blæst / Terese Moe Leiner

ISBN 978-82-05-42290-2

Alle Gyldendals bøker er produsert i miljøsertifiserte trykkerier.
Se www.gyldendal.no/miljo

Hae feminae vincent mares[1]

---
[1] Det finnes en oversikt over og en oversettelse av latinen som er brukt, bakerst i boken.

Prologus

Innsiden av øyenlokkene har en behagelig mørkerød farge, og i noen sekunder kan han innbille seg at han sover. Men han vet altfor godt at han ikke er hjemme i sengen sin. Han ligger på bakken. Sleipt høstløv kleber seg mot den nakne korsryggen der skjorten har glidd opp, og mot den øverste delen av baken der buksen er trukket ned. Det ene buksebenet ligger langs bakken som et tomt hylster. Bena hans er bendt fra hverandre. Han kjenner den fuktige kveldsluften mot det blottlagte kjønnet. Bakken under ham er kald, det ene låret er vætet av hans egen urin. Det verker i hode, armer og ben. Over ham står fire kvinner kledd i lange fløyelskapper. Nå hever den høyeste av dem den høyre hånden, som holder en blank saks. Hun klipper demonstrativt i luften, og lyden får alle fire til å bryte ut i latter. Hvem er de? Hvem er disse kvinnene? Han blar fortvilet gjennom hjernens erindringsarkiver, men får ingen treff. Eller er det noe kjent med den mørkhårede? Den store, blonde kvinnen bøyer seg ned mot ham. Ett sekund ser han rett inn i ansiktet hennes. Hun smiler som en engel. Er hun gal? Er hun fullstendig sinnssyk? Han kniper igjen øynene, men denne gangen er det umulig å forestille seg at han sover. Han forsøker å krøke seg sammen, snu seg, klappe sammen bena, men han er ute av stand til å bevege seg. De har tjoret ham fast, slått pæler ned i bakken. Han ligger sprikende, som et hjelpeløst kryss. Han kjenner det skarpe metallet mellom lårene, på ny hører han en lys, støyende latter, så blir alt enda mørkere, og kanskje kan han igjen drømme at han ligger hjemme i sengen sin.

I halvmørket og med den lange kappen ser Jenna ut som en statue hugget i granitt. Høy og kraftig. Steinhard, uangripelig og stødig. Men da Celeste hadde trukket ned buksene til mannen, hadde Jenna måttet brekke seg og svelget sure, halvfordøyde rester av eplebrennevin. Først da hun viklet saksen ut av et lysegult halstørkle med små rosa sitroner, kjente hun det hun på forhånd trodde hun skulle kjenne: Hun var rasende. Det er hun ennå. Rasende og redd. Det som stiger opp i henne da hun beveger tommelen fra de andre fire fingrene og får den tunge saksen til å åpne seg, er annerledes enn alt annet hun foreløpig har erfart, og det skremmer henne. Hun nøler idet metallet kommer i kontakt med mannens kropp. Så ser hun opp, og de fire kvinnenes blikk møtes i luftrommet over mannen. De andres øyne er gule, gule med sorte ellipseformede pupiller. Ser hennes øyne også slik ut? Hun vet ikke. Hun klemmer saksen sammen.

Lectio I – In médias res

Celeste Ringstad satt på huk oppå en mann som i sin tur lå oppå et spisebord. I samme sekund som akten var over, rettet Celeste sin slanke kropp, tøyde armene bakover, sukket som etter en vellykket arbeidsøkt og begynte å snakke om hva hun skulle gjøre senere på kvelden.

– Kaster du meg ut nå? spurte elskeren hennes. For tiden holdt Celeste seg med en smekker tannlege.

– Ja, svarte Celeste, trædde seg av ham og hoppet ned fra spisebordet. Hun ble stående ved siden av bordet og fikle tankespredt med tannlegens halvstive lem mens hun så smilende fremfor seg.

– Kunne man få en aldri så liten drink før man blir kastet ut i høstmørket? spurte tannlegen, satte seg opp og kikket bort på Celeste. Hvis man så bort fra hoftene hennes, noe som falt ham vanskelig i og med at det var et par usedvanlig vellykkede hofter, var det nok huden hennes som fascinerte ham mest. Hun var glatt og helt hvit, så å si uten føflekker eller andre ufullkommenheter. Den høyre hånden hennes lå fremdeles mellom lårene hans. Du, det er ikke mer å hente der i dag, sa tannlegen. Celeste smilte, slapp taket og gikk bort til sølvbrettet med karafler og flasker. Hun hadde på seg behå og intet annet, en forseggjort behå med mye blonder. Den første gangen de hadde elsket, hadde tannlegen forsøkt å hekte den av henne, men hun hadde føyset ham vennlig unna. Du pakker vel ikke opp alle gavene på julaften på én gang, hadde hun spurt, vær litt tålmodig! I dag hadde han prøvende pillet på en av skulderstroppene, og hun hadde smilt og lovt at neste gang, da …

– En konjakk? sa hun og snudde seg halvt.

– Jeg drikker jo alltid whisky, svarte tannlegen. Han så på henne, halvt fornærmet, halvt beundrende.

– Det er ikke så lett å holde dere fra hverandre, opplyste Celeste vennlig, fant frem et krystallglass og skjenket whisky til ham. Nei, det var ikke huden, ikke hoftene heller, tenkte tannlegen, det var hennes suverene holdning. Celeste virket så glad, så tvers igjennom fornøyd med seg selv. Hun slentret gjennom livet, plukket med seg de gavene hun snublet over på veien, tok tilsynelatende ingenting alvorlig. Det gjorde henne vakker. Han smilte til henne og tenkte at han kjente henne så godt. De få gangene han og Celeste hadde møttes, hadde brakt dem så nær hverandre. Men nå hadde det seg slik at tannlegen tok grundig feil, han kjente overhodet ikke Celeste. Han var ikke flink til å lese henne (han var i det hele tatt ikke god til å lese kvinner, noe hans kone hadde lidd under i mange år), og Celeste var usedvanlig flink til å spille. Men på en måte hadde han rett: For det han observerte, var en god beskrivelse av Celeste slik hun hadde vært. Slik hun hadde vært for inntil åtte måneder siden. *Du har et vakkert ansikt, og det smerter meg mer enn du aner, å måtte ødelegge noe så fullendt. Men du forstår at jeg må det. Du skulle aldri ha gjort det, Celeste.*

10

Han hadde tilbudt å kjøre henne, men Celeste sa at hun ville kjøre sin egen bil. I virkeligheten hadde hun slett ingen bil, men akkurat nå kunne hun ikke bli kvitt ham raskt nok. Tannlegen forsvant i en traust Volvo. Da stasjonsvognen hans ble borte rundt hjørnet, slo to tanker Celeste: Jeg lurer på hvordan kona hans er, og jeg lurer på om jeg skal fortsette å møte ham, eller om det kanskje er på tide å bytte beite, skifte til en ny, grønn eng, gnage i seg friskt gress. Så tenkte hun ikke mer på tannlegen. Hun hadde uansett alltid Bjørn, trygge, forutsigbare Bjørn; hun kjente et lite knepp av begjær i underlivet ved tanken på bred brystkasse og dyktige hender. Bjørn var en kombinasjon av lettvint og energisk. Det var egenskaper som tiltalte Celeste, og som gjorde ham til en dyktig og anerkjent journalist. Så gled Bjørn vekk, og redselen steg opp i henne igjen, fylte henne, druknet lysten hun akkurat hadde hatt. Ikke tenke på det, ikke tenke. Ikke la det styre livet ditt. Ikke la ham vinne. Ikke tenke på det.

Senere i kveld skulle hun besøke Sebastian, hennes kjære Sebbe. Hun snudde seg og så om hun skimtet noe bak gardinene i leiligheten hans. Han kunne stå i timevis og speide ut. Men i dag var det ingen ivrig vinkende Sebbe der, ingen som banket takten av en ABBA-sang mot ruten. Hun vinket likevel, det hendte han satte seg ned med haken mot vinduskarmen og lekte gjemsel med verden, som han selv kalte det. Nei, hun måtte se å komme seg av gårde, hun skulle en tur innom jobben først også. Hun vinket igjen, fingrene var allerede stive av kulde. Hanskene hadde hun visst glemt oppe i leiligheten.

Hun begynte å se etter en drosje, og i full overensstemmelse med det hellet som preget mye av Celestes liv, kom det i samme sekund kjørende en ledig bil nedover gaten.

Sjåføren hoppet ut og åpnet galant døren. I et kort sekund tror hun at det er *ham*, samme mørke håret, samme rette skuldre, og hun kjenner hvordan hendene hennes blir numne, begynner å skjelve, men så ser hun at det selvfølgelig ikke er det, bare en vanlig, hyggelig taxisjåfør. Hei sveis, hilste sjåføren, bare jump inn.

Hun måtte ikke la *ham* ta overhånd. Ikke tenke, ikke tenke. Fokusere på noe positivt. Hun frøs, men hun var grundig tilfredsstilt. Tannlegen? Nei, hun gadd ikke tenke på ham, da heller på Sebbe, lyset i Sebbes øyne når hun kom på besøk. Hun satte seg inn i baksetet, sa til sjåføren hvor hun skulle. Hun kunne tenke på kurset. Hun var spent, hun gledet seg. Det begynte klokken syv. Hun regnet med at hun var for sent ute. Det var hun alltid. Det har jeg vært fra første sekund, pleide hun å si når temaet ble brakt på bane (gjerne når hun andpusten og rødkinnet kom forsinket til en avtale), og da mener jeg fra *første* sekund, og så fortalte hun historien om fødselen sin, og så glemte folk at hun hadde kommet for sent, og i stedet tenkte de at Celeste Ringstad, hun er jommen en sjarmerende kvinne. Det var få som forble upåvirket av Celeste når hun gadd å anstrenge seg. Hun skulle til å spørre sjåføren om klokken, men fikk i det samme øye på det digitale uret på dashbordet, og hun regnet seg fort frem til at hun ikke kom mange minuttene for sent. For nå var hun snart ved jobben, hun skulle bare styrte inn, rive med seg noen papirer hun ble nødt til å lese igjennom til i morgen (hun krysset fingre for at Kåte-Karl ikke jobbet sent i dag). På plass i bilen igjen! Ingen Karl Hebbern. Alt i orden! Sjåføren hadde satt på en arabisk diskolåt, hun så ut av vinduet og gledet seg. De hadde begynt på stigningen opp fra byen. Det var nesten ingen mennesker ute. De kjørte forbi en gammel dame som var ute og luftet hunden sin, begge var utstyrt med like refleksvester. Celeste smilte. På en rasteplass med utsikt over byen drev noen fugler og drog utover rusk og rot fra en søppelkasse. Hun lukket øynene, lente seg bakover og plystret falskt og fornøyd til musikken. Sjåføren smilte til henne i sladrespeilet. Celeste smilte tilbake.

*

Bak henne tutet det irritert. Jenna Hilmarsens bil knaket i sammenføyningene og sang alltid på siste vers før den på mirakuløst vis ble reddet og dermed fikk forlenget livet frem til neste sammenbrudd. Faren til datteren hennes hadde en langstrakt firmabil som, når den stod ved siden av Jennas lille, alltid så hoverende ut. Ser du at den liksom smiler nedlatende til bilen min? hadde Jenna spurt en dag. Nei, svarte han som var Jennas datters far. Strengt tatt var jo Julia ikke bare Jennas datter, men hans datter også, men det var så lett å glemme. De glemte det ofte, alle tre.

Faren til Jennas datter tjente mye penger på å selge vitaminsjiraffer og vitaminelefanter (fargerike gelédyr sprøytet fulle av C-, D- og E-vitaminer som foreldre med dårlig tid og samvittighet syntes de måtte kjøpe), og gjerrig hadde han aldri vært. Jenna hadde sitt eget lille datafirma, og hun hadde ambisjoner om å gjøre det skarpt på børsen. Foreløpig gikk ingen av delene særlig bra, og hun tjente ikke all verden. Dessuten hadde Jenna en trang til å føle seg økonomisk ovenpå også i tilfeller der hun slett ikke burde det; dette førte til at Jenna og Julia tok seg råd til en masse, mens de for eksempel var uten vaskemaskin i flere

13

måneder da den gamle bukket under (og da de endelig kjøpte en ny, valgte Jenna en modell med all verdens finesser og alle tenkelige programmer). Jenna likte avanserte strykejern, små bærbare PC-er, elektroniske kalendre; hun kjente til alle mulighetene til den mobiltelefonen hun til enhver tid hadde, hun hadde utforsket dvd-spilleren og var aldri i tvil om hvordan hun skulle forhåndsinnstille opptak eller regulere bildebredden på skjermen. Hun gjemte på tilbudskatalogene fra el-varebutikkene. Hun elsket å lese bruksanvisninger. Som barn hadde hun foretrukket puslespill og Lego fremfor dukker. Før hun begynte på skolen, satt hun og skrev lange papirremser med tallrekker på; i begynnelsen hadde hun lagt til et tall (1, 3, 5, 7, 9, 11 eller 1, 5, 9, 13, 17, 21), senere hadde hun moret seg over mer avanserte rekker, der hun først la til, siden multipliserte. Tall og logikk tiltalte henne, i førsteklasse kunne hun uten vanskeligheter ramse opp alle primtall til og med 113. Jennas mor – Johanna – så på henne med undring, men sa ingenting. Den julen Jenna var åtte, gav hun henne en bok om numerologi, hun håpet vel at Jennas sans for tall kunne brukes til noe nyttig. Johanna bekymret seg ikke for datteren. Jenna hadde allerede lest flere bøker om heksekunst og var tydelig tiltalt av også det temaet.

Da Jenna var i midten 20-årene, ble prisene på Commodore 64 nesten halvert fra én måned til en annen. Den gleden Jenna kjente da hun satte seg foran sin egen datamaskin for aller første gang, nådde ikke på noen måte opp til det hun kjente da Julia flere år senere ble lagt i armene hennes, men det var på det tidspunktet det sterkeste hun hadde opplevd.

Penger bekymret aldri Jenna. Hun hadde aldri skjønt vitsen med dyre klær. Stoler og sofaer var til å sitte i. Kartongrødvin og vanlig, norsk mat var mer enn bra nok. Og håret ble da akkurat like rent om hun vasket det i sjampo kjøpt på Rimi. (Det er fremdeles litt igjen i flasken. Den er utrolig drøy, svarte Jenna alltid når frisøren prøvde å prakke på henne et helt batteri av sjampo, balsam, voks og spray etter klippen.) Og de gangene hun virkelig trengte penger, når det så som mørkest ut, dukket det alltid opp en løsning. Ofte var det Johanna, hennes høyt elskede mor, som trådte til. De bodde i samme hus, alle tre, og hos Johanna var det alltid en godbit i fryseren. (Det hadde i hvert fall vært sånn frem til nå, men i det siste hadde det ikke vært mye hjelp i Johanna, og i fryseren hennes hadde Jenna uken før funnet en bærepose med kjøkkenredskaper: sleiver, slikkepotter, en kjevle, stekespader, en hvitløkpresse.) Ja, det ordnet seg alltid. Hun og Julia ble invitert ut på middag, eller på ferie hos en fjern slektning. Et par ganger hadde hun til og med solgt aksjer med gevinst, på nøyaktig riktig tidspunkt. Og hvis ingenting kom, og det ble kjedelig med posetomatsuppe og pannekaker, uutholdelig med voksende skittentøyhauger, tok hun villig imot et «lån» fra Julias far. Hans egen kroniske mangel på tid gjorde at han med glede gav Jenna de pengene hun bad om. «Alt ordner seg» var kanskje ikke Jennas valgspråk, men det var i hvert fall hennes erfaring.

Jenna var bokstavelig talt vokst opp i morens butikk, «Johannas svartekunst og kunsthåndverk». Butikken lå på et hjørne like ved Telthusbakken. Bak selve butikklokalet lå et lyst værelse som Johanna hadde møblert med først to senger, senere tre; her kunne tre generasjoner Hil-

15

marsen-kvinner overnatte hvis de ville, og her hadde hun plass til både vev og staffeli.

Julia elsket mormors butikk, men Jenna var sant å si en smule lei av den – selv om hun fremdeles syntes det var fint å komme dit en gang iblant. Ute i butikken var det smårutete vinduer og brede, slitte planker på gulvet. Bakerst i rommet, fra en takbjelke, dinglet en hengestol i en tykk, klirrende kjetting. For øvrig hang det tett i tett med engler, krystaller og drager i gjennomsiktige tråder ned fra taket. Høye kunder måtte bøye seg hvis de ikke ville ha overnaturlige vesener i pannen. Om vinteren varmet en gammel svartovn fra Gjøvik jernstøperi opp butikken, om sommeren ble døren holdt åpen av en tung frosk i messing. Johanna hadde fylt nesten en hel vegg med garn i alle regnbuens farger, langs gulvet stod en rekke kurver med heklede luer, strikkede skjerf og vanter. På veggen midt imot butikkens største vindu hadde hun plassert alle billedvevene og maleriene sine. En enorm plakat med zodiaken hang innrammet bak disken. En lutet hylle var fylt med bøker om heksekunst, svartekunst, engler, naturfarge, helsekost, økologisk vin; på toppen balanserte et dusin dekorerte strutseegg. Johanna bød kundene på skoldhet urtete om vinteren og kjølig hyllebærsaft om sommeren.

Da Julia ble født, ble det til at hun tilbrakte nesten like mye tid i butikken med mormor som hjemme med Jenna. Jenna hadde på det tidspunktet akkurat startet datafirmaet Blåstjernen (med en femtagget, blå stjerne som logo). Og selv om ingenting kunne måle seg med Julia, var Jenna ualminnelig stolt over det nystartede firmaet sitt.

Jenna hadde hjulpet til i morens butikk og arbeidet i barnehage i mange år. Tiden hadde gått, og hun hadde aldri fått begynt på noen utdannelse. Hun var fornøyd som hun hadde det, og hva skulle hun egentlig starte på? Skulle hun bli førskolelærer? Bibliotekar? Sykepleier? Nei, Jenna klarte aldri å bestemme seg. Men mens hun gikk gravid med Julia, og hun ikke orket løftene i barnehagen eller å stå bak disken hos moren, visste hun det med ett: Hun ville starte et datafirma. Og da hun først hadde truffet den avgjørelsen, arbeidet hun strukturert, med entusiasme og svulmende mage, høy på hormoner og et etterlengtet siktemål. Da Julia kom en lys julinatt, var Blåstjernen født noen uker i forveien.

Jenna sov ikke stort de første månedene. Hun ville være mest mulig sammen med Julia, samtidig som hun virkelig ønsket å få firmaet til å gå rundt. Og det var her Johanna kom inn i bildet. Julia kan være hos meg så mye du vil, sa Johanna. Du må ta vare på deg selv, Jenna, sa Johanna. Slik gikk det til at Julia fra hun var et par måneder gammel, begynte å være nesten like mye hos Johanna som hos Jenna. Jenna ammet, sang og bar Julia tett inntil kroppen sin. Johanna sang, bar henne tett inntil seg og hvisket om troll, hekser, feer og skrømt. Jenna sov med Julia i sengen sin. Johanna strikket en bitte liten genser i hvit ull med en blå stjerne på fronten.

Julia hadde ligget på ryggen i vognen og kikket opp på alt som svevet og glitret over henne, hun hadde blitt båret tett inntil Johannas kropp i en afrikansk batikkbæresele. Hun hadde strukket ut hendene og forsøkt å fange de dansende refleksene etter krystallene. Hun hadde lekt at bestemoren var en hest, og Johanna hadde vrinsket og galoppert på fortauet utenfor butikken. Hun hadde vokst opp med lukten av røkelse og dampen fra brenneslete, blitt klappet på hodet av vennlige hender med enorme ringer

17

og raslende armbånd. Hun hadde lært å lese ved å kikke i en astrologibok med mørkeblå sider og gulhvite bokstaver. (*Vannmann* var det første ordet hun gjenkjente. Å, så krye de hadde vært, alle tre! Store-Ja, Mellom-Ja og Lille-Ja.)

Jenna så moren sin nesten hver dag. Og kanskje var det det? At hun så henne for ofte? Så ofte at hun egentlig ikke så henne? For en dag for bare noen måneder siden la Jenna med ett merke til hvor *liten* moren var blitt. Og når hun først hadde sett det, syntes Jenna at Johanna ble mindre og mindre for hver gang hun så henne. Johanna hadde alltid vært en høy og kraftig kvinne, og Jenna hadde arvet både høyde, volum og energi fra henne og ikke fra den spinkle, forsagte faren. Men nå ble Johanna mer og mer sammensunket, tørrere og mindre, og samtidig som musklene hennes svant, ble også livskraften borte. Språket hennes gikk gradvis i oppløsning, hun begynte å bruke litt gale ord i litt gale sammenhenger, samtidig som det hun sa, mer og mer dreide seg om nokså perifere ting.

Julia hadde lagt merke til det samme, for før Jenna hadde fått snakket ordentlig med henne om mormor, spurte Julia en dag: Når ble mormor egentlig en gammel dame? Jenna sukket: Jeg vet ikke, svarte hun. Nei, Johanna hadde ikke lenger sitt skarpe intellekt og sin frekke tunge. Hun ble opptatt av det hun før ville ha ledd av og kalt ubetydeligheter (at hjemmehjelpen kom på ulike tidspunkt hver dag, at det ikke lenger var mulig å få tak i den typen leverpostei hun alltid hadde spist, at abonnementet for fasttelefon var blitt så dyrt). Hun snakket om disse temaene om igjen og om igjen, utbroderte dem, gjentok de samme detaljene. Interessen for det som

18

skjedde i samfunnet, for litteratur, for Julia, alt forsvant, eller krympet til et minimum. Noe satt likevel igjen, men fikk uventede utslag: Johanna hadde alltid hatt en viss sans for det bisarre, og Jenna hadde gledet seg med henne da Johanna en dag hadde plantet pelargoniaer i alle kasserollene, og hun hadde hjulpet moren å flytte den ene over i en suppeterrin, slik at moren hadde noe å koke potetene i (Jenna, jeg forstår det ikke. Jeg skulle til å sette over potetene, men noen må ha tatt alle grytene og kasserollene mine!). Hun hadde takket pent da Johanna etter flere dagers innsats foran symaskinen høytidelig hadde overrakt Jenna fire nattsvarte fløyelskapper. Den ene har jeg laget både kortere og videre, påpekte Johanna strålende, og Jenna hadde nikket, takket igjen og umerkelig stappet kappene inn i skapet der hun og Julia oppbevarte skitøy. Men hun var blitt virkelig redd da Johanna en dag hadde tent på alle stearinlysene hun hadde funnet. Hun hadde brukt opp lysestakene og satt telys i kaffekopper, på skåler og noen rett på bordet. Moren hadde smilt strålende og nikket forståelsesfullt da Jenna blåste ut lysene som stod tettest opp mot gardinene.

Det var en uvanlig kald høstdag, og inne i bilen var det nøyaktig like isnende kaldt som utenfor. Hun trykket inn bryteren for setevarme, men visste at hun knapt ville kjenne det før hun var fremme. Det begynte klokken syv. Hun vred på kåpeermet for å forsøke å finne ut hvor mye klokken kunne være nå, men hun kom til å svinge rattet altfor mye til venstre, bilen skar ut, og hun gav opp. Varmeapparatet hadde ikke virket på måneder, og frontruten hadde et kompakt lag dugg. Bak Jenna tutet det igjen. Et utslag av overflødig testosteron, regnet hun med.

19

For foran henne lå en skog av saktebevegende røde baklys, konturløse røde soler, akvarellmaling på altfor vått papir. Hun strakte frem en bevantet hånd og forsøkte å fjerne det verste i synsfeltet. Det hjalp. Men det var ennå et stykke igjen. Køen slanget seg sakte gjennom sentrum. Godt hun ikke hadde dårlig tid. Jenna hatet å kjøre bil, og nå kom et hetebølgeanfall krypende oppover ryggen hennes også. Og så akkurat nå, Jenna puttet den ene hånden i munnen, tok tak med tennene og fikk dratt av seg vanten, gjentok prosedyren med den andre hånden og fikk også løsnet på skjerfet. Hun hadde bitt tennene sammen og holdt ut med menstruasjonsplager i form av kramper og ryggsmerter fra hun var tretten; hun hadde jublet da hun ble kvitt det, bare for å oppdage at de var blitt erstattet med uforutsigbare svettetokter, overoppheting og kvalmebølger. Men når det var sagt, så var Jenna først og fremst fascinert av kroppen sin. Her hadde den tikket og gått, produsert egg trofast hver måned i nesten fire desennier. Da hun var gravid med Julia, hadde kroppen hennes stilt opp og sørget for gunstige vekstvilkår for fosteret, et sinnrikt matingssystem porsjonerte ut næring og fikk Julia til å vokse og utvikle seg. Og da Julia var moden, foldet Jennas kropp seg, slik at hun kunne komme ut, og straks begynte Jennas bryster å lage steril, passe temperert melk. Kvinnekroppen var som en maskin, en kompleks maskin, der alt var nøye gjennomtenkt og testet, der hver minste muskel og kjertel hadde funnet sin plass og sin misjon. Det var et urverk, det var som innmaten av en datamaskin. Bare enda bedre. Hadde det bare ikke vært for denne hersens varmen, svetten – et vifteanlegg under brystbenet hadde kanskje ikke vært så dumt?

Der tok hun endelig fatt på bakkene opp mot Ekeberg.

Hun tydde til det gamle knepet: Hun nynnet en munter melodi. Hun gjenkjente den ikke. Ja, ja, det måtte være noe hun hadde hørt på radioen en gang. Hun likte den i hvert fall. Hadde Jenna vært interessert i klassisk musikk og dermed kunnet navnet på 1700-tallskomponister og wienerklassisistene, hadde hun visst at det var Haydns trompetkonsert i Ess-dur. Og det var da hun fikk øye på dem: Fire kråker som satt på et bord. Hun så dem tydelig selv om rutene fremdeles var duggete. Hun smilte. Der var de endelig, ja! Akkurat slik hun alltid hadde forestilt seg. Hun satte bilen i tredje gir og nynnet videre.

*

Frøydis Bruns bil lå like etter Jennas, men hun kjørte rett forbi kråkene uten å legge merke til dem. Den ene kråken hadde akkurat slått ut vingene og flakset fra bordet opp på toppen av søplekassen.

Frøydis kjørte en bil av solid tysk kvalitet. Hun var ute i god tid. Å komme for sent lå ikke for henne. Samtidig var hun ikke typen som møtte nervøst opp på flyplassen tre timer før flyets avgang. Hun sløste ikke med tiden. Vi har alle bare et visst antall minutter til rådighet på denne jord, og hun ville bruke hvert eneste minutt på en fornuftig måte. Frøydis beregnet korrekt og kom alltid presis. Nystrøket, velstelt, forberedt.

Hun hadde fått disse kurskveldene i gave fra Anders. Hun hadde sett spørrende på ham, kanskje til og med løftet det ene øyenbrynet på en måte som antydet at hun ikke syntes gaven var spesielt vellykket.

– Én gang i uken i tolv uker, sa Anders. – Du fortjener det.

21

Det venstre øyenbrynet hennes hevet seg enda en milli-meter da han sa «Du fortjener det» helt uten ironi.

– Jeg mener det, sa Anders. – Jeg skal ha aftensmaten klar til du kommer. Hjemmepreparert og lekkert! Kors på halsen! Og ikke coq au vin, føyde han til. Det gjorde utslaget: utsiktene til et måltid med ham rett etter kurset, og hun likte at han spøkte med hennes pasjon for mat. Og han husket at det eneste hun virkelig ikke kunne for-dra, var coq au vin. Mat hver gang var ingen dårlig deal. Hun håpet bare at han klarte å gjennomføre det. Anders var ikke alltid like flink til å følge opp alt han sa og lovte.

– Hver gang? forhørte hun seg, hun hadde streng stemme og ville gjerne overtales ytterligere. For første gang i sitt liv hadde Frøydis en mann, en mann som hun nesten kunne snurre rundt den fete lillefingeren sin.

– Hver eneste gang, forsikret Anders ydmykt.

Øyenbrynet falt på plass, og Frøydis klarte ikke lenger å holde smilet tilbake.

– Ja vel, da, sa hun, og helt uten forvarsel satte hun hendene i brystkassen hans og dyttet ham ned i sofaen, stupte etter og kysset ham på hakene.

– Har du fortalt meg at du elsker meg, hvisket hun med nesen begravd i andersk hakehud. Det luktet nydelig og kjentes som en blanding av stivt semsket skinn og fint sandpapir.

– Nei, hvisket han tilbake, – det er iallfall flere minut-ter siden. Tror du jeg gjør det fremdeles? Han la armene rundt henne, kysset henne på kinnene, som var myke, men likevel spretne og runde som to middels store gummibal-ler. Hun svarte ikke, men merkelig nok så trodde hun på

22

ham. Før Anders hadde hun vært overbevist om at ingen mann noensinne ville si noe slikt til henne.

Nå satt hun i bilen på vei til presangen. Og hun angret allerede. Hvorfor vil jeg dette når jeg kunne ha vært hjemme med Anders, sittet inntil ham, spist ostesmørbrød med gruyère som hadde rent ned fra brødskiven og stivnet i uimotståelige hasselnøttbrune ostebobler? De kunne ha ligget ved siden av hverandre, på ryggen i hver sin ende av sengen og så kunne de ha lekt sin selvpåfunne opera mints-lek som gikk ut på å knipse flest sjokoladepastiller i samme farge i hverandres kroppsdalsøkk (– Jeg leder: Tre lilla i din navlegrop! – Næhei, jeg har fått inn fire hvite i lårsprekken din!). Deretter gjaldt det å spise de samme opera mintsene uten å bruke hendene. (– Det kiler! Stopp! – Et øyeblikk, babe, så kommer det til å kile mye mer.) Hun kunne lekt den leken nå! Hun kunne ha vært hos Anders akkurat nå. Hun skiftet gir, bilen gav fra seg en energisk bayersk motorlyd, og snart var hun fremme. Og det var jo søtt av Anders å tenke på deres fremtidige ferieturer (osso bucco, zabaione, bresaola, parmaskinke, minestrone!!), men det var da enda bedre å være hos ham? Frøydis slapp gasspedalen, skulle hun dra hjem?

– Kanskje det er en grunn til at du burde gå på dette kyrs, *mon ange, mon cœur.*

– Maman! ropte Frøydis glad, uten at leppene hennes beveget seg en millimeter. – Tror du virkelig det?

– At det er en grunn?

Stemmen snakket fort og slurvete og en tanke gebrokkent med umiskjennelig franske skarre-r-er, akkurat slik maman hadde gjort: – Ja, det tror jeg. Ikke snu.

– *Bon,* jeg går, avgjorde Frøydis. – Når du ber meg.

23

Hun lukeparkerte slik at fronten hennes endte nøyaktig 45 centimeter fra bilen foran og bakparten nøyaktig 45 centimeter fra bilen bak, så steg hun bestemt ut av bilen, trykket på nøkkeltegnet på fjernkontrollen, hørte at dørene gikk i lås, trakk pusten og gikk inn. Om 30 sekunder var klokken syv. Om drøye to timer var hun hjemme hos Anders igjen.

*

Førsteamanuensis, dr.art. Ella Blom glattet skjørtet over hoftene, vurderte om hun skulle gå sin ektemann i møte, men ble stående på kjøkkenet, passet nøye på at hoften var halvt vendt bort fra kjøkkenbenken, slik at han ikke skulle få hele bredsiden av henne mot seg idet han entret rommet, det var ikke mange dagene siden han hadde gitt uttrykk for at han syntes smalhoftede kvinner var tiltrekkende. Ella hadde aldri vært smalhoftet, men hun hadde da hatt pen figur. Hun så sitt eget speilbilde i den blanke hetten på kjøkkenviften. I sine mest selvforaktende øyeblikk syntes hun at hun så ut som en skate. Kroppen hennes, som med årene hadde mistet fettreservene, hadde forandret seg til å bli bred sett forfra, men smal sett fra siden. Som en skate, eller en hvilken som helst flyndrefisk på høykant. En flyndre – du overdriver alltid så grassat, Ella Blom! Det var for én gangs skyld en vennlig kommentar, men Ella var for dypt inne i negative tanker om eget utseende til å legge merke til det. Tankene durte videre: For lenge siden hadde hun hatt smilehull, nå var smilehullene transformert til to langsgående furer. Før hadde håret hennes skint og levd, nå hang det som … (hun stoppet opp for å finne et passende ord for å betegne hårets bedrøvelige tilstand) …

24

hyssing ned på hver side av skillen. Før hadde hun vært stolt av brystene sine, nå hadde hun pådratt seg *inclinatae mammae* – nei, den latinske termen var bare tilslørende, hun fikk kalle det ved sitt rette norske navn: hengepupper.

Ella stod med den smaleste siden vendt mot ektemannen. Hun hadde planlagt å si noen varme velkomstord, men begynte i stedet å svinge sjenert med hoftene som en skolepike. Hun tok seg sammen, stoppet hoftebevegelsene, men oppdaget at Peter antagelig ennå ikke hadde sett direkte på henne.

– Jeg skal snart gå, opplyste hun. – Og jeg har laget en tunfisksalat, hvis du vil ha.

Peter nikket.

– Jeg må gå hvert øyeblikk, fortsatte Ella. – Dette kurset, og det ..., begynte hun, men hun fullførte ikke setningen, og Peter spurte heller ikke. Han vendte det ene kinnet sitt i hennes retning, hun gikk opp på tå og kysset det. Hun kjente at det luktet svakt whisky av munnen hans. Han hadde akkurat kommet kjørende hjem, men hun sa ingenting. Det nyttet ikke, han fikk passe sin egen promille. Hun lukket et øyeblikk øynene før hun gikk ut i entreen og tok på seg ytterklærne. Hadde det luktet parfyme av ham også?

Kåpen var lang, i sort ull. Det var intet oppsiktsvekkende ved den – hvis man ikke så fôret: Ellas kåpe var fôret med natthimmelblå silke. Hun hadde sett den i en klesbutikk i Freiburg (der instituttet hadde hatt et seminar om rekonstruerte vokalforskyvninger i urgermanske substantiv), og hun hadde øyeblikkelig forelsket seg. Hun begjærte. Hun måtte ha. Det skjedde ikke ofte. Ella var ikke impulsiv. Men kåpen hadde smøget seg rundt kroppen hennes, det blå fôret hadde kjælt med henne, omsluttet henne og fått henne til å føle seg som en helt annen. *Wundervoll! Ganz fantastisch!*, sa ekspeditøren og slo hendene sammen slik man gjør når man skal karikere utlendinger. *Dieser Mantel ist ja wie für Sie gemacht*, fortsatte ekspeditøren. Ella strøk hendene over kåpestoffet, nikket, dro Visakortet, beholdt kåpen på, gikk tilbake til ettermiddagssesjonen – og ble forelsket for andre gang den dagen. Denne gangen begjærte hun en sveitsisk lingvist ved navn Marcel. Ella lot seg ikke forføre av Marcel. I stedet lot hun som om hun ikke forstod hentydningene hans, smilte høflig og gikk opp på hotellværelset sitt, der kastet hun seg ned på sengen, lot hendene gli over overkroppen, åpne knappene i blusen, kjærtegne brystene – hele tiden mens hun innbilte seg at det var Marcels hender. Så satte hun seg opp. Peter. Du er faktisk gift! Hun kunne ikke bedra Peter, selv ikke med en imaginær sveitser. Hun forbannet sin egen idioti, men kneppet igjen bluseknappene og satte seg med hendene tekkelig i fanget. Slik var hun: Hun kunne ikke onanere og tenke på en annen enn Peter, selv om hun var rasende på ham, lei av ham, til vanvidd tiltrukket av en annen mann. Hun hadde gode grunner til å anta at Peter hadde bedratt henne med en kollega. Kanskje det var løsningen? Hun lukket øynene og forestilte seg Peter i armene på denne ukjente kvinnen, hun så hvordan han kysset henne, grep om lårene hennes, og så snudde han seg mot sin kone og sa: Jeg trenger frihet. Jeg unner deg en elsker, Ella! (Det gjorde vondt å se Peter kysse en annen. Han ville aldri ha sagt noe sånt heller. Han hadde sagt de tre første ordene, men han kunne aldri ha sagt den neste setningen.) Hun ble sittende en stund med rett rygg før hun kunne fastslå at det fungerte. Hun kastet seg ned i sengen, lot hendene kle av seg, lot fingrene gjøre det hun ønsket at sveitseren skulle gjøre.

Nå, fire år etter, stod hun hjemme i entreen i den sorte ullkåpen med blått silkefôr og sendte en kort, aldeles a-erotisk tanke til Marcel, på vei til noe hun slett ikke gledet seg til. Hadde Peter spurt hva hun skulle, hadde hun smilt, satt seg ned og fortalt ham det. Hun rakk å spørre seg selv om Marcel ville ha sett på henne og spurt henne hva hun skulle, før hun avfeide tanken som tåpelig, umoden og irrelevant. Men hun skulle så ønske at Peter kunne ha spurt, og alt ville ha vært litt lettere. Ha det, ropte hun innover i leiligheten. Jeg burde ha sagt nei til dette kurset, tenkte hun, og ytterdøren smalt igjen bak henne.

Hun parkerte stasjonsvognen utenfor den gamle Sjømannsskolen, lente et øyeblikk hodet mot nakkestøtten før hun grep vesken og steg ut. Det hadde vært væromslag, og denne kvelden i september var det brått blitt så kaldt at hun hørte at det knaste i grusen, som om den allerede var frossen. Hun fikk et glimt av seg selv i ruten på den gamle glassdøren, en mørk skygge i alt det mørke. Hun stoppet ikke, men hun visste at hvis hun hadde stanset og smilt til seg selv (men hvorfor skulle hun gjøre det?), så ville hun ha sett en refleksjon av et regelmessig, men noe dratt ansikt – og av glitrende hvite tenner. Det følger noen fordeler med å være gift med en suksessrik tannlege som Peter Ditlef Hoff.

*

Ella åpnet døren inn til klasserommet (hun hadde sjekket værelsesnummeret utenfor og fastslått at det var det samme som hun husket fra informasjonsskrivet). Hun gruet seg til de to klokketimene som lå foran henne. På veien opp til Ekeberg hadde hun kjørt forbi fire kråker. Fire gråsvarte fugler som hadde vaglet seg på en benk, de satt ved siden av hverandre på rygglenet, og Ella syntes de stirret på henne da hun kjørte forbi. Ella roste seg av å være et rasjonelt menneske, men hun måtte innrømme at hun ikke stilte seg likegyldig til synet av de fire fuglene. Hun visste godt at *corvus cornix* ifølge folketroen varslet død, ulykker og sykdom, men akkurat disse fuglene til- talte henne. Hun visste også godt at hun ikke trodde på slikt, og at hun hverken hadde tid eller anledning til tøys nå. *Omen non accípio*. Så var hun forbi, og hun tenkte ikke mer på kråkene, bare på de to timene.

Hold ut, det er ikke noe verre enn mange andre ting du holder ut i livet ditt, sa hun til seg selv og åpnet døren helt opp. Mager trøst, la hun til.

Inne i rommet var det påfallende lyst og varmt, som i et drivhus. Hun registrerte at noen studenter (eller skulle hun si «elever», hun kjente ikke terminologien for kveldskurs) allerede var på plass, og at de så nysgjerrig på henne. Ella åpnet kåpen i halsen og peilet seg inn mot det provisoriske kateteret, og først da hun kom frem, nikket hun kort. I samme sekund kom en høy mann inn i rommet. Ella var i den alderen der man stort sett synes alle under tredve ser ut som gymnasiaster, men siden hun arbeidet ved et uni- versitet og stadig omgikkes unge mennesker, så hun godt at dette eksemplaret nok var i midten av 20-årene. Han var slank, iført olabukse og en dressjakke i tweed, han hadde en vertikal rynke mellom øyenbrynene, og han nik- ket selvsikkert tilbake til Ella, smilte til henne, som om nikket hennes hadde vært rettet bare mot ham. Han så seg rundt i halvsirkelen av pulter og valgte å sette seg ved siden av en helt ung gutt, som så fort opp på ham før han så ned igjen og fortsatte tyggegummityggingen. For en klisjé, tenkte hun, her har vi den kjekke, unge mannen, og her har vi sannelig tenåringen med uren hud og tyggegummi også. Den blanke tenåringshuden hans ble rød langt nedover halsen. Ella så moderlig på ham, selv om hun jo visste at han var så fordypet i egen sjenanse at han ikke la merke til det. Hva i all verden gjorde han på dette kurset?

Nå tok hun seg tid til å kikke på resten av studentene (elevene? – så avgjorde hun en gang for alle at hun ville bruke ordet *student*): Den eldre damen – hun måtte da være nærmere åtti? – hadde ikke sluppet henne med øynene ett sekund og hadde et forventningsfullt smil i ansiktet. Hun hadde satt seg nærmest tavlen, og foran seg hadde hun lagt en blokk med linjerte ark, blyantspisser og to nyspissede blyanter. Hun så ut som en ivrig elev første skoledag. Synet av henne gjorde Ella nesten glad, noe sa henne at dette var en kvinne med sans for grammatiske finesser; at hun i hvert fall kom til å være en pliktoppfyllende og flittig student, var ikke Ella det minste i tvil om.

To andre kvinner satt vis-à-vis den gamle damen, men kjente hverandre åpenbart ikke. Den ene var kraftig overvektig, hun så ut til å være i begynnelsen av 30-årene. Ella studerte henne diskré samtidig som hun begynte å ta av seg den sorte kåpen med det nattblå fôret. Ella ble frastøtt av kroppen hennes, men likevel tiltalte den fete kvinnen henne umiddelbart. Hun virket myndig, var eksklusivt kledd, men så ut til å være blottet for selvhøytidelighet. Ella skjente på seg selv mens hun omhyggelig brettet kåpen sammen slik at det blå fôret skjultes: Herregud, nå var hun i gang igjen. Skjerp deg, Ella Blom! Hun behøvde bare å

29

kaste et blikk på et menneske, så begynte historiene å rulle oppe i hodet hennes. Hun klarte ikke å la det være, hun måtte se på den overvektige igjen: Over stolen lå en beige kåpe som tydelig tilhørte henne, innsiden var delvis blott-lagt, og en liten lapp med et kjent italiensk designermerke var synlig. Et nydelig klesplagg. Men hun var usedvanlig tjukk. Hun hadde bulker og valker overalt. Og det var vel en viss sannhet i dette med at overvektige hadde dårlig selvkontroll?

Ella fisket frem papirene fra vesken, satte mobilen på lydløs og flyttet blikket til kvinnen ved siden av. Hun kunne vel være omtrent på Ellas egen alder, kanskje noen år eldre. Hun var langt fra noen klassisk skjønnhet, men hadde et sympatisk utseende, en god utstråling. Videre virket hun ... hva var det rette ordet her? ... *trygg*. Trygg og tillitsvekkende. Hun hadde på seg en mørkeblå blazer, helt ordinær. Ella la merke til at den var nuppete nederst på ermene. Rundt halsen hadde hun et strikkeskjerf i lilla og rosa sjatteringer. Nesen pekte oppover, øynene var smale og lattermilde. Hun hadde nok gredd håret bakover om morgenen og festet det med plastspennen hun hadde i nakken, nå var det bustete og bar spor av at hun nylig hadde trukket av seg luen (en heklesak som lå på pulten sammen med et par formløse hansker). Gjennom det lyse håret stakk ørene hennes så vidt frem, fremdeles ildrøde av den plutselige høstkulden – eller kanskje mer av den voldsomme kontrasten mellom ute- og innetemperaturen. For det var virkelig varmt i rommet, så varmt at Ella et øyeblikk lurte på om hun skulle åpne begge vinduene på vidt gap og bytte ut inneluften med kald kveldsluft. Damen med ullskjerfet satte ut underleppen og prustet luggen oppover, samtidig som hun viklet av seg det lange skjer-

30

fet. Hun må ha merket at Ella betraktet henne, for med ett smilte hun til Ella. Den ene fortannen hennes stakk en anelse lenger frem enn den andre. Ella smilte brydd tilbake.

Velkommen, sa Ella etter å ha kastet et blikk på klokken og fastslått at den var to over. I det samme kom det en kvinne til inn av døren. Hun var slank og hadde på seg hvit pelskåpe. (– Så nydelig, tenkte Jenna, – jeg håper den ikke er ekte. – Mink, konstaterte Ella og Frøydis i nøyaktig samme sekund.) Håret hennes var mørkt og blankt, og øynene var i en påfallende lys blå farge. Ingen sa noe, men snudde seg og kikket på henne. Hun valgte ikke den nærmeste ledige stolen, hun gikk uten å sjenere seg rundt den hesteskoformede pultformasjonen og vurderte kjapt alle muligheter før hun slo seg ned. Nå så hun seg smilende rundt i rommet, hun stod bak stolen hun hadde valgt, øynene smalnet og forsvant nesten i sorte og tykke øyenvipper. Hun blåste på fingrene sine som tydeligvis var kalde.

– Hei, jeg er Celeste, sa hun til slutt og satte seg ubesværet ned, på plassen ved siden av den overvektige, pent kledde kvinnen.

– Vi har ikke egentlig begynt presentasjonsrunden, sa Ella, nesten irritert, – men siden … Celeste har startet, kan vi godt ta den nå. Aller først skal jeg si noen ord om meg selv. Elvira Louise Blom heter jeg. Men alle kaller meg Ella. *Mihi nomen est Ella.*

Celeste virket og *var* helt uberørt over å ha kommet etter kursholderen, og over at hun hadde tjuvstartet presentasjonen. Hun smilte igjen, så rett på kvinnen bak kateteret (to pulter satt sammen) mens hun holdt sin lille velkomsttale: Celeste syntes Ella så selvsikker kjølig ut. Pen. Litt kjedelig utseende, kanskje. Mellomblond. Tykt hår med fall, ikke særlig spennende frisyre. Smalt ansikt. Høye kinnben. Øynene langt fra hverandre. Tennene hennes var helt jevne og hvite som porselen. Det var to menn til stede i klasserommet. Nå ja, den ene var nærmest en guttunge, som forresten kikket så rart på henne. Han har vel lyst på meg, konkluderte Celeste. Den andre var en ganske flott fyr i 20-årene. Slett ikke verst. Ved siden av seg hadde Celeste en overvektig, men stilig og velkledd dame, sikkert noe innen business, regnet Celeste med. Tvers overfor dem satt en blond dame i blå, billig blazer, høy og nokså slank så det ut til. Og så var det en pen, hvithåret dame. Det var ikke flere. Ville det bli kjedelig med så få? Eller var det kanskje like greit? De lærte sikkert mer på den måten.

– Jeg skal ha dere disse tolv gangene, fortsatte Ella rutinert. – Vanligvis er jeg førsteamanuensis i språkhistorie, ved Universitetet i Oslo. Det er en god, gammel venninne av meg som pleier å ha dette kurset, men hun er dessverre blitt syk. Velkommen hit til Begynnerkurs A i latin! Dere skal lære et språk som er dødt, men som på den annen side er sprell levende.

Den overvektige kvinnen kom med et lite utrop og førte den ene hånden opp til munnen som om hun var med i en pantomime og nå hadde oppgaven: Vær forskrekket!

Ella hadde lagt merke til henne, men nikket likevel til Celeste, som fortalte at hun var farmasøyt, at hun arbeidet i et stort legemiddelfirma, at hun til en viss grad hadde bruk for latin i arbeidet sitt, og at hun gledet seg. Og så måtte hun bare si at hun hadde dilla på romertiden. (Hun

32

sa *dilla*, som om hun var en tenåring, tenkte Ella.) Hun hadde lest mye om Romerriket, ja, mest romaner og populærvitenskapelige bøker, og så hadde hun sett en fantastisk tv-serie. Mange ganger, hadde hun sett den. Ella smilte, men hun merket selv at det ikke var noe hjertelig smil. Men, fortsatte Celeste, hovedgrunnen var at hun var sikker på at det ville kle henne å kunne latin. Da hun sa den siste replikken, kikket hun bort på de to mennene i rommet, som for å innkassere beundringen deres. Ella kunne ikke annet enn å irritere seg.

– Men jeg ble jo litt spent på det utbruddet ditt, føyde Celeste til helt til slutt og dultet fortrolig bort i armen til sin runde sidekvinne.

– Ja, jeg heter Frøydis Brun, sa Frøydis leende, fremdeles med et oppspilt og overdrevent forbauset uttrykk i ansiktet. – Jeg er økonom, arbeider i et firma som heter Kvervik Consulting. Jeg har fått dette kurset i presang av min (her nølte hun et øyeblikk, det var som om hun suget og suttet på ordet før hun slapp det ut av munnen) kjæreste. Og jeg trodde (her tok hun en kunstpause) det var et kurs i italiensk.

Alle begynte å le, og Ella sa at hun håpet Frøydis ville bli. Frøydis svarte at hun fikk se det an, men at hun i hvert fall kom til å bli værende denne kvelden.

Mannen med tweedjakken fortalte at han het Bendik. Han studerte medisin, og han syntes det var synd og skam at det ikke lenger ble undervist i latin på medisinstudiet, selv om latin (og gresk) i aller høyeste grad ble brukt av helsepersonell. Ella nikket. Jeg vil jo gjerne forsikre meg om at jeg skjærer vekk riktig kroppsdel, sa Bendik. Alle lo. Den helt unge gutten mumlet at han het Erik og deretter noe uforståelig om en rockegruppe og tekster. Ella nikket

33

korrekt oppmuntrende, akkurat slik lærerrollen krevde, og pekte mot den lyshårete i den blå, nuppete blazeren.

– Mitt navn er Jenna, sa hun. Ørepynten hennes bestod av mange små kobberplater som klirret muntert mot hverandre når hun snakket, og når hun gestikulerte, steg det en svak røkelsesduft opp fra kroppen hennes. Eller var det bare noe Ella innbilte seg? Hun vibrerte med neseborene. – Lykkelig ugift, en datter. Jeg arbeider med data, har mitt eget firma. Blåstjernen. Og dessuten er jeg veldig interessert i middelalderen, antikvariske bøker og især svartebøker.

– Ja vel, sa Ella og hevet øyenbrynene akkurat så mye at hun fikk gitt uttrykk for at det var da litt uvanlig (og høyst uvitenskapelig, selvsagt), men ikke mer enn at hun trodde hun fremstod som en behersket, nøytral lærerskikkelse.

– Jeg vet at de gamle romerne var opptatt av spådomskunst, fortalte Jenna, kanskje hun intuitivt kjente Ellas motstand og følte behov for å forsvare seg: – De prøvde å finne ut hva skjebnen hadde i bakhånd for dem. Hva slags mønster kuene beitet fram i gresset, hadde betydning. Og de kikket opp på himmelen og leste av formasjonene i fugleflokker.

– Fugler! utbrøt Celeste.

– Ja. Tegnene ble brukt for å avgjøre viktige statsanliggender, fortsatte Jenna og kikket interessert bort på Celeste.

– Hm, jo, det stemmer, sa Ella, og hun så nesten pinlig berørt ut, som om hun var personlig ansvarlig for romernes naivitet på dette feltet.

– Astrologi var de også interessert i, sa Jenna entusiastisk. – Og du, Celeste, er jomfru, ikke sant? sa Jenna og pekte tvers over klasserommet.

34

– En uskyldig jomfru, ja, sa Celeste. – Kan du se det på meg?

– Vel, sa Ella i en avsluttende tone midt i latteren som fulgte Celestes (altfor opplagte!) replikk, snudde seg og smilte inviterende til den gamle damen. Hun rettet seg opp, førte en hånd opp mot det grå, nesten hvite, håret og løftet det ut fra hodet, først på den ene siden, så på den andre. Hun het Anne, sa hun, men hun ville foretrekke om de kalte henne fru Næss. Ella nikket og sa: – Selvfølgelig, fru Næss.

Tre voksne barn, fem barnebarn. Enke. Nå var hun pensjonist, men hun hadde arbeidet i SAS. Hun hadde kunnet litt latin en gang i verden, og nå ville hun gjerne lære mer. Jeg gleder meg, avsluttet fru Næss.

Celeste trakk pusten. Ella Blom virket dyktig, og Celeste hadde respekt for dyktighet. Men det var ikke bare det: Et glimt av noe annet, noe ubetinget positivt, noe hun kunne tenke seg å utforske mer selv om hun ikke ante hva det var – uten at det bekymret henne eller fikk henne til å stoppe opp. Celeste lot Ella være Ella, kikket på de andre deltagerne, så kort på hver enkelt av dem, og litt lenger på Frøydis. Frøydis var så overvektig at fedmen hennes uvegerlig var det første folk la merke til når de møtte henne, det hadde også vært det første Celeste så, men nesten samtidig hadde det slått henne hvor flott Frøydis var. Ikke bare hadde hun et regelmessig dukkefjes (*yndig*, ville sikkert Celestes far ha sagt), men kroppen hennes var også velformet, som en jevnt tiltagende og avtagende ellipse med det nokså lille hodet i den ene enden og de hovlignende føttene i høyhælte støvletter i den andre. De myke brystene, så magen som stakk enda en tanke lenger ut enn både bryst og hofter, før hun igjen smalnet noe inn i lårene. Hun hadde velstelt hår som lå som en kledelig hjelm rundt ansiktet. Neglene var nøyaktig like lange, filt i fasong og lakkert på en måte som bare en profesjonell manikyrist kunne. Jo, Frøydis var flott. Og hun virket så sterk, så sikker. Celestes øyne festet seg på Bendik, som øyeblikkelig må ha merket det, han løftet hodet og smilte til henne. Celeste smilte tilbake til den unge mannen. Pen å se på, god å hvile blikket på, lett å like.

Det var i det hele tatt ingen på kurset Celeste *ikke* likte. Hun var da heller ikke typen til å gå rundt og mislike folk, hun hadde evnen til å se noe positivt med de aller fleste hun møtte. Men selv om hun i all overveiende grad var overbærende overfor sine medmennesker, fantes det jo dem hun ikke hadde så mye til overs for. Moren sin, men det løste hun enkelt ved å holde seg unna henne, så godt det lot seg gjøre. Storesøsteren Cindy, selv om hun hadde fått mer godhet for henne i det siste. Kåte-Karl, som hun heller ikke oppsøkte, men som hun nødvendigvis var nødt til å forholde seg til siden han dessverre var sjefen hennes. Det var ett menneske Celeste virkelig hatet, ett menneske hun fryktet. Han. Hun hadde døpt ham til Nero, orket ikke engang å tenke på ham under hans ordentlige navn. Det ble Nero eller bare *han*. Hun som aldri før hadde vært redd. *Det er fint å se at det går så bra med deg i livet, Celeste. Du drar på jobben til samme tid hver dag. Du kler den hvite kåpen. Jeg følger med på deg, for det er vanskelig for meg å forstå at du gjorde det du gjorde mot meg.* Ikke tenke, kommanderte hun seg selv, og lydig gled tankene videre. Og etter å ha tenkt på Nero, var det en slags lise å tenke på den unge, uerfarne turnuslegen. Hatet hun den en gang unge legen? Kanskje gjorde hun

36

det. Hun hadde alltid tenkt at hun hatet ham, men nå, etter at hun for åtte måneder siden hadde fått det første brevet fra Nero, visste hun ikke lenger. Hun innså at legen i årenes løp var blitt mer og mer tåkete og uklar, til han bare var en teoretisk størrelse, som med jevne mellomrom dukket opp i hodet hennes. Alltid når hun hadde besøkt Sebbe, i trappene, for hvert trinn forbannet hun ham. Å tro at hun hatet ham, hadde blitt til en del av henne selv, hun hadde hatet ham i så mange år, uten å foreta seg noe, uten å tenke at hun skulle foreta seg noe, hun hadde visst at alt hadde sett annerledes ut om han ikke hadde eksistert. Et stillferdig, uforanderlig hat, som bare var der. Et evigvarende sinne. Nå, etter at den andre, *han*, Nero, hadde invadert livet hennes, hverdagen, tankene, hadde hun for første gang skjønt hva redsel var. Han lot henne aldri være i fred. Og Celeste var blitt påminnet om hva hat virkelig var. Ellas rolige stemme brøt inn i bevisstheten hennes, hun fortalte dem at det snart var pause, men først skulle de lære å bøye verbet *amare*, å elske. Ja, ja, tenkte Celeste og ristet av seg de to mennene, det er jo *elske* som egentlig er mitt favorittverb. Celeste, da er det din tur! *Amo, amas, amat.* Celeste så for seg Sebbe og reproduserte hele verbparadigmet ved første forsøk. Det ligner ganske mye på fransk, erklærte Frøydis. Nå er det et kvarters pause, sa Ella.

I den første timen hadde Ella Blom begynt å fortelle studentene sine om Romerriket og antikken, om overgangen fra republikk til keiserdømme, om hennes favorittdiktere – og om språket, selvfølgelig. Ella hadde snakket med nokså lav stemme, sånn at alle ble sittende ytterst på stolen og virkelig lytte. Hun snakket i hele setninger, uten avbrudd og nølinger, men hun behersket også pausenes kunst. Hun unnslo seg ikke for å bruke sjeldne, typisk skriftspråklige ord og uttrykk. Mens hun fortalte, så hun dem inn i ansiktet etter tur. Alle hørte etter. Erik satt med halvåpen munn, Ella måtte undertrykke lysten til å le: Han så akkurat ut som Maja som liten, stirrende øyne, full konsentrasjon – det var nesten så hun ventet å se en tynn stripe sikkel nedover haken hans. Latin, sa Ella, er vår mulighet til å stige inn i en tidsmaskin. Det ligger der, alt ligger der. Vi kan få vite hva Cæsar sa i dødsøyeblikket, og hva Cicero mente var alderdommens gleder. Vi kan selv se hvorfor Horats er en av de største noensinne. Vi kan møte Vergil og Ovid.

Storhetstiden var fra begynnelsen av vår tidsregning og et par hundre år fremover. I denne perioden var Romerriket enormt, og grensene var stabile. Det var på dette tidspunktet de største dikterne levde og virket. Og det var da latin hadde fortrengt de lokale morsmålene i den vestlige delen av Romerriket, det vil si den delen som i dag er Italia, Frankrike, Spania, Portugal. Oi, det var stort, hadde Erik sagt. Det var faktisk enda mye større, svarte Ella. Selve området der latin var morsmål, innbefattet også andre deler av Europa – og dessuten Nord-Afrika. I den østre delen av Romerriket var latin administrasjonsspråk: Man hadde andre morsmål, som gresk og tyrkisk, men latin var det som ble brukt i statsadministrasjonen.

Etter hvert utviklet latin seg forskjellig i ulike områder, og allerede rundt år 800 var det slik at det begynte å skape vanskeligheter for forståelsen. Dette var kimen til de romanske språkene. Her så Ella på Frøydis, som villig ramset opp: fransk, italiensk, spansk, portugisisk, rumensk. Nettopp, nikket Ella, og retoromansk i Sveits.

Men de moderne språkene er en annen historie. Vi skal holde oss til latin. Og latin ble fortsatt brukt i kirken, i jus, i kulturlivet, i vitenskap og i medisin. Ikke sant, Bendik? Mhm, nikket Bendik. Og helt til langt ut på 1700-tallet var det viktigste innen filosofi og naturvitenskap forfattet på latin. Som skolefag er latin sentralt i mange land, men i Norge er det ikke så mange som har det lenger. Det fikk vel et noe frynsete rykte etter Lille Marius, sa Jenna og fikk hele klassen til å humre. Erik lo også, men Ella hadde en berettiget mistanke om at skoleelever ikke nødvendigvis var opplest på sin Kielland.

Jenna var tilfreds med den kommentaren. Det var ikke til å nekte for at hun kjente seg uakademisk sammenlignet med de andre. De hadde høyere utdannelse, alle sammen. Ja, unntatt Erik, da, og gamle fru Næss, men de kunne vel ikke helt regnes med. Jenna hadde sett enormt frem til dette kurset, men nå satt hun her og var redd for at det ble altfor mye uforståelig teori og kjedelig grammatikk. Hun måtte ikke miste det viktigste av syne: Noe skulle skje snart. De fire. Hun hadde allerede sett det, som en underlig geometrisk figur med en kvinne i hvert hjørne: en linje mellom den tjukke og den mørke pene, til Ella der oppe ved tavlen og ned til henne selv.

Fransk overtok mer og mer som overklassens fellesspråk utover på 1700-tallet, fortsatte Ella. Eliten hadde ønsker om og behov for å gjøre seg forstått i utlandet også utenom de tradisjonelle latinarenaene som kirke og universitet. Fransk hadde den fordelen at også overklassens kvinner hadde lært det – latin var nemlig på mange måter mennenes språk. Maktspråket, altså, sa Celeste. Ella nikket.

– Før vi kaster oss ut i det, sa Ella, – må dere vite hvordan dere skal uttale det. Altså, et kurs i elementær uttale. U uttales o, og o uttales å.

– Akkurat som på tysk, sa Erik.

– Das stimmt, smilte Ella. – Ph er f, den er grei. Husk også at c uttales k. Det heter altså Cicero med k og ikke med s, slik vi er vant til å si det.

– Hvorfor sier vi det med s-lyd, da? spurte Jenna.

– Fordi det er slik uttalen utviklet seg til å bli i for eksempel fransk, svarte Ella. – Ae bør vi si som ai. I tekstene vi skal lese, står det Caesar, og det uttales kaisar. Og *curriculum vitae* uttales slik jeg gjorde det nå: korricolom vitai.

– Ingen sier jo det, protesterte Celeste.

– Da har du muligheten til å vise at du er et dannet menneske, sa Ella, det var ment som en spøk, men stemmen hennes var spiss.

– Jeg tror jeg holder meg til forkortelsen CV, jeg, konkluderte Celeste, like blid.

– Shortcuts *kan* lønne seg, sa Frøydis lunt. Celeste snudde seg mot henne, kikket lenge på henne, og i løpet av den tiden Ella brukte til å forklare dem forskjellen mellom tempus og modus, hadde Celeste vurdert dem alle. Først da Ella hadde lært dem å bøye *amare*, hadde Celeste dukket frem igjen fra tankene sine. Straks etter var det pause.

Den andre timen begynte med at Ella insisterte på at de alle kunne masse latin, selv om de kanskje ikke alltid visste at det var latin. De brukte de første ti minuttene til å finne eksempler på noe av det de kunne fra før. Alle nordmenn går rundt og kan en mengde latin, sa Ella entusiastisk.

40

Familie, sa Erik. *Kultur*, sa fru Næss. Snart var klassen i full gang med å finne ord fra latin i allmennspråket: *plenum, fokus, manus. Securitas. Veritas. Volvo. Veni, vidi, vici.*

– Det uttales altså viki, presiserte Ella. – Og tenk på ord som *normal, viril, lokal. Subtrahere, addere, dividere. Nasjon, stasjon. Motor, traktor, rektor. Motor* – det henger sammen med ordet for å bevege; vi kjenner det igjen i *mobil. Traktor* kommer fra det verbet som betyr å trekke. Og har dere tenkt på at ordet for en skoleleder er beslektet med ordene *regent* og *rike*? Roten er *reg-*, og det betyr å styre.

– *Mensa rotunda*, sa Jenna.

– *Euge!* roste Ella og tappet fingrene i pulten foran seg. – Men akkurat dette er *mensa quadrata.*

– Jeg kan *carpe diem*, sa Celeste.

– Nettopp, sa Ella. – *Carpe diem, quam minimum credula postero.*

– Hæ? sa Erik.

– «Grip dagen, regn ikke med at det kommer en til.» Det er Horats, la Ella til.

– Ganske dum, denne Horats, sa Celeste, – det kommer alltid flere dager.

– Det tar jo slutt en gang, påpekte Ella.

– Men det skal vi vel ikke løpe rundt og tenke på, sa Celeste.

Hvor mye latin kan dere egentlig fra før? ville Ella vite. Det viste seg at Celeste, som farmasøyt, kunne en god del latin, og kanskje kom det like mye av at hun lenge hadde hatt en pasjon for alt romersk. Men hun hadde aldri lært det systematisk, sa hun. (Nei, det har du vel ikke giddet,

41

tenkte Ella.) Bendik hadde jo hatt latin på medisinerstudiet, og Jenna hadde plukket opp mye ved å kikke i gamle bøker. Hun gjentok at hun gjerne ville lære mer, for hun gledet seg til å lese mer i heksekrøniker og svartebøker, hun kunne knapt vente med å kaste seg over disse bøkene, sa hun. Det er viktigere nå om dagen enn noensinne, la hun til, og selv om mimikken hennes gjorde det helt klart at det var for en spøk å regne, bet Frøydis seg merke i replikken. Frøydis så lenge på henne.

Erik kunne også en del latin. Han hadde for egen maskin gått igjennom et kurs han hadde funnet på nettet. Fru Næss var gammel latiner: Ja, jeg har rett og slett artium fra latinlinjen, men jeg har jo glemt det meste. I pausen hadde hun betrodd Bendik og Jenna at hun ville være godt forberedt til hun skulle møte Sankt Peter: Jeg har en følelse av at han er bedre i latin enn i norsk. Nei, alvorlig talt, jeg gjør det for å trimme hjernen. Det er viktig i min alder, vet dere! Det viste seg at det faktisk bare var Frøydis som ikke hadde vært borti latin før, men hun tenkte raskt og effektivt, hun kunne fransk flytende (Jeg har det i blodet – i årene mine renner det romansk blod!), og hun hadde selvtillit nok til at hun regnet med at hvis hun ønsket det, ville hun henge med. Hun hadde allerede glemt at hun hadde vurdert å slutte etter den første gangen.

Helt mot slutten av annen time proklamerte Ella at nå var det på tide med muntlige øvelser. Hun skrev noen fraser på tavlen, med de norske oversettelsene i parentes etterpå:

Ut vales? (Hvordan går det?)

Habesne aliquod animal in deliciis? (Har du kjæledyr?)

Estne tibi maritus? (Har du en ektemann?)

Estne tibi uxor? (Har du en kone?)

Suntne tibi filii? (Har du barn?)

Placetne tibi caseus? (Liker du ost?)

Quot annos natus es?/ Quot annos nata es? (Hvor mange år er det siden du ble født? (natus = maskulinum, nata = femininum))

– Velg et av spørsmålene og still det til sidemannen, sa Ella.

– Eller -kvinnen! skjøt Celeste inn.

–... og la den som svarer på det, velge et annet og spørre *sin* sidemann, fortsatte Ella og ignorerte Celestes kommentar.

– Eller sidekvinne, sa Celeste like muntert.

Ella hadde vært litt i tvil om hun kunne spørre voksne deltagere om hvor gamle de var, og om de var gift. Hun hadde funnet oppgavene i en gammel lærebok og ikke orket å reflektere mer rundt det. Det var et dårlig betalt kveldskurs, det var grenser for hvor mye forarbeid hun kunne legge opp til. Når hun nå stod foran den lille klassen sin, var hun sant å si glad for spørsmålene. Hun kunne for eksempel godt tenke seg å vite hvor gamle de andre var, hvorvidt de likte ost eller hadde kjæledyr, var ikke like pirrende.

Hun begynte forsiktig og spurte fru Næss om hvordan det gikk. Hun svarte bra, snudde seg mot Erik: *Placetne tibi caseus?* Erik rødmet, svarte *sic* og spurte Bendik om han hadde barn. Det hadde Bendik ikke, og han ville gjerne vite hvor gammel Celeste var. Celeste prøvde å svare, men fniste og måtte ha hjelp av Ella, og slik fikk alle vite at Celeste snart fylte førti. (Hun holder seg godt, tenkte Ella og så misunnelig på Celeste som akkurat nå bøyde hodet bakover, blottet en lang, hvit strupe og lo.) Bendik utnyttet uroen og latteren og stilte enda et spørsmål: Hadde

43

Celeste barn? Celeste ristet på hodet og sa *non infantes*. Erik kikket brått opp på henne, så ut som om han ville si noe, men sa ingenting. Celeste spurte Frøydis om hun hadde kjæledyr, hvilket Frøydis ikke hadde (på ansikts-uttrykket hennes så det heller ikke ut som om hun hadde tenkt å anskaffe seg det). Frøydis lurte på om hvordan det gikk med Jenna. Jenna fortalte at hun hadde det *bene*, og Jenna spurte Ella om hun var gift. Ella svarte *sic*, og *habeo filiam*. Runden var over. Ella så utover den lille forsamlingen, alles blikk var rettet mot henne.

– *Instantia est mater doctrinae*, sa Ella med trykk på hvert ord.

– Hva? sa Celeste, mens de andre nøyde seg med å sette opp et spørrende ansiktsuttrykk.

– «Øvelse gjør mester,» forklarte Ella smilende. – Vi ses neste uke! *Valete!*

– Er det slutt allerede? sa Erik. Så rødmet han og begynte å pakke sammen sakene sine.

*

De studentene Ella hadde til daglig, var forbausende like. De var unge og glatte og høflige, de fulgte forelesningene hennes fordi de trengte studiepoeng eller fordi det passet inn i resten av timeplanen. Kveldskurset i latin var annerledes, befolket av seks klare personligheter. Det minnet om det første kullet hun hadde hatt på Blindern. Sitt første kull med studenter husker man. Da er man selv ung og entusiastisk, man møter opp til forelesningene bedre forberedt enn man noen gang senere vil være, med hjertebank og respekt for faget og for studentene. Og man glemmer dem aldri, sine første studenter, de første som man hadde ansvaret for å føre inn i kunnskapens og vitenskapens verden. Hun hadde hatt begavede, hyggelige studenter også senere – bevares – men da var det aldri gruppen som helhet hun husket, alltid enkeltindividene (den ivrige på første benk med fektende strikkepinner og overraskende spørsmål, brunetten som var så kontant inn-tilbens at hun snublet i sine egne ankler, advokatsønnen som elsket filologi og tok fag på HF i hemmelighet ved siden av jusstudiene). Hun husket fragmenter fra sine år som foreleser, en pause i vårsolen der man lo høyt av noe hun hadde sagt, de smale, intense øynene til en gutt hun hadde vært forbudt og skamfullt tiltrukket av, en dag da seminarrommet hadde brust av glede fordi det simultant gikk opp for dem det hun lenge hadde forsøkt å forklare. Slike ting husket hun, men hun kunne ikke alltid plassere hendelsene kronologisk, og hun husket ingen hele grupper – bortsett altså fra det aller første kullet.

Ella nynnet i bilen hjem fra latinkurset. Det hadde vært en strålende kveld! Det var ikke lett å sette fingeren på akkurat hva som gjorde at hun hadde nytt de to timene kurset hadde vart, at hun ikke hadde lyst til at det skulle slutte, at hun allerede nå ønsket at det var mer enn de tolv kurskveldene. Hun forsøkte å analysere på akademikeres vis, men noen dyptgående analyse var ikke nødvendig. Det var altfor opplagt at det hadde å gjøre med følelsen av å være avsondret fra sitt vanlige liv. Eller for å si det med rene ord: slippe unna. Ella hadde alltid brukt jobben sin som en flukt. Når noe ikke fungerte hjemme, lot hun seg oppsluke av nye forelesningsopplegg, søknader til Forsk-ningsrådet, arbeidet med en artikkel eller fagbok. Etter at Edmund Benewitz-Nielsen på ny var kommet inn i livet

45

hennes, var ikke lenger Blindern et fristed. Kveldskurset var det. Men det var noe annet også. Kanskje en analyse likevel var påkrevd for å komme til bunns i dette?

Hun mislikte ikke sine ordinære forelesninger, absolutt ikke, men når hun utførte sin undervisningsplikt ved universitetet, så gjorde hun det ikke med en slik glede i brystet, hun var dyktig, det visste hun, hun var profesjonell og lydhør overfor studentene, men hun *nøt* det ikke, slik hun hadde gjort i kveld. Og kanskje ble gleden enda større fordi den kom så uventet.

Rommet hadde vært nesten for varmt og for lyst. Vaktmesteren måtte ha vært av det energiske slaget, for høstkulden hadde kommet raskt, men han (Ella antok uten videre at det var en «han», men hun registrerte sekundet etter at hun gjorde nettopp det) hadde rukket å plassere inn to oljeovner som strålte ut varme med en slik effektivitet at det lille rommet raskt hadde kommet opp i mange og tyve grader. Det var i slutten av september og allerede mørkt om kveldene. Det lille klasserommet var utstyrt med sterke lysstoffrør i taket, som ikke sendte ut det sedvanlige blåaktige lyset, men et gulhvitt, nesten gyllent. Kanskje var det *det*? Kulden og mørket utenfor, varmen og lyset inne, som om de syv satt i et værelse i gamle Roma, under en eggeplommegul sol. Hun som lærermester, og de seks lærersvennene, disiplene hennes.

Hun husket allerede alle navnene, som vanlig hadde hun tatt i bruk en primitiv mnemoteknikk som nok lærere flest i hemmelighet bruker. Den gikk ut på å finne en assosiasjon eller en egenskap, for hver student, gjerne med samme forbokstav som studentens navn: Frøydis var Frøydis Den Frodige. Umiddelbart hadde hun tildelt henne tilnavnet Den Feite, men inni seg hadde hun gitt hånden

46

sin en irritert dask; hun behøvde ikke å være ufin selv om Frøydis hadde et vektproblem. Celeste var så lett at hun ikke behøvde hjelp av bokstavlikhet: Celeste var jålete og hadde følgelig et jålete navn. Jenna var åpenbart en kvinne med såkalte alternative verdier, hun trodde på hekser og stjernetegn og kunne på den måten betegnes som Jævla Naive Jenna, men Ella hadde avvist denne første innskytelsen og kommet frem til Janis Jenna Joplin. Jenna kunne minne om en større, bredere, høyere, eldre utgave av henne. Stikkordet for fru Næss var Loch Ness – Ella likte den løsningen, nettopp fordi den milde fru Næss ikke hadde den fjerneste likhet med den uhyrlige sjøormen med kjælenavnet Nessie. Bendik betydde den velsignede, og han var såpass pen at han kunne gå for å velsigne den kvinnedominerte gruppen med sitt nærvær. Erik var Erik Raude, rødmende som han var. Hennes seks kveldsstudenter. *Discipuli vespertini.* Hun ville ikke slippe dem ennå.

Den kvisete og stammende Erik, med nedbitte fingernegler, hettegenser og med det for henne gåtefulle ønsket om å skrive rocketekster på latin. Hun hadde samme godhet for ham som hun husket hun hadde hatt for Majas første kjærester, keitete og sjenerte hadde de vært, nesten ikke turt å løfte blikket og se henne og Peter inn i øynene.

Den andre unge mannen, Bendik, fem–seks år eldre, og for de andre bare en ubetydelig forskjell, men for de to utgjorde de årene antagelig en hel generasjon. Hvorfor hadde han valgt å repetere ved å gå på et kurs der han måtte regne med at det gikk få eller ingen jevnaldrende? Som etter alle solemerker ville være befolket av middelaldrende kulturelt interesserte kvinner – kan det i det hele tatt tenkes noe mer avskrekkende for en mann i 20-årene enn godt voksne, kulturelt interesserte kvinner?

47

Han hadde hatt lyst på miljøforandring, sa han til Celeste i pausen. Typisk Celeste å spørre! Mhm, svarte hun seg selv, og typisk deg ikke å gjøre det.

Celeste var den hun likte minst, antagelig fordi hun var så arrogant og så ufordragelig sikker på seg selv. Ingen utflukter nå, Ella Blom, det er ikke derfor! Og er hun egentlig arrogant? Nei, hun er antagelig ikke arrogant i det hele tatt. Celeste er for pen. Det er det som er saken. Ellas indre stemme kunne til tider minne om en romersk moralfilosof på tomgang, som gang på gang fremholdt at innsikt i egne begrensninger er veien til lykke, i hvert fall veien ut av mismot. Du er ikke pen lenger! Du må bare innse at Celeste er mye penere enn deg. Raskt hoppet hun over til neste kvinne: Gamle fru Næss, med krystallklare hjerneceller og humoren i behold. Ella trodde fru Næss hadde hatt sans for at Ella kalte henne Nessie. Jo, det ville hun sikkert ha likt. Fru Næss var en nydelig, gammel dame. Hadde hun vært førti år yngre, hadde du vel hatt problemer med å svelge hennes suverenitet også. Nå, nå, nå, beroliget hun seg selv: Ella Blom, du kan si mye om Ella Blom, men hun er vanligvis ikke sjalu. Vel, begynte stemmen, men det kom ikke mer.

Og så Janis Joplin, da. Jenna som hadde uryddig, lyst hår, og som hadde middelalder og hekser som hobby (Ella unnet seg et rituelt foraktelig snøft, men hun smilte også, av seg selv – og av Jenna). En sånn alternativ-dame som hun egentlig ikke hadde noe til felles med. Det ble for mye astrologi, linser og batikkskjerf. For mye vage teorier uten hold i virkeligheten. Men på den annen side arbeidet hun med noe så jordnært som data, og det var noe med Jenna som overstrålte alt det hun stod for – eller alt det Ella med sine fordommer regnet med at hun stod for.

48

Hun hadde aldri møtt noen som Frøydis. Frøydis Den Frodige. Hun var altfor tjukk. På den ene siden foraktet Ella overvektige mennesker, kroppsfasongen deres sladret jo om at de ikke hadde kontroll over matinntaket sitt. På den andre siden var Ella smertelig klar over hvor avmektig hun selv var på noen av livets områder, og på den måten så hun med sympati på Frøydis' kulekropp. Men hun kunne ikke hjelpe for at hun syntes den var ekkel og påtrengende. Det var vanskelig å overse den fordi det var så unormalt mye av den. Samtidig visste Ella at Frøydis var langt fra svak, antagelig var hun den sterkeste personligheten av alle studentene hennes. Rett etter timen hadde Frøydis spurt Ella hva «Du er pen» het. Hun skulle si det til noen, nemlig, la hun til. Ikke av nysgjerrighet, men av rent grammatiske grunner, hadde Ella lurt på om hun skulle si setningen til en av hankjønn eller hunkjønn. Han er av definitivt hankjønn! hadde Frøydis strålt. Og Ella hadde fortalt henne at det da het *Pulcher es*. P-u-l-c-h-e-r, men ch uttales som k! Frøydis hadde smilt enda bredere og gjentatt den lille frasen. Ella hadde straks begynt å fantasere om hvem Frøydis hadde tenkt å komplimentere. En kjæreste? En elsker? En ektemann?

Ella sluttet å nynne da hun nærmet seg sin egen gate. Hun fant for en gangs skyld en plass rett utenfor inngangen, parkerte, låste bildøren og visste ikke at hun sukket. Allerede i annen etasje var gleden over kurset borte. Hun følte seg gammel og trøtt. Da hun stakk nøkkelen i låsen, gled kåpeermet hennes opp, og armen til et stykke ovenfor håndleddet ble blottlagt. Huden var vintergusten og hadde fire store føflekker og et utall små. Hun hadde aldri hatt mye hår på armene, men i sentrum av en av de store

føflekkene vokste det ett langt, nesten gjennomsiktig hår-
strå. På håndbaken hennes bulet tallrike blodårer som
et oversiktskart over t-banenettet. Armbåndet, som også
hadde forskjøvet seg oppover, hadde laget et rødt hakk.

Det hadde ikke gjort Ella Blom noe å fylle tredve,
det hadde faktisk heller ikke spilt noen rolle for henne
å runde førti. Hun hadde ikke forstått hvorfor kvinner
var så besatt av alder, hun hadde ment at det måtte ha
noe å gjøre med forfengelighet og tap av skjønnhet. Det
ville aldri falle Ella inn å påstå at hun ikke brydde seg
om utseendet sitt, det var snarere det at hun hadde gitt
det opp, innsett at det ikke var noe å gjøre uansett. Hun
hadde resignert, hun var vitenskapskvinne, for pokker,
hun visste at kampen mot rynker og andre aldringstegn var
forgjeves. Hun kom aldri, uansett hvor dyre kremer hun
investerte i, til å gjenvinne sin ungdoms skjønnhet. Hun,
som hver dag vasset i studiner, måtte ha hatt usedvanlig
tungt for det hvis hun trodde hun kunne hamle opp med
deres skjønnhet og ungdom – nei, det var bedre å innse at
man ble eldre og mindre attraktiv for hvert år som gikk.
Hun hadde bestemt seg for å eldes med verdighet, ikke bry
seg rett og slett. Hun fylte tredve, hun fylte førti, hun tok
imot gratulasjonene og gaver fra Peter og Maja. Datterens
gaver og kjærtegn mottok hun med uforbeholden takk-
nemlighet og glede. Peters gaver og lykkeønskninger ble
gransket i håp om å finne et tegn, en skjult kjærlighetser-
klæring bak boken (som hun hadde sagt hun ønsket seg),
smykket (som hun hadde pekt på hos gullsmeden) eller
bak den tradisjonelle buketten med røde roser. Hun fant
aldri noe slikt (Hva hadde du ventet, Ella Blom, en kjær-
lighetssonett forfattet av din høyst prosaiske ektemann?),
men hennes beslutning om å eldes uten kamp stod hun

fast ved. Derfor kom det helt overraskende på henne at da hun nylig rundet 45, gjennomgikk hun en krise før hun tok seg sammen. Det var svært diskré, og hun holdt seg på soverommet. Hun hadde begynt å dirre. Til slutt hadde hele kroppen skaket som om noen holdt i henne, nektet å slippe, ristet henne som en filledukke. Hun hadde krøket seg sammen på gulvet, musklene spente seg krampaktig, hun kjente blodet sprenge i altfor trange årer, hun visste at snart skulle hun eksplodere, et eller annet sted på kroppen ville åreveggene gi etter og blodet pumpe ut som en geysir. Nå eller nå. Det var da det hadde gått opp for henne: *Hun klarte ikke å kontrollere det.* Men etter en times tid så klarte hun nettopp det. Hun svelget en hodepinetablett og gikk ut i forstuen. Hun smilte til Peter, som åpenbart ikke hadde notert at hun hadde vært fraværende, spaserte inn på biblioteket og satte seg ned med forberedelsene til et konferanseinnlegg, og selvsagt nevnte hun ikke et ord om kvalene hun hadde vært igjennom. På innsiden av Ellas ene lår vibrerte det ennå svakt i en trassig muskel.

Ellas lille sammenbrudd skyldtes enkel matematikk: Det hadde gått opp for henne at hun nå var nærmere femti enn førti, og en sterk følelse av at det hele – alderen, livet, hun selv – var uvirkelig, hadde senket seg over henne. Er dette *meg*? Jeg var jo bare for noen øyeblikk siden tenåring. Så møtte jeg Peter, vi ble forelsket (og det i den grad at det ikke var fremmed for meg å ty til det forslitte uttrykket «stormende forelsket»). Han hadde konstant lyst, og jeg begjærte ham så det verket i hele kroppen. Bryllupet, det var da ikke så lenge siden? For bare noen korte dager siden stod jeg med Maja over skulderen og klappet henne oppover ryggen slik at hun lettere skulle rape. Det er da ikke lenge siden jeg jub-

51

let over fast ansettelse på Blindern? Og så kom det over henne, som en klam og tung sky, hun kom til å dø. En dag, om ikke så altfor lenge skulle *hun* dø. Noen skulle sitte og se på hennes dødsannonse i Aftenposten. Hun forsøkte å snakke seg selv til fornuft, men den sedvanlige ironien fungerte ikke som den pleide: Du er dødelig som alle andre mennesker, big surprise! Hun skulle slutte å puste, hjertet hennes skulle slutte å slå, og det skulle ikke komme flere dager. Dette var livet hennes. Sannsynligvis hadde hun levd mer enn halvparten av det. Og det kom ikke til å bli annerledes. Det klemte henne ned: Det kom aldri til å bli annerledes. Hun som hadde vært den eneste i sin venninneflokk som *ikke* skulle forandre menneskeheten og redde verden, som *ikke* skulle løse kreftgåten eller vinne nobelprisen. Ellas eneste ambisjon var å bli lykkelig. Hun hadde syntes hun så tvers igjennom sine venninners naiviteter. Det er ikke det som betyr noe, hadde hun tenkt og følt seg klok, det som teller, er å finne lykken. Akkurat hva lykken bestod i, hadde ikke den unge Ella hatt klart for seg, men at kjærligheten til Peter var en del av det, og barn en annen, var hun overbevist om.

Maja var i København. Hun var en sunn, ung kvinne med alt som det innebar – blant annet at hun nå var mer opptatt av venner, venninner, kjærester, fester, konserter og studier enn av foreldrene sine. Maja og Ella snakket med hverandre minst én gang i uken, det var alltid en hyggelig tone, men den gamle intimiteten var borte. Ella kjente ikke lenger navnene på Majas venner, hun visste ikke lenger hvordan dagene hennes så ut, og samtalene deres hadde av og til hull, som riktig-

52

nok bare Ella merket, men som ingen av dem greide å
fylle.

*

Hvis professor Edmund Benewitz-Nielsen hadde ant hvor
ofte han hjemsøkte Ellas tanker, ville det ha moret ham
kongelig. Hvis han hadde visst hvor ofte hun våknet midt
på natten, kaldsvettende etter å ha hatt nok en drøm om
ham, ville han kanskje til og med ha ledd (noe som skjedde
så sjelden at han nesten hadde glemt hvordan man gjorde
det). Kanskje den største forskjellen mellom Ellas sedvan-
lige forelesninger på Universitetet og Ellas kveldskurs i
latin var at hun på kveldskurset kunne undervise uten å
måtte tenke på Edmund Benewitz-Nielsen.
Edmund Benewitz-Nielsen var medisiner, med spesiali-
sering i nevrologi. Han hadde kjent Ella siden de var i 20-
årene. I begynnelsen hadde de kommet riktig godt ut av
med hverandre, selv om Ella enkelte ganger hadde spurt
seg selv hvorfor hun tilbrakte såpass mye tid sammen med
ham. Han tok hennes beundring for gitt, til slutt ble det en
selvfølge for henne også. Hun beundret. Han ble beund-
ret. Han sa hun var pen. Hun benektet det og takket. Han
forsøkte å forføre henne. Hun ville vente. Selvsagt var det
han som for det meste snakket, og han som stort sett defi-
nerte hva de skulle snakke om, noe som førte til at Ella
fikk ganske god oversikt over en del medisinske emner,
mens Edmund aldri forandret mening om for eksempel
hvem de virkelig gode forfatterne var (etter hans mening
var det Jack London, Helge Ingstad og Knut Hamsun).
Men Edmund lyttet da også til henne, nikket og så ut
som om han syntes det som kom ut av munnen hennes,

53

var noenlunde fornuftig, selv om hun la merke til at han ofte hadde kastet blikk på kroppsdeler som satt et stykke nedenfor munnen. Jo, Ella likte Edmund. Og hun beundret selvtilliten hans. Hun følte ikke selv at det skortet på akkurat det hos henne heller; derimot tenkte hun at hun hadde mer enn nok. Hun visste jo at hun ikke var dum, hun var oppvokst i et verbalt hjem, hun var faglig sterk, hun fulgte forelesningene, satt flere timer på lesesalen hver dag. Det hun ikke var flink til, var å ta ordet i auditoriet, stille professoren spørsmål hvis det var noe hun ikke skjønte, eller noe hun ikke fikk til å stemme. Hun måtte mangle evnen til å formulere seg klart og konsist i forsamlinger, hun hadde forsøkt, men ordene rant vekk, og hun ble stående og stamme frem noe usammenhengende mens hun kjente hjertet banke mot ribbena. Ella studerte filologi, det innebar at det sikkert var hundre kvinner i auditoriet, men bare syv–åtte menn. Foreleserne kunne navnene på mennene. Det var vel ikke så rart. De var jo i et klart mindretall, gjorde mye ut av seg og hadde dessuten oftest samme kjønn som foreleserne. De mannlige studentene syntes ikke det var vanskelig å stille spørsmål i plenum. Ella så opp til dem, samtidig som hun innså at ikke alle spørsmålene de stilte, eller kommentarene de kom med, var like imponerende. Det hun ikke kunne la være å legge merke til, var den autoriteten de la for dagen, og den selvfølgeligheten og sikkerheten de uttalte de mest bagatellmessige ting med.

Edmund og Ella hadde vært aktive i studentpolitikken, ærgjerrige som de var. Begge var oppriktig interessert i universitets- og utdannelsespolitikk, og begge hadde skjønt at en plass i studentparlamentet eller i fakultetsrådet (på Det medisinske fakultet for Edmunds del og på

Det historisk-filosofiske fakultet for Ella) ville være en god hjelp for videre karriere og akademisk klatring. Han så seg selv som en kommende leder for studentparlamentet, og han gjorde ingenting for å skjule sin overraskelse da hun fortalte ham at hun delte den ambisjonen.

De hadde drukket kaffe på Frederikke haugevis av ganger, kranglet vennskapelig om studentboligpolitikk og studiefinansiering, om streik var løsningen for å oppnå bedre vilkår for studentene. Én gang hadde de vært på kino, sett en amerikansk film nede i byen, delt en flaske vin på en bar etterpå, og Ella hadde lent seg mot ham og tenkt at det var noe eget med Edmund. Han så på henne, og sa at hun var så s-søt, så hadde han rødmet og fortalt at han hadde stammet som barn, og at det kom frem med litt alkohol innabords. Ella likte dette av grunner hun ikke helt forstod. Neste gang hadde de droppet kinoen og gått rett på baren. Halvveis nede i rødvinsflasken hadde hun latt ham kysse henne. Ja, hun *hadde* «latt ham kysse henne». For det var slik det hadde foregått: Han hadde tatt initiativet, hun hadde gitt etter. Det var helt etter oppskriften. Han fulgte henne hjem til miniatyrleiligheten hun leide. Kan jeg b-bli med deg opp? Hun hadde ristet på hodet. Ella visste ennå ikke helt hvor alvorlig hun mente det med ham. Venninnene hennes på Blindern la ikke skjul på sin misunnelse (Han er jo perfekt!), de hadde småertet henne og spurt om hun planla å bli legefrue, og hun hadde smilt hemmelighetsfullt, trukket på skuldrene og konsentrert seg om lesingen. Ella ble ikke lett forelsket, men nå mente hun at hun følte noe, at det var noe spesielt mellom dem. Det var likevel en side ved Edmund hun sterkt mislikte: Han ble annerledes overfor andre når han drakk. Han ble skarpere, mer arrogant, mer skjødesløs i kom-

55

mentarene. Det hadde aldri gått ut over Ella, og han drakk hverken ofte eller mye. Men Ella hadde sett hvordan han forandret seg til en mindre sympatisk utgave av seg selv. Nei, hun var ikke sikker på om hun burde forelske seg mer i Edmund. Så traff Ella Peter Ditlef Hoff, tannlegestudent, og hun forstod at en forelskelse var noe ganske annet enn de følelsene hun hadde hatt overfor Edmund.

Det begynte med en fest. Og det var Edmund som overtalte henne til å komme. Egentlig var Ella lei av alle lærer- og studentfester. Hun var lei av å observere hvordan de mannlige studentene alltid endte opp sammen med de av lærerne som hadde møtt opp. De satt rundt et bord, med ølflaskene i midten og ryggene som en mur mot resten av festen. De diskuterte fag, studentpolitikk eller verdensbegivenheter. De unge mennene med palestinaskjerf som på eksamener og på Frederikke avslørte seg som middelmådigheter med nokså begrensede kunnskaper, uttalte seg med alkoholforsterket selvsikkerhet, de lo støyende og lot seg ikke vippe av pinnen. Etter noen timer begynte mennenes (både studentenes og lærernes) blikk å trekkes mot kvinnene. Nå skulle det flørtes, nedlegges og ligges. Ella var lei. Hun så mønsteret, men hun var ikke i stand til å gjøre noe med det. De to gangene hun hadde satt seg ned blant mennene, var hun blitt ignorert, bortsett fra at en professor hadde bemerket at hun hadde vakre øyne. Men Edmund hadde lykkes i å overtale Ella til å komme på akkurat denne festen, og motstrebende hadde hun gått med på det. Dette blir gøy, sa Edmund, masse folk, tverrfakultært, egen DJ. Bli med! Du kommer til å være den peneste av dem alle, Ella. Hun hadde latt seg smigre, latt seg snakke inn i det.

Det var Edmund som presenterte dem for hverandre.

Dette er Ella. Dette er Peter. Peter Ditlef Hoff og Edmund hadde gått på samme skole, og et par år tidligere hadde de gjenopptatt et spirende vennskap fra barndommen. Edmund studerte medisin, Peter odontologi. Begge var klar over statusforskjellene mellom studiene, men det satte ikke det nyvunne vennskapet i fare fordi det gjenspeilte statusen de hadde hatt på skolen. Edmund og Peter drakk øl, spilte tennis sammen, og Edmund pleide å bli invitert til Peters hybel for å se tippekampen der, med det klassiske systemet at de tok en skål for hvert mål som plinget inn. Da Peter og Ella møtte hverandre, ble de øyeblikkelig forelsket. De ble så fascinert av hverandre at de kysset i all offentlighet på den festen. Helt ulikt Ella Blom. Edmund hadde drukket tett. Han hadde selvsagt lagt merke til at noe var i ferd med å utvikle seg mellom Peter og Ella. Da leppene deres slapp hverandre, og Ella åpnet øynene, så hun ikke bare rett inn i Peters forelskede ansikt, men også rett inn i Edmunds rasende. Han stod bak Peter og stirret Ella inn i øynene. Ella, d-du kan ikke mene at du vil ha den … l-larven der, sa Edmund, svært høyt, tilsynelatende svært selvsikkert. Peter snudde seg, forsøkte å roe ham ned.

Mange av festdeltagerne hadde fulgt interessert med fra begynnelsen; både Edmund og Ella var studenter man visste hvem var, og Ella var halvveis blitt regnet som «dama til Ed». Til tross for Edmunds arroganse som kom til overflaten på fest, hadde nok sympatien ligget hos ham, ikke hos den ukjente, mer beskjedne Peter. Men da Edmund uten mer om og men dasket til Peter i ansiktet og kalte Ella en hore, var alle brått på Peters parti. Da Peter la armen sin beskyttende rundt Ellas skuldre, lød det en lys mannsrøst fra midt i tilskuerflokken: D-d-det er n-n-

57

nettopp d-den l-larv-ven h-u-un v-v-v-vil ha. Kretsen rundt de tre brølte av latter. Selv om Ella på dette tidspunktet var både såret og sint, syntes hun nå synd på Edmund. Og hun deltok overhodet ikke i latteren. Hun hadde ikke smilt engang.

Ella og Peter ble et par. Edmund levde alene resten av sitt liv. Edmund tilgav Peter, som en mann tilgir en annen mann, anerkjenner seierherren. De snakket aldri om episoden, de så hverandre lite, men hilste og slo av en prat hvis de tilfeldigvis møttes, og Edmund takket ja og kom i bryllupet deres. Han og Peter ble med årene fjerne bekjente med hver sin karriere og noen felles minner fra barndom og studiedager. Ella derimot kunne han aldri tilgi. Hun hadde valgt en ubetydelighet fremfor ham. Hun hadde gjort narr av ham, tråkket på ham, ydmyket ham. Hver gang han tenkte på Ella Blom, husket han hvordan det hadde vært å stå midt i ringen av leende mennesker.

Om det var den offentlige fornedrelsen, bitterheten over tapet eller om det var helt andre ting, skal være usagt; uansett var det et faktum at Edmund ikke fikk den karrieren både han selv og andre hadde regnet som sikker. Han gav opp studentpolitikken, ble ferdig med studiene på normert tid, gjennomførte turnustjenesten og påbegynte en spesialisering innen nevrologi. Han ble avdelingslege på Ullevål sykehus, men var like ulykkelig uansett hva han holdt på med. Etter noen år fikk han en forskerstilling ved Universitetet i Oslo. Han ble ikke mer omgjengelig av å bli ansatt ved Universitetet, men han syntes nok at livet fortonet seg noe lysere. Han behøvde ikke å forholde seg til andre mennesker i noen særlig grad, han kunne fordype

58

seg i forskning, han forlot sjelden kontoret sitt før etter mørkets frembrudd. Han reiste hjem til Vestfold så ofte han kunne, likte hagearbeid, kikket på studentene, men holdt seg i skinnet, kjøpte seg heller en gledespike i ny og ne. Han utviklet sans for portvin og raske biler. Han trivdes ikke i sitt eget liv.

Tapet av Ella og episoden på festen hadde suget seg fast inni ham et sted, den satt der som en verkebyll, som este og sakte vokste seg større.

Ganske nylig hadde han fått muligheten til å delta i et stort tverrfakultært prosjekt (PIB: *Prepositions in the Brain – a Neurolinguistic Project*). Edmund Benewitz-Nielsen hadde ansett seg som den selvskrevne sjefen, og det hadde ikke vært lett for ham å svelge at fakultetsledelsen hadde foretrukket en kvinnelig humanist fremfor ham. (Typisk! Dobbelt politisk korrekt, hadde han tenkt.) Edmund ble avspist med å være nestleder. Det var først like før prosjektet skulle i gang, at han oppfattet at den kvinnelige humanisten som rektor omtalte som Elvira Louise, var Ella Blom. Han hadde forsøkt å la være å tenke på Ella i alle disse årene, men nå meldte følelsene seg igjen. Ikke forelskelsen, den var borte for lengst, men en forakt, eller kanskje til og med et hat. Allerede da han hilste på Ella på det første møtet, og hun hadde strålt opp, gitt ham en klem og kvitret at det var hyggelig å se ham igjen etter så lang tid, sprakk byllen og tømte infisert verk ut i hele kroppen hans. Han ble overveldet over at møtet med henne fikk ham til å reagere så kraftig. Han hadde ikke noe valg. Betennelsen tøt utover, spredde seg. Han visste at han måtte gjøre gjengjeld. Han visste at han ikke orket å se henne, vite at hun var lykkelig, langt mindre ha henne som sjef (som selvsagt var absurd i seg selv: Hun var førsteamanuensis, kvinne, filolog).

Og når han først hadde bestemt seg, utførte han det med stor flid og dyktighet. I all stillhet unnlot han å gjøre en del av sine oppgaver. Han nikket til Ella, men gav ikke beskjeder videre til resten av gruppen. Han nøt synet av Ella da hun oppdaget – i samvær med dekanus og visedekanus – at nøkkelpersoner i prosjektet var uvitende om beslutninger de skulle ha blitt informert om for lenge siden. Benewitz-Nielsen bad pent om unnskyldning etterpå, Ella sa at kjære, det var i bunn og grunn hennes ansvar, men da det hadde gjentatt seg noen ganger, regnet Ella med at Edmund var litt ustrukturert, og hun overtok slike oppgaver selv. Edmund Benewitz-Nielsen fant snart andre metoder. Han lot aldri en anledning gå ifra seg til å si mildt ufordelaktige ting om henne. Nei, ikke direkte fornærmelser, han var klokere enn som så, han antydet bare at stakkars Ella Blom hadde påtatt seg altfor mye, at hun hadde det tøft nå, både på jobb og hjemme, han mumlet medfølende at det ikke var rart hun ikke rakk å gjøre alt hun skulle, han fremhevet at han på ingen måte kom til å klandre henne for at sluttproduktet ikke kom til å bli så glitrende som Ella selv hadde lovet i sin tiltredelsestale, han var den første til å forstå at det hadde blitt for hardt for henne. Han lot det skinne igjennom at han, i ren medmenneskelighet og for universitetets ry, stadig måtte trå til og redde henne. I andre mer fortrolige samtaler mellom menn høyt oppe i universitetets maktpyramide fortalte han, selvsagt med en nøye utporsjonert uvilje og kledelig beklagelse, at Ella Blom dessverre ikke egnet seg som leder. Han feiret sine små seire med et glass portvin eller to. Det gjorde ham godt å se at hun strevet, selv om lykkefølelsen det gav ham, var like forbigående som virkningen av portvinen.

Det tok flere måneder før Ella forstod hva Edmund Benewitz-Nielsen forsøkte å gjøre mot henne. Samtidig som dette gikk opp for Ella, fikk Benewitz-Nielsen større og større problemer med å skjule sin forakt og sitt hat til henne. Han begynte å la det falle bemerkninger om at Ella kanskje skulle innse at hun burde trekke seg, at hun aldri ville lykkes, at andre burde ta over roret, det handlet om å innse sine begrensninger. Og på en eller annen måte visste hun at dette bare var begynnelsen. Edmund Benewitz-Nielsen kom aldri til å gi seg.

Ella sukket igjen, kastet et siste blikk på sin aldrende arm med føflekker og utstående blodårer, vred rundt nøkkelen og låste seg inn i leiligheten. Hallo, nå er jeg hjemme! ropte hun, slik hun alltid gjorde. Og som vanlig håpet hun at han kom til å svare henne.

*

Før Anders hadde det aldri vært noen hast for Frøydis å komme hjem. Nå *løp* hun ut til bilen, delvis fordi det var så kaldt, men mest fordi hun ville hjem til ham. Frøydis småløp så fort hun kunne med sin tunge kropp på sine korte ben, og de høye stiletthælene gjorde det ikke lettere. Like før hun nådde frem til bilen, skled hun og holdt et øyeblikk på å falle, og som alltid gav den korte tiden i ubalanse henne et stikk av redsel. Maman, rakk hun å skrike inne i seg. Så gjenvant hun likevekten, og alt roet seg inni henne igjen. Og da hun så opp, fikk hun øye på Jenna, den lyse damen som leste svartebøker. Frøydis stoppet helt opp. Hva var det Jenna drev med? Og hva var det hun sa? Frøydis lyttet, hun lente sitt korte legeme så mye hun kunne i Jennas retning.

Nei, Frøydis Brun var ingen høy kvinne. Selv trodde hun at hun aldri fikk tatt igjen det forsømte; farens ukjærlige, ja, til tider voldelige, behandling av moren gjorde at Frøydis ble født før hun var ferdig utvokst. Hun hadde vært en bitte liten nyfødt. Moren målte henne til nøyaktig 159 centimeter på 13-årsdagen, og den høyden beholdt hun hele livet. Da hun skulle få sitt første pass, holdt hun fingrene i ljugekors bak ryggen og bestemte seg for å runde av oppover. Høyde-Høgde/Height: 160 cm. Tidlig i hennes liv, da hun var atskillig kortere, inntraff to episoder som Frøydis selv alltid hevdet hadde vært skjellsettende.

Den første episoden skjedde da hun var mellom tre og fire centimeter lang. Hun innbilte seg at det hadde foregått slik: Hun hadde ligget og duppet (og hun valgte med hensikt verbet *duppe*, for hun så for seg at hun hadde ligget og flytt i vannskorpen lik en trillende rund, rød og hvit fiskedupp). Ansiktet hennes var bredt med øynene plassert på hver side av hodet som på en fisk. Øyenlokkene kunne ennå ikke åpnes, men hun som skulle bli til Frøydis, visste at de med tiden vil bli slik øyenlokk var ment å være, så dette var ikke noe hun bekymret seg over. Med tiden ville alt komme, og når alt var kommet og var på plass, ja, da ville hun selv komme, ut i verden, ut til maman. På fingre og tær prikket det behagelig der neglene var i ferd med å dannes. Ørene så ennå ikke helt ut som ører, og fremdeles satt de langt nede på fiskehodet hennes, som to innbretter i huden. Hun kjente likevel lett igjen mamans stemme, maman pleide å legge en hånd rett

under navlen sin, maman trykket hånden mot bukskin-
net, maman sang, maman kalte henne *mon petit chou*
eller *mon bébé à moi*. Fra tid til annen hørte hun også
pappas stemme som et fjernt tordenskrall fra tilværelsen
der ute. Hun skjønte at moren ikke var så flink til å velge
menn. Hun som skulle bli til Frøydis, likte ikke pappa,
og selv om han av og til kunne si ordene «barnet mitt»,
var tonen hans en helt annen enn morens. Flere ganger
hadde hun hørt foreldrene krangle med høye stemmer. Da
knep hun som skulle bli til Frøydis, de allerede gjenklis-
trede øynene hardere sammen, hun la de korte armene i
kors og tok saltomortaler for å slippe å høre. Hun ville
så gjerne beskytte moren, men innså at det for tiden var
nokså vanskelig. Hun er en astronaut inne i maman, vekt-
løs, men trygt fortøyd til livmorveggen. Navlestrengen er
et tykt og tvunnet tau; det hender hun napper forsiktig i
det for å forsikre seg om at det sitter fast. Så skjer dette:
Det er på dagen ni uker siden unnfangelsen. Hun dup-
per i det lunkne, mørke vannet. Hun rykker til av at det
skvalper avsindig rundt henne, hun oppfatter et dumpt
drønn og et skrik som må være mamans. Selv åpner hun
også munnen for å hyle av redsel, men den fylles bare av
fostervann. Det kjennes som om hun skal løsne, som om
hun rives løs fra fortøyningen sin. Lenge er det som om
hun svever fritt, uten holdepunkter, uten fremtid. Det roer
seg, bølgene legger seg. Hun rykker i forankringen, den
er der, men tryggheten, forvissningen om at alt med tiden
skal komme, forsvinner. Hun som skulle bli til Frøydis,
er forandret til et engstelig foster.

Den andre av de to episodene inntraff nesten fem måne-
der senere, for nå er det skjedd, det som slett ikke skulle
skje: Hun er løsnet, mot sin vilje har hun sklidd ut av

mamans mørke trygghet. Hun skal hete Frøydis, hvisket moren til de to lavmælte sykepleierne før de puttet det altfor lille barnet i kuvøsen. Sykepleierne skjønte ikke først hva moren sa, for hun snakket med sterkt utenlandsk aksent og med kraftløs stemme, men til slutt oppfattet de, nikket og smilte til den utslitte, bleke moren. Nå ligger Frøydis på ryggen og padler slapt med blyanttynne lemmer. Hun veier omtrent én kilo og er 35 centimeter lang.

Hverken hun eller maman husker noe fra fødselen. Det kom uventet på dem begge, men maman rakk iallfall frem til sykehuset, med god hjelp av en vennligsinnet nabo, full av nestekjærlighet og handlekraft, blottet for nysgjerrighet (en sjelden kombinasjon). Nå ligger moren med en bandasje i pannen, plaster på haken og et bind på størrelse med en barnebleie i trusen og stirrer inn i en hvit sykehusvegg, mens Frøydis ligger med et tøystykke for øynene og et damebind i minste størrelse mellom de rynkete lårene. Hun er festet til en ledning som gir henne næring, og har en slange ned i de uferdige lungene. Hun blir i kuvøsen i ti uker, så reiser hun og maman hjem. Det er bare de to nå. *Ma chérie. Mon bébé.* Frøydis suger seg fast i brystvortene hennes, klamrer seg til henne, forsøker å legge armene rundt halsen hennes, vil aldri slippe taket. Om natten, helt til hun fyller tretten, sover hun sammen med maman, og hun sørger for at minst ett stykke av huden hennes er i berøring med mamans kropp.

Charlotte Brun var vokst opp i en universitetsby i Sør-Frankrike, ikke så langt fra den spanske grensen. Hun var liten, nett og mørk, og hun falt så grundig for den lysluggede nordmannen at hun reiste med ham til Oslo.

Oslo på 60-tallet var nokså langt fra en pulserende storby, men Charlotte var innstilt på å bli lykkelig der. Hun ble ikke det, og hun savnet mannen som hadde fått henne til Norge, befruktet henne og forlatt henne, ikke fordi hun ville ha ham i seg selv, men fordi hun aldri hadde forestilt seg å leve livet uten en mann ved sin side, en hun kunne oppvarte og skjemme bort, og som til gjengjeld tok vare på henne. Hun var en ensom kvinne, og antagelig burde hun ha tatt med seg datteren tilbake til Frankrike, men skammen over å være enslig mor ble for stor. Hun våget ikke å tenke på hva hennes strenge, katolske mor ville si om hun returnerte uten mann, og med en datter med et ukristelig navn. Det var *impossible*. Hun ble.

Hun klarte aldri å uttale diftongen i datterens fornavn på norsk maner, og hun sa alltid etternavnet deres, Brun, som var hennes eget pikenavn, slik hun hadde sagt det i hele sitt liv, med skarp skarre-r, og der n-en bare var en rest i form av en nasal uttale av æ-lyden: bræÞ.

Frøydis var navnet på nabofruen som hadde tatt seg av Charlotte under svangerskapet, og som hadde sørget for å få henne av gårde til sykehuset. Du er oppkallet etter to flotte kvinner, fortalte moren og så kjærlig ned på Frøydis. Du er oppkallet etter min mor, din kjære *grand-mère*, som du aldri fikk treffe. Frøydis, du er oppkallet etter den brusende *frou-frou* som hennes skjørter laget når hun gikk. Og du er oppkallet etter kvinnen som reddet våre liv.

Frøydis smilte til maman, og de klemte hverandres hender. Maman passet på Frøydis, og Frøydis passet på henne.

Da Frøydis var tretten år og altså hadde nådd sin maksimale høyde, veide hun knappe 40 kilo. Rett etter 13-årsdagen forandret livet hennes seg. Alt ble annerledes.

Også kroppen hennes. Det første året la hun på seg åtte kilo, deretter minst en kilo årlig. Nesten tre tiår etter 13-årsdagen viste badevekten 96 kilo. Frøydis Brun hadde med sin kuleformede kropp klatret helt til topps på samfunnspyramiden, hun tjente et syvsifret beløp, var i kommando over mer enn hundre mennesker. Hun var robust og rolig, tidseffektiv og velstrukturert. Det hendte like fullt at hun våknet om natten, badet i svette, livredd for å løsne. Men alt ble annerledes da hun møtte Anders.

Før og etter Anders. For Frøydis hadde dette blitt den naturlige tidsregningen. Frøydis hadde intenst hatet kroppen sin, det eneste som var sterkere enn hatet, var lysten til å spise seg stappende mett, proppe seg full. Men det var før Anders. Appetitten hadde ikke avtatt, men nå hadde hun begynt å respektere den kroppen hun hadde. Hun nøt det hun kunne bruke den til. Kroppen til Frøydis var tross alt det viktigste verktøyet i nytelsen av de to store interessene hennes: Anders og mat. I den rekkefølgen.

Det var rart at hun fra første sekund hadde elsket hans kropp så høyt når hun hadde foraktet sin egen så sterkt. For om hun skulle være ærlig overfor seg selv, så var jo kroppene deres latterlig like. Kroppen til Frøydis var selvfølgelig unektelig en kvinnekropp og kroppen til Anders en mannskropp; men bortsett fra de åpenbare forskjellene, var kroppene altså nokså like. Da de passerte førti år og henholdsvis nittifem og etthundreogti kilo, møtte de hverandre. De møttes over en karamellpudding. Frøydis hadde akkurat forsynt seg med et digert stykke, stod fremdeles med forsyningsskjeen i hånden og overveide om hun skulle la den synke inn i den lysegule massen en gang til;

Anders øste mørk, blank sukkersaus over sin minst like voksne porsjon.

– Det finnes ikke noe bedre enn karamellpudding, sa Anders.

– Jo, ribbe og medisterkaker, svarte Frøydis uten å blunke. – Og en svak gin tonic på skogstur, føyde hun til, og nå hadde hun planer om å blunke spøkefullt til ham, men hun fikk det ikke til. De ble stående og se på hverandre. Begge smilte, uten å være klar over det, og begge holdt seg godt fast i forsyningsbestikket. Ingen sa noe.

– Skal vi ta kaffen sammen? spurte til slutt Anders. Stemmen hans skingret ut midt i setningen, som en gutt i stemmeskiftet.

Frøydis nikket, og hun vandret henført etter ham da han begynte å bevege seg. Han styrte dem mot et tomt bord borte ved vinduet – antagelig ville hun ha fulgt etter ham uansett hvor han hadde gått. De plasserte de velfylte skålene på bordet, satte seg ned samtidig, så på hverandre, smilte og kunne ikke la det være. Det var først da Frøydis slo blikket ned, og hun automatisk begynte å lengte etter å la munnen fylles av den vidunderlige søte puddingen, at hun oppdaget at de hadde glemt å få med seg skjeer. Anders reiste seg halvt.

– Jeg henter, sa han tjenestevillig.

– Nei, nei, *jeg* henter, sa Frøydis, boblende over av trang til å gjøre noe for *ham*, men hun angret da hun gikk. Hun drog den grå blazeren så langt nedover baken som mulig, samtidig som hun helt forgjeves trakk inn magen og håpet at hun ikke så altfor mye ut som en hvalross. Og da hun returnerte med skjeer og to kopper kaffe (som de også hadde glemt), var hun smertelig klar over sitt omfang. Hun klarte ikke å tenke på annet enn det. Da hun lettet

sank ned i stolen (hun hadde i det minste ikke mistet skje-
ene som hadde balansert ytterst på den ene kaffeskålen),
kjente hun hvordan magen, lårene og setepartiet skalv
lenge etterpå. Hun så ikke opp, og da dønningene la seg,
grep hun skjeen og stakk den inn i den bleke karamell-
puddingen som øyeblikkelig begynte å dirre slik hennes
kroppsfett akkurat hadde gjort. Hun slapp skjeen og tok
en slurk kaffe. Men da Anders så på henne lenge og smilte,
visste hun at han var helt annerledes, og hun bestemte seg
for å fortøye i ham. De skrapte tallerkenene rene, og da det
ikke var spor igjen av hverken sukkersaus eller pudding,
strakte Anders frem hånden, og Frøydis grep den.

*

Jenna hadde ikke klart å la være å tenke på moren de to
timene kurset hadde vart. Johannas ansikt hadde brutt
gjennom tankene hennes flere ganger, men hun hadde
bare smilt beroligende til Jenna, og Jenna hadde tatt det
som et tegn på at hun skulle nyte grammatikk og gamle
romere. Med én gang kurset var slutt, og hun hadde kom-
met ut av klasserommet, ble hun igjen fylt av bekymring
for moren, for hva hun kunne finne på. Tenk om hun
skadet seg selv, gikk ut, spaserte av gårde slik hun hadde
gjort et par ganger. Hun måtte komme seg hjem til henne
så raskt som mulig! Hun fomlet med å låse opp bildøren,
skalv på hendene, og da hun vred rundt tenningsnøkke-
len, var det overhodet ingen reaksjon fra motoren. Hun
trampet i gulvet, slo hånden i dashbordet, prøvde igjen,
bannet en lang samisk regle hun hadde lært av mormo-
ren, men ingen av delene hjalp. Hun kom seg ut av bilen,
smelte igjen døren og gjentok banneordene. Og på en

eller annen måte var det ikke nå lenger bilen hun for-
bannet, men lederen for eldreomsorgen i bydelen: Jon D.
Ommundsen. Bak seg hørte hun noen kremte, og da hun
snudde seg, oppdaget hun at den overvektige kvinnen fra
kurset – Frøydis het hun, husket Jenna – stod med hodet
på skakke og betraktet henne.

– Du sitter vel på med meg, sa hun vennlig, men myn-
dig. Jenna nikket, lot sin egen bil seile sin egen sjø og
begynte å gå mot Frøydis. Tredve sekunder etterpå kunne
hun takknemlig (og en tanke beskjemmet) sette seg inn i
Frøydis' solide tyske bil med lydige hestekrefter, effektivt
varmeapparat og behagelige skinnseter.

Etterpå kunne ingen av dem forstå hva som utløste det,
men før de hadde nådd Gamlebyen, snakket de som
to venninner som hadde kjent hverandre siden skoleda-
gene, og før Frøydis slapp av Jenna på Vålerenga, hadde
Jenna foreslått (riktignok spøkefullt) at de burde danne
en klubb, en slags kvinneliga. Begge hadde ledd høyt,
men forslaget måtte på en eller annen måte ha vakt gjen-
klang, for det festnet seg hos dem begge. Kanskje hadde
det hele begynt med at Jenna uttrykte sin takknemlighet
for at hun slapp å ta drosje. Hun hadde først ytret noen
standard høflighetsfraser, forsikret seg om at det var helt
i orden at hun satt på, og var Frøydis sikker på at hun
virkelig skulle i samme retning, var det ikke tungvint for
henne? Frøydis på sin side forsikret Jenna om at det var
en ren fornøyelse å kjøre henne hjem, at hun praktisk
talt skulle i samme retning, at det virkelig ikke var noen
omvei å snakke om. Frøydis bodde på Majorstuen, for-
talte hun, og da var Vålerenga nesten på veien. Og det
var vel da Jenna sa noe om at hun hadde akkurat rukket

å tenke at hun ble nødt til å ringe etter en drosje (en hvit løgn, for det eneste hun hadde tenkt på, var hvor bekymret hun var for moren, og hvor provosert den overlegne fyren Jon D. Ommundsen gjorde henne), og så fortalte hun en liten, nokså likegyldig historie til Frøydis om sjåførens oppførsel da hun sist hadde tatt drosje, ikke fordi det var en viktig historie, men for å fylle rommet mellom dem med ord:

– Du aner ikke hva sjåføren sa til meg, sa Jenna, snudde seg mot Frøydis og betraktet den butte profilen hennes, der nesen ikke stod særlig lenger frem enn panne og kinn, og der haken og halsen dannet én linje. Merkelig at Frøydis som brøt så sterkt med vanlige oppfatninger av skjønnhet, likevel var vakker.

– Nei? Fortell! oppfordret Frøydis da det ikke kom noe mer fra Jenna. Og Jenna fortalte at hun nærmest var blitt skjelt ut fordi hun ikke hadde kommet på den nøyaktige adressen dit hun skulle, med én gang. Og taxisjåføren gjorde det klart at dette rotet, som gikk ut over *ham* (uten at det var helt klart for Jenna hvorfor det skulle det all den tid taksameteret hans stod og tikket grådig), kun skyldtes én ting, og det var at Jenna var dame, og damer hadde ikke peiling på retninger, adresser, bilkjøring eller noe.

– Det var da voldsomt!

– Ja, det kom en kvinneforakt uten like opp til overflaten, sa Jenna. – Jeg ble faktisk redd. Lattermild, men skremt også.

Det ble stille mellom dem en stund. Frøydis manøvrerte bilen nedover Ekebergåsen. Jenna hadde lyst til å si noe. Hun kikket ut av vinduet, så utover Oslofjorden som lå høstmørk og stille, hun så lysene på Nesoddtangen, en båt (antagelig danskebåten) smøg langsomt sørover mot kontinentet. Og det var kanskje da Jenna spurte om Frøydis var gift. Hun kikket fremdeles ut av vinduet, og igjen var det mest for å bryte tausheten, for å vise takknemlighet for at Frøydis hadde tatt henne med. Samtidig visste Jenna at denne bilturen på en eller annen måte var betydningsfull. Det handlet om mer enn to damer i en bil. Frøydis ristet på hodet, nei, hun var ikke det. Og du? Jenna svarte at hun aldri hadde vært gift. Men du har et barn, sa Frøydis. Jenna nikket. Ja, hun hadde en datter.

– Heldiggris, sa Frøydis.

– Ja, sa Jenna enkelt. – Jeg er så glad for at jeg har Julia.

– At jeg ikke har barn, er …, begynte Frøydis prøvende. Så tidde hun. Jenna sa ingenting. Med ett gikk det opp for Jenna at hun ønsket intenst at Frøydis skulle fortsette, at de to kunne kjøre gjennom mørket og snakke, bli kjent med hverandre, bli venninner, gråte og le sammen. Hun klemte fingrene inn i håndflaten så det gjorde vondt. Fortsett, tenkte Jenna, fortsett! Frøydis trakk pusten: – Det er en sorg. En stor sorg.

Jenna var vant til at kundene i morens butikk kunne komme med forunderlig intim informasjon over disken (Denne lille dragen skal jeg kjøpe til min kjære svigermor – jeg *hater* henne, hun tror mannen min fremdeles er fem år og trenger hennes beskyttelse!), men hun visste at dette var noe ganske annet.

– Ja, sa Jenna varsomt. – Det kan jeg forstå.

Frøydis svarte ikke, satte på vindusviskerne som gnuret over de tørre vinduene, skrudde dem av igjen. Dette var noe Frøydis sjelden snakket om; Jenna trodde ikke Frøydis pleide å fortelle nærgående detaljer om seg selv – særlig ikke til mennesker hun overhodet ikke kjente, som hun ikke ante eksisterte for to og en halv time siden, og som hun skulle treffe igjen om en uke. Ja, for det hadde nesten vært bedre med et tilfeldig bekjentskap over en butikkdisk eller på et tog, man kunne si mye til en man ikke visste navnet på og aldri skulle se igjen. Men dette var så riktig. Det var akkurat slik det skulle være; nå gjaldt det bare å få Frøydis til å føle seg vel. Jenna kikket mot Frøydis, jo, hun var overbevist om at hun satt der og angret. Jenna reagerte slik mange kvinner i en tilsvarende situasjon ville ha gjort. Hun kvitterte med en egen betroelse:

– Jeg er så bekymret for moren min.

Jenna fortalte for å gjøre det lettere for Frøydis, men det gjorde godt å si det. Hun fortalte om det hun likevel ikke klarte å la være å tenke på, hun fortalte Frøydis om hvor redd hun var, hvor mye moren hadde betydd for henne, hvor glad hun var i henne, hvordan hun hatet å se henne forandre seg.

– Ja, sa Frøydis da Jenna tidde, og det ene lille ordet rommet mye. Engasjement, oppriktig medfølelse, forståelse. Jenna hørte alt sammen.

Jenna fortalte at hun i mange måneder hadde forsøkt å få plass på et sykehjem for moren, men hun hadde fått klar beskjed om at Johanna ikke kom til å få plass. Hun klarer seg selv. Hun har hjemmehjelp. Hun har en voksen datter i byen. Ja, i samme hus! Og, fortsatte Jenna, sist hun hadde ringt, hadde denne fæle Jon D. Ommundsen mer enn antydet at Jenna kanskje ikke hadde lyst til å ta seg av den gamle moren sin.

– Ikke lyst? Så frekt, sa Frøydis sint.

– Han sa at det var ganske uvanlig å ikke ha ansvarsfølelse overfor sine gamle foreldre.

72

– *Sa* han virkelig det? Vet du, det hadde han aldri turt å si til en mann!

– Du har sikkert rett.

– For en drittsekk!

Frøydis sa *drittsekk* med en sånn heftighet og et sånt alvor at Jenna et øyeblikk så overrasket på henne før hun begynte å le hjertelig. Latteren boblet frem, og hun klarte ikke – ville ikke – stoppe den. Her satt de sammen, det var mørkt og varmt, motoren mol, bilen fjæret og duvet, av og til ble kupeen opplyst av møtende bilers frontlys. Hennes lår var bare en drøy desimeter fra låret til Frøydis, den høyre hånden til Frøydis hvilte på girspaken. De hadde utvekslet betroelser, de hadde luftet frustrasjoner. De hadde helt uventet truffet hverandre på en måte man ikke er forunt å oppleve så altfor mange ganger i løpet av et liv. Det hadde vært der fra begynnelsen av, men det var da hun hadde begynt å fortelle om moren og Jon D. Ommundsen, det skjedde. Alt klikker på plass, passet sammen på en forunderlig måte.

– En drittsekk, hermet Jenna, og ordene ble nesten kvalt i latter. Det var en lettelse å fortelle om moren, berusende deilig at en annen tok del i sinnet hennes.

– Vi sitter her som to mannshatere, lo Frøydis tilbake. Jenna var varm og myk og slapp i hele kroppen av latter:

– Ja, vi sitter her som to sure kjerringer og skjeller ut mannfolk.

– Kjerringer er bra, fastslo Frøydis.

– Klart det, lo Jenna.

– Og det finnes jo virkelig noen fæle mannseksemplarer, sa Frøydis. Hun var med ett alvorlig selv om hun ennå hadde rester av et smil i ansiktet.

– Jeg har faktisk *aldri* møtt noen lytefrie menn.

– Jeg har verdens beste kjæreste, sa Frøydis uventet.
– Anders.

– Gud bevare Anders, lo Jenna. Så Frøydis hadde altså
en kjæreste, det var bra, tenkte Jenna. Kanskje det ikke
er for sent med barn heller?

– Amen, sa Frøydis og falt inn i den muntre tonen
igjen.

Jenna så undersøkende, og hvis hun skulle være helt
ærlig mot seg selv, litt misunnelig, på Frøydis. En bil på
vei oppover lyste i noen sekunder opp ansiktet hennes.
Huden hennes var nesten rynkefri, men Jenna hadde en
mistanke om at fedmen strakte huden glatt, og at under-
hudsfettet fylte ut alle rynker og linjer fra innsiden. Frøydis
var kanskje ikke så ung som hun så ut til ved første øye-
kast, men hun var definitivt i fertil alder. Ingen hetetokter
og menopause der i gården, nei. Skulle hun spørre henne
hvor gammel hun var? Nei, avgjorde hun, det ble på en
pussig måte mer intimt enn mye annet de hadde snakket
om. Dessuten var de snart på Tøyen nå, det var like før
hun skulle gå av.

– Vi kvinner burde støtte hverandre mer, sa Jenna i ste-
det. Det lød høystemt og lettvint, men innholdet stemte
likevel overens med det hun ville uttrykke, så hun lot
setningen henge der, korrigerte den ikke, lo den ikke
bort.

– Det har du så rett i, sa Frøydis og kikket på Jenna ut
av høyre øyekrok.

– Vi burde faktisk starte en liga, sa Jenna entusiastisk.
Hun lyttet overrasket til seg selv: – En kvinneliga, der vi
snakker sammen og hjelper hverandre.

Jenna *hadde* en plan, hun visste hva hun ville, men var
dette måten å gjøre det på? Kanskje hun ved sin klos-

sethet hadde ødelagt alt? Og dette tåpelige ordet – liga – hvor kom det fra? Først flere timer senere, da Jenna lå i sengen og forsøkte å sove, innså hun hva inspirasjonen til hennes absurde ordvalg muligens var: Dagbladets sportssider.

Frøydis hadde ikke sagt noe mer, så nå la Jenna til, litt spakere:

– For damer, altså.

– Nettopp. For oss fire. Deg og meg. Ella og Celeste.

Frøydis hadde stoppet opp ved et lyskryss. De så på hverandre. Ingen sa noe, men begge så noe i den andres blikk. Jennas tanker flagret som løse papirlapper. Fire. Ella. Latinlæreren. Celeste, det var hun pene, mørke. Var det de fire som … Selvfølgelig var det det. Hun hadde jo sett det allerede i pausen, hun hadde visst det allerede før hun kom. Det stemte aldeles på en prikk. Og fløyelskappene. Hun måtte smile. Johanna. Gode, gamle Johanna. Papirlappene landet, dannet et fullkomment, helt ark.

– Mener du …?

– Selvsagt gjør jeg det, sa Frøydis. Det var blitt grønt lys, og hun kjørte selvsikkert videre. – Skal jeg stoppe der på hjørnet?

– Ja, det er fint. En kvinneliga, sa Jenna sakte og lo igjen. Hun kjente seg lett og susete i hodet, som om hun hadde drukket champagne. Også det latterlige ordet *liga*, da!

Den samme morgenen hadde hun bladd gjennom sportssidene for å komme til kultursidene. Hun registrerte halvt hvor mange menn som var avbildet, svetteglinsende kropper, jubel og selvsikkerhet. Nederst på en høyreside var det et bilde av tre kvinner. De spilte basket i kvinneligaen. Og de ble intervjuet om sitt forhold til idrettsmote.

Jenna rynket brynene av gammel vane og spurte seg selv hva ligaen der mennene spilte, het – antagelig bare *basketballigaen*. Hun bladde videre, men ordet *kvinneliga* hadde festet seg et sted i bevisstheten og i den grad gjort seg gjeldende.

– Da er vi her, sa Frøydis og svingte bilen inntil fortauskanten: – Dette kommer til å bli gøy, tilføyde hun så etter et par sekunder.

– Hva? sa Jenna med hodet inn gjennom den ennå åpne bildøren.

– Gøy! gjentok Frøydis fornøyd.

Så lo de begge høyt igjen. Det var jo også blitt en komisk avslutning på en merkelig kveld. Liga! De var oppspilte og fnisete, de oppførte seg nesten som om de skulle være nyforelskede. Blanke øyne, røde kinn. Høy puls. Opprømthet og glede, overraskelse over det som var skjedd mellom dem, samtidig en visshet om at dette var riktig, nøyaktig slik det skulle være. Og kanskje ennå en svak sjenanse over den andres betroelser og like mye over sine egne. Hva kunne de gjøre annet enn å le enda en gang? *Vale*, ropte Jenna til slutt og smelte igjen bildøren, og hun ble stående et øyeblikk på fortauet og se etter bilen før hun snudde og småløp mot det lille røde trehuset der Julia – og forhåpentlig Johanna – ventet.

*

– *Pulcher es!* Frøydis ropte overmodig oppover trappen nesten før ytterdøren gikk i lås bak henne. Hun og Anders bodde i en nokså romslig toetasjesleilighet ikke så langt fra Vigelandsparken.

– Hæ? *Ciao, bella!* Var det et bra kurs? kom det oven-

76

fra. Frøydis hengte fra seg kåpen, satte støvlettene inn i skapet (med skaftestøttere som gjorde at støvlettene holdt seg pene så mye lenger), hengte kåpen på sin faste kleshenger (og kneppet igjen de tre øverste knappene så den skulle holde fasongen bedre), hun kastet et rutinert blikk i speilet og justerte luggen. Frøydis var ikke typen til å bli stående lenge og selvforelsket foran speilet. En kort sjekk. Alt i orden. Så løp hun opp trappen, og enda en gang tenkte hun på hvor glad hun var for at Anders var kommet inn i livet hennes. Øverst i trappen stod han med to glass vin.

– Veldig bra, svarte hun.

– Skål, kokosbolla, sa han og rakte henne det ene.

– Skål, smultbollen, sa hun og tok en slurk.

– Du bommet med et par tusen år, sa Frøydis så.

– Hva mener du?

Og så måtte Frøydis fortelle at hun hadde havnet på et kurs i latin i stedet for et i italiensk. Anders så himmelfallen ut.

– Og hvordan skal vi da få bestilt pizza når vi skal til Roma? Vi kommer til å sulte i hjel! sa han overdrevent sorgtungt. – Hvor lenge kan man overleve på luft og kjærlighet?

– Du og jeg? Ikke særlig lenge.

– Jeg håper det ikke er kjærligheten du mener vi mangler, sa Anders.

– Det var ikke den jeg tenkte på, nei.

– Apropos mat: Jeg har aftensmaten klar, som lovet. Du trenger litt fett på ribbena, sa Anders og tok et godt tak rundt den ene rumpeballen hennes.

– Og du, min venn, svarte Frøydis, – trenger åpenbart et grunnkurs i anatomi.

Leende satte de seg ved spisebordet, der Anders hadde dekket på og satt frem to tallerkener. Nå fylte han dem til randen med hjemmelaget fløtebasert fiskesuppe, med pastellrosa reker, store torskestykker, biter av gulrot og pastinakk, et lite gulhvitt berg av crème fraîche svømte i midten av hver porsjon. Han kunne når han ville! Frøydis smattet fornøyd, nikket:

– Nydelig! Jeg kommer forresten til å fortsette med latinen.

– Ja, ja, vi klarer vel å skaffe mat i Roma likevel, sa Anders, men han insisterte på at det var Frøydis som måtte ta seg av matbestillingene, selv hadde han jo ikke engang klart å bestille riktig språkkurs.

– Det var nok en dypere mening med at jeg havnet på akkurat det kurset, skal du se, sa Frøydis, og det var ingenting med måten hun sa det på, som indikerte at det var ment som noe annet enn en spøk i forbifarten.

Etter at de hadde spist ferdig, tok Anders henne i hånden og leide henne mot sofaen. Frøydis slapp ikke hånden hans da de satte seg, hun presset sin mette, kulerunde kropp tett, tett inntil hans, hun la nesen ned mot armhulen hans og kjente den trygge lukten, og i et kort sekund var det som om hun satt inntil morens kropp. Nøyaktig sånn hadde de to sittet, mange, mange ganger, snakket lavt sammen eller ikke sagt noe.

Frøydis var blitt morløs like etter at hun fylte tretten. På et vis hadde hun aldri kommet over det. Hun hadde ennå mareritt om den dagen, hun kunne våkne midt på natten, skjelvende og klissvåt av svette. Ennå kunne små episoder, andres bemerkninger, noe hun leste eller tilfeldigvis

78

hørte, fremkalle følelsen av å være helt alene. Redselen hun hadde hatt den gangen, hadde aldri blitt borte. Men nå behersket hun den, nå var hun sterk nok til å kunne kjenne på den, til å skyve den unna slik at den ikke varte lenger enn hun selv ville. Møysommelig hadde hun gitt seg selv metoder som hjalp. Den gangen var den mørke angsten lenge det eneste som fylte kroppen hennes, vissheten om at hun var alene, at hun fløt rundt i verden uten at noen tok seg av henne, uten å ha noen holdepunkter. Det var den mest grunnleggende av alle redsler og derfor den verste. I begynnelsen hadde hun vært hjelpeløs, hadde ikke hatt noen ting å stille opp med når redselen kom over henne. Hun var tretten år og alene. Hun hadde mistet moren sin, hun stolte ikke lenger på noen. Etter hvert hadde hun oppdaget at det hjalp å spise. Hvis hun stappet seg full av mat, var det akkurat som om maten fylte opp tomrommet inne i henne. Hun begynte å spise, og da hun først hadde begynt, fant hun ingen grunn til å slutte.

Hun var kommet så langt inn i innpolstringsprosessen at hun en dag våknet og fryktet at hun ikke ville komme ut igjen, at hun aldri ville finne noe annet prosjekt i livet, at hun ville fortsette å spise til hun trillet inn i døden. Det ville hun ikke! Hun reiste seg opp fra sofaen. Det var tungt, og hun hadde mest lyst til å deise ned igjen, men hun kom seg på bena. Hun gjennomførte et sivil-økonomstudium på stipulert tid og med glans, fortsatte å legge på seg, begynte å kjøpe skreddersydde drakter, dyre sko og eksklusiv parfyme, gjorde suksess i arbeidslivet. Hun hadde tre egenskaper som gjorde at hun lyktes: Hun var smart, hun var sta, og hun var sint. Hun var sint på dem som hadde tatt fra henne moren, hun var sint på menn som tydeligvis bare brydde seg om kvinners utseende og derfor aldri valgte henne. Hun innså at hun bare hadde hodet sitt. Hun hadde ikke noe valg, trodde hun, hun kunne ikke agere som kjønnsobjekt. Hun leste i stedet *Fyrsten* av Machiavelli og lærte et triks eller to.

Frøydis hadde elsket jobben sin i Kvervik fra første stund. Hun elsket det faktum at hun tjente så mye at hun kunne kjøpe så mange dyre sko og så mye eksklusiv parfyme som hun ønsket. Da hun kom inn i konsernledelsen (som i flere år hadde bestått av åtte menn, til tross for at kjerneverdien til Kvervik Consulting var *mangfold*, og firmaet visstnok var både *inkluderende* og *fremtidsrettet*), markerte hun begivenheten ved å få skreddersydd en drakt.

Det var omtrent på dette tidspunktet Frøydis for første gang hørte moren; en kveld mens hun leste et møtereferat, hadde hun hørt navnet sitt. Fr-r-roydis, hadde stemmen sagt, med skarp skarre-r. Helt automatisk hadde hun snudd seg, før det hadde gått opp for henne at moren selvsagt ikke var i rommet. Frøydis hadde vært inne i moren, nå var moren inne i Frøydis. Det var en slags logikk i det og iallfall en trøst. Morens stemme var nøyaktig slik Frøydis husket den. Det var en karakteristisk stemme, dyp og hes, hun snakket fort og slurvete og gebrokkent akkurat slik hun hadde gjort da hun levde, og hun gav Frøydis råd, akkurat slik hun hadde pleid.

Frøydis klemte seg inntil Anders så tett hun kunne. Hun var dyktig til å pense tankene over på andre ting. Jenna. Hun ville tenke på Jenna. Hun lo lavt.

– Hva er det? hvisket Anders.

– Liga, sa Frøydis.

– Hva snakker du om? spurte Anders. – Er det latin?

– Ja, det vil jeg tro, sa Frøydis. Hun kjente en prikkende begeistring i hele kroppen. Alt de kunne få til! Så lente hun seg mot Anders og begynte å kysse halsen hans. Anders var den aller beste. Hun hadde fått mye mer enn en kortvokst, overvektig kvinne som henne kunne forvente.

*

Jenna så at det var lys i morens del av huset, og hun banket på døren hennes. Det var Julias stemme som sa kom inn. Først da hun kjente en bølge av lettelse skylle gjennom kroppen, forstod hun hvor urolig hun hadde vært for moren. Julia satt ved siden av mormoren og matet henne med et eple, som hun hadde skrellet og skåret i båter. Julia smilte til Jenna, Johanna så på Jenna med et vennlig blikk og et høflig nikk som kunne tyde på at hun ikke helt var klar over hvem denne damen var. Jenna gav henne en klem og sa: Hei, mor. Da svarte Johanna øyeblikkelig: Jenna. Hei.

Jenna og Julia ble sittende en stund hos Johanna før de gikk opp til seg selv.

Hun kan ikke bo alene lenger, sa Julia da de stod utenfor sin egen utgangsdør. Julia hadde oppdaget en rødglødende plate på komfyren, mens Johanna selv hadde sittet i sofaen og sett på tv – bare at tv-en ikke stod på. Jenna sukket. Det var en fortvilet situasjon. Moren utgjorde en fare for seg selv. Og for sine omgivelser. Hun snakket stadig om at hun var redd, at hun ikke forstod hvor hun var, hun spurte etter mennesker hverken Julia eller Jenna ante hvem var, men som de antok var venner og slektninger fra Johannas barndom.

Med én gang hun kom på jobben neste morgen, ringte hun bydelen. Jenna hadde et lager av telefonnummer i hodet. Dette var ekstra lett fordi de to første sifrene (etter retningsnummeret) multiplisert med tre resulterte i de to siste, mens de to midterste var to ganger retningsnummeret. Eldreomsorgsavdelingen hadde telefontreffetid mellom klokken ti og klokken tolv. Ja vel. Jenna skrudde på PC-en, sjekket mail, fastslo at hun ikke hadde fått det oppdraget hun hadde sendt inn anbud på. Nå ble det dårlig med penger en stund fremover. Hun gikk inn på www.hegnar.no og fikk bekreftet at aksjene hun hadde kjøpt dagen før, ikke hadde steget i verdi. Selv om hun hadde utført besvergelsene korrekt ned til minste detalj, hadde aksjene sunket med flere øre. Det betydde at hun ikke fikk skiftet den sprukne servanten denne måneden heller. Jenna leide et kontor ikke så langt fra huset deres. Hun hadde ikke råd til noe annet enn et trekkfullt kontor, med nokså loslitte møbler, og hvor hun hadde gått med på en avtale som innebar at hun skulle stå for vedlikeholdet. Moren – før det for alvor begynte å gå nedover med henne – hadde tilbudt seg å gjøre kontoret hennes «koselig», men siden Jenna visste at det innebar røkelse, mengder av gamle messinglysestaker og morens fargerike akrylmalerier, hadde hun takket pent nei. Jenna syntes det var deilig å ha en nøytral, luktfri sone, uten bilder, krystaller og puter med perler og skjell.

Klokken var ett minutt over ti da hun nok en gang løftet opp telefonrøret. Denne gangen var det noen som svarte.

Hun ble satt over fra person til person og havnet til slutt hos Jon D. Ommundsen. Igjen! Den ufordragelige Jon D. Ommundsen. Å snakke med ham var som å snakke rett inn i en dundyne, han absorberte all hennes aggresjon og sinne, svarte mykt og elskverdig, men uendelig arrogant, han parerte alle hennes utspill ved å pirke, ytterst vennlig selvsagt, ved hennes samvittighet.

Hun presenterte seg, sa at de hadde snakket sammen tidligere. På pulten foran henne lå en nyinnkjøpt mobil. Jon D. Ommundsen svarte forekommende at han selvsagt husket henne.

– Så fint, sa Jenna. – Moren min er dessverre blitt mye verre.

– Det var trist å høre, sa Jon D. Ommundsen. Jenna fikk et innfall, løftet mobilen opp mot det gammeldagse telefonrøret, trykket på opptaksknappen.

– Hun er til fare både for andre og seg selv. Hun glemmer å skru av platene på komfyren. Det er rett og slett farlig, sa Jenna. Hun la vekt på å være saklig og forretningsmessig. Nå skulle hun ikke la følelsene løpe løpsk.

– Du må sørge for at hun har røykvarsler installert, sa Jon D. Ommundsen.

– Det har hun selvsagt. Og vi som bor i etasjen over henne også, sa Jenna med sammenbitte tenner. – Men branner kan oppstå likevel.

– Det er riktig, samtykket Jon D. Ommundsen.

– Hun er redd mye av tiden. Forvirret. Vet ikke alltid hvem hun selv er, hvem vi er.

– Stakkar, istemte Jon D. Ommundsen.

– Hun trenger profesjonelt tilsyn, sa Jenna.

– Hun trenger *tilsyn*, ja.

– Hun glemmer å spise.

– Det er viktig at hun får i seg nok næring, sa Jon D. Ommundsen.

– Hun plasserer skoene sine på stuebordet. Hun kan finne på å sette tente stearinlys like under gardinene.

– Huff. Det er ikke bra. Hun trenger oppfølging. Hun trenger deg.

– Det er ikke trygt! Du vil vel ikke ha ansvaret for at vi stryker med i brann, alle sammen?

– Nei, selvfølgelig ikke, sa Jon D. Ommundsen. Han klarte å høres himmelfallen ut over at hun kunne tenke noe slikt om ham, og også lett indignert over at hun tilla ham slike tanker.

– Jeg tror det er best for henne på et sykehjem, sa Jenna og forsøkte en annen innfallsvinkel.

– De fleste eldre vil gjerne bo i sitt eget hjem, påpekte Jon D. Ommundsen.

– Mor har selv sagt at hun gjerne vil flytte. Hun trives rett og slett ikke hjemme lenger, sa Jenna.

– Hun trenger nok først og fremst omsorg og selskap, sa Jon D. Ommundsen.

– Jeg besøker moren min hver eneste dag. Men hun vet ikke lenger alltid hvem jeg er, og jeg vet ikke hvor mye mer jeg klarer. Jeg er aleneforsørger. Jeg har jobb.

– Det er vanlig å strekke seg litt lenger når det gjelder familien, opplyste Jon D. Ommundsen.

– Det eneste jeg ber om, sa Jenna, og hun kjente at stemmen var i ferd med å briste. – Det eneste jeg ber om, er et møte med dere, et kort møte med dere i bydelen der vi kan diskutere hva som kan gjøres.

– Dessverre, det er ingen sykehjemsplasser å oppdrive, sa Jon D. Ommundsen med trist stemme.

– Jammen, hva skal jeg gjøre, da? gråt Jenna inn i telefonrøret og mistet beherskelsen.

– Vi kan øke hjemmehjelptjenesten med én time i uken. Dette klarer du så fint!

– Nei, sa Jenna, – det klarer jeg ikke fint! Det er 24 timer i døgnet, syv døgn i uken. Det hjelper ikke med én liten time.

– Det er jo moren din. Prøv å sette deg inn i hennes situasjon. Å ha fremmede tett inn på seg når hun kunne ha hatt datteren sin, sa den rolige stemmen i den andre enden av røret. Jenna kunne høre på stemmen at Jon D. Ommundsen var en pen mann. Antagelig ganske høy, rødlig hår, bleknende fregner.

– Det er en annen ting også, sa Jenna. Hun mobiliserte all sin styrke nå for å snakke med like rolig stemme som den han brukte: – Mor har fått noen sår på bena som ikke går vekk. Jeg vet ikke …

– Sårpleie tar selvsagt tid, men er ingen heksekunst, sa Jon D. Ommundsen. – Hvis du ikke kan eller vil bruke av din tid, så kan vi i bydelen ordne med en hjemmesykepleier som kan ta seg av sårene til hun er bedre igjen.

– Takk, sa Jenna. Herregud, hadde hun virkelig *takket* ham?

– Bare hyggelig. Farvel.

Han la på røret før Jenna fikk svart. Jenna kylte telefonen i skrivebordet. Det gamle bakelittrøret gjorde flere hopp, som en stein man kaster fiskesprett bortover vannflaten med, men det var like helt. Mobiltelefonen tviholdt hun ennå på. Telleverket gikk, hun trykket på skjermen så opptaket ble stoppet.

Jenna ble sittende lenge med hodet i hendene. Hva skulle

hun gjøre? Hvordan kunne hun sikre at moren hadde det best mulig? Jon D. Ommundsen. «Hun trenger omsorg og selskap», «vanlig å strekke seg litt lenger for familien», at hun fant seg i å høre på noe sånt! «Installere røykvarsler». Tenk om han hadde vært fornuftig og forståelsesfull, tenk om han hadde vært villig til å lytte til det hun fortalte. Hvis han bare kunne tatt seg tid til å ta et møte, la noen se på moren hennes, diskutere hva som hadde vært best! I stedet tillot han seg å behandle henne så nedlatende.

Jon D. Ommundsen behøvde åpenbart en liten hilsen. Et hestehode i sengen, kanskje? Eller hva med en død pensjonist i sengen, en av disse som døde fordi bydelen ikke hadde kapasitet? Nei, det var bare morbid, ikke morsomt. Kunne hun bortføre Jon D. Ommundsen, kle eldreomsorgslederen naken, ta bilder av ham i nedverdigende stillinger, legge det ut på nettet? Hun følte seg nesten oppmuntret av alle disse mulige scenarioene. På den annen side var det vel ikke egentlig hans skyld. Han var styrt av andre. Av politikerne. Han hadde bare et budsjett å forholde seg til. Ansiktet til Frøydis stod klart for henne, som om noen hadde hengt opp et fotografi i løse luften. Kvinneligaen! Det var akkurat en slik sak som dette man skulle ta opp der, slo det Jenna. Selvsagt! For var ikke Jon D. Ommundsens handlinger kvinnefiendtlige? Var de ikke? Jo, denne byråkraten antok åpenbart at døtre tok seg bedre av sine eldre enn mannlige pårørende (og det hadde han antagelig helt rett i). Et kort øyeblikk følte hun bare lettelse: Hun hadde en løsning. Kvinneligaen. Som ikke finnes, måtte hun minne seg selv om i neste øyeblikk. Men det skulle hun gjøre noe med. Og i mellomtiden kunne hun iallfall forsøke noe på egenhånd. «Sårpleie er ingen heksekunst», nei, den godeste Jon D. Ommundsen var inne på noe der.

*

Noe av det første Julia kunne huske, var at hun, moren og bestemoren satt på gulvet i butikken med armene rundt hverandres skuldre, som et minimalisert fotballteam. Så spurte Johanna eller Jenna: Hvem er vi? Og Julia svarte: Vi er ja-kvinner! Ja-kvinner, visste Julia, betydde ikke bare at de alle tre hadde j som første bokstav og a som den siste, men også at de sa ja til livet. De tre generasjonene Hilmarsen holdt sammen, støttet hverandre og mistet ikke humøret. Ja, ja, ja – det er oss! Store-Ja, Mellom-Ja og Lille-Ja.

Da Julia var omtrent et år og akkurat hadde lært å si *mamma*, *mommo* og *ja*, og det var klart at Jenna aldri kom til å føle noen trang til å bo sammen med faren til Julia, spurte Johanna om det ikke hadde vært en god idé om de tre ja-kvinnene flyttet sammen. Og sånn ble det. Johanna solgte leiligheten hun hadde arvet etter ektemannen Magnar Wilhelmsen, Jenna hadde gjort en nokså vellykket aksjeinvestering, og sammen hadde Johanna og Jenna kjøpt et tre etasjes trehus på Vålerenga. Det var ikke så stort, og det var mer idyllisk enn praktisk. Selv bodde Johanna i nederste etasje, mens Jenna og Julia hadde de to øverste. Det var to separate husholdninger, to separate leiligheter, samtidig som de kunne dra nytte av hverandre, låne kaffe av hverandre, klare seg med ett krumkakejern (som det nå var mange år siden de sist brukte), én rune-bomme og én elektrisk drill, lage mat til hverandre i et

87

nødsfall – de hadde én fellesmiddag i uken (Vi må ha vår frihet, hadde Johanna insistert). De første årene var Johanna barnevakt for Julia når Jenna trengte det, og når Johanna hadde lyst til det. Jenna hjalp til gjengjeld til i Johannas butikk. Det var et samarbeid uten gjeld, et fellesskap uten overvåkning. På denne måten hadde de tre levd i femten år nå. De hadde bodd sammen, kjente hverandre ut og inn, men hadde likevel sine små hemmeligheter.

– Hør her, hadde Julia sagt en dag for et par uker siden etter at de begge hadde vært nede og besøkt Johanna. – Alt dette snakket om hekser. Jeg skjønner ikke hva mormor holder på med. Mener hun det hun sier? Spøker hun? Er hun blitt så senil?

Jenna så på datteren, så smilte hun og sa lett: – Ja, du vet jo at hun dessverre roter ganske mye.

– Har hun snakket om hekser og sånt før? ville Julia vite og knep øynene sammen.

– Ikke som jeg kan huske, svarte Jenna alvorlig og så på datteren.

Jenna var vokst opp med morens historier om slektens trollkvinner.

– Ikke alle kvinnene i slekten har gaven, hadde Johanna fortalt Jenna. Jenna hadde bare vært litt yngre enn Julia var nå. – Det gjelder bare de utvalgte.

– Er jeg utvalgt? hadde Jenna spurt, og hun visste ikke om hun ville være det eller ikke.

– Det er det bare du som kan svare på. Du finner det ut når tiden er inne, hadde moren sagt. – Men jeg kan si at de utvalgte alltid er født en fullmånenatt i oktober. Du vet jo når bursdagen din er.

Jenna puttet den ene fletten i munnen og sugde, slik hun hadde en tendens til når hun var nervøs eller spent. Jenna visste jo godt at både hun og moren var født i oktober, og senere samme dag fikk hun brakt på det rene at det var om natten, og på datoer som var avmerket med fullmåne i almanakken. Og da Julia ble født, kunne ikke Jenna unngå å notere seg at det var en solfylt formiddag i juli.

– Din oldemor var same, og hun kunne gande, fortalte Johanna til en storøyd Jenna.

– Var hun også født i oktober?

– Ta håret ut av munnen. Selvsagt var hun det. Og din bestemor kunne stoppe blod, hun kunne sende forbannelser over sine fiender.

Jenna stirret på moren. Den ene fletten hang bak på ryggen slik den skulle, den andre lå spyttvåt mot forsiden av genseren.

– Hvis din tipptippoldemor kastet forheksede hårballer på noen, så ville denne personen dø.

– Hvordan fikk hun til det? lurte Jenna, men det ville ikke moren svare på. Nå var hun blitt hemmelighetsfull, nesten avvisende.

– Du må finne ut av dette selv, svarte hun bare datteren. Men et par dager senere viste Johanna Jenna kopien hun hadde fått laget av en gammel runebomme. Reinskinnet som var spent opp på trommen, var nesten hvitt, og figurene på trommen sorte. Jenna lot fingertuppen på pekefingeren følge figuren i midten. Det er solen, forklarte Johanna. Hun ville likevel ikke fortelle Jenna hvordan hun brukte runebommen.

En annen gang hadde Johanna fortalt at en av de siste heksene som ble brent i Norge, var en av Jennas formødre.

Men da Jenna åndeløst hadde spurt om ikke moren kunne trolle for henne, for eksempel ordne det sånn at historie-leksene gjorde seg selv, hadde moren bare ledd det bort. På nittenårsdagen sin visste Jenna at hun var en av de utvalgte. Det skjedde ikke noe spesielt, hun bare visste det.

Johanna hadde alltid vært stolt av sin del av huset, og hun hadde sørget for å holde den i plettfri stand. Det skar Jenna i hjertet å se morens møbler med en tynn film støv, at morens behå (med gulnede stropper) ble liggende i sofaen, og at flisene over komfyren var sleipe av harskt fett, men enda mer hjerteskjærende var det at moren åpen-bart ikke så det. Og verre var det at hun ikke lenger kunne stelle seg selv. Hun hadde hjemmehjelp som kom en gang om dagen, og hver fjortende dag kom det en for å dusje henne. Johanna hadde i hele sitt liv elsket vann, hatt et lidenskapelig forhold til vann. Kanskje kom det av at hun var barnefødt i Finnmark, i et hus der det ikke var inn-lagt vann, og med somre som ofte ikke innbød til utstrakt badeliv. Etter at hun flyttet til Oslo, hadde hun i sommer-månedene badet i sjøen og i skogstjern så ofte hun kunne. Om vinteren besøkte hun svømmehallen på Bislet Bad. Og hun hadde tatt et langt karbad hver dag i sitt voksne liv. Hennes del av huset var nokså spartansk, og ingen ville finne på å beskylde henne for å være særlig opptatt av interiør. (At hun hadde en påfallende mengde hjemme-vevde tepper, fargerike malerier og keramikkgjenstander, kunne ingen benekte.)

Badet, derimot, var langt fra spartansk. Johannas bad hadde vært som en lekker spa-avdeling lenge før det begre-pet kom på moten, med eggehvite fliser, bregner i potter, hyller med glasskrukker fylt med badesalt i duse farger, stabler med bløte håndklær. Nå var det satt inn en bade- krakk som moren kunne sitte på, medisiner lå strødd på servanten, på badekarkanten stod en boks med de blå plastovertrekkene som hjemmehjelpen brukte på føttene. Håndklærne lå uryddig i et hjørne, potteplantene var døde for lengst, og badesaltkrukkene var borte, med unntak av én som stod på den øverste hyllen som en hånlig påmin- nelse om det som hadde vært. Johanna nevnte aldri at hun savnet badene sine, men hun lyste opp når Jenna foreslo at hun skulle ta seg et karbad, og Jenna begynte øyeblik- kelig å klandre seg selv for at hun ikke gjorde slikt oftere når hun så hvor mye det betydde for moren. Men straks hun begynte den møysommelige avkledningsprosessen, så morens ribbede, avmagrede kropp, lårene uten muskler, kragebena dekket av hud så skrøpelig og sart som silkepa- pir, håret som er blitt tynt midt oppe på hodet (brystene og kjønnet klarte hun ikke engang å tenke på), angret hun på at hun hadde tilbudt seg å hjelpe henne. Og så var det disse sårene hun hadde fått. Johanna hadde fått noen plagsomme sår som ikke ville gro. De satt på forsiden av leggene hennes, var dyp røde og hadde noen underlige bobler i overflaten, som stivnet sirup. Jenna renset sårene så nøye hun kunne mens moren ynket seg. Jenna visste altfor godt at slik hadde moren sittet foran henne, hund- revis av ganger, på kne på gulvet, moren hadde renset skrubbsårene hennes rene for grus, vasket med jod, blåst, trøstet og forsiktig lagt på plaster. Nå var det Jenna som satt på kne foran morens tynne legger med gule sårvabler, hun satt med bomull, saltvann og Pyrisept, men hun syn- tes ikke synd på moren, slik hun burde, hun syntes bare sårene var ekle, hun ble sint på henne, og deretter ble hun

sint på seg selv fordi hun tillot seg å tenke på den måten.
Hun dekket sårene med vanntett bandasje, klappet moren
på armen. Og da moren satt i badekaret og plasket prø-
vende med flate hender og smilte til Jenna, så kjente Jenna
hvor sterkt hun savnet henne, den gamle Johanna.

Lectio II – Nunc est bibendum

Om noen timer var det nøyaktig en uke siden hun hadde møtt Jenna, Celeste og Ella for aller første gang. Frøydis hadde tenkt mye på de tre kvinnene i løpet av uken som var gått, og mest av alt hadde hun selvsagt tenkt på dette med en kvinneliga.

Det var tirsdag ettermiddag, klokken syv skulle de se hverandre igjen, Frøydis var blitt invitert til et seminar, et ettermiddagsmøte for næringslivsledere. Vanligvis ville hun ikke ha gått, eller rettere sagt: Vanligvis ville hun ikke ha blitt spurt, for det var Swensson som pleide å dra på disse tradisjonsrike ettermiddagsmøtene. Men i dag hadde Swensson andre forpliktelser, som han sa, og han spurte om Frøydis kunne tenke seg å gå i stedet for ham. Fint for nettverksbygging, sa han. Siden Frøydis visste at Anders uansett ikke var hjemme, takket hun ja. Hun kunne gå på seminaret, hente Jenna som avtalt (Som hun gledet seg til den korte bilturen!) og deretter dra rett til kurset.

Lokalet var fullt av mørkkledde mennesker. Da hun kom ut av heisen, trodde hun et øyeblikk at det utelukkende var menn der, men etter noen sekunder så hun at noen av dem hun hadde trodd var dresskledde menn, var damer i drakt. Damer med kortklipte frisyrer og koksgrå, sorte

93

eller marineblå drakter. Hun trøstet seg med at hennes koksgrå drakt i det minste hadde en lissetynn rød kant rundt kragen, og dessuten hadde hun på et uanstendig lite undertøysett Anders hadde kjøpt til henne.

Hun speidet rundt i lokalet. Alle stod i små grupper og snakket lavt og intenst sammen. Hun nikket til en kvinne hun hadde møtt noen ganger. Frøydis hadde overhodet ikke noen trang til å trenge seg inn i en av kretsene, presentere seg og håpe på en givende samtale. En servitrise med kort skjørt marsjerte forbi med et fat med kanapeer. Frøydis fikk stoppet henne, tok en serviett og bygget et vaklevorent tårn av så mange kanapeer hun fikk plass til på det begrensede arealet servietten gav. Hun bestemte seg for å spise dem og så gå hjem; målbevisst satte hun tennene i den øverste. Hun hadde bare to igjen da hun fikk øye på ham, på andre siden av rommet. På et merkelig vis hadde det dannet seg en åpning i menneskehavet fra der Frøydis stod, og femten meter diagonalt over rommet. Hun var helt uforberedt på det hun nå så i enden av denne tunnelen: Sturla Hagbartsen. Hun så ham i ett kort glimt før menneskehavet lukket seg, og alt på ny bare var en kompakt masse av dresskledde, ukjente menn og en og annen draktkledd kvinne. Hun ble akutt mett, så mett at hun var redd hun skulle kaste opp der og da, rett ned på de skygrå, semskede pumpsene sine.

– Frou-Frou, ma fille, ta det med ro.

– Maman. Jeg …

– Hva, vennen min?

– Jeg vet ikke hva jeg skal gjøre, maman.

– Jeg tror du vet det.

Og så var hun borte. Frøydis stod alene igjen, kvalmen hadde gitt seg, men mer mat hadde hun ikke lyst på.

94

Hun krøllet sammen servietten med innhold, kjente hvordan brødmaten gav etter og ble til hardstappet deig før hun slapp serviettballen rett ned på gulvet. Den landet et stykke til høyre for Frøydis' fot og trillet mot de sorte, sikkert håndsydde, skoene til en høy mann. Hun begynte å gå i den retningen der Sturla Hagbartsen hadde stått. Menneskemengden åpnet seg, vek til side for henne der hun beveget seg fremover, som Rødehavet skilte seg for Moses. Hun tenkte selv at hun antagelig så farlig ut – hun følte seg farlig – og passet på å legge ansiktet i nøytrale folder, hun øvde seg på å smile der hun presset seg innover, skjøv til side mørkkledde menn. Nå skulle Jenna ha sett meg, slo det henne. Akkurat nå er jeg en hel kvinneliga alene!

Han stod på det samme stedet og snakket med en annen mann. Frøydis hørte bruddstykker av samtalen og forstod at Sturla Hagbartsen måtte ha vært omtalt i avisen den dagen; selv hadde hun ikke hatt tid til annet enn å bla fort gjennom hoveddelen av morgenavisen. Når hun nå stod helt nær den mannen som hadde gjort moren og henne så mye vondt, ble hun redd igjen. Redd og usikker på hva hun skulle gjøre. Hun hadde hatt ham under oppsikt en stund, funnet ham på nettet, tatt noen telefoner, benyttet seg av sitt feminine nettverk av velinformerte og sladdervillige informanter. Hun visste hvor han hadde jobbet før han gikk av med pensjon, hun hadde undersøkt hva han hadde i inntekt. Han tjente bra, hadde sågar en liten formue. Han hadde kone, barn og barnebarn. Han hadde vært en friluftsmann, men nå hadde legen forbudt ham å gå på ski. Han hadde gjennomgått en bypass-operasjon for noen år siden, så han måtte være forsiktig. Ingen anstrengelser!

Frøydis hadde fulgt med på Sturla Hagbartsens bevegelser helt siden den gangen for omtrent 25 år siden, ja, hun hadde fulgt med på ham, i begynnelsen med en trettenårings begrensninger, senere med viften av muligheter en suksessrik, yrkesaktiv kvinne har til rådighet. Og det var noe som ikke stemte. Hun *hadde* oppdaget noe. Hun hadde tenkt at hvis hun skulle gjøre noe mer ut av det (men hva skulle det vært?), så skulle hun undersøke den saken nærmere. Frøydis var en systematiker, ikke en som bare kastet seg på ting og satset på at «det gikk seg til». Hun visste ingenting sikkert, ikke hundre prosent, men hun hadde grunn til å tro at Sturla Hagbartsen kunne ha gjort seg skyldig i underslag. Han hadde etablert et eget firma, og hun hadde bedt om å få tilsendt regnskapene fra Brønnøysundregistrene. Det var noe som ikke stemte. Men foreløpig hadde hun ikke kommet lenger, ikke visst hva hun skulle gjøre for å få det bekreftet, ikke visst hva hun skulle ha gjort hvis hun hadde fått det bekreftet. Nå stod hun rett bak ham, hun kunne strekke hånden ut og røre ved den mørkeblå dressen hans. Hun hadde mest lyst til å gå. Etterpå hadde hun tenkt at hun hadde gjort nettopp det om det ikke hadde vært for den bilturen med Jenna. Systematikeren, strategen, planleggeren Frøydis tok en sjanse, en råsjans, som Anders ville ha sagt, hun steg opp på tåballene, så hun ble et par centimeter høyere enn stiletthælene hennes allerede gjorde henne, hun dro Sturla Hagbartsen forsiktig i jakkeermet, så ham inn i ansiktet, smilende, forsikret seg om at han ikke hadde den fjerneste anelse om hvem hun var (nei, hvordan skulle han huske det, så mange år etter), la hodet søtt på skakke, så at han lente seg forventningsfullt ned mot henne. Solen fra vinduene bak ham lyste gjennom ørene hans og fikk dem til å skinne. Jeg vil si deg en hemmelighet, sa hun lavt, blunket kokett til ham, og da det store gammelmannsøret var rett ved munnen hennes, sa hun det. Hun sa det så høyt at det må ha gjort vondt i trommehinnen hans, men likevel ikke høyere enn at hun var sikker på at ingen rundt dem hørte noe. Hva hvis det blir bokettersyn? sa Frøydis. Ansiktsuttrykket hans fortalte henne at hun hadde truffet blink. Dette var ikke bare forbauselse eller vantro, det var redsel. Han ble langsomt hvit. Øret hun hadde snakket inn i, skiftet farge fra lys rosa til blodrødt. Hun smilte troskyldig til ham (det var jo bare et harmløst spørsmål), snudde på hælen og forlot samlingen.

*

Salve! hilste Ella dem etter hvert som de kom inn i rommet. Jenna kom sammen med Frøydis. Ella klarte ikke å la være å synes at kroppen til Frøydis var ekkel, men samtidig måtte hun medgi at hun så korrekt og nøytral ut i en koksgrå, ettersittende drakt, med en smal, rød kant langs kragen. Hun kom åpenbart rett fra arbeid. Hun så oppkavet ut, fornøyd, men litt urolig. Øynene hennes glinset, og nå smilte hun til Ella. Ella smilte tilbake.

Celeste kom sist inn, svarte selvsikkert *bonum diem, domina* til Ellas *salve* og smilte strålende til dem alle. Celeste hadde den samme pelskåpen som uken før, og igjen hadde hun åpenbart glemt hanskene, for hun gned håndflatene mot hverandre og skuttet seg. Ute var det blitt enda kaldere. Ella spurte alle hvordan det gikk med dem: *Ut vales?* Og hun lyttet nikkende til de seks elevene sine som lydig svarte *bene, satis bene* og *óptime* etter tur. Ella festet blikket på dem, én etter én. Ella for-

talte dem at hun hadde det aldeles *óptime*, og hun mente
det.

Ella hadde våknet om morgenen med en vag følelse av at
dette var en av de gode dagene, hun lå med et halvsmil i
mørket og unnet seg å ikke vite hvorfor hun var så glad,
ville bare nyte den uklare forventningen en stund til, se på
Peters rygg med mer godvilje enn på lenge og vite at om
ikke lenge skulle hun – for det var hun sikker på – gjøre
noe hun hadde sett frem til. Så husket hun, det var tirs-
dag. Det var kurskveld nummer 2. Hun hadde ikke vært
Ella Blom hvis hun ikke øyeblikkelig hadde møtt denne
tanken med ironi: Herregud, så dypt har du altså sunket
at du ligger her og regelrett gleder deg til å undervise på
et kveldskurs! Men da hun hadde gjort tilstrekkelig narr
av seg selv, hengav hun seg til gleden igjen. Flere ganger i
uken som var gått, hadde hun sett for seg studentene sine:
det runde, vakre ansiktet til Frøydis, Eriks oppvakte øyne
under den kvisete pannen, Celestes underlig lyse øyne,
de fløyelsmyke rynkene til fru Næss, medisinerstudentens
unge entusiasme, Jennas bustete hår. Og siden hun aldri
hadde kunnet venne seg av med det, hadde hun selvsagt
satt i gang og produsert livshistoriene til samtlige. Hun
klarte ikke å la det være: Hun måtte dikte. Hun hadde
holdt på sånn hele livet. Kolleger, studenter, foreldrene til
Majas klassekamerater, nyhetsopplesere og skuespillere,
alle som hadde noe ved seg som på ett eller annet punkt
berørte henne, fantasien hennes trengte ikke mange opp-
muntringer før den spant i vei. Ellas rasjonalitet var likevel
mye sterkere enn hennes forfløyne fantasi, og hun visste
at livshistoriene hun diktet frem (om Eriks labrador, om
Jennas nære forhold til en friluftselskende far, om Anne

Næss' kjærlige barnebarn) høyst sannsynlig ikke hadde det aller minste med virkeligheten å gjøre. Og det var heller ikke hennes fantasifulle forestillinger som gjorde at hun så sterkt kjente en tilknytning til dem (ordet *tilknytning* var egentlig patetisk, men *relasjon* ble bare altfor teknisk). Ella kjente at hun og studentene på latinkurset hadde noe sammen, noe som bandt dem til hverandre, som gjorde at det var en helt egen stemning i klasserommet. Eller var hun bare overspent? En halvgammel, overspent kvinne i et mislykket ekteskap.

Syv mennesker befant seg i et spartansk utstyrt klasserom på den gamle Sjømannsskolen, en borglignende bygning med fire tårn, også denne gangen var det altfor varmt, og lysstoffrørene lyste like kraftig som sist: De var sammen i et par timer for annen tirsdag på rad, hvis de hadde gått bort til vinduet, ville de sett rett ned på Oslo sentrum, på høye hoteller og lysreklamer, på biler, busser og trikker, på Sentralstasjonen der tog stadig ankommer og kjører sin vei, en ambulanses blinkende blålys. Men ingen gikk bort til vinduet, i disse to timene var verdenen der ute dem totalt uvedkommende.

Ella snakket om adjektiv. *Albus* betyr hvit (Vi kjenner det igjen i *albino*), *bonus* er god, *magnus* er stor. Husk at det er tre kjønn på latin – akkurat som på norsk – og adjektivene kongruerer med substantivene i kjønn, tall og kasus. *Servus albus, porta alba, templum album.* Hvit tjener, hvit port, hvitt tempel. Seks kasus, to tall. Det blir tolv former for hvert substantiv og hvert adjektiv. Hun skrev på tavlen og fikk alle til å se det tiltalende i hvordan adjektivendelsene regelmessig forandret seg avhengig av substantivene. Det er en form for matematisk skjønnhet, sa Ella. Jenna smilte begeistret. Selv Erik (som hvis noen hadde spurt ham om noe slikt på forhånd, bare hadde ristet uforstående på hodet) satt hele stille og kjente hva hun mente.

Bendik skulle ut og ta en øl etterpå, fortalte han i pausen.
– Er det en invitasjon? mol Celeste og blafret parodisk med øyenvippene. Ella grep seg i å lure på om Celeste helt automatisk slo over i en fløtende modus når hun snakket med *alle* menn, uansett alder.
– Ja, hvorfor ikke, svarte Bendik og forklarte at han skulle møte noen av kullkameratene sine fra medisin.
– Det er kjempehyggelig om dere blir med, gjentok han da den andre timen var over. Erik måtte hjem, han ble til og med hentet av moren sin rett etter at timene var slutt. Han lusket bort til bilen og viste tydelig at han ikke satte pris på å bli tauet hjem som en liten gutt.
– *In proximum!* ropte Ella etter skikkelsen i hettegenser. Erik snudde seg, smilte usikkert. – Vi ses neste gang, oversatte Ella. Erik lyste opp, vinket og satte seg inn i bilen.
Ella hadde også sagt at hun kom hjem rett etter kurset, men nå fór det en djevel i henne: Hun ville ut på byen, hun ville ikke gi beskjed til Peter, og hun ville drikke seg full! Hun hørte at Celeste og Bendik ble enige om at de alle skulle møtes på en pub nede i byen, en brun tradisjonsrik pub på et hjørne ikke langt fra Slottsparken.
– Du blir vel med, fru Næss? sa Celeste. Fru Næss smilte henrykt:
– Jeg sier ikke nei takk til unge medisinerstudenter! erklærte hun. Bendik klappet henne på den tynne skul-

100

deren, ertende, men samtidig ærbødig. Fru Næss ranket seg på en selvfølgelig måte som gjorde det klart at hun hadde god trening i å være kokett, og Ella så med ett at hun hadde vært en vakker kvinne en gang i tiden.

Fru Næss, Bendik og Celeste fikk skyss av Ella. Jenna satt på med Frøydis. De andre fikk vite at hun hadde sittet på med Frøydis oppover også. Jennas bil var ødelagt, fortalte Frøydis fnisende da de alle endelig var samlet rundt et hjørnebord inne på puben. Jenna lo også. De to oppførte seg i det hele tatt som om et par bestevenninner i tenårene. Bendik lente seg selvsikkert over bordet og begynte aldeles umotivert å fortelle om Diogenes.

– Men han er da gresk, protesterte Celeste. Hun hadde ikke noe imot Bendik, ikke noe imot at han snakket om en greker; det var mer en ubevisst protest mot mange menns iboende trang til å dosere i tide og utide.

– Er han?

– Ja, sa Celeste. – Det vet ethvert barn.

– Ja, ja, medgav Bendik, – så var han gresk. Men hør nå!

– Cicero oversatte ham, sa Ella.

– Nettopp, sa Bendik triumferende og dyttet til Celeste. – Diogenes bad sine venner om å ikke begrave ham. Han ville bare etterlates i veikanten der han døde.

– Huff, sa Frøydis. – Kan vi ikke bestille noe vin?

– Vennene til Diogenes motsatte seg dette og sa at da kom ville dyr til rive og røske i kroppen hans. Men da kan dere bare legge stokken min der, så kan jeg forsvare meg mot dyrene. Men du er jo død, innvendte vennene hans, hvordan skal du merke når dyrene kommer? Riktig, sa Diogenes, og det betyr vel at jeg ikke kommer

101

til å merke at dyrene eter opp den døde kroppen min heller.

– Jeg tror jeg heller vil ha en drink, sa Celeste.

– Den likte jeg, sa Jenna og smilte til Bendik. Ja vel, tenkte Ella og kikket på Jenna, rasjonalitet er vel ikke ellers din sterkeste side.

– Jo, han hadde et poeng, han grekeren din, sa Celeste. – Men hva betyr den? Hva er moralen? For oss? Hva er den dypere meningen med at du fortalte den nå?

– Aner ikke, sa Bendik. – Hva sier læreren?

– Fornuft versus følelser, sa Ella svevende.

– Se der er de! ropte Bendik.

Han hadde speidet rundt i lokalet og til slutt fått øye på kameratene sine. De ble vinket på og slo seg ned. Det var ikke noe å si på hverken utseende eller vidd til medisinerstudentene, likevel syntes ikke Ella at de skulle sittet der. De hørte ikke hjemme der. Inntrengere! Hun lo av seg selv, samtidig som hun var overrasket over hvor sterkt hun ønsket dem bort. Men Ella spurte dem høflig ut om fakultetet og medisinstudiet og konverserte om latinens rolle i medisinsk terminologi. Heller ikke lot hun seg merke med at hun savnet Erik. Noe så tåpelig, så patetisk! Hun grep til den vanlige teknikken med å gjøre narr av seg selv: Førsteamanuensen savnet gymnasiasten. Kjære, du kunne ha vært moren hans, ja, hadde du startet ekstra tidlig, kunne du nesten ha vært bestemoren hans! Og nå sitter du her og savner ham? En kvisete guttunge. Men ironien affiserte henne for en gangs skyld ikke, hun var jo slett ikke tiltrukket av ham, det var ikke noe skammelig over det hun følte. Hun savnet Erik som et medlem av gruppen. Punktum. Det var det hele: Det manglet ett ledd.

Ella så seg rundt og rynket i sitt stille sinn på nesen, interiøret var litt for påtrengende folkelig for hennes smak. Det var altfor tydelig at innehaverne hadde ønsket å skape noe rustikt og festlig, for på veggene var det hengt opp trompeter, saksofoner og andre musikkinstrumenter, en gammel is-sag, et vaskebrett i sink, tørkede blomster, ikke mindre enn tre elghoder og dessuten en gallionsfigur med yppige former, signalrøde lepper og like signalrøde brystvorter. Ved bordene rundt dem satt det tett i tett av bråkete mennesker som med høye røster fortalte hverandre historier, lo hjertelig, klinket glassene sammen.

Fru Næss strålte ved den ene kortenden. Hun satt i sin pene, blå kjole med en gammeldags brosje til venstre for halsåpningen, hun var rett i ryggen, og øynene var underlig unge i ansiktet hennes. Hun ble påspandert stadig nye drinker av Bendik. (Hva er det du kommer med nå, da? Daiquiri, sa du? Jaså, det har jeg visst lest om. Mmm, nydelig var det!) Hun drakk fire drinker i forskjellige farger, inkludert en stor Sex on the beach. (Hva het den, sa du? Sex on the beach – ja vel, det er mange år siden jeg har gjort det, men svinaktig godt var det, så vidt jeg kan erindre.) Likevel ble hun tilsynelatende ikke påvirket. Hun satt like rank, diksjonen var like plettfri, bevegelsene like presise, det eneste måtte være at øynene var blankere. Hun flørtet med Bendik og de tre kameratene hans etter tur, dasket en av dem på hånden da han sa at hun var det flotteste kvinnfolket han hadde sett i det siste. Jeg mener det, altså! utbrøt studenten. Og jeg tror på deg, vennen min, du er slett ikke så verst, du heller, sa fru Næss og suget lydløst i seg den aller siste slurken av en giftiggrønn Appletini gjennom sugerøret, men nu vil jeg heller hjem og fantasere videre om dere.

Studentene, som hadde planlagt å gå på en konsert, erklærte likevel kvelden for spolert nå når fru Næss forsvant, så de ble enige om å geleide henne ut og finne en drosje til henne, og deretter gå videre til konserten. De snudde seg som på kommando i døråpningen og brølte *Valete*! i kor. Fru Næss stod i midten, flankert av to studenter på hver side, hun gjorde honnør til Ella, og alle fem forsvant ut i natten. Tøff dame! fastslo Frøydis.

Som etter en stilltiende overenskomst ble de fire andre sittende igjen: Ella, Frøydis, Jenna og Celeste. Det var første gang det bare var de fire, og Ella visste umiddelbart at den konstellasjonen var enda riktigere. Vi tar vel en flaske vin nå, jenter, sa Celeste, setningen var formet som et spørsmål, men det var ingen spørreintonasjon å spore, og hun hadde allerede vinket på kelneren, som dukket opp nesten øyeblikkelig. Hvorfor kommer ikke kelneren så raskt når *jeg* vil ha tak i ham, tenkte Ella og lurte i det samme på hvorfor hun skulle stille idiotiske retoriske spørsmål til seg selv, late som om hun ikke visste svaret. Skal jeg svare deg, Ella Blom? Fordi hun er penere enn deg, fordi hun er yngre enn deg (ikke mange årene, men hun ser atskillig yngre ut enn det du gjør), fordi hun stråler, hun er vakker, hun er sikker.

Der var kelneren allerede tilbake, skjenket vin først i Celestes glass og deretter i de andres. En Barolo. Jåla hadde god smak.

– Nå tar vi en skål, sa Frøydis.

– Å ja, sa Jenna. Hun satt så tett inntil Frøydis at skuldrene deres berørte hverandre.

– Han er ganske kjekk, konstaterte Celeste og løftet glasset mot dem. – Nydelig vin forresten.

– Hvem?

– Hva heter det på latin? spurte Jenna Ella.

– Skål? *Prosit!*

– *Prosit!* gjentok de tre lydige elever.

– Bendik, svarte Celeste. – Sprettrumpe.

– Nå skal jeg drikke meg full, sa Ella bestemt og tømte vinglasset. Hva er det jeg sier, tenkte hun. Jeg høres ut som en annen, som en vulgær, forvrengt utgave av meg selv.

– Strålende idé! sa Jenna. – Jeg blir med!

– Jeg også, sa Celeste og la håret bak ørene. – *In rødvino veritas* og alt det derre der.

– *Prosit*, sa Frøydis. – Jo da, rumpa hans er slettes ikke så verst.

Frøydis hadde nesten ikke tenkt på møtet med Sturla Hagbartsen tidligere på dagen, men da hun nå fikk øye på de små, hvite ørene til Celeste, dukket tanken på et stort, blodrødt øre opp. Hva var det som gikk av meg, hvordan turde jeg å si det? Og så slo en sitrende fryd inn med full styrke: Hun hadde virkelig noe å feire i kveld. Hun løftet glasset på ny og skålte med seg selv. Prosit, Frøydis!

For Ella ble omgivelsene gradvis visket bort. Hun glemte at de satt i en pub dekorert med elghoder og musikkinstrumenter, at det var andre til stede, hun hørte ikke folks stemmer og skåler lenger. Det var bare dem. Kvinnenes stemmer. Pannen til Frøydis. Celestes mørke hår, en lampe lyste opp Jennas bakhode og fikk de løse hårstråene til å skinne. Hennes egne hender som knuget stetten på vinglasset.

Det var som om en av dem hadde kommet borti en utløs-ningsmekanisme, som om noen hadde fjernet en propp, for nå strømmet ord ut av dem alle. Uten stopp, uten pause. Setninger og historier fosset ut. Det var ikke ett sekund uten at minst én av dem sa noe. De hadde snakket om feriesteder, om billedkunst, om Midtøsten, om favorittfarger og yndlingsdyr. (Kolibri, sa Ella. Jeg elsker maurslukere, påstod Celeste.) Et stykke nedi den tredje flasken hadde Celeste fortalt at hun hadde en elsker, ja, hun hadde to, hun hadde sin faste, og akkurat nå hadde hun også en pen, velholdt fyr, men hun regnet med å skifte ham ut snart. Jenna mente at så lett var det vel ikke å finne en ny elsker. Menn vokser da ikke på trær. Jo, påstod Celeste, det var nettopp det de gjorde, det er bare å riste litt på grenene så faller de ned foran føttene dine. Jøss, du har full kontroll, sa en av dem, kanskje var det Jenna. Celeste isnet. Ikke tenke på det, ikke tenke. Men det hjalp lite. I morges hadde hun fått et nytt brev. Det lå på matten hennes sammen med avisen. *Tenk om den hvite pelskåpen din skulle få stygge, røde flekker.* Skulle hun si noe til dem? Men i det samme hun hadde bestemt seg for å fortelle om Nero, om forfølgeren sin, at hun var redd, ja, livredd, sa Ella at det verste hun visste var kvinner som la seg etter gifte menn. *Álius est Amor, álius Cupído.*

– Men, sa Celeste, og hun klamret seg begjærlig til sin egen forbauselse, lettet over å kunne skyve tanken på Nero bort. – Det er vel den gifte mannens ansvar om han er utro, ikke den kvinnen han er utro med?

– It takes two to tango, nikket Frøydis. – Vanskelig å legge skylden på bare dama her.

– Det er selvsagt mannens skyld også, medgav Ella.

– Men like fullt er det ingenting jeg forakter mer enn kvinner som har forhold til gifte menn.

– Enig, sa Jenna på en måte som fikk Celeste til å tenke at hun en gang var blitt grundig bedratt.

– Jeg er så lykkelig! utbrøt Frøydis. Hun begynte å snakke om Anders' gode sider. – Anders er verdens mest vidunderlige menneske!

– Å finne noe slikt må være like lett som å vinne fjorten millioner i Lotto, sa Ella.

– Ja! Jeg er en heldig kvinne! Og dere aner ikke hva jeg har gjort i dag, ropte Frøydis oppglødd før hun i neste øyeblikk begynte å snufse og hvisket: – Dere aner ikke.

– Nei? sa Jenna. – Hva har du gjort? Vil du si det til oss? Til meg?

– Nei, svarte Frøydis, og som en forvirret barneskolepike la hun til: – For jeg gjorde ingenting. Jeg bare stilte et lite spørsmål.

– Ja, men da er det sikkert i orden, sa Jenna. Hun hadde ingen anelse om hva Frøydis snakket om, men gjorde sitt beste for å roe henne, slik hun mange ganger hadde trøstet Julia. Hun klappet henne på underarmen med en intimitet som mer skyldtes de tre bilturene de hadde hatt, enn vinen hun hadde drukket i løpet av kvelden.

Celeste og Ella ble sittende tafatte og uten å vite riktig hva de skulle si eller gjøre, men så rettet Frøydis seg opp igjen.

– Alt er fint, sa hun. – Beklager dette utbruddet. Dere er vidunderlige.

– Vi er vidunderlige, sa Ella lettet.

– Og skål for vidunderlige Anders, sa Celeste, – skål for alle vidunderlige menn …

–... finnes det *flere* sånne? avbrøt Jenna.

– Hva med studentene dine, Ella? Mye lammekjøtt der?

– Gi meg litt mer vin, sa Frøydis.

– Mmm, nynnet Celeste, – lamm-mm-mekoteletter!

– Det er ..., begynte Ella.

– Jeg liker den, sa Jenna og nappet i genserermet til Ella. – Du kler den fargen.

–... forbudt, mener du? fullførte Celeste.

– Intet smaker bedre enn forbuden frukt, sa Frøydis uten å ane hva Celeste og Ella snakket om.

Jenna lente seg mot Frøydis: – Oss fire, sa hun.

Frøydis kremtet, slo på glasset og sa med høy stemme: – Jenna og jeg har startet en ... liga.

– Liga? gjentok Celeste.

– Så flott. Hva sa du nå egentlig? lo Ella uten å ane hvorfor hun lo.

– En kvinneliga, sa Frøydis gravalvorlig før hun sprutet ut i latter. Jenna begynte å forklare at det bare var en spøk som hun og Frøydis hadde snakket om på veien hjem fra kurset uken før. Bare tull og tøys. Så begynte hun også å le, hun lo så hun satte vinen i vrangstrupen, og Frøydis måtte banke henne mellom skulderbladene. Ella og Celeste betraktet dem.

– Dette virker som noe jeg kunne tenke meg å være medlem av, sa Celeste. – Og Ella også. Ikke sant, Ella.

– Utvilsomt, sa Ella. – Skal vi gjøre noe annet enn å fnise?

– Nei, fniste Jenna.

– Ja, sa Frøydis samtidig. – Det er ...

– Det er en klubb for kvinner, fortsatte Jenna, halvt alvorlig nå, – for oss. Oss fire.

108

– Vi skal, tok Frøydis over, –... hvordan skal jeg formulere det ... rette opp i noen av feilene menn har gjort, få dem på rett kjøl. Aller helst få dem til å tenke seg om, hindre dem i å gjøre tilsvarende dumheter senere.

– Få menn til å tenke! Dream on, sa Celeste.

Jenna knep øynene igjen og forsøkte å fokusere: Det var nå det skulle skje.

– Vi skal hevne oss på dem, presiserte Frøydis.

– Hør, hør! sa Celeste.

– Dere tuller nå? Hvordan da? lurte Ella. – Hva skal vi gjøre?

– Ja, er de så håpløse? spurte Celeste. – Alvorlig talt.

Frøydis grep fatt i kelneren, som akkurat sneiet bordet, bestilte en flaske til. Stemmen hennes var ennå lett, men den hadde undertoner som varslet at hun skulle si noe som var mer høytidelig:

– Dere kjenner meg ikke, begynte hun, – men allerede nå vet dere én ting om meg: Jeg har verdens mest fantastiske samboer, og denne samboeren er en mann. Jeg er altså ingen mannshater.

– Samboer? Fantastisk? Hvorfor har du ikke nevnt det før? ertet Celeste.

– Men likevel har jeg ikke kunnet unngå å registrere at det fremdeles er langt fra likestilling mellom kjønnene i Norge. Tenk på lønnsforskjellene. Tenk på volden som menn utøver mot kvinner. Eller tenk på noe så enkelt som antallet kvinner og menn som omtales i avisene, eller er å se på tv-skjermene. Mindre enn en tredjedel av personer som omtales eller avbildes, er kvinner.

– Skal vi ha forelesning nå? mumlet Celeste, men hun tidde og lyttet til Frøydis, som nå var i gang med fenomenet mannlige venneklubber.

– De anbefaler hverandre, sa Frøydis, – sitter i de samme styrene, roser hverandre, går i Rotary sammen og er referanser for hverandre.

– Sånn er det, sa Celeste.

– Mennene drikker øl sammen på fredager, fortsatte Frøydis, – drar på golfturer sammen når de har anledning. De viktige beslutningene tas i uformelle fora.

– *Forum* betyr åpen plass, mumlet Ella.

– Møtene, der kvinnene er til stede, er bare for å formalisere beslutningene, strø sand på vedtakene, sa Frøydis.

– Sånn er det, gjentok Celeste.

– Sånn er det i akademia også, sa Ella. – Mannlig kameraderi florerer. *Ásinus ásimum fricat.*

– Personlig erfaring? ville Frøydis vite.

Ella skakket på hodet, sa hverken ja eller nei. Hun hadde lyst til å si noe om sine kontroverser med Edmund Bene- witz-Nielsen, men bestemte seg for å vente. Det kjentes ikke riktig å skulle gå ut med et navn, én ting var å si noe generelt, men å skulle uttale navnet på et menneske som virkelig fantes, det var noe ganske annet. Celeste hadde det tydeligvis ikke på samme måten. Hun var i full gang med å fortelle om en mann på jobben sin, en som hun i begynnelsen kalte Kåte-Karl, men som hun ganske snart omtalte med fullt navn: Karl Hebbern. Frøydis lente seg over bordet og snerret frem navnet Dag Martin Martinsen.

– Han er forferdelig, stønnet hun.

– Er det sjefen din? spurte Jenna. – Og jeg må bare si det: Den genseren din er så lekker, Ella.

– Nei, overhodet ikke, svarte Frøydis. – Jeg er like mye sjef som ham, men han *oppfører* seg som om han var sjefen min, og så elsker han sånne *idrettsarrangementer.*

Ella skjulte et smil. Celeste lo høyt.

– Og du da, Jenna? Hvem vil du at denne klubben skal hevne seg på? spurte Frøydis. – Jeg tror jeg vet om minst én.

Jo, Jenna tenkte selvsagt også på Jon D. Ommundsen. Hun smilte, løftet vinglasset og tok en slurk, så en til, så enda en før hun satte glasset ned. Jo, hun kunne si det. Hun hadde ikke glemt de maskuline hersketeknikkene han hadde benyttet seg av, den ufordragelige ovenfra-og-nedad-tonen han hadde brukt overfor henne, den forserte forbauselsen han hadde lagt for dagen da han hadde spurt om hun foretrakk at fremmede tok seg av omsorgen for moren.

– Kom igjen, Jenna! sa Frøydis.

– Jon D. Ommundsen, svarte Jenna kontant. – Han er sjef for eldreomsorgen i bydelen, la hun til, henvendt til de to andre.

– Notert, sa Frøydis.

– Du tuller nå? spurte Celeste.

– Klart hun tuller, sa Ella. – Du ser da at hun ikke noterer noe som helst.

– Hvem vil du at vi skal fikse for deg? spurte Frøydis. – En eller annen mannlig professor, kanskje? En av de mannssjåvinistene du akkurat fortalte om? Hvem er den verste?

Kunne hun si det? Kunne hun trekke inn noe så alvorlig i Frøydis' fyllerør?

– Edmund Benewitz-Nielsen, svarte hun fort, og hun følte det som om hun endelig hadde bestemt seg for å hoppe fra en høy klippe ned i sjøen. Man gruer seg, men det er deilig når det er gjort. Huff, du er full. Hun burde jo aldri ha sagt navnet hans.

111

– Flere? Har dere ikke flere? spurte Jenna. – Nå når vi er så godt i gang?

– Det er selvfølgelig mange flere, sa Frøydis hardt.

Celeste trakk pusten for å si noe om Nero. Nei, hun kunne jo ikke det. Han hadde gjort det usedvanlig klart hva han ville gjøre hvis hun ikke holdt tett, hvis hun gjorde noen oppmerksomme på de elegant formulerte truslene hans.

– Celeste, det ser ut som om du sitter og ruger på enda en drittsekk.

– Nei, sa Celeste, smilte og kjente i det samme tårene presse på bak øyeeplene.

– Vi tar det senere. Nå har vi en liste på fire menn, oppsummerte Frøydis. – Det er en god begynnelse. Vi har Kåte-Karl, Celestes sjarmerende sjef. Vi har Ellas kollega Edmund Benewitz-Nielsen. Vi har Jon D. Ommundsen i eldreomsorgen. Og vi har min egen Dag Martin Martinsen. Fire menn. Vi har fire genuine drittsekker.

– Og så? sa Jenna. – Hva skal vi gjøre med dem?

– For en hukommelse, sa Celeste. – Wow!

– Det skyldes det de bærer rundt på mellom bena, sa Ella og følte seg frimodig.

– Ja, kan vi ikke bare kastrere alle? Kutte av hele stasen? Da hadde ikke menn vært så verst, sa Jenna.

– Vil du ta vekk den kroppsdelen du tross alt liker aller best? spurte Celeste og sperret opp øynene i vantro. Jenna ristet på hodet. Nei, hva skulle man egentlig med en penisløs mann?

Da latteren hadde lagt seg, sa Frøydis med klar, høy stemme og med en leders naturlige autoritet og forventning om å bli lyttet til:

– Vi gjør det. Vi starter en liga.

Jenna lukket øynene.

– Ja, ropte Celeste en brøkdel av et sekund senere. – Vi gjør det.

Og så enkelt var det; Jenna åpnet øynene, så først på Celeste, så Ella og til slutt på Frøydis. Øyeblikket etter satt de med hodene tett sammen og drøftet klubbens mandat. De skulle *ikke* ta seg av de verste, som halliker, religionsfanatikere, forsvarere av omskjæring, mordere, menn involvert i trafficking.

– Menn som *hater* kvinner, er ikke vår oppgave, fastslo Frøydis.

– Hvorfor ikke? spurte Ella.

– Nei, det får andre gjøre. Politiet. Politikerne. Vi skal ta oss av dem som *forakter* kvinner.

De skulle hamle opp med hverdagssjåvinistene, menn som roste seg av å være moderne menn. Hurra! skrålte en av dem. Ella visste ikke hvem. Hun hørte ikke lenger musikken som helt sikkert ble spilt i puben, men hun kunne kjenne bassen som slag mot trommehinnene. Ella hørte sin egen stemme, hun så hendene sine som gestikulerte, men like fullt var det som om hun ikke var til stede. Med ett visste hun hva dette minnet henne om. Det var som når man beveger seg frem og tilbake mellom våken og sovende tilstand. Ella hadde sovnet foran tv-en forrige uke, og omtrent slik føltes det nå: Hun hørte brokker av det som ble sagt, hun deltok til og med selv, og så gled hun i neste sekund inn i søvnen igjen og befant seg i drømmer som var en forvrengt utgave av det som akkurat hadde blitt sagt. Men samtidig visste hun jo at nå var hun våken, hun satt ikke ved et bord på denne altfor folkelige puben og *sov*. Hun var beruset, det var hun. Hun hadde drukket mer alkohol enn hun hadde gjort siden hun var student, men hun visste at det ikke var bare det som skapte følelsen av å være med på noe uvirkelig. Det var noe sykt ved det hele. Er det bare mitt sedvanlige kritiske over-jeg, tenkte hun, men hun trodde ikke det. Det *var* en eiendommelig situasjon, på alle måter: Det satt fire godt voksne damer rundt et bord en kald tirsdagskveld og planla å danne en klubb. En klubb som hadde som formål å hevne seg på menn. Det var da helt sykt? Hevn. Hun hadde da hørt ordet hevn, det var ikke noe hun hadde innbilt seg? Et ekko av hennes egne tanker. Var det det hun ville, å ta hevn? Over Edmund Benewitz-Nielsen? Over Peter, Peter som sikkert bedrog henne, som ikke lenger elsket henne. Hevn over elskerinnen hans. Hevn. Hva var det? Og hvordan skulle det hjelpe? Skulle de kastrere Peter, kanskje? Hadde hun, Ella Blom, blitt lykkeligere av det? Rommet var uklart, de andres hoder svaiet. Hun så at Jenna sa noe, hun så at Celeste lo. Hun så at Frøydis løftet glasset og antagelig utbrakte en skål. Men Ella oppfattet ikke hvem Frøydis skålte for, ordene til Jenna gav ikke mening. Celestes smil var ikke lenger et smil, men hva var det, da? Nei, nå får du ta deg sammen, Ella Blom! Ordet kastrasjon var bare i hennes hode. Ingen hadde sagt det. Celestes smil var rampete, men vennligsinnet. De andre var like fornuftige og stødige som henne, det var bare tull og hysteri å bli bekymret. En harmløs klubb! Hun knep øynene sammen enda hardere, og da hun åpnet dem igjen, måtte en av de andre ha bestilt champagne, for med ett satt alle med hvert sitt høye glass og skålte. Hun også. Ella løftet sitt glass, vippet det innover mot de tre andres og la merke til hvordan boblene i den gylne væsken skiftet retning.

– Skål for oss! sa Frøydis.

– Skål! svarte Ella, og man kunne nesten ikke høre at hun snøvlet. Jenna hadde blussende kinn og enda mer bustete hår enn hun hadde hatt tidligere på dagen. Celeste klarte ikke å stoppe å le. En av knappene i den åpenbart dyre blazeren til Frøydis hang i en tråd og dinglet, men Frøydis la ikke engang merke til det; øynene hennes skinte, og langt der inne kunne man se en refleksjon av de tre andre kvinnene.

*

Ella følte seg som en skyldbetynget gymnasiast da hun så stille som mulig låste opp døren, lukket den lydløst etter seg og listet seg inn i leiligheten. Klokken var fire om morgenen, og hun hadde sagt at hun skulle komme hjem rett etter kurset. Hun hadde samme redsel som hun hadde hatt som tenåring, samme dårlige samvittighet for å ha brutt en avtale (Elvira Louise, vet du hva klokken er! Du som skal på skolen i morgen tidlig!). Hun kippet av seg skoene og satte dem forsiktig på plass i skohyllen, men hun dyttet skotuppene hardere inn i veggen enn det strengt tatt var nødvendig. Hun himlet med øynene til seg selv da hun kvapp av det lille dunket som brøt stillheten. Hørte Peter det? Jada, hun gjenkjente også denne forventningen om at hun hadde vært savnet, bekreftelsen på at hun var elsket, at noen hadde sittet oppe og ventet og vært bekymret for henne. Men ingen ventet på henne nå (Hva hadde du trodd, du er da en voksen dame!), Peter lå sikkert og sov i sengen. Hun så seg rundt og forsøkte å se om leiligheten bar spor av at han hadde sittet oppe og ventet på henne, men hun fant ingenting. Ingen enslig kaffekopp, ingen oppslått avis som han hadde bladd i mens han lurte på hvor kona ble av. Mobiltelefonen hennes viste ingen tekstmeldinger eller ubesvarte anrop. Alt tydet på at Peter ikke hadde vært redd for henne, kanskje han ikke engang hadde lagt merke til at hun hadde vært borte.

Hun hadde vært på vei mot badet og sengen, men brått ble det umulig å legge seg ned i dobbeltsengen, ved siden av ham. Hun bestemte seg for å brygge seg en kopp te i stedet. Hun hadde likevel ingen forelesninger eller møter dagen etter, så hun kunne like gjerne «henlegge forskervirksomheten annetsteds», som det het i stillingsbeskrivelsen for vitenskapelig ansatte, og «annetsteds» i morgen ville si i sengen og deretter på hjemmekontoret, bestemte hun. Noen fordeler eksisterte det ennå for universitetsansatte.

Hun holdt hendene rundt tekoppen, kjente varmen som en smerte i de ytterste fingerleddene. Til slutt måtte hun ta hendene vekk, ble sittende og stirre ned i den røde væsken. Rooibos, visstnok svært sunn, men viktigere: koffeinfri. Rooibos inneholdt quercetin, som skulle virke beroligende. Det var iallfall Ellas faste nattdrikk, hvor beroliget og søvnig hun ble, var en annen sak. På bordet foran henne lå et par brev med et lite fristende utseende, utilnærmelige hvite vinduskonvolutter. Ella rettet seg opp, var det en lyd? Peter som kom for å se etter henne? Nei, det måtte ha vært hos naboen. Virkningene etter vinen lå ennå som en behagelig duving over bevisstheten hennes. Hun hadde lyst til å sitte litt lenger. Korreksjon, Ella Blom, du har ikke lyst til å sitte lenger, du har lyst til å utsette å legge deg i dobbeltsengen sammen med mannen din. Ja, ja, sa Ella halvhøyt til seg selv, du har rett, som alltid. Hun reiste seg, kvalm på grunn av manglende søvn og mye alkohol. En kopp te til, avgjorde hun. Hun strakte frem en hånd og drog til seg morgenutgaven av Aftenposten. Tidligere, før hun drog av gårde til Blindern, hadde hun gjort unna lederen og kronikken (som hun pliktskyldigst alltid leste, en vane fra tidligere år), et par anmeldelser av bøker hun kjente hun *burde* lese, men visste hun aldri kom til å åpne, og dessuten dødsannonsene og nekrologene (som hun leste med stor interesse). Hun bladde gjennom økonomisidene, lot øynene gli over en artikkel om fem suksessrike kvinnelige gründere. (Hvorfor kunne det ikke bare stå gründere, og så kunne artikkelen handle om de samme kvinnene? Hvorfor måtte det på død og liv fremheves at det var noe avvikende og rart med akkurat disse gründerne?) Hun lo halvhøyt, mer fordi det føltes riktig å gjøre det enn fordi hun moret seg så voldsomt, av en artikkel om faktorer for å bedre trivselen på arbeidsplassen. «Arranger gjerne noen friluftsaktiviteter i eller rett etter arbeidstid.» Akkurat som Edmund Benewitz-Nielsen ville bli snill som et lam hvis hun tok ham med på skitur. Hun leste halvhjertet om en forhenværende banksjef som delte sine tips for en fruktbar og meningsfylt pensjonisttilværelse: «Jeg følger da med på kroneverdien og på renteutviklingen, men hytteturer med barnebarna er det som står øverst på agendaen.» Hun kikket på bildet av den nå pensjonerte banksjefen, syntes han så snill ut, en gammel pater familias, streng, men i bunn og grunn mild og føyelig. Han hadde elsket å gå på ski, stod det, men nå etter den siste hjerteoperasjonen hadde legen sagt at han måtte ta det med ro. Ella gjespet, tok nok en slurk te, lyttet ut i den stille natten om hun kunne høre Peter snu seg. Nei, hun fikk se å komme seg i seng. *Mox nox.*

I et hus ikke så langt unna Ellas leilighet satt Frøydis og stirret på den samme artikkelen. Anders hadde sovnet for lengst (hun hadde vært inne og kysset ham på siden av munnen, han hadde ikke våknet, men smilt svakt). Frøydis hadde satt seg ned for å tenke igjennom kvelden og for å sy fast den løse knappen. Tilfeldigvis hadde hun fått øye på bildet. Selvsagt, her var den artikkelen. «Familien betyr alt for meg,» hadde hun lest. Den setningen hadde hun lest to ganger. Nå satt Frøydis Brun ganske rolig og gjennomhullet avissiden med synålen, hull etter hull stakk hun. Frøydis kunne ha fortalt Ella hvor skammelig feil hun tok: Banksjef Sturla Hagbartsen var ingen snill familiefar. For bare noen timer siden hadde hun stirret rett på det ene gammelmannsøret hans; hun hadde sett hvordan det hadde skiftet farge fra vannmelonrosa til blodrødt. Frøydis stakk og stakk. Først da det var blitt ganske umulig å lese hvilket navn som hadde stått der, brettet hun sammen avisen og la den i papirinnsamlingskurven.

Hun åpnet kjøleskapsdøren med samme forventning som hun alltid hadde når den døren gled opp, og hun kunne skue inn på alle godbitene som befant seg der inne. Hva skulle hun velge? Hva var passende i en stund som denne? Uansett utfall hadde hun noe å feire. Hun hadde gjort det! Hun hadde vasset gjennom menneskemengden og konfrontert ham. Det kunne bare bety én ting: kake. Hun og Anders hadde nesten alltid sjokoladekake i kjøleskapet. I begynnelsen var det hun som bakte, men i det siste hadde han gjort det flere ganger (og etterlot hver gang kjøkkenet i kaos). Konfektkake nesten uten mel, men med fire plater kokesjokolade, meierismør og egg. Hun hadde arvet oppskriften av maman. Kaken smeltet i munnen og etterlot et deilig fettlag i hele ganen. Hadde han spist den

118

siste resten? Nei, der fant hun heldigvis et lite stykke i en plastboks i døren. Takk og pris. Og så et glass iskald melk.

Et kvarter senere gikk hun mett og tilfreds opp trappen og la seg tett inntil den myke, trygge kroppen til Anders. Livet var ikke så verst. Og det kom til å bli noe mer enn venninneskap mellom henne og de tre andre kvinnene. De hadde det i seg, alle sammen. Det var Frøydis sikker på. Celeste var fandenivoldsk nok. Alt Ella trengte, var tid. Og Jenna var med.

Jenna hadde drukket mindre enn de andre, men likevel sørget hun for å få i seg nok væske før hun la seg. Hun hadde drukket syv desiliter med kaldt vann fra litermålet som av en eller annen grunn stod fremme på kjøkkenbenken. Da hun satte fra seg litermålet igjen, kjente hun varmen som fosset oppover ryggen, en oppadstigende bølge av varme, svetten brøt ut, trengte seg gjennom alle porene oppover ryggen og gjorde genseren hennes plaskvåt. Det svimlet for henne, hun trakk av seg genseren, stod i bare behåen. Det hjalp.

Hun listet seg ned trappen og lyttet ved morens dør; hun stod der til hun hørte lette snork. Oppe i sin egen del av huset vasket hun overkroppen med en klut oppvridd i kaldt vann, tok på seg en hvit, gammeldags nattkjole, pusset tenner, åpnet forsiktig døren inn til Julias rom, så hodet hennes på hodeputen, sukket over Julias klær som lå utover hele gulvet, lukket varsomt døren igjen. Inne i stuen lyste det i lampen over sofaen, på bordet stod det rester etter en pizza som Julia tydeligvis hadde spist til middag. Den bærbare PC-en hun og Julia delte, stod oppslått midt på gulvet. Jenna skrudde den på, åpnet vps-kontoen

119

sin og sjekket i beholdningsoversikten om hun hadde fått kjøpt de aksjene hun hadde lagt inn ordre på tidligere på dagen. Nei, der hadde hun visst vært for sent ute. Det gjorde henne ingenting, kjente hun. Hun hadde endelig truffet dem. Det så ut til å lykkes. Hennes idé. Endelig hadde hun oppnådd noe med sine svartekunster. Nå gjaldt det bare å overføre kompetansen til aksjemarkedet. Hun fniste. Nei, det hadde vært flott med mer penger, men det var ikke det som gjaldt. De skulle få til dette! Den natten drømte Jenna om fire fugler. De fløy i sakte sirkler over noen som lå på bakken.

Celeste hadde akkurat sovnet, hun lå naken og sov aldeles trygt og lydløst i armene til Bjørn, den skjeggete journalisten hun pleide å ligge med. Bjørn var befriende uromantisk og rett på sak, hadde aldri gitt uttrykk for at han var, eller kom til å bli, forelsket i henne, eller at han hadde andre mer alvorlige hensikter. Han var interessert i kroppen hennes, hun var interessert i hans. Og hva mer var, han begjærte kroppen hennes *akkurat slik den var*. Det hadde hendt at de ble liggende og prate etterpå, men oftest bare skiltes de, uten å avtale noe nærmere. Hun stolte på ham, men de visste ikke stort om hverandre. Det var slik de ville ha det. Hun visste ikke engang om han var gift, han ante ingenting om Sebbe. Eller om Nero.

Ella hadde listet seg inn på soverommet. Peter snorket selvfornøyd på sin side av sengen, han luktet svakt av whisky igjen, men ingen parfymelukt i dag. Han snudde ryggen mot henne. Selv i søvne avviser han meg. Peter stønnet lavt. Ella regnet med at han hadde påbegynt en erotisk drøm. Jeg tør vedde på at det ikke er meg han drømmer om. Ella la puten over hodet og så ut i mørket.

*

Fra Ella Blom var elleve år, var hun nødt til å redegjøre for innholdet i samtlige kronikker i Aftenposten den foregående uken før hun fikk utbetalt ukepengene sine. Fra hun var tre var det Dagens ord, som var like selvsagt for henne som at man spiste med kniv og gaffel. Hun ble da også uhyre forbauset da hun syv år gammel oppdaget at ingen andre familier hadde en slik ordning.

Ingen kunne si at ekteparet Blom tok lett på oppdragelsen av enebarnet Ella. Det var pianotimer og ballettskole. Det var disiplin og nøye utporsjonert kjærlighet. Det var språkkurs om sommeren, og det var altså Dagens ord. Under middagen hadde faren en kort seanse der han hver dag foredro over et nytt ord. Om Ella den gangen ikke direkte elsket seansen, så har hun i det minste senere satt stor pris på de daglige glosedosene hun fikk gjennom hele barndommen og ungdommen: Ella Blom annammet nemlig ikke bare en lingvistisk basis, men også et passivt ordforråd av en slik størrelse at det kunne ha gjort en leksikograf mørkegrønn av misunnelse. Ordene ble som oftest valgt fullstendig *con amore* (for øvrig Dagens ord 13. april 1975). Av og til slapp hun skjenn og fikk i stedet en leksjon som var en dårlig maskert moralpreken for å få henne på rett kjøl igjen:

Ella var snart ti år, og hun hadde stjålet småkaker fra den brune keramikkrukken på kjøkkenet. Faren sa ingenting (barneoppdragelse, så lenge denne dreide seg om bagateller og ikke de store linjer, var ikke hans gebet),

121

men som Dagens ord valgte han *fråtse*. Disponent Blom satt med stenansikt og informerte Ella om følgende: «Å fråtse betyr å ha mer enn nok. Synonyme verb er *meske seg med, gasse seg i*. Vi har fått ordet fra lavtysk.» Ella nikket. Hun glemte aldri at *fråtse* hadde et germansk opphav, og hun sørget for å utføre sine lysskye ærend atskillig mer diskré.

Om Ella Bloms fødsel er det lite å si, annet enn at hun spyttet da hun var vel ute. Som stort sett alt Ella foretok seg, var fødselen hennes vellykket. Hadde det ikke vært for spyttklasen, kunne man til og med ha betegnet den som prikkfri. Ella lå der inne i det fjærende mørket, i fostervann like perfekt temperert som de vinene hun senere i livet skulle servere til imponerte gjester. Hun hadde ligget der lenge, tatt til seg næring, sovet, vokst og utviklet seg, og nå visste hun at tiden var inne, la hendene langs den nøyaktig tre og et halvt kilo store kroppen, presset hodet bestemt mot innsiden av livmoråpningen, som gav etter, slik Ella skulle bli vant til at hennes omgivelser oftest gjorde (før hun som voksen kvinne møtte mer motstand enn hun trodde hun kunne holde ut). Hun vrikket seg uten tvil, uten nøling, mot lyset. Hun kjente en sterk uvilje mot de umiddelbare omgivelsene i den trange, mørke passasjen, men hun forstod at det var den eneste veien. Ute i det hvite værelset knep hun øynene sammen mot det uvante lyset og kulden, men åpnet dem straks igjen og så alvorlig og undersøkende opp i de tre ansiktene som spent så ned i hennes. Så spyttet hun, hun rynket nesen av vemmelse, spisset munnen og spyttet, en ganske stor spyttklyse som havnet på gulvet med et plask. Det er uklart om de som var til stede, oppfattet hva hun akkurat hadde gjort.

– Hun er jo bare skjønn! sa en.

– Se de nydelig formede øyenbrynene, sa en annen stemme.

– Henne blir det noe stort av, velkommen til verden, Elvira Louise! sa den eneste mannen i rommet. Babyen stirret på ham og åpnet munnen.

– Se, hun forsøker å si noe, ropte faren begeistret. Og ganske riktig, det virket som om babyen forsøkte å meddele dem noe viktig. Det så akkurat ut som om hodet hennes var fylt av glassklare tanker, at hun visste nøyaktig hva hun ville si, hun manglet bare ordene for å kunne uttrykke det. Ella ville så gjerne presentere seg selv, hilse på de tre og også si seg enig i det faren hadde sagt om hennes fremtid, men da hun åpnet munnen, kom det en lyd som ikke uttrykte det hun ønsket; hun bestemte seg for å tie inntil hun kunne kommunisere sitt budskap på en klar og entydig måte. Elvira Louise Blom, du får vente med å snakke til du kan det, sa hun til seg selv, og Ella sa ikke et ord før hun fylte to, og da hun først begynte å snakke, var språket hennes i fullkommen overensstemmelse med grammatiske regler.

Elvira Louise var oppkalt etter oldemoren på farssiden. Det viste seg å være for vanskelig for hennes små venninner å si (Ella selv hadde ingen uttaleproblemer), og etter hvert kalte alle henne Ella.

Fødselen var noe som fremdeles kunne dukke opp i tankene hennes, og som hun fant nesten uutholdelig. Hennes nese, den samme nesen hun hadde i dag, den gangen dog i en mye mindre og mykere utgave, hadde blitt skrubbet langs morens skjedevegger, antagelig hadde Ellas nesebor blitt fylt med utflod og blod. Ellas munn, som hun

123

var sikker på at hun hadde holdt fast sammenknepet, var antagelig blitt dratt gjennom den trange tunnelen slik at underleppen hadde blitt skrubbet mot slimhinnene, og hun hadde fått morens kroppsvæsker inn i munnen. Ikke rart hun hadde spyttet da hun kom ut.

Ella var fåmælt som barn, men hun var velartikulert, og det var hun også som voksen kvinne. Ordene som slapp ut av munnen hennes, var utsøkte og rammet akkurat der hun hadde beregnet. Hun avla sitt laudable hovedfag som 23-åring og disputerte måneden etter at hun fylte 28. Ti måneder etter at hun hadde stått hvit brud, ble Maja født. Ella og mannen bodde i en stor leilighet rett bak slottet, med tre stuer på rekke og rad mot gaten. De eide alt man kunne ønske seg: designmøbler, Wedgwood-servise, tesett fra George Jensen, en Volvo, et walk-in closet, et stille bibliotek fylt med bøker fra parkettgulv til stukkaturtak.

Ella tenker mye. Hun reflekterer, evaluerer, vurderer. Tankene hennes kretser rundt de samme temaene, tankene ruller, runde etter runde til de støter borti noe, til de stopper helt opp. Alltid opp på samme sted. Hun stanger i Peter og Edmund, Edmund og Peter. Hun hadde foretatt seg alle de rette valgene i livet, med ett, kanskje to, unntak: Ella skulle aldri ha latt Edmund Benewitz-Nielsen tro at hun beundret ham; hun skulle aldri latt ham kysse henne. Og hun ville antagelig vært lykkeligere om hun ikke hadde giftet seg med Peter Ditlef Hoff.

Lectio III – Memento mori

Jon D. Ommundsen

Latin har to tall (entall og flertall – eller singularis og plu-
ralis, som Ella mente man burde si all den tid det faktisk
var et latinkurs man fulgte), tre kjønn (maskulinum, femi-
ninum og nøytrum) og seks kasus (nominativ, vokativ,
genitiv, dativ, akkusativ, ablativ). Det finnes seks substan-
tivdeklinasjoner. I dag hadde de lært å bøye et substantiv
av første deklinasjon: *puella*, jente. *Puella, puella, puel-
lam, puellae, puellae, puellā* i entall og *puellae, puellae,
puellās, puellārum, puellīs, puellīs* i flertall. Før de vendte
tilbake til Roma og Ciceros taler, hadde de sveipet innom
Pompeii. Vesuv var kjent, også før utbruddet i år 79, for
ild og røyk. Det het i gresk mytologi at fjellet var blitt
plassert på toppen av et ildsprutende uhyre. Visste dere
forresten at det i en villa ble funnet et bibliotek med meng-
der av forkullede papyrusruller, og at norske forskere har
arbeidet med å rulle dem ut og tolke dem?

Da klokken hadde passert ni med noen minutter, prokla-
merte Ella at kurset var slutt for denne gang, deltagerne
så på hverandre, ble først sittende, men reiste seg etter
hvert motvillig. Ella var ikke utålmodig etter å få dem
av gårde, men det var likevel noe ved henne som gjorde
at Erik, som hadde tenkt å vente til de andre var gått og

så spørre henne om en musikktekst han famlende hadde prøvd seg på, ombestemte seg. Mamma henter meg, opplyste han Ella. Replikken kom nokså uventet på Ella, som jo ikke visste noe om hva Erik hadde tenkt. Ja? sa hun. Erik innså i samme sekund hvor unødvendig og pussig det hadde vært å si det han sa, og hvor pinlig det var å nevne mamma igjen. Han rødmet og forsvant ut av døren. Ella så etter ham og kunne ikke la være å smile. For ikke så lenge siden hadde Maja vært like keitete.

Bendik kikket prøvende på Celeste, men ble møtt med vennlig avvisning uten at ett ord ble sagt fra noens side, så han vendte seg rundt og bukket dypt for fru Næss og spurte om *hun* ville sitte på ned til byen:

– Jeg har fått låne en gammel 2CV, og den er uten varmeapparat. Så nå er du advart!

– Det gjør ingenting, svarte fru Næss. Hun mente at Bendik vel kunne varme henne hvis det trengtes: – Du ser da temmelig varmblodig ut, unge mann, sa hun. Celeste stod ved siden av og nikket anerkjennende til henne.

Baklyktene på Bendiks lånte 2CV ble borte. De fire kvinnene snudde seg bort fra vinduet. Ingen av dem sa noe, ingen av dem så på hverandre, det var som om de alle med ett var pinlig oppmerksom på at de jo slett ikke kjente hverandre. Ingen av dem protesterte da Ella uten forvarsel slukket lyset og bare taklampene i korridoren utenfor skinte inn i rommet. Det var en ren innskytelse, og Ella hadde straks angret på det. Hva var dette for slags anstaltmakeri! Hun nærmet seg lysbryteren igjen, men Jenna stoppet henne. Vent, sa hun, jeg har tatt med stearinlys.

Jenna rotet rundt i en diger veske og plasserte så fire lave lys i skåler på kateteret, fant frem en eske fyrstikker

126

og tente lysene. Det svake skinnet fra dem vokste oppover murveggene, og de spredte en krydret duft i rommet. Så stakk hun en røkelsespinne ned i et porselensstativ, som hun også hadde funnet frem fra den vevde vesken sin (en romslig sak som så ut som om den var sydd av en indiansk poncho eller noe tilsvarende). Hun fikk fyr på røkelsespinnen òg, og Ellas nesebor ble fylt av en intens duft, på grensen til det irriterende. Dette er ikke mulig. Det er faktisk uutholdelig pinlig å være med på noe slikt! Men armene hennes hang tiltaksløse langs siden, hun rørte seg ikke, hun sa ingenting. Jenna famlet igjen oppi den innholdsrike vesken. Med et spøkefullt ta-ta-ta-tam slengte hun med noe mørkt og flagrende, som en matador vifter med sin tyrefekterkappe.

– Hva er det? spurte Frøydis skeptisk.

– Jeg har bare tatt med meg noen greier fra mors butikk, svarte Jenna, med en pussig blanding av blygsel og hovmod i stemmen. Hun ble stående med det mørke stoffet over armen uten å gjøre tegn til å ville vise dem det eller til å si noe mer.

– Skal vi kle oss ut som hekser? Er det *det* vi skal? spurte Celeste til slutt inkvisitorisk. Øyeblikket etter smilte hun bredt til Jenna, men spørsmålet ble hengende der, ubesvart. Ella så også skeptisk på den mørke tøybylten over Jennas arm, men sa fremdeles ingenting. Et eller annet sted inni seg snakket hun frenetisk til seg selv, men hun hørte ikke etter, lot bare stemmen bable i vei, med sine kritiske innvendinger, sine ironiske Ella Blom-er, sine oppfordringer om at nå må du ta deg sammen! Et annet sted i bevisstheten hennes mellom fire dansende hekser som gjorde sitt beste for å forvirre henne, dukket det opp en tanke, en tanke om noe viktig, men noe hun ikke maktet å gripe. Tanken var der, den var fornembar, men likevel ikke til å få tak på. Hadde det noe med Edmund Benewitz-Nielsen å gjøre? Var det noe der? Det hadde da noe med fugler å gjøre, men hva? Ella prøvde å konsentrere seg, men hennes bestrebelser på å fange den vage tanken ble avbrutt av at Frøydis fnøs høylytt. Ella stod med tomt hode, og hverken hun eller Frøydis fikk seg til å protestere da Jenna rakte dem en kappe hver. De tok lydig imot og ble stående med kappene i armene. De var overraskende tunge, men myke som kattepels mot huden.

– Det er en kapott, forklarte Jenna.

– Er ikke dette å gå litt langt? spurte Celeste. Jenna så på henne. I det samme mistet Celeste kappen sin, så den falt med et lydløst, tungt plask mot gulvet og spredde seg ut som en oljeflekk på det lysegrå linoleumsgulvet.

– Det er jo bare en spøk, sa Ella, kanskje aller mest for å berolige seg selv og den kaklende indre stemmen. – Kom igjen, jenter! Det er jo bare for gøy. Nå prøver vi kappene.

Ella trædde først den ene, så den andre armen inn i kappen. Igjen ble hun slått av tyngden på stoffet, og deretter så hun at det var et vakkert plagg: nesten fotsid i fet, sort fløyel, med en spiss lang hette, fôret med like sort silke. De andre stirret på henne, hun tvang seg til å dreie seg rundt, forsøkte å spille rollen som munter mannekeng, som bare så på dette som en spøk.

– Dette ligner jo til forveksling på en akademisk kappe, sa hun. Celeste bøyde seg og tok opp sin kappe. Hun tok den straks på og tok noen piruetter som fullstendig tok luven av Ellas sakte dreiing.

– Siste skrik for hekser, sa Jenna lett.

– Heksefashion, fastslo Celeste.

Men heller ikke Celeste følte seg (for en gangs skyld)

128

særlig komfortabel, men i likhet med Ella gjorde hun sitt beste for å skjule det. Først gjenkjente ikke Celeste ube- haget i mageregionen, klarte ikke å definere det, men så skjønte hun det: Hun var sjenert. Og overraskende nok blandet sjenansen seg med den etter hvert velkjente red- selen for Nero. Her gjelder det å snurre på, besluttet hun. Og tilsynelatende lot de andre seg lure av spillet hennes, og sakte gav sjenansen etter og ble erstattet av Celestes sedvanlige trygghet på seg selv, egen kropp, egen person. Og det så ut til å smitte. Ella satte opp hastigheten på sine omdreininger, snublet og lo lavt. Frøydis plukket opp sin kappe og trakk den på samtidig som Jenna tok på sin. Kappen til Frøydis var kortere og videre enn de andres, men likevel var den en tanke trang i ermhulene og sopte i gulvet. Til tross for dette følte hun seg vel med én gang hun fikk den på seg. Ja, kanskje det er dette som skal til, tenkte hun.

Et par sekunder ble de stående alvorlig og betrakte hver- andre. Celeste fisket opp en sølvlommelerke og tre små sølvbeger fra vesken sin (denne kvelden var den avlang i dueblått kalveskinn). Calvados! erklærte hun, skrudde av korken og skjenket eplebrennevin i den først, siden i de tre begrene. *Prosit!* Alle fire tømte begrene i én slurk uten at det hadde vært avtalt. Ella kjente brennevinets gang nedover i kroppen, og hun følte seg deilig rampete som drakk alt på én gang. Hverken Jenna eller Celeste reflek- terte noe over dette; Celeste fordi hun oftest drakk sprit på akkurat den måten, Jenna fordi hun hadde nok med å se på de andre tre, med å leve seg inn i heksestemningen. Frøydis, som var den mest avanserte nyteren av dem, var sjokkert over seg selv, hun pleide alltid å nippe til vin og brennevin, trykke tungen opp mot ganen, rulle væsken i munnen, la smaken bre seg før hun porsjonerte drinken ut i små, små slurker. Hvorfor hadde hun bare tømt i seg denne? For et sløseri med gode smaker!

Igjen så de fra den ene til den andre og fikk svar på det ingen av dem spurte om: Er det slik at bare *jeg* føler meg annerledes? De så klart svaret i de andre kvinnenes øyne: Alle kjente at dette var noe eget. Etterpå, da Ella lå i sengen sin og skulle forsvare overfor seg selv det hun nettopp hadde vært med på, grep hun seg i å tenke at kappene måtte ha vært magiske. Å ta dem på hadde hatt samme funksjon som et sentralstimulerende narkotikum. De hadde blitt sterkere, modigere og tenkt klarere og artigere tanker.

Ella lot hånden gli over det glatte fløyelsstoffet. De var sterke, de var modige. De var ... de var amasoner!

– Vi er stolte og sterke, sa Ella sakte. Stemmen hennes var høytidelig. Alle snudde seg og så på henne. – Vi er amasoner!

– De har jo bare én pupp, utbrøt Frøydis og drog dem ut av magien, den rare, tåkefylte stemningen de alle akkurat hadde vært dypt inni, og rett tilbake til klasserommet.

– Jo, ifølge gresk mytologi måtte amasonene skjære vekk eller brenne bort det høyre brystet for å kunne spenne buen maksimalt, sa Ella, ikke lenger høytidelig, men med sin velkjente, selvsikre lærerstemme.

Jenna ristet på hodet, det var tydelig at enbrystede kvinner ikke tiltalte henne. Passer da utmerket, tenkte Celeste, men hun sa ingenting.

– De måtte være jomfruer til de hadde drept tre menn, la Ella til.

– Too late for alle her, hvinte Celeste.

– Tapt jomfrudom kan jeg ikke gjøre noe med, men jeg melder meg frivillig til å være avholdende til jeg har kakka tre menn i hue, ropte Jenna leende. – Gjelds det?

– Er ikke amasoner veldig … høye? spurte Frøydis og gjorde stemmen sin liten og tynn. Egentlig hadde hun lyst til å si noe skarpt om jenter som fikk sydd på falske jomfrudommer før de giftet seg. Hvorfor lot man seg lure av at urørte kvinner var best, mens ditto menn bare var lattervekkende? Sånn tenkte jo alle, selv moderne vestlige damer som bare hadde forakt til overs for kulturer som krever renhet. Hun hadde virkelig ikke likt om Anders var helt uerfaren, men samtidig var hun overbevist om at han ikke ville ha hatt noe imot om han var hennes første.

Alle lo enda mer.

– Amasonene, sa Jenna prøvende, ennå litt kortpustet etter all latteren. – Jeg vet ikke. Gresk er det jo også. Har du ikke et passende latinsk navn, Ella?

Ella prøvde å tenke, ør etter skiftet i stemning, fremdeles lattermild. Men så hadde hun det. Merkelig at hun ikke hadde kommet på det før:

– Virago.

– Viagra? sa Jenna.

– Skal vi ha navn etter et legemiddel? sa Celeste, – et legemiddel som plasserer halvgamle menn på krigsstien, når de akkurat har fått den knekken i selvtilliten som gjør at de er til å være i samme rom som?

– Virago, presiserte Ella. – En sterk, modig kvinne.

– Det er oss, sa Frøydis.

– I et nøtteskall, konstaterte Celeste.

– Viragoene, sa Jenna og nikket. – Jeg liker klangen.

– Pluralisformen er *viragines*, sa Ella sakte. – Men jeg tror vi driter i grammatikken.

131

– Det er det vel første gang du har sagt i hele ditt liv, lo Celeste. – Viragoene er vedtatt. Fuck grammatikken …

– Og mannfolka, avbrøt Frøydis. – Fuck dem også!

– Mer enn gjerne, sa Celeste.

– Vi er Viragoene, sa Jenna.

– Viragoene, gjentok Ella og syntes at det nærmest var et perfekt navn. Men så kom hun til å tenke på etymologien. *Virago* kommer fra *vir*, som ikke betyr annet enn mann. *Nihil sub sole novum.* I *Biblia Vulgata* stod det å lese: «Dixitque Adam hoc nunc os ex ossibus meis et caro de carne mea haec vocabitur virago quoniam de viro sumpta est.» Dumme, selvsikre Adam forteller at kvinnen er ben av mine ben og kjøtt av mitt kjøtt. Hæ? Hvor tar de det fra, disse mennene? Han var visstnok den første av sitt slag og allerede en fullbefaren mannssjåvinist. «Hun skal kalles kvinne, for av mannen er hun tatt.» Rundt henne kaklet de andre som besatt, og før hun sa noe til dem, tillot Ella seg å glede seg over at ordene på norsk ikke gav samme kvalme komme-fra-assosiasjoner som latin *vir – virago*, gresk *adam – adama*, eller engelsk *man – woman*. Mennene som skrev Bibelen, ville bare ikke være ved at de var født av kvinner. Viragoene gikk ikke. Før hun fikk sagt noe om sine etymologiske anfektelser, sa Frøydis:

– Jeg synes vi rett og slett skal kalle oss Kjerringer. Det er det vi er. Det er det vi skal være.

Og på den måten ble de Kjerringer. Ella fortalte dem ikke at *kjerring* var avledet av ordet *karl*, derimot fortalte hun dem at de viktigste dydene i Romerriket var mot, måtehold, klokskap og rettferdighet, og hun gjentok kardinaldydene på latin: *fortitūdo, temperantia, prudentia og iustitia.*

– Og er ikke det karaktertrekk som passer for en typisk kjerring? Jeg synes det passer utmerket, sa Ella. Hun hørtes stolt ut, som om kardinaldydene var hennes fortjeneste.

– Jo. Og det er vakkert, sa Jenna. – *Fortitia* ... nei, hva het det igjen?

– Det med måtehold kan vi vel kutte ut? sa Celeste og lo.

– Da blir det *fortitūdo, prudentia, iustitia*, oppsummerte Frøydis straks, helt korrekt, uten å miste en stavelse av noen av ordene. Ella kunne ikke annet enn å beundre henne for både presisjon og hukommelse.

– Velkommen til det første ordinære møtet i foreningen Kjerringer, sa Celeste med dypere stemme enn hun vanligvis hadde. Det var som om hun hadde planlagt å si det som en spøk, men det kom likevel ut som en seriøs velkomst. De andre tre så på henne og mumlet takk. Frøydis spurte om noen av damene hadde saker til dagsordenen. Ingen svarte. Frøydis gjentok:

– Hvem skal først ut? Hvilken av mennene skal vi velge? Hvor skal vi begynne?

Celeste så rett fremfor seg. Ella så ned. Frøydis hadde akkurat bestemt seg for at hun fikk gå foran med et godt eksempel. Jenna reiste seg, rensket stemmen. Hun hadde planlagt å si en hel masse. I stedet sa hun bare: – Mor.

Og så begynte Jenna å gråte.

– Altså Jon D. Ommundsen, fastslo Frøydis før stemmen hennes ble mild, og hun sa: Fortell dem om moren din, Jenna.

Ella merket at hun slett ikke likte at Frøydis husket navnet hans, for hvis hun husket det, så var det vel mye som tydet på at hun også husket flere. Hun hadde ikke noe ønske om at Frøydis skulle gå rundt og vite hvem Edmund Benewitz-Nielsen var.

– Jeg vet ikke hvor jeg skal begynne. Hun våkner opp om natten. Her forleden gikk hun ut. Hadde tatt på seg kåpe over nattkjolen, barbent. Jeg ble vekket av at det smalt i ytterdøren.

– Bor dere i samme hus? spurte Ella.

Jenna nikket.

– Gamlehjem, sa Celeste. – Kan hun ikke få plass på gamlehjem?

– Det er ingen plasser å oppdrive, sa Jenna.

– Er du sikker på at gamlehjem er det rette? spurte Frøydis forsiktig.

– Ja, sa Jenna. – Jeg har ikke lenger noe valg. Hun vil det selv, og dette er et bra sted.

– Du har funnet et? spurte Frøydis.

– Ja, sa Jenna. – Jeg har besøkt mange, men jeg er kommet frem til at Solheim hadde vært perfekt for henne. Det ligger like ved oss. Julia og jeg kan besøke henne daglig.

– Men det må da gå an å få plass, sa Celeste igjen.

– Nei, det er ikke håp. Bydelen, eller altså han som er leder for eldreomsorgen der … Jon D. Ommundsen … han mener at det ikke er behov for noen sykehjemsplass, at hun klarer seg selv. At hun har pårørende som kan støtte henne.

– Så frekt, ropte Ella. – Noe kan jo skje henne.

– Ja, jeg hjelper henne jo mer enn gjerne, sa Jenna, – men jeg er redd for ansvaret. Jeg klarer det ikke lenger. Hun har fått noen sår på bena også, og jeg vet ikke engang om jeg steller dem riktig.

– Men det må du da i det minste få hjelp til?

134

– De har sagt at de skal sende en hjemmesykepleier, men jeg vet ikke om jeg orker å purre mer. Det er helt forferdelig å snakke med denne mannen.

– Vi må da kunne hjelpe deg på en eller annen måte, sa Ella.

Frøydis hevet stemmen og sa: – Kjerringer har i møte vedtatt at ligaen skal aksjonere på Solheim eldrehjem.

– Har vi? sa Jenna.

– Hva skal vi gjøre? spurte Ella.

– Jeg har en plan, sa Frøydis. – Kom.

– Nå? sa Jenna vantro.

– Er du gal! sa Ella. – Hva skal vi? Vi kan da ikke dra dit nå.

– Hvorfor ikke? sa Celeste.

– Jammen, det er jo systemet og Jon D. Ommundsen som er problemet, protesterte Ella. – Hva skal vi på Solheim å gjøre?

– Vi er kjerringer, vi er pragmatiske, sa Frøydis.

– Jaha?

– Vi skal straffe Jon D. Ommundsen, og vi skal skaffe moren til Jenna en sykehjemsplass, sa Frøydis fornøyd. – Vi møtes igjen om en time. Dere har nemlig en del ting dere må ordne. Litt proviant, for eksempel. Nå skal jeg fortelle dere hva dere skal gjøre. Sett dere ned.

*

– Der er det, hvisket Jenna. De stod foran et stort fem etasjer høyt mursteinsbygg. Hun la nakken bakover og kikket opp. Det var lys i bare et par vinduer i hver etasje. De gikk sakte nærmere. For å komme inn måtte de ringe på dørtelefonen. Før Jenna hadde fått tenkt seg om, hadde

135

Frøydis trykket på knappen merket Besøkende. – Hva skal du si, hvisket Jenna engstelig.

– Ja? skurret en stemme ut av høyttaleren på veggen. Jenna skvatt til.

– Vi skal besøke Agnes, svarte Frøydis, og det lød svært tillitvekkende. Ingen utenom hennes forbundsfeller ville ha lagt merke til den ørlille nølingen før navnet Agnes, og ingen ville i sine villeste gjetninger ha funnet på at stemmen tilhørte en kampberedt, kappekledd kvinne.

Døren begynte å dure, og Celeste, som stod nærmest, dyttet den åpen. De smatt innenfor, og Jenna ventet så smått å høre en stemme tordne ut fra veggen: «Hvem er dere? Hva vil dere? Det finnes ingen Agnes her.», men det var helt stille.

– Hvilken etasje? spurte Ella forretningsmessig.

– Jeg tror det er tredje, hvisket Jenna. – La meg sjekke på det skiltet der borte. Jo, det er der.

– Da går vi, sa Frøydis.

De forlot hallen og kom inn i trappegangen. Det var så mørkt at kroppene i de sorte fløyelskappene ble borte, og det eneste som syntes, var ansiktene og hendene. Celestes ansikt lyste som glatt, hvit silke.

– Hva skal vi gjøre om vi møter noen? sa til slutt Jenna.

– Dra den om Agnes igjen, foreslo Ella.

– Si at vi er det nye legeteamet, sa Celeste. – Black is the new white.

Hun, Ella og Frøydis lo høyt. Jenna hysjet nervøst på dem.

– Vi ser simpelthen selvsikre ut, sa Frøydis. – Det pleier å gå bra.

Jenna var ikke overbevist. Men det gikk bra. De møtte ingen.

Jenna hadde heller ikke vært overbevist om at moren var en sak for dem. Men da hun hadde uttrykt sin tvil om det, hadde bare Frøydis blåst av det: Moren din er en kvinne. Vi arbeider for kvinners beste. Ella hadde støttet Frøydis. Husk, hadde Ella sagt, statistisk sett lever vi minst fire år lenger enn menn. Det er med andre ord i kvinnekjønnets interesse at vi blir tatt vare på de siste årene, at den tiden blir trygg og komfortabel. Jenna hadde smilt litt. Men Ella var ikke ferdig: Husk også at det er kvinner som har omsorgen for de eldre. Det er derfor det er så få plasser, myndighetene regner med at kvinnelige slektninger tar sin tørn. Dette er definitivt en sak for oss. Jenna hadde latt seg overbevise. Det var ikke noe hun heller ville enn å kunne gi etter.

Et hvitt skilt hang på veggen i trappeavsatsen i tredje etasje. *Avdeling Sør. Langtidsbeboere.* Og der, ved siden av skiltet, var døren inn til avdelingen. De åpnet den forsiktig og snek seg inn. De ble stående og lytte. Ikke en lyd. Jo, nå hørte de lave stemmer. Et rom lenger inne i gangen hadde døren på gløtt, og det kom en lysstrime på gulvet. Pauserommet, mimet Jenna. De listet seg bort fra det lave stemmesurret. På begge sider av korridoren var det værelser, hvert værelse hadde dørskilt der pasientenes navn stod med store bokstaver; noen av dørene hadde to navn. Det luktet såpe og desinfeksjonsmidler, og det var også en syrlig urinlukt i hele etasjen, en svak lukt og ikke direkte ubehagelig. De passerte en enorm hylle med kluter, bleier og sammenbrettede håndklær. Enkelte steder langs veggene i den lange gulmalte korridoren stod det noen stoler, antagelig slik at beboerne kunne hvile seg når de var ute og spaserte i gangene. Noen steder stod det blomstervaser

137

med halvvisne buketter, små, hvite kort var bundet rundt stilkene. På et småbord kneiset en diger, struttende asalea med blodrøde blomster. Inntil et lavt bord med ukeblader stod en forlatt rullator med en dameveske i kurven foran. På veggene hang det store fotografier i svarthvitt, forstørrelser av gamle bilder fra rundt omkring i Oslo. De fortsatte innover. En gammel dame ropte noe, igjen og igjen. Først forstod de ikke hva hun ropte, men så hørte de det tydelig: Satan står bak deg, Satan står bak deg. Celeste dyttet spøkefullt til Jenna: Hørte du det? Pass deg! Men Jenna lo ikke. De listet seg videre. Frøydis stoppet opp:

– Her? foreslo hun og så spørrende bort på Jenna. Jenna tenkte seg om et øyeblikk før hun nikket.

De befant seg fremdeles i den lange, brede korridoren som gikk tvers gjennom avdelingen. Stedet Frøydis hadde plukket ut, var foran utgangen til en balkong. Utelampen var tent, og på balkongen kunne de skimte en plaststol av stabletypen og en blomsterkrukke der noen brune stilker stakk opp fra jorden, som var dekket med sigarettstumper. Innenfor døren, på deres side, var det tomt, bare et skap og en radiator.

Frøydis hjalp Jenna å spre ut et tykt teppe på gulvet, et vattert teppe i patchwork.

– Lekkert teppe, sa Ella.

– Jeg synes det passer godt at vi sitter på mors teppe akkurat i kveld, sa Jenna. – Hun har alltid vært så flink til å sy.

– Syr hun ennå? ville Frøydis vite.

– Det hender, sa Jenna og smilte.

Celeste fant frem noen små poser og dessuten sin slanke lommelerke i sølv. Ella satte to store termoser og fire kopper på teppet. Jenna bøyde seg ned mot bagen hun hadde satt fra seg på gulvet, hun åpnet glidelåsen, stakk hendene inn og trakk ut to meter med kjetting. Solid kjetting som raslet høyt da den ble trukket ut. Jenna gjorde noen grimaser til de andre og forsøkte å få resten ut, raskere og stillere:

– Den er fra butikken til moren min, forklarte hun. – Mor har hatt en hengestol i den.

– Bra! Frøydis nikket anerkjennende til henne. Uten at noen behøvde å gi instrukser, var alle snart i posisjon, sittende på teppet med ryggen mot balkongdøren. De fire kvinnene hadde trædd kjettingen inn i håndtaket på døren, bak radiatoren, innunder stålskapet, nå viklet de den rundt sine egne ankler. De nikket til hverandre, og Frøydis klemte igjen en kraftig hengelås.

– *Jacta álea est*, sa Jenna.

– Hva skal du gjøre med nøkkelen? spurte den praktiske Ella.

– Svelg den, sa Celeste. – Det gjør de alltid i gutteøker.

– Se på meg, sa Frøydis, tok nøkkelen, vippet opp kroppen sin og plasserte den under baken. – Her ligger den trygt. Begravd i spekk.

– Vil du ha litt å spise? spurte Celeste, – så blir den liggende enda tryggere.

– Jeg sier aldri nei til god mat, svarte Frøydis.

Celeste begynte å åpne posene hun hadde lagt foran seg på teppet. Det var en plastboks med oliven, tydeligvis kjøpt i løsvekt. En annen med fetaost i olje. En stor camembert. Upasteurisert! utbrøt Frøydis. En pakke salte kjeks. Det var flaks det hadde vært åpent hos tyrkeren på hjørnet så sent på kvelden.

– Og her er te, sa Celeste og berørte den ene termosen.

– Og kaffe i den andre, regner jeg med, sa Frøydis
håpefullt. – Du har vel ikke glemt kaffen?

– Jo, sa Celeste beklagende. – Nei, i den andre er det
pølser.

– Pølser på termos! Det har jeg ikke spist siden mamma
og jeg var på søndagstur da jeg var liten, sa Jenna.

– Og her er noe søtt til dessert, sa Ella, og opp fra ves-
ken trakk hun to sjokoladeplater, som hun brakk i biter
og anbrakte på en liten emaljeskål.

– Har du med deg skål? sa Celeste vantro.

– Selvsagt, sa Ella uanfektet. – Se så flott sjokoladen tar
seg ut mot den blå bakgrunnen.

– Jeg har hørt at standarden på gamlehjem er lavere enn
standarden i fengsler, sa Frøydis.

– Klart det, lo Celeste. – Fengsler er befolket av menn.
Her bor det jo stort sett damer.

– Solheim er et bra sykehjem, sa Jenna. – Jeg har
undersøkt det, vært her mange ganger.

– Selvfølgelig, sa Celeste. – Jeg mente det ikke sånn.

Ennå var de litt usikre på hverandre, redde for å si ting
som kunne misoppfattes, ting som kunne såre. Celeste
strakte frem en hånd for å klappe Jenna på armen, men
lenken hektet seg fast og slo mot Jennas lår før hun rakk
å klappe henne. Begge begynte å fnise lavt.

– Det blir bra, dette her, sa Celeste forsonende. Jenna
nikket og svelget.

Det gikk en halvtimes tid før de ble oppdaget. En kvinne
i hvit uniform var på vei ut til balkongen for å ta seg
en røyk. Føttene i de hvite helsesandalene styrte målret-
tet inn mot balkongdøren. Hun gikk med ansiktet ned
og så dem ikke før hun stod like ved dem. Da kvapp

hun sånn at hun begynte å skrike høyt. Jenna så skyldbevisst på henne. Ella hysjet indignert som en streng frøken. Celeste lo. Frøydis forklarte rolig at de hadde lenket seg fast for å demonstrere mot kommunens manglende dialog med pårørende, og for en sykehjemsplass for Johanna Hilmarsen. Det er min mor, føyde Jenna til. Den hvitkledde skulte på dem, så snudde hun på hælen og løp. Etter noen minutter stod det syv hvitkledde damer foran dem.

Jenna hadde ingen problemer med å forstå at pleierne var overrasket. De fire kvinnene var jo nokså avstikkende. Hun måtte nesten smile. Sort fløyel i rene, hvite omgivelser. I et glimt husket Jenna en episode fra da hun var liten: Hun og Johanna hadde vært i butikken. Man hadde gått over til å selge melk i kartonger, men fløten kom ennå i glassflasker, brune glassflasker med gullfarget metallkork. Da Jenna skulle ta fløten opp fra trillebagen, hadde hun mistet den i bakken. Flasken ble knust, men det hun husket, var den hvite fløten mot sort asfalt. Det var så vakkert, og på samme tid så grundig feil. Slik måtte de ta seg ut, bare motsatt, sorte fløyelskledde kapper i en steril, hvit verden. Virket de kanskje også truende? Jenna så undersøkende på de hvitkledde pleierne. Det okkulte og forbudte i en strukturert helseverden. Bare merkelig eller også truende? Og når hun mente at hun kunne se sympati i noen av ansiktene, var det kanskje bare innbilling? Eller så hun riktig? En anerkjennelse av opprør og revolusjon i en verden av resignasjon? Pleierne i hvite uniformer var overarbeidede, underbemannede og underbetalte. De hadde verkende rygger og deltidsjobb. De hadde startet fulle av medlidenhet og med genuine ønsker om å yte omsorg, men entusiasmen hadde gradvis blitt erstattet

141

med en komme-seg-gjennom-vakten-holdning. De gjorde
så godt de kunne, og de kunne faktisk ikke gjøre mer.

De hvitkledde var sinte nå. Den mørkeste av dem snak-
ket høyt og gebrokkent, skjelte dem ut. Jenna og de tre
andre lyttet høflig til henne, men sa ingenting. Hun avslut-
tet med å si at hun øyeblikkelig skulle gå og ringe politiet.
Nå! De kunne ikke sitte her, fastlenket!
En av beboerne hadde våknet, antagelig på grunn av
den høye stemmen, og kom tuslende mot dem. Han hadde
prikkete pyjamas og hvitt hår som stod opp i glisne tus-
ter. Munnen hans var underlig sammenfallen, og da han
åpnet den for å si noe, ble det tydelig at han ikke hadde
tenner. En av de hvitkledde tok den gamle mannen venn-
lig i armen og førte ham vekk. Den mørke pleieren sa
ikke mer, men fortsatte å stirre sint på de fire. Så mumlet
hun noe, noe ingen egentlig oppfattet, snudde og mar-
sjerte bort. Flokken hennes ble stående noen sekunder før
de summet seg og gikk etter. En av dem, en hjelpepleier
med blondt rastahår og en ring midt gjennom nesebrus-
ken som på en okse, vred så vidt på hodet: Jeg tror ikke
hun kommer til å ringe, mimet hun til dem.

Natten på et sykehjem er ikke stille. Den er stillere, mykere
og langsommere enn dagen, men det er likevel mye som
skjer. En trillevogn med rød og gul saft kjøres inn på et
rom der en nittitreårig kvinne ikke får sove, på siden av
bordet står små plastbeger med hvite piller. En pleier går
arm i arm med en lutrygget, smilende kvinne, de går med
bitte små skritt, og de prater lavt sammen mens de nær-
mer seg målet: toalettet i enden av gangen. To brødre deler
rom, slik de har gjort i hele sitt liv. Om dagen sitter de

tett inntil hverandre, kikker i et av de mange albumene de har tatt med seg. Begge er lett forvirret, de skjønner ikke hvor de er, gjenkjenner ikke rommet, de er høflige, men distanserte mot alle, og de er fornøyd så lenge de har hverandre, kaffe og kaker om ettermiddagen. Men om natten råder alt annet enn harmoni. Den ene broren snorker sånn at den andre våkner, selv om han er blitt satt på sterk sovemedisin. Han våkner, roper, vekker den første. Pleiere i hvite frakker løper til og fra, tålmodig trøster de, beroliger, til slutt setter en av dem seg ned og synger en godnattsang.

De første timene etter konfrontasjonen med de ansatte ventet de hvert øyeblikk å se politiet komme rundt hjørnet, men da politiet ikke dukket opp, sluttet de å tenke på dem. Natten var lang. De satt i kappene sine, tett inntil hverandre, på lappeteppet som Johanna hadde sydd, og foran seg hadde de te, sjokolade, oliven, ost, pølser på termos.

– Nesten som en landtur, sa Frøydis og puttet den aller siste fetabiten i munnen.

– Jada, bare et par detaljer unna en landtur, fniste Celeste, løftet en fot og ristet på den så lenken klirret mot linoleumen, det sang hardt i røret den var surret rundt, da metall traff metall.

– Hysj, sa Jenna. – Se på hun som kommer der. Er hun ikke vakker?

De andre snudde seg og så mot en hvithåret kvinne med vinrød, vattert morgenkåpe. Hun gikk rank gjennom korridoren, med raske skritt, tydeligvis på vei mot noe, et klart mål der innerst i gangene. Huden hennes så sunn og solbrun ut. Under øynene og inne i øyenhulene var den to nyanser mørkere enn i resten av ansiktet og krøllet seg

143

som silkepapir når hun smilte. Og hun smilte til dem nå, hun passerte de fire kvinnene, som satt på sitt fargesterke patchworkteppe med matskåler spredd utover, fastlenket til veggen, hun smilte vennlig til dem, som om de var et helt dagligdags syn. Det glimtet i øynene hennes da hun gratulerte dem med nasjonaldagen og ønsket dem god feiring. Bare pass på så tyskerne ikke får nyss om det, hvisket hun og fortsatte spaserturen. Like energisk, like livsglad.

– Hun var kanskje liten pike under krigen, sa Ella drømmende. – Eller ungjente. Hun kan ha vært med på å lage en illegal avis. En heltinne. Hun kan ha ...

–... hatt en tysk soldat som elsker, avbrøt Celeste utålmodig.

– Hun har mange barn, sa Jenna.

– Eller ingen, sa Celeste og himlet med øynene, men de andre la ikke merke til henne.

– Ja, sa Ella, – hun har nok mange barn.

Et øyeblikk så hun for seg dødsannonsen hennes med rekker av barn nedenfor navnet.

– Hun har mange barn. Bare døtre, sa Jenna.

– Har hun? spurte Celeste ironisk.

– Ja, svarte Jenna bestemt. – Fire døtre. Tre av dem bor her i byen. De besøker henne så ofte de kan. Det er derfor hun er så fornøyd. Tross alt.

– Sier du det, ertet Celeste, men stemmen hennes var likevel lun.

– Ja, sa Jenna rolig. – Den ene var her i går.

– Kjenner du henne, eller?

– Nei.

– Er du synsk, da? spurte Celeste.

– Ja.

Celeste himlet med øynene og gav opp Jenna. Hun

144

snudde seg i stedet og så etter den vinrøde morgenkåpe-
ryggen.

– Det må være deilig å leve i sin egen boble, sa Celeste,
– fullstendig frikoblet fra virkeligheten.

Og da hun sa det, ønsket hun et øyeblikk intenst å
være den gamle damen. Å gå rundt i gangene her på syke-
hjemmet, å være trygg, ikke måtte forholde seg til verden
utenfor, til Kåte-Karls innfall, til Sebbes fremtid, til Nero.
Men kanskje var den gamle damen redd selv; hun hadde
jo advart dem mot tyskerne. Det er vel hennes demo-
ner, det. Hennes redsel. Hennes vage angst. Kanskje hun
bare kjenner at hun er urolig og redd for noe, men hjer-
nen hennes er ikke lenger i stand til å definere hva som
er grunnen til redselen. På en eller annen måte kobler de
forvirrede synapsene hennes redsel med tyskere. Hun var
redd for dem en gang, i fem år var hun redd for tyskere.
I fem år gav tyske soldater henne høyere puls og kvalme.
Nå var det bare skallet av redselen igjen. Celeste måtte
smile av seg selv, nå satt hun og fantaserte om kvinnen i
den vinrøde morgenkåpen, hun også.

– Mødre, sa Jenna sakte da ingen hadde sagt noe på en
stund. – Det er noe eget med mammaer. Er det ikke?

– Det er ingen i verden jeg blir så irritert på som på
moren min! sa Ella.

– Hun gav meg urtete og Dispril mot menssmerter. Hun
gav meg bøker om heksekunst. Vi så *Breakfast at Tiffany's*
sammen, sa Jenna drømmende. – Hun hadde laget i stand
et fat, et nydelig gammelt fat som vi ellers bare brukte i
julen, med mandler, kokesjokolade og rosiner.

– Jeg leste *Skikk og bruk* med moren min, sa Ella. – Ett
avsnitt om dagen. Vi holdt på i flere år.

– Jøss, sa Celeste.

– Mødre kan trøste, sa Jenna. – Mor vet akkurat hvilke knapper hun skal trykke på for å trøste meg.

– Min vet hvor hun skal trykke for å såre, sa Celeste. – Ingen som er så gode til å manipulere som mødre.

– Det er sant det også, innrømmet Jenna.

– Døtre er vel ikke helt borte de heller, sa Ella og tenkte på sin egen Maja. – Til å manipulere sine mødre, til å trykke på knapper.

– Sant. Julia vet nøyaktig hva hun skal si for å få meg bløt.

– Maja også!

– Mødrene er der hele tiden, nesten hvisket Jenna. – De forsvinner ikke.

– Jeg ser ikke så mye til moren min. Vi har en tradisjon med felles søndagsmiddager, men det er ikke alltid vi følger opp, sa Ella forretningsmessig. – Men jeg antar at du har rett i at man er knyttet til dem på en spesiell måte hele tiden. Og ikke bare gjennom genene de har gitt oss. Moren min er til stede i livet mitt, uansett om jeg vil eller ikke.

– Jeg driter i min, sa Celeste.

– Gjør du? sa Frøydis. – Eller er det bare noe du sier?

– Jeg føler meg virkelig ferdig med henne, sa Celeste kort.

– Jeg ser meg i speilet, og for hvert år som går, ligner jeg henne mer og mer, sa Jenna. – Ligner du på moren din, Frøydis?

– Kanskje litt, svarte Frøydis sakte. – Jeg var ... er veldig glad i moren min.

– Hun døde da du var liten, ikke sant? spurte Jenna forsiktig.

– Jo, sa Frøydis. – Hun døde da jeg var tretten.

146

– Så forferdelig det må ha vært for deg, sa Ella.

Frøydis nikket. Hun snakket sjelden om moren, men det hendte selvsagt at hun kom opp i situasjoner der hun ble spurt om foreldrene sine. På jobben, for eksempel. Man snakket om løst og fast, om været, om julefeiring, ferier, familien sin. Hun sa at moren var død, og at hun ikke hadde kontakt med faren. Hun sa aldri hvordan moren døde, eller at hun ikke visste hvem faren hennes var. Hun svarte alltid kort, men ikke påfallende kort, ikke så kort at folk ble nysgjerrige, og hun hadde alltid klart å snakke med en avstand som gav inntrykk av at hun hadde kommet over dette tapet for lenge siden.

Her på teppet foran radiatoren, midt på natten, var alt annerledes. Det var uvant å sitte så tett inntil andre kvinner, kjenne varmen fra kroppene deres, kjenne at de pustet, ha munnene deres så nær når de snakket. Moren var den eneste kvinnen hun hadde hatt så intim fysisk kontakt med. Det var ikke rart hun hadde tenkt på henne, hørt stemmen hennes. Frøydis var omgitt av gamle mennesker, hvithårete, rynkete kvinner på samme alder som moren hennes ville ha vært. Maman. Og nå så Ella på henne, ansiktet hennes var bare noen centimeter unna, så forferdelig det må ha vært, sa Ella.

Jo, hun hadde snakket med Anders, men han hadde måttet dra det ut av henne, setning for setning, og selv om hun ikke hadde lagt skjul på noe, var det en knapp og tørr historie Anders hadde fått. Nå rant Frøydis over, hun gråt, snakket og gråt igjen. Hun kunne ikke stoppe. De hadde gått så mange turer, hun og moren. De hadde bakt sammen, *tarte Tatin* og *macarons*. Moren sang for henne, franske barnesanger. Frøydis kunne dem ennå. Hun begynte på en, *Il était un petit navire, il était un petit*

147

navire qui n'avait ja-ja-jamais navigué, sang hun lavt til stemmen knakk, og hun bare gråt. Hun fortalte om hvordan solen hadde skint inn gjennom soveromsvinduet og laget et parallellogram på gulvet. Hun så det for seg ennå. Det lysende parallellogrammet på parkettgulvet, morens kropp som hang tungt ned fra taket. Hun hadde tenkt på en drueklase, med mørkt lilla, matte druer. Alltid siden hadde hun forbundet druer med død. Hun husket de nye skoene hun hadde fått til begravelsen, husket at hun midt i sorgen hadde likt skoene og skammet seg over det. Men hun fortalte dem ikke at hun mange måneder etterpå, da hun endelig orket å se gjennom morens få ting, hadde funnet mappen med brev som moren hadde fått fra Arthur Løkke. Hun husket ennå noen av setningene derfra: «Jeg skal aldri gå ifra deg, Charlotte. Du og Frøydis er kvinnene i mitt liv. Vi tre skal alltid være sammen.»

De snakket lenge om mødrene sine, om Johanna, om Jennas dårlige samvittighet, om det å bli gammel. (Hvorfor skjer det ikke én jævla positiv ting med oss når vi eldes? Vi får tynnere hår på hodet, mer hår på kroppen, rynker, striper, valker, leverflekker og misfargede tenner. Hvorfor kunne vi ikke i det minste fått lengre og lengre øyenvipper for hvert år som gikk? Vi slipper mensen etter hvert, da! Er det positivt? Ja, definitivt! Nei!) At menn holdt seg like tiltrekkende med grått hår og markerte ansiktstrekk. (Ren biologi. De kan produsere avkom hele livet. Vi er fruktbare i bare noen år. Kjedelig. Nytt tema!) De snakket om det å bli klokere. (Vi blir klokere, Ella, ikke glem det. Tenk alt vi vet nå som vi ikke visste da vi var smekre og nitten!) De diskuterte menn – hva er å foretrekke: kvantitet eller kvalitet? Celeste stemte for kvantitet (Jo

flere, jo bedre!), Frøydis slo et slag for Den Eneste Ene.
De forsøkte å få Ella til å si mer om professor Edmund
Benewitz-Nielsen, men hun ville ikke spolere natten ved
å snakke om en som var så *imbecillus*.

– Vi kan gjerne snakke litt dritt om Kåte-Karl, sa
Celeste.

– Eller om Dag Martin Martinsen, lo Frøydis, – den
totalt latterlige sportsidioten på jobben min.

– Nei, ærlig talt, vi snakker om noe hyggeligere,
avgjorde Ella.

– Anders! sa Frøydis. – Vi snakker om Anders!

– Vårt første kyss!

– Kjekkeste mannlige skuespiller!

– Men først må jeg tisse, sa Jenna plutselig. – Nå.

– Ikke se på mine termoser med dette lengselsfulle
blikket, sa Celeste.

– Vi er heldigvis ikke menn, fastslo Frøydis, lente seg
til siden, gravde frem nøkkelen og foreslo dotur for alle,
én etter én.

De ble ikke trøtte, ikke ordentlig. På et tidspunkt ble Frøy-
dis døsig, og hun lente seg mot Jenna og lukket øynene,
og slik ble hun sittende noen minutter. Men ellers var de
våkne, oppmerksomme, nesten som om de var redde for å
gå glipp av natten, som om de ikke ville miste ett sekund
av den. Hjelpepleieren med ring i nesen gikk forbi dem,
på vei til eller fra noe, hun smilte, og en gang satte hun
seg ned, med bena i lotusstilling:

– Vakthavende har ikke ringt politiet, fortalte hun,
– men hun har kontaktet han som er sjef for eldreomsor-
gen i bydelen her.

– Jon D. Ommundsen?

149

– Stemmer, sa hjelpepleieren. – Han er en selvhøytidelig dust.

– Hadde hun kontaktet ham *nå?* sa Frøydis.

– Tydeligvis, svarte hjelpepleieren, men så måtte hun løpe igjen.

– Det er utenfor telefontiden hans, sa Jenna tørt.

Litt senere kom hjelpepleieren tilbake med en kopp svart kaffe til Frøydis før hun igjen forsvant for å finne ut hva som var galt på rom 315, der noen hadde trukket i snoren.

De hadde vært våkne sammen nesten en hel natt. Ennå hadde det ikke begynt å lysne, for det var sent på høsten, og solen stod opp senere enn menneskene, men de merket at dagen var i emning, og byen våknet til live igjen. De første morgenflyene suste langt over dem. Det kjørte noen enslige biler forbi, så ble det flere og flere. Det begynte å leve så smått utenfor vinduene, men ennå dempet av kulden og mørket. De hørte to avisbud rope noen korte beskjeder til hverandre. Foran balkongdøren, inne på Solheim, satt de fire tett sammen og snakket ennå. De var ruset på lite søvn, betroelser og hverandres varme kropper. Det surrealistiske i situasjonen var borte. Det var blitt det naturligste i verden å sitte fastlenket på et lappeteppe. Mangelen på søvn hadde løsnet tungene deres, og de hadde sagt ting de ellers ikke ville ha sagt. De hadde utfordret hverandre på måter de ellers ikke ville ha turt. De hadde sluttet å bry seg om at kjettingen klirret, det var som om de ikke lenger hørte det, på samme måte som mennesker som bor i nærheten av en flyplass slutter å la seg affisere av støyen.

Ella syntes et øyeblikk hun så seg selv sitte midt i kretsen

150

av kvinner, iført sorte kapper, før hun igjen gled tilbake i sin egen kropp.

– Edmund Benewitz-Nielsen er definitivt en sak for oss, sa Frøydis.

– Vi skal ta ham, ropte Jenna, aldeles overtrøtt.

– Ja, kom igjen, lo Ella. – Vi kan binde ham fast og stikke ham med spyd.

Hun visste at hun kom til å angre bittert i morgen. Men morgendagen og dagslyset var ennå ikke kommet. Frøydis rettet seg opp, glemte lenkene og hvor de var, og var tydelig klar for å handle. Nå! Ella lukket øynene og hadde lyst til å gråte, ikke som vanlig over livet, ekteskapet og den håpløse situasjonen på Blindern. Nei, dette var en annen type gråt. Hun var rett og slett rørt. Og med ett hadde hun bare én eneste tanke i hodet: Hun var så takknemlig for at hennes gamle lektorvenninne hadde brukket lårhalsen og overtalt henne til å overta kveldskurset.

Om morgenen, ganske nøyaktig klokken åtte stoppet det en taxi utenfor Solheim. En rødblond mann hoppet ut av den, smelte igjen bildøren, overhørte sjåførens hei sveis, åpnet glassdøren inn til Solheim med et irritert knuff. Mannen hadde på seg olabukse og safrangul skjorte og skilte seg ut fra alle de hvitkledde som nå fór frem og tilbake.

Avdelingen hadde allerede vært summende aktiv i flere timer. De gamle var påkledd, de fleste klarte det selv, men noen trengte hjelp for å kneppe en vanskelig knapp eller nå bak til en vrien glidelås; andre var spreke nok, men måtte ha veiledning så de ikke endte med skjorten rundt hoftene og sokkene som vanter. Da alle var kledd, beveget de seg mot spisesalen. Noen alene, noen med og noen uten rullator. De to gamle brødrene kom arm i arm. Damen med den vinrøde morgenkåpen, som i dag hadde på seg en vakker kjole i samme farge, strenet målrettet innover korridorene. Hun ble fanget opp og ledet i riktig retning. Noen kom tuslende sammen med hvitkledde, vennlige pleiere. To ble kjørt i rullestol. Det luktet nytrukket kaffe. Frøydis inhalerte begjærlig. Da alle var på plass i spisesalen, kom en av sykepleierne bort til dem. Hun trillet med seg en vogn med appelsinjuice, en kurv sprøstekte rundstykker, ost, kaviar og leverpostei. Jeg tenkte kanskje lenkegjengen hadde lyst på litt mat? Ja takk! svarte Frøydis. Kaffe? Å ja, gjerne!

De var akkurat ferdig med å spise da mannen med den iøynefallende gule skjorten kom marsjerende mot dem. Jenna skjønte umiddelbart hvem det var. Jon D. Ommundsen. Det var en pen mann, akkurat slik Jenna hadde forestilt seg ham ut fra stemmen. Når han stod slik rett foran dem, kunne hun se at det var en mann som var opptatt av hvordan han tok seg ut. Jenna hadde ikke greie på klesmerker og design, men hun så at buksen var velsittende og skjorten nystrøket. Av den grunn var det antagelig ekstra plagsomt for ham at den ene siden av ansiktet hans var skjemmet av et stort sår. Et rødt sår med gule vabler. Det så ut som boblende sirup. Men det burde gå bra; hun hadde da for ikke så lenge siden hørt at sårpleie ikke var noen heksekunst, hadde hun ikke? Han ble stående og stirre sint på kvinnene. Han sa ingenting, men la hodet på skakke og så på dem som en voksen betrakter rampete barn. Jenna presenterte seg. Mannen fortsatte å glo på henne.

– Jeg tenkte meg det, sa han til slutt.

– Jaha, sa Jenna.

– Jeg ble oppringt herfra midt i natt.

– Det var jo beklagelig, sa Jenna.

– Jenna blir vekket nesten hver natt av moren sin, sa Ella.

– Du forstår sikkert at dette ikke er måten å få en sykehjemsplass på, sa Jon D. Ommundsen uten å ofre et blikk på Ella.

– Jeg ville jo også ha foretrukket et møte i ordinær arbeidstid, sa Jenna.

– Jeg ser virkelig ikke nødvendigheten av det, bet Jon D. Ommundsen henne av. Jenna trakk pusten, men før hun fikk sagt noe, hadde Celeste reist seg. Hun flagret med øyenvippene og satte de lyseblå øynene i ham:

– Nevnte vi at vi har svært gode kontakter i dagspressen? Det kan jo bli en fin artikkel i Dagbladet eller VG av dette.

– At en gammel kvinne ikke får sykehjemsplass, er ikke noen nyhetssak, sa Jon D. Ommundsen overlegent. – Slik er dessverre situasjonen i Oslo i dag.

Før Celeste fikk sagt noe mer, reiste Frøydis seg og stilte seg ved siden av Celeste og Jenna, og idet hun reiste seg, strammet lenken slik at Ella heller ikke kunne sitte lenger. Nå stod de på rekke og rad, de fire kvinnene:

– Så hyggelig endelig å møte deg, Jon D. Ommundsen, sa Frøydis hjertelig. – Jeg har hørt så mye om deg, men jeg skjønte ikke at du var deg før nettopp nå.

Jenna så forbauset på Frøydis. Jon D. Ommundsen snudde seg, kastet et blikk på Frøydis, dreide hodet raskt tilbake uten å si noe. Frøydis lot seg ikke merke med det:

– Jeg kjenner nemlig godt hun som er ansvarlig for den kampanjen dere i bydelen er i ferd med å lansere.

Jon D. Ommundsen ble stående med hodet i den samme

153

stillingen, men det var tydelig at han lyttet til det Frøydis sa.

– Kampanje? sa Jenna spørrende. – Hva snakker du om, Frøydis?

– Har ikke Jon D. Ommundsen fortalt deg om det? Så pussig. Jeg forstod det som om dere hadde snakket sammen flere ganger. Du skjønner bydelen har bestemt seg for å satse på å bedre rutinene for publikumskontakt, rett og slett fokusere mer på dialog med brukerne. Det er satt av en god slump penger på denne kampanjen. Stemmer ikke det?

Jon D. Ommundsen bøyde så vidt hodet i en motvillig bekreftelse.

– Var det «Din og min bydel» dere bestemte dere for? Eller ble det «Vi er til for deg» til slutt?

– «Vi er til for deg», mumlet Jon D. Ommundsen.

– Hva sa du? spurte Frøydis.

– «Vi er til for deg», gjentok Jon D. Ommundsen med litt høyere stemme.

– Kanskje både Dagbladet og VG kunne laget en sak om det i stedet, da, sa Celeste søtt. – Brukte millioner på kampanje. Og så et bilde av deg og Jenna sammen: Fortvilet kvinne har bedt om et møte i et halvt år. Noe sånt?

– Celeste, sa Jenna. – Kanskje den journalisten du kjenner, kunne ha lyst til å høre gjennom det opptaket jeg har av den siste telefonsamtalen jeg hadde med Jon D. Ommundsen? Jeg tror det kan belyse noen av problemstillingene.

Et kvarter senere stod de fire kvinnene utenfor sykehjemmet og så opp på det høye bygget.

– Det var en fin natt, gjespet Celeste.

– For et hell at du kjente ham igjen, sa Ella til Frøydis.

– Ja, svarte Frøydis. – Også kjerringer fortjener litt flaks nå og da.

– Takk, skal dere ha, sa Jenna.

Jenna hadde fått løfte om en samtale med bydelen og med bestyreren på sykehjemmet, en samtale der Jon D. Ommundsen, hun selv og bestyreren skulle diskutere hva som kunne gjøres med Johanna Hilmarsen. Jeg tror det ordner seg, hadde bestyreren sagt til Jenna før de gikk.

Jenna låste seg inn i huset hjemme, hun fniste ennå av noe Celeste hadde sagt, men var ute av stand til huske hva det var. Hun lo når hun så for seg lappeteppet med maten på, lenkene som klirret hver gang de rørte seg, det rasende blikket til eldreomsorgslederen med den gule skjorten og det leie såret (som antagelig ville gi seg nokså snart nå, regnet hun med). Hun gjespet og kjente hvor uendelig trøtt hun var. Men de hadde vunnet til slutt! Nå skulle hun bare ordne med kappene før hun skulle ta en dusj og så sove noen timer. Julia var på besøk hos en venninne, og Johannas butikk holdt stengt i dag. Hun nynnet mens hun la de fire kappene over armen – det var tungt på en god, betydningsfull måte. Hun skrittet over fjernkontrollen og en åpen sminkepung som Julia hadde etterlatt seg midt på stuegulvet. På sin faste plass på skatollet lå den tykke boken, i brunt, slitt skinnbind, bokryggen var i ferd med å løsne fra permene, men hun kunne så vidt lese det som stod med gotiske gullbokstaver: *Liber supranaturalia illustrans.* Hun stod et øyeblikk og bare så, deretter tok hun én og én kappe, la den over boken, banket tre ganger på kappen. Da hun hadde gjentatt det med alle fire, brettet hun dem sammen og la dem i bagen, som hun satte

155

på plass i skapet. Hun gjespet igjen og lengtet voldsomt etter sengen. Rotet etter Julia fikk hun ta etterpå, men hun måtte se hvordan det stod til med moren.

Hun banket forsiktig på døren. Ingen reaksjon. Hun tok i dørhåndtaket og oppdaget at døren var ulåst. Det var så uvant moren som alltid hadde vært så omhyggelig med å låse. Da hun kikket inn, så hun at tv-skjermen kastet et blåaktig, flakkende lys mot stueveggen. Hvor var moren? Jenna gikk sakte innover i leiligheten. Tenk hvis ... Tv-en stod på, men lyden var nesten av. En eller annen obskur kanal viste en dårlig dubbet amerikansk ungdomsserie, så det ut til. Jenna skrudde av, gikk forsiktig inn på soverommet. Johanna lå fullt påkledd oppå dynen. Jenna gikk bort til henne, huket seg ned og la hånden sin på morens panne. Takk og pris, der hørte hun morens pust, en lav, anstrengt hvesing. Pannen virket så tynn, så skjør. I hårfestet var krøllene svettevåte, som på et sovende barn. Hun la seg ned ved siden av den tynne kroppen til moren, plasserte armen rundt hoftene hennes. Snart sov hun også.

Lectio IV – Pia desidéria. Pia fraus

Karl Hebbern

Det var natt til tirsdag. Klokken var allerede over to, og Ella visste godt at hun burde gå og legge seg, slik at hun fikk noen timers søvn før møtet i morgen. Om kvelden var det latinkurs igjen, den tredje gangen de skulle møtes på Sjømannsskolen, men mellom nåtiden og kurset lå noen ubehagelige timer i selskap med Edmund Benewitz-Nielsen og fakultetsledelsen. Neste gang er det din tur, hadde Frøydis sagt, da gyver vi løs på han professoren din. Hva i all verden de skulle foreta seg med Edmund Benewitz-Nielsen, var ennå høyst uklart. Ville Frøydis kanskje at de skulle lenke seg fast på kontoret hans? Ella sukket, så på klokken igjen og visste at nå måtte hun skru av tankene så godt det lot seg gjøre, finne roen, krype til sengs, sove. Det var bare én kur som hjalp: te og avis.

Kjøleskapet suste, og utenfra hørte hun stemmer fra gaten, en mann som ropte noe, en kvinne som hysjet på ham, men i samme åndedrag svarte ham med like høy, glad stemme. Fra hennes og Peters soverom hørtes ingenting. Det var mer enn to timer siden Peter hadde ønsket henne god natt. Han hadde bøyd seg ned og kysset henne, kysset hadde landet halvveis på munnen, halvveis på kinnet, et klønete munnvikkyss som tydelig demonstrerte hvor sjelden de drev med den slags. Hun hadde ledd og viftet ham spøkefullt bort, fordi hun ble sjenert, og fordi hun ikke helt visste hvordan hun ellers skulle reagere. Først da han hadde gått, gav Ella seg lov til å tenke over blikket han hadde sendt henne, før han hadde bøyd seg ned og plantet kysset i munnviken hennes. Hadde han ikke sett ømt på henne? Var det ikke, om ikke kjærlighet, så iallfall ømhet og godhet i blikket hans? Hun visste ikke. Hun kunne gått etter ham, gått inn på soverommet, sagt god natt en gang til, eller fortalt ham at hun satte pris på ham, var glad i ham. Hun var blitt sittende i sofaen, hadde sett ned i boken og ikke rørt seg da han gikk ut av rommet.

Hun ville ikke tenke mer på Peter. Hun ville ikke tenke mer på Edmund Benewitz-Nielsen. Neste gang er det din kandidat som står for tur, hadde Frøydis sagt. Kjerringer. Hun måtte smile. For en uke siden hadde de tilbrakt en natt sammen på et av byens sykehjem, lenket sammen. Det var aldeles absurd. Hun hadde hentet frem scener fra den natten flere ganger daglig i løpet av uken som var gått, og hver gang hadde hun måttet smile for seg selv.

Ella satt ved kjøkkenbordet med tekoppen og morgenavisen og gav seg hen til en av sine hemmelige laster: Hun leste dødsannonser. Hun leste alle nøye, og selv om hun lenge hadde prøvd å overbevise seg selv om at hun leste dem for å holde seg orientert, for å se etter kjente navn, visste hun godt at det ikke var derfor. Jo, men det er viktig for meg å følge med på hvem som dør, hadde hun sagt til seg selv. Jaså, hadde hun øyeblikkelig svart, hoverende, jaså, sier du det? Ja, hadde hun forsvart seg, det er klart jeg bør vite det når en skolevenninne dør, eller hvis en av studentene mine mister faren sin. Du kunne ikke drømme om å stille opp i begravelsen til en du gikk på skole med, og du kan ikke engang navnet på alle studentene dine.

158

Bare innrøm det, du leser dødsannonser fordi du liker å fantasere om menneskene i dem, sånn er det, Ella Blom! Og sånn var det: Ella leste dødsannonser som andre leste romaner (noe Ella nesten aldri syntes hun kunne ta seg tid til, på nattbordet hennes lå det alltid tykke fagbøker, bunker med vitenskapelige tidsskrifter og masteroppgavene til studenter hun veiledet).

«Min elskede hustru, vår umistelige mor, vår egen momo». En lang rekke barn med ektefeller og med sine barn igjen. Mimmi Ellegård. En kvinne som aldri hadde arbeidet som annet enn hustru, husmor, mor, som hadde gått gravid i sekstitre måneder (syv barn), som hadde skiftet utallige bleier, tørket tårer, gitt barna tran og trallet mens hun lagde frikadeller (hvorfor tenkte hun på frikadeller, hun så på annonsen igjen, jo, aha, det måtte være det danskklingende etternavnet som fikk henne til å tenke på en dansk matrett). Mimmi Ellegård hadde i hele sitt liv hatt langt hår satt opp i knute i nakken, med årene var håret hennes blitt grått og tynt. Mannen hennes hadde helt til siste stund syntes at hustruens hår var like praktfullt som den gangen han hadde tatt det ned på bryllupsnatten, og han for første gang så hvordan det falt rundt henne som et slør. Legene hadde fortalt ham at hun var sovnet inn, men han hadde fortsatt å stryke henne over håret.

Av og til kjente Ella igjen personene hun akkurat hadde diktet om, i nekrologene som kom på trykk en stund etter dødsannonsene. At hun gang på gang hadde observert at det hun hadde forestilt seg, overhodet ikke stemte med virkeligheten, affiserte henne ikke i det hele tatt. Etter noen harde runder der hun hadde gjort grundig narr av seg selv, slapp nå Ella løs all sin sentimentalitet under lesingen av

159

dødsannonsene. Gi deg hen, du klarer likevel ikke å la det være!

Hun så for seg ektepar som ikke hadde vært fra hverandre én eneste dag siden de ble gift, og der den ene parten nå satt hjelpeløs igjen. Lange liv fylt av mening, eller liv som skulle blitt helt annerledes, drømmer som aldri ble annet enn det. «En gave til misjonssambandet», et liv uten egne barn, som lærer for mørkhudede barn under tropesol. To annonser over samme person, uvennskap etter at han forlot kona for en ung elskerinne. De døde barna, barn som bare ble fem eller åtte år, barn som døde brått som tenåringer. Sykdommer, ulykker. «Revet bort». «Tapper kamp mot kreften». Hun badet i fantasier om hvordan det hadde vært om Maja døde. Maja som liten jente, før hun hadde rukket å begynne på skolen. Små, hvite kister, uskyldige barn som ikke hadde rukket å leve, en forlatt bamse med et avgnagd øre liggende på gulvet i et barnerom, en bitte liten bunad som aldri skulle bli brukt igjen. Hun ble også rørt om de døde hadde nådd en særlig høy alder. Tenk, 104 år gammel ble hun! Hun har opplevd to kriger, hun var en gammel dame da datarevolusjonen kom (kanskje hadde ett av oldebarna hennes lært henne å sende mail). Hva fikk de ut av livet? Ble det slik de hadde tenkt seg?

Ella hadde utformet sin egen annonse mange ganger, forsøkt å forestille seg hva Peter ville ha skrevet. Ville han ha skrevet «min elskede hustru», nei, det ville han nok ikke, men «min kjære hustru» eller «kone», kanskje? «Min kjære mamma». Elvira Louise (Ella) Blom. Og Peter og Maja under, alene. Det kom til å se underlig magert ut. Men nei, hun skulle vel ikke dø på mange år ennå, og da ville jo ikke Majas navn stå alene, hun skulle jo gifte seg, ektemannens navn ville stå ved siden av Majas: Øystein. Hvor i all verden kom det navnet fra? Og barna. De hadde tre barn, Maja og denne Øystein. Men hvis Peter hadde forlatt henne? «Min umistelige mor», ville Maja ha skrevet noe slikt?

Ella så ned i avisen på bordet foran seg: «Vår kjære tante Paula Magel». Hun ble nesten åtti år. Bisettelsen hadde funnet sted i stillhet. «Nieser og nevøer». Paula Magel hadde levd et stillferdig liv, tenkte Ella. Hun var høy, mye høyere enn de fleste i sin generasjon, hun skammet seg over størrelsen sin og var blitt litt lut, med skrå skuldre og store andeføtter. Hun hadde vært flittig på skolen, hatt lange fletter med sløyfebånd nederst, nei, tull, Paula hadde vært ung under krigen, da hadde hun nok heller hatt hår til rett nedenfor ørene, med sideskill og en spenne. Hun hadde tatt et sekretærkurs etter realskolen, begynt å arbeide, forelsket seg i den gifte sjefen. Paula hadde aldri blitt gift, men hun hadde hatt Firkløver'n, en klubb med tre andre ugifte venninner, to fra skoledagene, en kollega. Damene i Firkløver'n hadde gått turer, spilt bridge, reist til Frederikshavn med ferge og med buss til Sverige, rett over grensen for å kjøpe billig skinke og sideflesk.

Hva var det? Var det ikke en lyd fra soverommet? Kunne det være … Kunne det være Peter som kom for å … kysse henne … nei, tøys! … for å be henne legge seg? Nei, det var visst ingenting. En kopp te til, avgjorde hun. Og én annonse til. Hun lukket øynene og lot fingeren falle ned omtrent midt på siden. Banksjef Sturla Hagbartsen. Hadde hun ikke hørt det navnet før? Hun tenkte seg om, gav opp, nei, det var vel noe hun innbilte seg. «Min kjære ektefelle, vår kjære far og farfar». Ella tok en slurk av teen, rommet snurret svakt. Bankbestyreren etterlot seg en hus-

tru og tre barn, hvorav alle var gift; de to sønnene hadde
fått egne barn. Fire barnebarn hadde Sturla Hagbartsen.
«Like kjært som blomster er en gave til Den Norske Turist-
forening». En sprek mann, en som hadde elsket å gå i fjellet
om sommeren, på ski om vinteren. En som insisterte på å
bruke de gamle blå nikkersene, men glassfiberski hadde
han vært tidlig ute med. Sturla Hagbartsen hadde vært
en omtenksom familiefar, en samfunnsstøtte. Han hadde
vært litt tynnhåret, med snille øyne. Hjemme gikk han i
lusekofte og tøfler. Han likte å løse kryssord. Han hadde
ikke klart å slutte å røyke pipe, men de siste årene hadde
kona forvist ham til verandaen. Hun ville ikke ha røyklukt
i møblene! Han stod der ute og spilte fornærmet, og hun
satt inne i den nye velursofaen og så sur ut, men etterpå
koste han og (Her kikket Ella på annonsen igjen: Hva het
kona igjen?) Laila Margrethe seg med nytrukket kaffe og
mokkabønner. «Begravelsen har funnet sted.»

Tidligere på dagen, om morgenen, klokken hadde ikke
engang vært syv, hadde Frøydis lest den samme døds-
annonsen. Hun skvatt til da hun så navnet hans, det
velkjente, forhatte navnet. Han var død. Han døde. Han
døde faktisk. Hun sjekket datoen i annonsen, nikket og
ble sittende og stirre fremfor seg, ut i det halvmørke kjøk-
kenet. Hun hadde jo ikke gjort noe annet enn å hviske
den lille, uskyldige setningen inn i øret hans. Men han for-
tjente det. Sturla Hagbartsen fortjente å dø. Han kunne
ha hjulpet henne, men han hadde ikke tatt sjansen på at
en enslig, utenlandsk kvinne ville klare å betjene et så
stort lån. Han hadde prioritert sin egen karriere. Kunne
en kvinnelig banksjef ha gjort det samme, overfor en
medsøster? Å ja. Det kunne hun nok. Det fantes nok av

kvinnelige paragrafryttere, kvinnelige pedanter. Men alt i alt var menn verst. Sånn var det. Det var en mann som hadde tatt livet av maman, Sturla Hagbartsen var bare bøddelen. Og var ikke derfor døden hans også nøyaktig slik den burde være? Han hadde ikke tatt livet av Charlotte Brun direkte, han hadde aldri lagt en hånd på henne, likevel hadde hans ord vært med på å forårsake hennes død.

Frøydis hadde heller ikke direkte tatt livet av ham, langt ifra. Hun visste ikke engang om hennes ord kunne ha hatt den virkningen. På én måte ønsket hun det, men på den annen side skremte det vettet av henne. Men makten det gav henne, likte hun.

Anders ropte. Han ville at hun skulle kysse ham farvel før hun drog på jobben om morgenen. Frøydis, min lille fjærlette alv, kommer du? Hun reiste seg, gikk sakte oppover trappene. *Maman, il est mort.*

*

Det lå i kortene at Edmund Benewitz-Nielsen skulle være det neste offeret. Før de forlot hverandre denne tirsdagskvelden, hadde de lykkes i å avtale et møte hjemme hos Celeste, dagen etter, klokken åtte. Ella spurte impertinent om de kanskje burde komme først kvart over, slik at de kunne være sikre på at vertinnen selv var der. De andre lo. Celeste hadde trukket på skuldrene, men ikke sagt noe.

– Ble du lei deg? spurte Ella straks. Selv om hun av og til tenkte at Celeste hadde godt av å bli dukket, ville hun jo ikke såre henne. Virkelig ikke. – Det var bare en dum spøk.

– Nei, er du gal. Klart ikke, svarte Celeste. – Det blir jeg aldri.

– Unnskyld, sa Ella.

– Det går bra. Jeg blir aldri såret, sa Celeste igjen.

– Usårlig er du vel ikke, sa Ella, halvt beundrende, halvt provosert.

– Neida, sa Celeste avvæpnende, – det er jeg ikke.

– Du er som en gås, Celeste, sa søsteren Cindy en gang.

– Dum som en gås, mener du? spurte Celeste, som var vant til det meste fra det holdet.

– Nei, sa søsteren, – som en gås impregnert med sitt eget gumpefett, sånn at alt som møter den, bare preller av, og den vralter likegyldig videre.

– Ja vel, sa Celeste, – en sånn gås kan jeg da gjerne være.

*

Celeste bekymret seg ikke unødvendig for fremtiden og dvelet ikke uten grunn ved fortiden. Hvis noen av blomstene i en bukett var halvvisne, plukket hun ut de peneste og kvittet seg med resten, hun spiste de saftige druene og ofret ikke de innskrumpete en tanke. Det var iallfall slik hun ønsket å være, og til en viss grad var det også slik hun var. Hun hadde et udiskutabelt talent for å nyte øyeblikket og alle de gledene som finnes overalt, bare man gidder å se etter. En slik glede var trikken. Det var raskt og praktisk, ruten gikk direkte fra jobben hennes til bygården der hun bodde. Det var rolig, av en eller annen grunn var det alltid god plass på det tidspunktet Celeste skulle hjem, og det hadde ennå ikke hendt at hun ikke hadde fått plass. Det var dessuten miljøvennlig, og det måtte jo regnes som en bonus selv om hun ikke var utpreget opptatt av den slags. Men først og fremst representerte trikken en kontinuitet i livet hennes. Butikker ble lagt ned, og det kom kjedebutikker i stedet, hus ble revet, og nye betongkomplekser bygget opp. Bekjentskaper forsvant, og det dukket opp nye. Menn kom og gikk. Trikken var den samme. Like hvinende, like lyseblå. Den trikken Celeste befant seg inni akkurat nå, på vei hjem fra jobb, var som barndommens trikk, selv om hun jo måtte innrømme at denne hadde et atskillig mer aerodynamisk utseende, konduktøren var byttet ut med en automat, og billetten kostet førti ganger så mye. Celeste insisterte likevel på dette med kontinuiteten. Hun hadde alltid elsket bytrikken. Akkurat i dag var likevel ikke trikketuren noen nytelse. Årsaken het Karl Hebbern. Kåte-Karl.

Karl Hebbern var divisjonsdirektør og Celestes nærmeste sjef. Han irriterte henne på utallige måter, men først og fremst fordi han var breddfull av selvtillit, samtidig som han var temmelig ubegavet, en kombinasjon som sjelden er sjarmerende. Karl Hebberns selvtillit var delvis fundert på egen tiltrekningskraft, noe Celeste og flertallet av hennes kvinnelige kolleger ikke kunne forstå begrunnelsen for.

Like etter at Celeste begynte i Alfapharm, hadde firmaet gjennomført en omfattende undersøkelse om sextrakassering, det var et ledd i et av flere tiltak foreslått av et eksternt konsulentbyrå for å bøte på enkelte mangler ved bedriftsmiljøet. Celeste svarte slentrende likegyldig. Hun hadde liten erfaring med arbeidslivet; det var bare hennes andre jobb etter studiene. Hun kvalte en gjesp og fylte ut de for henne meningsløse sidene. Nei, krysset hun av, hun hadde aldri vært utsatt for trakassering. Nei, det var ikke noe problem. Nei, hun hadde aldri følt seg forulempet/såret/opprørt over oppførselen til en kollega av motsatt kjønn. Hun sukket demonstrativt, selv om det ikke var noen til stede som kunne høre sukket. Hvem i all verden var denne undersøkelsen beregnet på, spurte hun seg selv. Hvis en kvinne ble utsatt for en manns lystne blikk, var det bare å sole seg i det, eller kanskje helst stirre like lystent tilbake, eventuelt snu seg. Hva var problemet? Celeste hadde mottatt utallige blikk i årenes løp og aldri funnet det noe annet enn stimulerende, i den grad hun mislikte avsenderen, kunne hun da bare gå. Hun skjønte ikke hva problemet var. Hun ble både oppgitt og en smule provosert. Typisk humørløse feminister som skulle lage problemer av alt! I feltet for kommentarer skrev hun at hun i grunnen syntes hun fikk altfor lite seksuell oppmerksomhet i Alfapharm. Er mottagelig for mye mer, skrev hun, og satt strek under mye. Jeg imøteser eventuelt kommende seksuell trakassering med glede, tilføyde hun, brettet sammen spørreskjemaet og puttet det i konvolutten og tenkte ikke mer på den saken.

Siden hadde hun tenkt mye på den. Hun hadde ikke vært mange ukene i Alfapharm før hun angret. Hun hadde vært naiv, hun hadde ikke forstått. Denne kvelden forstod hun. Det var sommeravslutning for hele avdelingen på en av Oslofjordens mange øyer. Alle deltok i forberedelsene. Mennene skulle ordne drikke, og de hadde kjøpt inn litervis av hvitvin på kartong og rikelig med konjakk til kaffen (kaffen hadde de for øvrig glemt). Jentene skulle stå for maten. Det ble unnskyldninger for at de ikke hadde hatt tid til å lage noe ordentlig, men bare hadde kuttet og skåret opp til en enkel salat, en kyllingsalat, pastasalat, tunfisksalat og thaisalat. Noen beklaget enda mer høylytt, og hadde bare fått slengt sammen noen bakevarer: oste-rundstykker, sjokoladekake, gulrotkake, muffins. Celeste hadde fullstendig glemt å lage noe som helst, men det ble likevel altfor mye mat. De spiste, de drakk, lo og fniste. Noen av herrene tok av seg på overkroppen. Damene tok av seg skoene og sprikte med tærne. Ingen snakket om strategi, budsjett, dårlige tider i farmasibransjen, konkur-renter. Karl Hebbern hadde gått bort til Celeste og en annen kvinne. De ble stående og snakke om slike ting man gjerne snakker om i Norge om sommeren, at ingenting er så deilig som lyse, nordiske sommernetter, at vinteren er altfor lang, at det var nokså kaldt i fjorden (Neida, det er mer enn 20 grader nå!), men at det alltid var forfriskende med et bad (Skal dere ikke hoppe uti?). Alt går bra, jen-ter? De nikket og smilte. Ingen problemer? De ristet på hodet og smilte. Så dere trives hos oss? Celeste nikket og smilte, den andre kvinnen smilte og sa at hun stortrivdes. Karl Hebbern fortalte dem begge at han var så fornøyd med dem. Jentene mine! De nikket og smilte. Det var hyg-gelig å høre, sa Celeste. Tydelig inspirert av kvinnenes vennlighet slynget han den ene armen rundt Celestes liv. Som en refleks skulle Celeste til å riste av seg den klamme armen hans, slik hun ville gjort i andre situasjoner der menn berørte henne, og hun ikke var interessert. Hun ville riste ham av seg som en hund rister seg etter badet, ikke diskré, men ikke aggressivt heller. En munter avristing hadde hun planlagt. Bort med hånden, som nå lå på hof-ten hennes. Men hun oppdaget til sin egen overraskelse at hun ikke kunne. Hun klarte det ikke. Hun ble stående. Hånden lå der den lå. Han stod der med armen et stykke nedenfor livet hennes, hun kjente fingrene hans gjennom

167

den tynne sommerblusen, hun kjente at han stirret ned i utringningen hennes. Hun lot som hun et øyeblikk mistet balansen, tråkket et skritt til siden, hånden hans gled bort fra livet hennes før han også tok et skritt til siden og hånden hans igjen tok det samme grepet rundt henne. Hun kjente hånden legge seg på nøyaktig samme sted som den hadde ligget, og det ble enda mer umulig å hufse ham vekk, for enda tydeligere enn hånden hans kjente hun at Karl Hebbern var sjefen hennes. Det var han som utdelte arbeidsoppgavene hennes, som kunne gi henne lønnsforhøyelse, forfremme henne, si henne opp, skrive referansen hennes. Og med ett, mens fingrene hans trommet sorgløst ikke mange centimeter fra navlen hennes, mens hun hørte bølgene mot svaberget, surret av glade stemmer (Nydelige muffins! Å, det er bare noe jeg rørte sammen i full fart.), den nesten uhørlige lyden av plastglass som slås sammen (Skål!), skjønte hun at hun hadde svart helt feil på spørreundersøkelsen. Det Karl Hebbern gjorde mot henne, var ingenting, det var ikke noe overgrep, han var ikke slibrig, men den fuktige hånden hans med sprikende fingre gjorde at hun skjønte. Karl Hebbern hadde aldri rørt henne igjen, hun hadde aldri sagt noe. (Og hva skulle hun ha sagt? Sjefen min la den ene amen rundt meg. Hva gjorde du da? Ingenting, jeg ble stående. Tvang han deg? Nei. Var dere alene? Nei. Oppførte han seg truende? Nei. Sa han noe upassende? Nei.) Men hun hadde en mistanke om at han hadde gjort mer enn å legge armen rundt livet til Ann Carin, den unge jenta som hadde vikariert som resepsjonist, og som selvsagt var i en mye mer sårbar posisjon enn Celeste var, som derfor utvilsomt hadde større problemer med å stå imot. Hun hadde fortalt Celeste at hun hadde vært arbeidsledig lenge før hun endelig hadde fått denne

168

stillingen. Men så en morgen hadde hun ikke sittet bak resepsjonsdisken. Hun hadde visst sagt opp. Men var det ikke et par måneder igjen av vikariatet hennes, var det en som spurte, overrasket over at Ann Carin hadde forsvunnet. Og hadde hun ikke gode muligheter til fast ansettelse, sa en annen, like forbauset. Så rart, sa en tredje, som kanskje var den som kjente henne best. Personlige problemer, ble det hvisket over bordene i lunsjpausen. Hun taklet visst ikke arbeidspresset, var den gjengse meningen ut på ettermiddagen. Det var nok det beste for firmaet at hun sluttet, var man enige om på Alfapharm da denne dagen gikk mot slutten.

Celeste ville uten problemer kunne skaffe seg en ny jobb (skjønt en slett sluttattest kunne få store konsekvenser), og det hendte hun lekte med tanken. Nei, Karl Hebbern hadde ikke tatt på henne siden sommerfesten den gangen, men hun måtte daglig forholde seg til ham. Karl Hebbern var nedlatende overfor sine underordnede, de seks ansatte på den avdelingen han hadde ansvaret for. Det var noe i blikket hans som avslørte at han ikke satte dem fullt så høyt som han satte seg selv. Han var høflig, men han roste dem aldri for det arbeidet de gjorde. Eller, når Celeste tenkte seg om, var ikke Karl Hebbern på samme måte overfor Kjell Erik, den nyansatte teknikeren. Karl Hebbern innkalte til møte, han forklarte hva slags utfordringer avdelingen nå stod overfor, han informerte om forventninger og økonomiske rammer. Han så utover den lille forsamlingen på seks, blikket hans var vekselvis festet på Kjell Erik eller på et punkt rett bak ham. Den nyeste og yngste av kvinnene, en nyuteksaminert sivilingeniør hevet hånden, fikk et nådig nikk fra Karl Hebbern, rensket stemmen, smilte litt sjenert og kom med et glimrende forslag. Hun fremsatte det med en spørrende intonasjon og avsluttet med et «Nei, jeg vet ikke, jeg». Karl Hebbern så ut i luften og nikket svakt. Celeste visste hva som kom til å skje: Mot slutten av møtet ville han selv komme med det samme forslaget, lettere omformulert og nå i form av et oppsummerende, konkluderende innlegg, som om det var hans egen vurdering av situasjonen. Celeste var lei. Hun var lei av at Karl Hebbern regnet det som en selvfølge at hun og de andre kvinnene skulle rydde bort brukte kaffekopper og fettet wienerbrødpapir etter fellesmøtene, mens han selv og Kjell Erik med den største selvfølge forlot rommet. Hun var lei av at hun og de andre kvinnene gjorde det, ganske automatisk begynte de å krølle sammen bakeriposene, feie smulene ned i hånden og kaste dem og papiret. De stablet koppene i hverandre, bar dem ut til oppvaskmaskinen på det lille kjøkkenet. Akkurat som om de trodde det hørte med. Som om de regnet det som en plikt. Som om de var utstyrt med et ryddegen som menn manglet.

På neste holdeplass skulle hun av. Med ett hadde hun bestemt seg: Karl Hebbern burde være det neste offeret. Hun hadde fått en genial idé! Hun ante ikke hvor den kom fra, men den var så oppmuntrende at hun lo da hun hoppet av trikken. I vesken hadde hun en bunke ark som Karl Hebbern hadde gitt henne like før hun skulle gå for dagen. At hun ikke hadde kommet på det umiddelbart! I kveld skulle Kjerringer ha møte hjemme hos henne – det gjenstod bare å overtale dem til å velge Karl Hebbern, utsette aksjonen mot Ellas professor.

Da hun stod utenfor døren, kjente hun det vonde suget i magen, dobbelt uutholdelig fordi hun hadde tillatt seg å ikke tenke på *ham* i flere minutter. Det lå ingen brev

170

på dørmatten hennes, men hun visste ikke hva som var verst: Å finne et brev eller å ikke finne noen og i stedet måtte tenke på hva slags jævelskap han skulle pønske ut til neste gang. Kåte-Karl var en tullebukk av en mannssjåvinist; han som hun kalte Nero, var farlig. Kåte-Karl kunne hun takle, særlig sammen med de andre kjerringene; med Nero kunne hun ikke gjøre noe. Før hun låste seg inn i leiligheten, kikket hun på klokken. Det var nesten to timer til de skulle komme. Skulle hun servere noe? En kake? Ost og kjeks? Celeste satte på sikkerhetslenken, dro av seg støvlettene, lot dem bli stående midt på gulvet, gikk på tå bort til sofaen, sank ned og skjenket seg et glass calvados. Nå skulle hun sitte her, tømme dette glasset og tenke på ingenting før hun stakk ned til Sebbe. Hun hadde sagt hun skulle komme før seks, nå var den allerede snart kvart over, men Sebbe visste jo bedre enn noen at hun alltid kom for sent. Han visste også at hun alltid kom til slutt.

Burde hun ikke rydde før møtet? Og Sebbe ventet. Likevel unnet hun seg et halvt glass til, enda et lite øyeblikk på sofaen. Hun lukket øynene. Konjugasjonene hun hadde lært den første kurskvelden, dukket opp og marsjerte taktfast gjennom hodet hennes. *Amo, amas, amat, amamus, amatis, amant. Amo Sebastian. Sebastian amat Celeste.* Telefonen ringte, hun skvatt til (Tenk hvis Nero begynte å ringe henne også?), men reiste seg ikke, strakte bare en hvit, slank hånd bakover, fikk tak i røret på første forsøk. Hun smilte da hun hørte hvem det var. Det var Bjørn. Bjørn hadde stemme dypt nede i bassen og var alltid i likevekt. Celeste elsket å lytte til stemmen hans – kanskje fordi det tydeligvis aldri falt ham inn å gi henne blomstrende komplimenter, det begrenset seg oftest til kontante spørsmål: Skal vi knulle? Har du lyst? Har du tid? Var det godt? (Svaret på det siste spørsmålet var alltid ja.)

Celestes underliv mol som en fornøyd katt ved tanken på Bjørn, og hun kunne absolutt godt tenke seg et kveldsbesøk. Hun kastet et blikk på klokken, den var allerede halv syv:

– Lyst?

– Ja.

– Tid?

– Det er litt sent, jeg har en avtale nå. Hva med i morgen?

– Kanskje, sa Bjørn. – Jeg har deadline, men jeg ringer deg hvis jeg blir ferdig.

– Gjør det, sa Celeste, listet hånden bakover og fikk lagt på.

To etasjer under sitter Sebbe og venter på Celeste. Han sitter med lårene helt parallelt og med håndflatene lagt inntil hverandre, presset ned i sprekken mellom bena. Ryggen hans er rett, og det ser ut som om han lytter. Kanskje gjør han det også, lytter oppover i huset, om han hører fottrinnene til Celeste i trappeoppgangen, men først og fremst teller han. For Sebastian Ringstad begynner hver dag på samme måte: Vekkerklokken ringer kl. 0715. Han står øyeblikkelig opp, går ut på badet, tisser, vasker hendene, barberer seg (på gammeldags maner med barberskum og høvel), grer håret (lager en snorrett skill ved hjelp av kammen), går de åtte skrittene ut til kjøkkenet, bøyer seg ned og kysser Pusefru på snuten, spiser frokost (cornflakes med lettmelk og et stort krus kakao), går de åtte skrittene tilbake til badet, pusser tenner, gurgler seg, går inn i stuen (ti skritt) og begynner å telle. Han fortsetter å telle helt til han påbegynner kveldsseremonien (som i bunn og grunn er morgenen baklengs, med noen variasjoner: Han går fra stuen til kjøkkenet, der han spiser cornflakes, så til badet for toalettbesøk, tannpuss, gurgling og håndvask). Telling er Sebastians hovedbeskjeftigelse, og han priser seg lykkelig for at han kan gjøre andre ting samtidig. Han kan se ut av vinduet og holde et øye med hva som skjer i nabolaget. Han kan høre radio, se på tv, spille spill på PC-en. Han kan lese bøker om kattehold. Han kan mate Pusefru, kose med henne (han ble rasende om noen omtalte en katt som «den»), ta seg av henne, snakke med henne. Han kan lage middag (helst fiskepudding, rekekabaret eller medisterkaker). Han kan til og med nynne ABBA-sanger, for han har tellet seg gjennom alle og vet hvor mange tall hver enkelt melodi har. Han kan snakke med Celeste når hun kommer på besøk. Det liker han best, da skyver Sebastian telleverket helt bakerst i hjernen, der står det og teller videre uten at han behøver å bry seg om det, og så henter han det frem igjen når Celeste er gått. Når han komponerer musikk på PC-en derimot, kan han ikke telle.

Sebbe var en rolig gutt, men Celeste måtte passe på som en smed. Hvis hun sa noe feil (som «den» om Pusefru), glemte å lukke døren inn til stuen, hadde på seg noe med striper, stengte han seg inne på rommet, la seg under dynen, puttet inn øreprpper og satte på «Dancing Queen». I verste fall kunne han lukke seg helt i flere dager, nekte å snakke, å spise.

Sebastian hadde ikke mange gjester, for tiden var det strengt tatt bare to som kom på besøk til ham. Men han trivdes med tilværelsen. Han forlot nesten aldri leiligheten. Livet innebar ingen overraskelser. Han visste hva han

173

hadde å forholde seg til fra morgen til kveld. Han tellet. Han klarte seg selv. Han var ikke ensom. Han fikk besøk av Erik og av Celeste. Det stod et stort portrettbilde av Sebbe og Celeste på tv-en, de hadde vært hos en fotograf for to år siden (nå ja, for to år, en måned og fire dager siden), og det var mange bilder av dem fra han var liten rundt om i leiligheten.

Han hadde nylig fått et passfoto av Erik, som han hadde hengt opp på badespeilet. Erik var ny. Før Erik var det Eigil. Nå var det Erik. Det gikk fint. Han likte Erik selv om han godt visste at Erik fikk penger for å komme på besøk til ham. Og han hadde Pusefru. Han trengte ikke noe bilde av henne, hun var der hele tiden. Hun hilste ham velkommen på sin sedvanlige måte hver morgen: den litt forbausede prrt-lyden, som når en moped starter. Av og til la han overkroppen over den vibrerende og durende kattekroppen, han kunne presse ansiktet ned i pelsmassen og suge Pusefru ganske varsomt på snuten, helt til katten vrikket hodet bort fra munnen hans og nøs.

Han pleide å fortelle Erik og Celeste om kattehold. De var aldri der samtidig, så han kunne fortelle det samme to ganger. Og siden han ikke helt stolte på hverken Eriks eller Celestes hukommelse, fortalte han det gjerne oftere. Det lot til at de hadde glemt alt hver gang. Pusefru var sterilisert, men han visste mye om kattesvangerskap og kattefødsler. Kattunger kom til verden i hver sin blå fosterpose. Kattemoren spiste opp både posene og blodet og navlestrengen. Man brukte avstanden mellom endetarmsåpningen og urinrøret til å fastslå om kattunger var av hankjønn eller hunkjønn. Moren slikket ungene på magen for å stimulere fordøyelsen, og når avføringen tøt ut av dem bak, var hun straks på pletten og spiste den. Celeste

174

smilte alltid til ham når han snakket om kattunger. Han så på henne og tellet hvor lenge smilet hennes varte.

Celeste hadde hatt to ektemenn, hun hadde Bjørn, hun hadde hatt utallige elskere opp gjennom årene (hun hadde ennå ikke helt bestemt seg for om hun skulle fortsette en stund til med tannlegen), men egentlig var det bare én mann i hennes liv. For det er ingen man elsker så høyt som man elsker sitt eget barn.

Hun hadde rukket å være hos ham i nesten halvannen time før hun måtte opp i leiligheten igjen. Sebbe hadde vært glad for å se henne, og hun hadde vært glad for å se ham. Han hadde fått ny støttekontakt, fortalte han. Flott, sa Celeste. På vei oppover trappen tenkte alltid Celeste på hvordan han ville ha vært om legen hadde hørt på henne da hun forsøkte å fortelle ham at noe var galt. Hun klappet ham på skulderen (Sebbe likte ikke å bli klemt eller å bli berørt andre steder), døren hans lukket seg bak henne, og når hun stod med én fot på det første trappetrinnet, og det andre i luften, begynte tankene. Ville han ha studert? I så fall hva? Ville han hatt en kjæreste?

Hun hadde forsøkt å fortelle at noe føltes helt, helt galt. Han hadde nektet å høre på henne. En arrogant, altfor ung turnuslege som mente at fødende kvinner ikke burde legge seg opp i hvordan sykehuset behandlet dem. Særlig ikke førstegangsfødende. Sebastians hjerne hadde ikke fått oksygen. Hun hadde ropt, skreket igjen at noe var galt, at hun visste at noe ikke var som det burde. Legen hadde sett på henne, hevet øyenbrynene en smule, nikket til jordmoren og sagt at alt var i orden. Dette er helt normalt, sa han og gikk.

175

Nå løp hun opp trappene mens hun rutinemessig forbannet ham som hadde gjort livet til Sebbe så annerledes enn det kunne ha vært. Der var hun oppe! Hun ville ikke gi Ella rett. Presis klokken åtte var Celeste tilbake i sin egen stue. Hun bruker en genser til å tørke bort støvet på stuebordet og til å gnikke bort et merke på størrelse med en papaya (et ovalt avtrykk etter hennes eget fuktige kjønnsorgan, stemplet ned på bordplaten da tannlegen sist hadde vært innom), i én energisk sveip satte hun på vann til te og kaffe og ryddet vekk støvletter og noen klesplagg. Kake ble det ikke, men i full fart hakket hun sjokolade og la i en dessertbolle, helte en pose mandelflak i en annen. I fryseren hadde hun en liter krokanis, så vidt hun husket. Koppene klirret mot asjettene da hun bar dem inn i stuen. Ute på kjøkkenet begynte vannkjelen å pipe gjennomtrengende, i samme sekund ringte det på døren. Celeste så på armbåndsuret sitt. Den var to over. At folk ikke kunne være presise!

*

Velkommen, sa Celeste og trådte til side, så de tre kvinnene kunne komme innenfor. Hun smilte til dem, og det ble nesten øyeblikkelig mye mer enn et høflig smil. For nå kjente hun hvor gjerne hun hadde villet ha dem her, hos seg, i *sin* leilighet, hvor glad hun var for å se dem, hvor mye de hadde kommet til å bety for henne på denne korte tiden. Velkommen! gjentok hun, enda hjerteligere.

Takk, sa Ella, som stod forrest og dermed var den første til å komme inn i Celestes leilighet. Ella så seg rundt. Hun hadde forestilt seg leiligheten til Celeste omtrent slik den var i virkeligheten. (Se det, Ella Blom, av og til stemmer

fantasiene dine faktisk!) Celeste bodde i en treroms lei-
lighet på Bislett. Ella så inn i en lang korridor med en
dobbeltdør til en stue med slitt parkett. Leiligheten gav
et nokså kaotisk og støvete inntrykk. På en kommode lå
en uryddig bunke med post: fargerike reklamebrosjyrer
og brev i opprevne konvolutter. Ella la hodet bakover og
forsøkte å anslå høyden under taket (som var adskillig
desimeter lavere enn hos henne), og helt uventet spratt det
forhatte fjeset til Edmund Benewitz-Nielsen opp og avbrøt
tankene hennes igjen. Hva slags hevn skulle han utsettes
for? Ella ante ikke.

Ella hengte fra seg kåpen sin, ved siden av Celestes hvite
kåpe, på en sortlakkert stumtjener, Jenna hadde kastet sin
over en stol. Celeste hadde plassert seg i åpningen inn til
stuen, viste dem inn dit, som en ekstra nidkjær flyvertinne.
Fru Næss dukket opp i Ellas tanker, fortrengte Edmund
Benewitz-Nielsen og fikk henne til å smile igjen.

– Så koselig du har det, sa Frøydis. – Har du med deg
kappene, sa hun så, henvendt til Jenna.

– Takk, smilte Celeste.

– Klart det, svarte Jenna og tok et ekstra tak i en stor
skarlagensrød bag med broderier. – Her er de.

Ella smilte litt; Jenna og hennes kapotter. Celestes stuer
– hun hadde to – var møblert med en blanding av varehus-
møbler og en del gjenstander Ella tippet var arvestykker.
Det var smakfullt («Smakfull» betyr bare at det er i over-
ensstemmelse med din borgerlige smak, Ella Blom!), men
samtidig var det klart at Celeste egentlig ikke brydde seg
så mye om hvordan hun hadde det. Hun brydde seg opp
til et visst nivå, og så var det andre ting som var vikti-
gere. Ella innså at hennes og Peters polerte, velmøblerte
leilighet, som hun var inderlig stolt av, bare vitnet om at

177

hun førte et meningsløst liv siden hun la så mye energi i innredning. Bare se på menn! Er de interessert i slikt? Nei, så lenge det er funksjonelt og ser nokså bra ut, holder det, de har andre og viktigere ting å bruke tiden sin på.

Celeste hadde nesten ikke pyntegjenstander og nips, ingen fotografier, vinduene var nakne og gardinløse. Overalt lå det ting som åpenbart ikke hørte hjemme akkurat der, kanskje ikke så mye at man kunne kalle leiligheten rotete, men nok til at Ella, og sikkert de andre også, ikke kunne unngå å se det. Det lå klesplagg på de fleste av stolene og bokstabler på bordene. Aviser for de siste ukene lå i en haug ved siden av tv-en. I vinduskarmene var det ikke bare planter, men også en asjett med noe som så ut som en halvspist pære, en lampe der skjermen stod en anelse på skjeve og en bunke papirer. Hun forsøkte å konsentrere seg om interiøret, men Edmund Benewitz-Nielsen lot henne ikke være i fred. Hva i all verden skulle de gjøre med ham, om Kjerringer altså besluttet seg for å ta saken? Hun så for seg de plirende, ondskapsfulle øynene hans.

På et av sidebordene ved sofaen hadde Celeste et stort, upusset sølvbrett med vakre karafler fylt med gyllent og vannklart brennevin. Et lite krystallglass stod fremdeles på stuebordet. Ella tvang seg til å se på karaflene, på det slepne glasset, på sølvbrettet, på de forskjelligfargede væskene. De to helt klare var vel vodka og kanskje gin, så var det en karaffel med en ravgul væske i (kunne det være whisky?), en mørkebrun (konjakk?) og til slutt en som var halvfull av en lys beige væske. Ella lurte først på om det kunne være rom. Nei, calvados er det selvsagt! Celeste hadde jo servert dem calvados før de drog til sykehjemmet. I kveld skulle de planlegge et ... hva skulle hun kalle det? ... attentat mot Edmund Benewitz-Nielsen. På den ene siden var det ingenting hun ønsket mer intenst enn at han skulle forandre seg, gi opp tanken på å ødelegge henne. Jo, det er noe du ønsker atskillig sterkere: et lykkelig ekteskap. Jo, jo, måtte hun medgi, men vi må vel bevege oss innenfor realistiske rammer, ikke sant? Ella gratulerte seg selv med at hun for en gangs skyld hadde lykkes i å være mer ironisk enn den strenge stemmen. Hva skulle de foreta seg med ham? Hvordan ville han reagere? Hvordan ville *hun* reagere? Hva hvis de ble oppdaget? Hun så for seg avisoverskriftene: Førsteamanuensis mishandlet kollega. Og under, med mindre, men like hissige, typer: Arbeidsmiljøet ved UiO stadig verre.

– Nydelige karafler, sa Ella. Hvordan skulle de straffe ham? Skulle de binde ham? Slå ham? Stikke ham med glødende spiker? Forgifte ham?

– Vil du ha? spurte Celeste. – Jeg har det meste, som du ser. Har du lyst på whisky? Eller hva med calvados?

– Nei takk, sa Ella.

– Sånne trodde jeg bare fantes på film, sa Jenna og pekte på et enormt isbjørnskinn som lå foran peisen.

– Presang fra en eller annen ekselsker, sa Celeste.

– Polfarer? foreslo Frøydis.

– Isbreforsker. Hvordan går det med moren din, Jenna?

– Jo takk. Det er ingen forandring med henne, men jeg skal i hvert fall på et møte med bydelen neste uke. Det hjalp!

– Så flott! sa Frøydis.

– Kjenn på den myke pelsen, sa Jenna og satte seg på huk ved siden av isbjørnskinnet. – Men den ser så trist ut i øynene.

179

– De er av glass, opplyste Celeste. – Sett dere. Jeg henter kaffen.

– Trenger du hjelp? spurte Jenna.

Celeste ristet på hodet. Snart stod kaffe, te, asjettene med sjokolade og nøtter og boksen med iskrem på bordet.

De ble sittende en stund og småprate, drikke kaffe (Frøydis og Ella) og te (Celeste og Jenna). Celeste sendte rundt isboksen (som hun hadde glemt at hun hadde spist noen skjeer av forleden). Ella visste at *hun* ville ha unnskyldt seg, sagt at hun burde ha bakt, at hun ikke hadde fått tid, at de fikk ta til takke med kjøpeis. Celeste sa ingenting. Ella visste ikke om det var fordi Celeste ikke tenkte på det, eller fordi hun bevisst lot være. Uansett hva grunnen kunne være, måtte Ella beundre Celeste for ikke å nevne den mangelfulle bevertningen med ett ord.

– Nå er det alvor, kremtet Jenna og løftet bagen opp på fanget, hun åpnet den og gav dem hver sin kappe. De reiste seg og tok nølende på seg sin, de visste ikke om de skulle tulle, være alvorlige eller ikke kommentere det i det hele tatt. Samtlige valgte den siste strategien. De lot som ingenting. De tok på seg kappene som om det skulle være den mest naturlige ting i verden, men ingen av dem gjorde det uten større eller mindre kvaler. Inni Ella snakket stemmen i fistel: Skal du ha på deg det latterlige kostymet der nå, Ella Blom? Skal det liksom gjøre det mindre problematisk å gå til fysisk angrep på en statsansatt tjenestemann? Selv Jenna hadde sine tvil. Hun var redd for det som skulle komme. Skulle de gjøre noe voldelig? Nei, det ville hun ikke gå med på. Hvordan skulle de bære seg ad? Hva hvis han var sterkere enn dem, denne professoren? Men hun beundret – ja *nøt* – synet av de fire

180

nattsvarte fløyelskappene, med en heftighet som sikkert ville ha overrasket andre. Det var så ... flott, ja, praktfullt var det, som et eldgammelt kvinnefellesskap, at hun ble tykk i halsen av ømhet, av stolthet. Fire sterke kvinner i vakre kapotter, som sammen skulle kjempe mot urettferdighet. Og hun visste at kappene hadde sin funksjon. Kappene virket, så enkelt var det.

Må vi ha på oss disse, tenkte Celeste på sin side. Hun skottet bort på Frøydis, som for å finne svaret, kanskje en forbundsfelle, slik at de to sammen kunne smile fordekt til hverandre over disse tåpelige kappene, eller for å få en bekreftelse på at alt var i orden, at kappene var en del av det hele. Frøydis hadde akkurat trukket kappen over de kraftige skuldrene. Celeste så spent inn i ansiktet hennes: Frøydis så energisk og avklaret ut. Det runde dukkefjeset utstrålte styrke og overbevisning. Dette er det beste, nei, det nestbeste, som er skjedd meg. Og kappene må vel til, hadde hun så tenkt, som et stumt svar på spørsmålet i Celestes hode. Samtidig kjente Frøydis også tvil. Hun var langt fra feig, men hun ville ikke sette det hun hadde oppnådd i livet (Anders, jobb, leilighet, trygghet og stabilitet), på spill. Var det de var i ferd med å gjøre, verdt det? Ja, konkluderte Frøydis. Ja! Og det var i dette øyeblikket Celeste hadde kikket bort på henne og lest overbevisning i ansiktet hennes.

Calvados, jenter? Det er vel nesten en tradisjon det også, sa Celeste til slutt. De andre ristet på hodet, nei, de kjørte i kveld. Alle sammen? Mhm, nikket de. Celeste skjenket en gyllen skvett til seg selv i glasset hun hadde brukt tidligere på dagen. Hun så forbi venninnene (og innså i samme sekund som hun hadde tenkt det ordet, *venninnene*, at det

181

var nettopp det de var blitt for henne). Leiligheten hennes. Hun var glad i den, ikke noen sødmefylt kjærlighet, sterke følelser, den var en ting, den hadde praktisk nytte, og på lik linje med de fleste av hennes andre eiendeler stod den for henne som utbyttbar. Hun hadde en gang i tiden fått leiligheten i presang. Det var mange år siden nå, hun hadde truffet Mohammed da Sebbe var nokså nyfødt. Han eide en mengde restauranter og nattklubber i Oslo. Avisene kalte ham utelivsbaron. Hun og Mohammed hadde hatt et forhold i noen måneder da hun fikk leiligheten som «bursdagsgave».

– Jeg har så mye penger at jeg ikke aner hva jeg skal gjøre med dem, forklarte han. – Jeg har bygget en skole i Nord-Pakistan. Nå hadde jeg lyst til å gi deg denne lille oppmerksomheten. Er det greit?

– Helt greit, sa Celeste. – Hva ønsker du deg til bursdagen din, da? Sokker eller slips? Nei, forresten du kan få begge deler siden du har vært såpass sjenerøs mot meg.

Siden hadde hun bodd der. Men selv om det var her Sebbe hadde vokst opp, hadde hun lite nostalgi knyttet til den. Nostalgi ligger ikke for meg, fastslo hun, slik hun pleide. Hun orket ikke protestere mot sine egne vante tanker, orket ikke innvende at dette handlet om noe annet. Merkene på kjøkkendøren, skrevet inn én gang i måneden gjennom mange år: Hun med kulepenn i hånden, Sebbe høytidelig inntil karmen med en bok balanserende på hodet. Klart det hadde betydd noe, men det var den døren Nero hadde presset henne mot, hun hadde stått like tett inntil dørkarmen som Sebbe alltid hadde, men mens hun hadde vært bevæpnet med en kulepenn, hadde *han* hatt en kniv. Hun hadde kjent dørkarmen som en smertefull strek fra bakhodet og ned til hoftene, og hun hadde vært reddere enn hun trodde var mulig. Men da hun kjente knivbladet mot halsen sin, sluttet hun å være redd. Hun hadde ikke kjent noe mer. Hun bare var til stede og registrerte det som skjedde. Ikke tenke. Ikke tenke. Hun sa det til seg selv den gangen, og hun sa det til seg selv nå. Et sted skulle de begynne, og Karl Hebbern var et like godt startsted som noe – og med den anledningen som nå bød seg, var han bedre enn Ellas kandidat.

– Damer, begynte hun, og hun maktet å sjalte ut bildet av Nero. Hun oppdaget at hun var nervøs, noe hun vanligvis ikke var, og slett ikke i situasjoner som denne. Hun stakk tungen ut i det ene kinnet, slik hun hadde hatt for vane da hun var liten, ble var hva hun gjorde og tvang seg til å se på dem, smile, holde tungen på plass i midten av munnen. Hun var klar over at det hun nå skulle foreslå, ville gå ut over Ella, at Ella satt her og var parat til å planlegge hvordan de best skulle straffe professoren som Celeste akkurat nå ikke engang husket navnet på. Ella så bestemt, ja, nærmest sammenbitt ut. Og professoren fortjente virkelig deres oppmerksomhet. Men samtidig hadde de nå en utmerket anledning til å ta Kåte-Karl en gang for alle.

De så opp på henne. Hun kjente at hun svaiet og satte den ene foten et stykke ut til siden for å stå støere:

– Ellas professor virker som et verdig offer. Likevel vil jeg be dere vurdere en annen mann. Denne gangen. Det haster, og jeg skal forklare dere hvorfor nå.

Ella trakk pusten lydelig og utbrøt en lav å-lyd, i forbauselse, men aller mest av ren lettelse. Hun hadde nok blitt skuffet hvis Edmund Benewitz-Nielsen hadde blitt *fjernet* fra aksjonslisten før hun hadde fått muligheten til å føre saken hans, men dette var tydeligvis ingen avlysning, bare en utsettelse. En kjærkommen utsettelse. *Quod differtur, non aufertur.* Så deilig å slippe å måtte forholde seg til dette nå. Celeste hadde holdt øye med Ellas ansikt hele tiden, og hun mistolket reaksjonen hennes som en mishagsytring.

– Jeg forstår selvsagt at dette egentlig er helt uakseptabelt, skyndet hun seg derfor å si. – Jeg beklager, Ella, men dette er en hastesak. Hvis dere bare kan lytte til det jeg nå skal si, og deretter ta en endelig avgjørelse.

Celeste stod i den sorte kappen og så ned på de tre kvinnene. Det var en merkelig følelse å se dem her, i kjente omgivelser, på hennes enemerker så å si, med bokhyllen rett bak Jennas hode, Ellas hånd om et av krusene som Celeste en gang hadde tatt med seg hjem fra jobben, Frøydis som ble speilet i vindusflaten. Alt dette gjorde det altfor virkelighetsnært, det kom til å bli vanskeligere å la seg rive med, det kom til å bli umulig å gjenskape stemningen fra stiftelsesmøtet. Flakkende lys oppetter veggene, lukten av røkelse som blandet seg med den av svamp og kritt. Følelsen av styrke og uovervinnelighet da kappene var kommet på og de stod i en sirkel på gulvet. Dette var noe ganske annet. En IKEA-sofa, en iskremboks i plast på bordet, tre kvinner som spente, men forretningsmessig tittet opp mot henne. Men hun måtte overtale dem! Først så hun på Ella. Celeste syntes at hun så utilnærmelig og streng ut, likevel kjente Celeste en egen varme når hun tenkte på Ella, kanskje fordi hun virket skjør og hjelpeløs, midt i sin aura av autoritet, sikkerhet og akademisk posisjon. Akkurat nå satt hun enda strunkere og mer korrekt enn til vanlig, blikket hennes var festet på et punkt bak Celestes hode. Det var vel nokså naturlig at Ella ikke ville

184

møte blikket hennes, snytt for offeret sitt før hun hadde fått anledning til å legge frem saken. Nå gjaldt det å overbevise henne om at Celestes mann ikke kunne vente, at dette var en gyllen anledning, nei mer enn en gyllen anledning, en anledning av det pureste 24 karats gull! Celeste flyttet øynene til Jenna. Jenna så først og fremst henført ut, hun satt med et konstant, lite smil om leppene, og Celeste fikk en mistanke om at Jenna gjennom dem hadde fått en uventet anledning til å leve ut sine egne fantasier, de ytre rammene var åpenbart et resultat av hennes svermeri for hekser og svartekunst. På dette punktet i Celestes tankerekke dukket Sebbe opp før hun skjøv ham bort igjen; det var liten vits i å tenke på ham nå. Nå skulle det dreie seg om Karl Hebbern.

Uten at hun hadde vært seg det bevisst, hadde hun ventet med den viktigste. Celeste innså det akkurat idet øynene hennes møtte øynene til Frøydis: Det var Frøydis som bestemte, det var hun som var sjefen. Celeste hadde ikke tenkt på det før, men nå skjønte hun at slik var det. Det var Jenna som stod for spesialeffektene, hun som hadde hatt med seg kappene. Det var Ella som var lærerskikkelsen. Hvilken rolle hun selv hadde, var hun ikke sikker på. Muntrasjonsråd? Den som kom med frekke kommentarer? Det var iallfall utvilsomt Frøydis som trakk i trådene, det var hun som godkjente eller forkastet. Det var henne de fulgte med på reaksjonene til. Det var henne de ville tekkes, det var hennes anerkjennende blikk de higet etter. Frøydis var en sort fløyelsball i den ene sofaen. Håret hennes lå som en stridshjelm rundt hodet, glatt og perfekt. Øynene hennes var festet på Celeste:

– Fortell oss om kandidaten din, sa hun rolig.

Celeste kremtet og begynte:

185

– Karl Hebbern er sjefen min og en skikkelig inkompetent drittsekk.

Karl Hebbern var en mann som gjennomgående brukte medarbeiderne sine, suget kunnskapene deres ut av dem – og tok æren selv. Han var overbevist om at menn var hakket mer begavet enn kvinner, og fikk han anledning til det, valgte han menn fremfor kvinner. Likevel hindret ikke det ham i å bruke kvinners kompetanse, all den tid de skarpeste medarbeiderne på hans avdeling tilfeldigvis var kvinner. Han takket dem aldri, han fremhevet aldri deres innsats. Han så på dem slik en far i gamle dager kunne se på sine unge døtre, med en viss overbærenhet, men uten respekt, uten tiltro. De var dekorative å se på, kunne komme til nytte, men var iallfall ikke verdige å diskutere med.

– Har han *sagt* at menn er mer intelligente? spurte Jenna.

– Nei, svarte Celeste. – Han har aldri sagt det. Han er jo ikke fullt så dum, selv om han er mann. Men det skinner igjennom. Alt han gjør og ikke gjør, viser det så altfor tydelig.

– Jeg kjenner typen, sa Frøydis. – Vi har møte. To damer, to menn. Ingen er sjefer, alle er på samme nivå. Møtet er over. Mennene går suverent ut av rommet og overlater til oss damene å rydde bort kaffekoppene.

– Nettopp, sa Celeste. – Og så er han slik at han aldri ser kvinner i øynene. Enten ser han på de mennene som måtte være til stede, eller så har han blikket festet i utringningen vår.

– Ikke på oss gamlinger! avbrøt Jenna. – Det hadde jo nesten vært hyggelig.

– Nei, han ser selvsagt overhodet ikke på kvinner i menopausen, sa Ella.

– Akkurat det der kan dere ikke beskylde Kåte-Karl for. Han stirrer på puppene til damer i alle aldre, sa Celeste. – Han ser begjærlig og nedlatende på dem og kaller dem «jente», «lille frøken» eller noe sånt.

– Nettopp, sa Frøydis. – Noe konkret?

– Ja, vi har jo historien om Karoline, sa Celeste. – Hun er blant de aller dyktigste, startet omtrent samtidig som meg. Karoline hadde skaffet til veie en stor sum til utprøving av en ny astmamedisin. Direktøren bad henne om å presentere prosjektet på et fellesmøte med de skandinaviske direktørene til stede. En stor ære. Akkurat idet hun skal entre podiet og starte presentasjonen, spør Karl Hebbern henne hviskende om hun har ligget med forskningssjefen. Jeg bare spøker, føyde han så til. Det var hans eneste kommentar til henne om den saken, overfor ledelsen hadde han understreket hvor stor og hvor viktig denne støtten var, og han hadde ikke lagt skjul på sin egen fremtredende rolle i prosessen (som i virkeligheten hadde begrenset seg til å undertegne to brev han ikke engang hadde tatt seg bryet med å lese igjennom).

– Ja vel, sa Ella. – Jeg synes han høres ut som en gjennomsnittlig slask. Sånne har vi sittende på annethvert kontor på Blindern.

– Vi skal ta din professor også, sa Celeste desperat, – men akkurat nå har vi en fantastisk mulighet til å sette på plass Karl Hebbern. Og han har gjort mer. Vær du sikker.

– Kom igjen, sa Jenna.

– Han sier alltid «jeg», aldri «vi» når han snakker om avdelingen.

187

– Jo, jo, sa Ella. – Han er jo mann. Mer?

– En resepsjonist sa nylig opp på grunn av ham.

– Hmm, sa Frøydis. – Dette begynner å ligne på noe.

– Hva hadde han gjort mot henne, da? spurte Jenna.

– Forsøkt å presse henne til å … gå ut med ham, sa Celeste.

– Nettopp, sa Frøydis.

– Og jeg vet at han har fratatt minst to kvinner deres karrieremuligheter i Alfapharm, sa Celeste.

– Hvordan skjedde det? ville Frøydis vite. – Og hvordan vet du det?

– Anonym, men sikker kilde, forklarte Celeste. I virkeligheten visste ikke Celeste noen ting sikkert om dette, men hun hadde lenge hatt mistanke om at hennes forgjenger hadde blitt snytt for en avdelingslederstilling og derfor hadde sagt opp. Hun var visstnok blitt systematisk ignorert, aldri invitert på noen møter der beslutninger ble tatt, der firmaets topper var til stede. Det kvinnelige ryktenettverket, som Celeste normalt sett ikke hadde mye til overs for, men som hun nå valgte å presentere som en anonym og sikker kilde, ville ha det til at det nettopp var en slik manglende invitasjon som gjorde at hun valgte å si opp. At det satt en kvinne i ledergruppen, og at hun på en eller annen måte måtte ha vært med på utestengningen av Karoline, bestemte Celeste seg for ikke å nevne. Keep it simple. Vær pedagogisk: Kvinner er ofre, menn er skurker. Karoline ble ikke spurt om å delta på det møtet der et av hennes store prosjekter stod på agendaen. Like etterpå hadde hun sagt opp.

– Vet du dette sikkert? spurte Frøydis. Celeste nikket

– Tro meg, sa hun derfor bare. – Jeg kan ikke røpe mer av det, men Karl Hebbern fortjener det verste. Nei, sa

188

hun sekundet etter, – han fortjener ikke det verste. Han fortjener en oppstrammer.

Nei, ikke det verste. Duste-Karl fortjente ikke det. Nero fortjente det verste. Celeste så på sine medsammensvorne. Hun hadde dem. Med ett visste hun at de alle nå satt og tenkte på sine historier, på menn de hadde kjent gjennom livet, som på den ene eller den andre måten minnet om Karl Hebbern. Hun hadde nok klart å overbevise dem allerede, og ennå hadde hun ikke kommet til det morsomste punktet.

– De vil ha ham på tv, sa Celeste. – Nå på fredag.

Karl Hebbern var blitt invitert til å delta i et talkshow for å snakke om det som så ut til å være et gjennombrudd i farmasien: en vaksine som beskyttet mot fedme og på den måten ville redde hundrevis av liv i året. Det var Alfapharm som hadde utviklet og testet denne vaksinen, et arbeid som hadde pågått i flere år. Det var den mest lovende av bedriftens nyvinninger. Den kom til å generere både oppmerksomhet og penger. Nå skulle den lanseres, og invitasjonen til talkshowet var en perfekt start! Informasjonssjefen, den naturlige å spørre i en slik sammenheng, lå hjemme med omgangssyke, og han var følgelig ikke i stand til å representere bedriften. De to kvinnelige forskerne som hadde arbeidet frem vaksinen, nektet å snakke med mediene; de var sikre på at de kom til å si noe feil, at journalistene ikke kom til å forstå alle nyansene og forbeholdene de som forskere var nødt til å ta. Karl Hebbern hadde aldri arbeidet med fedmevaksinen, men han hadde ordet i sin makt, en selvsikker fremtoning og et utseende som egnet seg på tv. Ledelsen hadde kommet frem til at divisjonsdirektør Karl Hebbern skulle være Alfapharms ansikt utad i denne saken. Da han ble spurt, svarte han øyeblikkelig ja. Jeg stiller selvsagt opp for Alfapharm, svarte han og fikk på den måten signalisert at om han ikke gjorde det direkte motvillig, så satte han iallfall firmaet foran seg selv. Haken var bare at han ikke hadde annet enn svært overfladisk kunnskap om saken, en slik kunnskap man får når man sitter i kantinen og vaksinen diskuteres, men når man har tankene og øynene helt andre steder. Han valgte å ikke fortelle dette til ledelsen. Andre ville kanskje ha vært ærlige om sin egen manglende kompetanse, de ville kanskje foreslått at en annen kunne ha stilt opp. At det hadde vært det beste for firmaet. Det slo ikke Karl Hebbern som noen mulighet overhodet. Han var smigret over å ha blitt spurt, så frem til å skulle opptre på fjernsyn, til å fortelle nasjonen om Alfapharms siste suksess, om at det var hans bedrift (i betydningen 'den bedriften han arbeidet i', selvsagt) som hadde utviklet det som kunne se ut som et rent mirakel.

– Han vil at jeg skal skrive det han skal si, sa Celeste og viftet med en bunke ark. Det var tidsskriftartikler, rapporter og hefter hun hadde fått av Karl Hebbern, som i sin tur igjen hadde fått det av ledelsen. (Ikke det at vi tror du trenger det, Karl, men det kan alltids være greit med en repetisjon.) Karl Hebbern hadde gitt henne i oppdrag å forberede ham, mate ham med informasjon, nøkkeltall og festlige poenger. (Og finn på noen fiffige formuleringer – gjerne noen vitser som passer inn i sammenhengen!) Hun skulle rett og slett skrive manus.

– Dette blir gøy, fastslo Frøydis.

– Hvor mange seere har det programmet igjen? spurte Jenna.

190

– Jeg tror det er omtrent en million, sa Ella og lo lavt.

– Og det er direktesendt, opplyste Celeste.

*

Da Karl Hebbern forlot kontoret for å dra til Marienlyst, var han nyfrisert, med nyinnkjøpt dress og med et totalt kompromitterende manus i lommen og ditto formuleringer i hodet. Han stod akkurat og fortalte om programmet til den nye resepsjonisten, Liselotte. Hvor mange seere det var, hvor profilert og berømt og kjent programlederen var, hvor kjente og profilerte og berømte deltagerne var, hvor ofte deltagerne ble intervjuet i dagspressen i forbindelse med sin opptreden. Liselotte nikket imponert. Hun skulle se på, lovte hun. Bra, sa Karl. Ja, ikke det at det pleide å være mangel på seere akkurat, la han til. Over en million, sa han så, mest til seg selv. Celeste ropte på ham. Ja? svarte han utålmodig. Hun gikk bort til ham, smilte og rettet på pyntelommetørkleet i brystlommen hans. Lykke til! Han takket ikke. Det gjorde han forresten aldri. Heller ikke i dag da hun hadde sittet sammen med ham og briefet ham i mange timer.

Hun så etter ham da han forsvant ut av den store glassdøren uten å snu seg. Hun visste at hun ikke kom til å klare å gjøre mer på jobben denne dagen, så hun gikk inn på kontoret sitt, pakket sammen sakene og ruslet mot trikkeholdeplassen. Hun var småkvalm av nervøsitet, men samtidig var hun oppspilt og lattermild. Den kvelden de hadde besluttet at Kåte-Karl skulle være det neste offeret, hadde utviklet seg til å bli nokså løssluppen, ideene hadde boblet, forslag hadde blitt slengt frem og tilbake mellom dem som pingpongballer. De hadde klekket ut replikker

191

og utsagn som hadde gitt dem latterkrampe. Noen av de groveste hadde Celeste måttet stoppe: Han er tjukk i hue, men ikke *så* tjukk i hue. Ella hadde fortalt dem om *damnatio memoriae* – utslettelse fra minnet. Romerne var nemlig ikke snauere enn at de gikk inn for å fjerne alle spor etter en som var falt i unåde, navn og bilde ble slipt vekk fra mynter og relieffer, statuer ødelagt, på bilder med flere ble det uønskede ansiktet malt over. Vi får ikke akkurat delert Dumme-Karl, sa Celeste. Nei, men vi får ødelagt hans rykte, sa Ella, og det var det romerne var opptatt av.

Til slutt hadde Celeste sittet med et manus på sin bærbare PC. Hun hadde lest igjennom det dagen etter, for hun regnet med at det ville se annerledes ut ved høylys dag, men det endte med at hun bare strøk et par av Jennas forslag til «fiffige formuleringer». Så hadde hun gått til Karl Hebberns kontor, stått utenfor med skjelvende knær og en manusbunke trykket inntil brystet, sikker på at han ville avsløre det hele – og hvordan ville det da ende? Utvilsomt i oppsigelse og katastrofe. I et glimt så hun for seg Sebastians konsentrerte ansikt, Sebbe foran datamaskinen, Sebbe som banket takten til sin ABBA-favoritt mot vinduskarmen. Hun skjøv haken fremover og løsnet en av de klamme hendene fra arkene og banket på. Ella hadde sitert Seneca. Celeste husket ikke hvordan det lød på latin (hun husket sant å si bare de to siste ordene: *sed veniunt*), men oversettelsen var noe sånt som: «Vi bør bære alt med sinnsro. Det er ikke slik vi tror. Ingenting hender. Det bare kommer.» Og meningen var klar: De kunne ikke gjøre så mye mer nå. Bare la det stå til.

Peter satt i sofaen. Ella satt med bena trukket oppunder seg i en stol. Tv-en stod på. Det var ikke så lenge til programmet der Karl Hebbern skulle utfolde seg, begynte. Nå var det nyheter. De to nyhetsoppleserne, en mann i 60-årene med markerte øyenbryn og en ung, billedskjønn kvinne, satt side om side i pene, nøytrale klær og leste opp nyheter med høytidelige ansikter. En fisketråler utenfor Finnmarkskysten var savnet. En Hollywood-skuespiller hadde sagt ja til å kaste glans over en norsk filmfestival. En mindreårig afghansk kvinne som var blitt voldtatt i sin landsby, var nå dømt til å steines til døde. Hun var den femte kvinnen fra det samme området som i løpet av kort tid hadde fått dødsstraff for lignende forhold. En norsk politiker kom på skjermen og sa at Norge fordømte slike handlinger. Den unge, kvinnelige nyhetsoppleseren orienterte om det siste på sportsfronten. Ella snudde seg mot Peter, trakk pusten for å si noe, men ombestemte seg.

Jenna satt i sofaen med et pledd rundt seg. Hun pleide ofte å se på talkshowet på fredager, og i dag hadde hun fulgt ekstra nøye med fra begynnelsen. Akkurat nå var programlederen i samtale med en regissør. Jenna var ikke imponert over det han fikk seg til å si, så hun skrudde på laptopen som stod på bordet foran henne, mens hun hele tiden holdt øye med tv-skjermen, slik at hun ikke skulle gå glipp av Karl Hebbern når han forhåpentlig snart dukket opp. Hun skvatt da mobilen begynte å synge – Julia hadde skiftet ut den vanlige ringetonen hennes med et masete poprefreng. Det var «Viveke HJEM» som ringte. Jenna nølte, Viveke kunne være ganske skravlete når hun først satte i gang. Men hvis Jenna gjorde det helt klart at hun bare hadde tid til en kort samtale? Hun trykket på svar-knappen, og sekundet etter hadde hun Vivekes opphissete stemme inn i øret.

Jenna hadde kjent Viveke fra barneskolen. Hun hadde alltid drømt om å bli skuespiller, og det var hun også blitt, en nokså mislykket, nokså ukjent skuespiller. Viveke for-talte at hun noen uker i forveien hadde fått en telefon fra denne Stormm. Vivekes velmodulerte, skolerte stemme steg og sank, og etter en stund gikk det opp for Jenna at hun snakket om mannen som akkurat nå befant seg på skjermen. Olav Stormm. Regissør. Viveke ringte fordi hun satt og så på tv og antok at Jenna så på det samme programmet.

Olav Stormm skulle sette opp et nytt stykke og trodde at Viveke ville passe ypperlig i en av rollene. Han invi-terte henne hjem til seg for en prat. Viveke forberedte seg grundig, leste skuespillet, prøvde å forestille seg hvil-ken av rollene han hadde sett ut til henne. Hun kom, og det gikk ikke mange minuttene før han hadde gjort det klart at den lille rollen han hadde tiltenkt henne, kostet et ligg.

– For en ekkel fyr, sa Jenna.

– Ja, sa Viveke. – Jeg gikk jo bare, og jeg hørte aldri noe mer fra ham om stykket.

Viveke var blitt så opprørt at hun diskré begynte å undersøke. Det er jo ingen hemmelighet at slike episo-der inntreffer i de kretser, men det viste seg snart at Olav Stormm var beryktet i så måte.

– Jeg tar meg av det, sa Jenna. – Jeg skriver et brev til ham.

– Et brev, gjentok Viveke skeptisk.

– Stol på meg. Jeg skriver meget effektive brev, sa

194

Jenna, og av en eller annen grunn sa ikke Viveke noe mer.

– To m-er, sa hun bare, – husk at etternavnet hans staves med to m-er.

– Jeg må legge på, sa Jenna, for nå var Karl Hebbern presentert. Hun la på før Viveke fikk sagt noe mer.

Celeste hadde gått ned til Sebbe for å se på. Hun ville gjerne ha vært sammen med de andre, men hun var så spent at hun hadde bestemt seg for å krype opp i sofaen og stjele litt flegma og kroppsvarme fra Sebbe. Tenk hvis Karl hadde avslørt henne! Sebbe så ingen grunn til å gå utenom sitt vanlige matskjema, så de spiste fiskepudding, skiver av fiskepudding som Sebbe hadde dekorert med snirkler av majones. Talkshowverten smilte inn i kamera med sitt velkjente guttete smil. Nå var det sikkert ikke mer enn et par minutter til Karl skulle på skjermen. Det knøt seg i Celestes mage. På skjermen ble en middels kjent regissør intervjuet. Olav Stormm snakket om sin siste film, om hvor vanskelig det var å skape noe som virkelig betydde noe i våre dager. Han hadde akkurat fått et stort tilskudd fra filmfondet for å filmatisere de seks gigantbindene i en forfatters selvbiografi, seks bind om hans forhold til sin far, om hans kvinner, om hans problemer med for tidlig sædavgang. Regissøren var kledd i sort bukse, sort t-skjorte og sort blazer, i likhet med de fleste mannlige kulturpersonligheter. Det eneste påfallende ved ham var håret, det var honninggult og falt i tykke bølger nesten ned til de polstrede skuldrene. To ganger rettet han på det, danderte det over ørene mens han nikket til det programlederen sa, og én gang gjorde han et kast med hodet som en vilter fole for å understreke hvor håpløst snevert

195

og uniformert kulturlivet i Norge var. Det er så befriende at det skrives litteratur som ikke bare handler om barndom og forholdet mellom mor og døtre, sa regissøren. Politiske prosjekter har vært et savn! Han der liker håret sitt, sa Celeste. Han der liker seg selv, sa Sebbe, og igjen ble Celeste overrasket over hans evne til å se. Men så skjedde det noe på skjermen, regissøren reiste seg, og inn kom Karl Hebbern. Celeste var kvalm av spenning.

Han tok seg godt ut, registrerte Celeste. Det er sjefen min, fortalte hun til Sebbe. Sebbe betraktet Karl Hebbern, men han svarte ikke. Munnen beveget seg, og Celeste kunne se at han tellet. Velkommen, sa programlederen, reiste seg og hilste på Karl Hebbern med en kort, maskulin klem. Du kommer hit med gode nyheter, fortsatte programlederen da Karl Hebbern hadde satt seg i en av lenestolene vis-à-vis programlederen. Det gjør jeg, svarte Karl Hebbern selvsikkert, jeg kommer med nyheter som nok vil være en *lettelse* for mange nordmenn og ikke minst nord*kvinner*.

Celeste så hvordan Karl Hebbern nærmest vred seg av selvtilfredshet etter å ha fått plassert inn to småmorsomheter i åpningsreplikken. Sjefen din liker seg selv enda bedre enn han med håret, sa Sebbe med sin monotone stemme. Celeste strakte frem en hånd og klappet ham over skulderen. Han lot henne gjøre det, men etter noen sekunder flyttet han seg unna hånden hennes. Nå bøyde programlederen seg rutinert fremover og kikket interessert på Karl Hebbern. En lettelse for mange, sier du? Og Karl Hebbern fortalte at Alfapharm hadde lykkes i et stort medisinsk gjennombrudd. Alphafarm (vi, sa Karl Hebbern og nøt det) hadde kommet frem til en vaksine mot fedme. Wow, sa programlederen med nøye registrert overraskelse før han kikket ned i papirene sine. Hvordan fungerer denne vaksinen? Fortell oss alt, Hebbern! Karl Hebbern informerte om at man enten kunne ta tre sprøyter med ett års intervall som voksen, eller én dose før fylte tre år, hvis det var sykelig overvekt på både farssiden og morssiden. Programlederen nikket og oppsummerte: Så hvis man lider av overvekt, kan man bli kvitt den, og hvis man er arvelig hm ... skal vi si ... *belastet*, så kan man unngå å bli tjukk? Karl Hebbern bekreftet dette, men så er det viktig å følge opp med et fornuftig kosthold, da. Det er ikke noe trylleformular heller, sa Karl Hebbern, så rett i kamera med lett rynket panne. Så hadde han etter to sekunders pause tilføyd: Men det er jommen ikke langt unna! Han og Celeste hadde trent på akkurat den pausen og den replikken.

Foreløpig gikk alt altfor bra. Celeste så på klokken. Karl Hebbern hadde allerede vært på skjermen i nesten tre minutter, og det betydde at det ikke kunne være stort mer enn tre minutter igjen. Kom igjen, bad hun inni seg, si noe dumt. Og hun ble øyeblikkelig bønnhørt. Nå var Karl Hebbern i gang med å forklare de biokjemiske prosessene. Gjør det enkelt og fattbart, hadde Celeste innprentet ham, husk gjennomsnittsseeren kan ingenting om selv den mest elementære farmakologi (i likhet med deg, hadde hun tenkt). Karl Hebbern hadde nikket og lest de to–tre setningene Celeste hadde skrevet opp på arket hun akkurat hadde gitt ham. Ja, dette er jo svært forenklet, hadde han sagt, men det får duge for hvermannsen. Det som stod på arket, hadde vært det reneste tøv, og det var akkurat disse formlene og kjemiske forbindelsene han utbredte seg om nå. Programlederen avbrøt ham og sa at nå forstod nok seerne at det var skarpe hjerner, grundig forskning

197

og det nyeste nye innen naturvitenskap som hadde ført frem til denne fantastiske fedmevaksinen. Karl Hebbern nikket selvbevisst og fyrte av en avsluttende replikk om fettmolekyler og flerumettede liposomer. Han hadde gjort leksen sin, alt han hadde sagt, var en nøyaktig gjengivelse av det visvaset Celeste hadde kokt sammen. Nå nærmet intervjuet seg nok slutten, programlederen lurte på om Karl Hebbern kunne si noe om viktigheten av vaksinen. Karl Hebbern svarte øyeblikkelig at fedmevaksinen først og fremst var et gjennombrudd for kvinnesaken. Den berømte programlederen hevet øyenbrynene spørrende. Et par unge feminister hadde for noen år siden skrevet en illsint tidsskriftartikkel der de beskyldte ham for å være mannssjåvinist, de pekte på at det alltid var en majoritet av menn i programmet hans, og at kvinnene som ble invitert, oftest var unge og vakre, og at programlederen nærmet seg dem som kjønnsobjekter, han flørtet med dem, ja, en gang hadde han sågar luktet på en nylig hjemkommet blond krigsreporter. Kritikken ble avvist som vanlig kvinnegnål. Kvinnene kom til å bli invitert den dagen de hadde prestert noe. Den dagen kvinner skrev like gode romaner som menn (ikke slike selvutleverende, intimiserende om kjærlighet, barn, samliv, menstruasjon og kvinnegreier). Den dagen kvinner laget like gode filmer som menn (ikke bare slike filmer som på død og liv skulle handle om kvinner). Den dagen kvinner var like gode ledere som menn. Like gode forskere. Like gode humorister. Og dessuten viste det seg at kvinneandelen i hans talkshow var det samme som gjennomsnittet i rikskanalen: 32 prosent.

Nå satt programlederen med øyenbrynene noen millimeter høyere opp i pannen, og han lurte virkelig på om gjesten hans mente det han sa. Fedmevaksinen, fortalte

198

Karl Hebbern, er et fantastisk gjennombrudd for kvinner. Jaha? sa programlederen. Ja, sa Karl Hebbern, uten å ense at programlederen så nokså himmelfallen ut. For kvinner har jo alltid utseende betydd enormt mye for lykke, for suksess, for muligheten til å gjøre karriere. I tillegg til at kropp og utseende selvfølgelig betyr mye for deres sjanser for å bli gift, fortsatte Karl Hebbern selvsikkert. Dette var det poenget han og Celeste hadde snakket aller mest om på forberedelsesmøtet tidligere på dagen. Celeste hadde understreket gang på gang hvor viktig det var å få sagt dette med kvinnene. Du kommer til å bli alle kvinners store helt, hadde hun sagt.

Nå var tiden ute. Karl Hebbern ble takket for at han kom, og programlederen ønsket ham og Alfapharm lykke til med produktet.

Hjemme hos Frøydis og Anders ble det spist eplekake med krem. De satt tett sammen i sofaen. Frøydis insisterte på å skru på tv-en for å få med seg fredagens mest sette program. Jeg trodde ikke du kunne fordra han programlederen, sa Anders. Jeg fikk bare så lyst til å se på det i dag, sa Frøydis, kanskje han egentlig er kjempeflink, kanskje jeg tar feil og over en million nordmenn har rett? De spiste kake, kysset, så halvveis på den svartkledde filmregissøren med det påfallende store håret, kysset mer. Da en eller annen direktør i et farmasifirma kom på skjermen, rettet Frøydis seg opp, hysjet på Anders og skjøv bort hånden hans, som hadde lukket seg om det ene brystet hennes. Vent litt, kommanderte hun, jeg vil gjerne høre på dette. Anders oppdaget at det dreide seg om en vaksine mot fedme. Du har vel ikke tenkt …, begynte han. Selvsagt ikke, avbrøt hun og hysjet på ham på ny. Da mannen med et smil om munnen fortalte at dette var et fremskritt for kvinnesaken, regnet Anders med at hun skulle skru av fjernsynet eller i det minste på en eller annen måte gi uttrykk for hvor horribelt hun syntes det han sa, var. Da hun ikke sa noe, gjorde han det. For tredje gang ble han hysjet på den kvelden. Frøydis satt som fjetret og lyttet til det denne direktøren sa. Først da programlederen takket farmasidirektøren og fikk to nye gjester (en forretnings- mann som satte så stor pris på kvinnelig skjønnhet at han ville anlegge en skulpturpark med bare kvinner, og en realityseriedeltager som så ut som om hun hadde put- tet to oppblåste badeballer under genseren), skrudde hun av og snudde seg mot ham og eplekaken igjen. Jeg synes programmet er riktig godt, jeg, sa hun.

Selvsagt ble det en total skandale. Hverken programle- deren eller Karl Hebbern hadde noen anelse om det før intervjuet var over, selv om programlederen skjønte at enkelte av de rabiate feministene nok kom til å skrike opp. Programlederen var fornøyd fordi intervjuobjektet virket forberedt, hadde uttalt seg klart og ikke for kom- plisert. Karl på sin side var fornøyd fordi han syntes han kledde brunkremen og pudderet han hadde blitt utstyrt med, fordi han hadde vært så veltalende, og fordi han til og med hadde fått bruk for det skøyeraktige uttrykket og den gesten han hadde øvd inn foran speilet hjemme. Telefonene og e-postene hadde begynt å strømme inn alle- rede før intervjuet var ferdig, og da Karl Hebbern kom ut fra studio, hadde prosjektlederen for programserien ven- tet utenfor. Det hadde tatt flere minutter før Karl skjønte hva han snakket om.

Karl hadde uttalt seg med sin sedvanlige selvtillit om riv ruskende gale fakta. Det var selvsagt ikke slik at folk flest skjønte akkurat den siden av saken, men han hadde blamert seg grundig overfor sine ansatte, sine ledere, ja, hele bransjen og fagmiljøene. Han hadde avslørt at han ikke hadde den fjerneste anelse om mangt og meget som han burde ha kunnskap om. Han hadde blottstilt seg.

Og majoriteten av dem som hadde sett på, hadde reagert svært negativt på Karl Hebberns kvinnefiendtlige uttalelser. Det hadde kommet mengder av klager på intervjuet, som bare hadde vart fem–seks minutter. En pensjonert farmasiprofessor hadde ringt og vært meget oppbrakt, han hadde snakket opphisset om fettmolekyler og ungdomsskolepensum, hvor skammelig det var at denne herr Hebbern tydeligvis ikke hadde den ringeste idé om de mest elementære fakta innen faget. Et feministisk magasin ringte. Likestillingsombudet var på tråden og krevde å bli satt over til selveste kringkastingsdirektøren. Lederen for Forbundet for overvektige hadde ringt to ganger og truet NRK med rettssak. Sjefen for et konkurrerende helseforetak hadde ringt, presentert seg med klar stemme og deretter hadde hun ledd høyt og støyende uten å få sagt noe forståelig. Det ble produsert spottende blogginnlegg allerede samme kveld. Karl Hebbern ble debattert på radioen dagen etter, og et par (kvinnelige) aviskommentatorer hadde ofret sine planlagte innlegg og fredagskvelden og skrevet sjokkerte kommentarer, som kom på trykk i lørdagsavisene.

Celeste ble innkalt på kontoret hans mandagen etter. Han hadde på seg den nye dressen, men det var akkurat som om den var blitt et nummer for stor i løpet av helgen. Hun unnskyldte seg så godt hun kunne. Unnskyld, Karl, jeg ante ikke. Hun måtte ved et ulykkestilfelle ha gitt ham feil papirer. Beklager. Jeg er forferdelig lei meg, sa hun og så ham inn i ansiktet. Han sa ingenting. Jeg må begynne å se etter ny jobb allerede i kveld, tenkte Celeste, det koster for mye med både min og Sebbes leilighet, bare strømregningene kommer til å bli mer enn jeg klarer på ledighetstrygd, så jeg har ikke råd til å gå arbeidsløs lenge. Hun forsøkte å se så ærlig og beklagende ut som mulig, men hun visste at han selvfølgelig ikke kom til å tro på henne. Historien hennes holdt jo ikke vann: Et ulykkestilfelle? Feil papirer? Hvorfor fantes det i det hele tatt papirer som inneholdt riv ruskende gale fakta? Klart han ikke trodde på det! Karl Hebbern kom til å gjøre tilværelsen hennes enda surere i tiden fremover. Beklager, sa hun igjen. Det kommer til å bli verre enn noensinne, tenkte hun. Men det var verdt det! Jeg finner sikkert en ny jobb. Hun gav opp å se uskyldig ut. Hun lot ansiktet falle i de folder som var naturlig for denne situasjonen. Hun stirret på ham, gjorde ingen anstrengelser for å skjule det hun følte for ham. Hun regnet med at det stod forakt å lese over hele fjeset hennes. Det er greit, sa Karl Hebbern etter å ha sett lenge på henne. Celeste sperret opp øynene. Hva var det for jævelskap han hadde pønsket ut nå? Men hun forstod raskt at han ikke kom til å foreta seg noe med henne, at han ikke ville straffe henne.

Karl Hebbern var blitt kalt inn på teppet til sin sjef, og såpass begavet var Karl Hebbern at han forstod at det ikke ville hjelpe saken hans om han fortalte hva som egentlig var skjedd. Han fortalte Celeste at han ikke hadde nevnt hennes navn til noen. Forventet han at hun skulle være takknemlig for det? Hun så på ham, fortrakk ikke en mine.

Fire minutter senere gikk Celeste ut av kontoret hans med bøyd hode. Celeste var en kvinne som så å si aldri angret på noe hun hadde foretatt seg. Hun angret ikke nå heller, men triumfen var oppblandet med medlidenhet og tvil. Stakkars mann. Kanskje de hadde gått for langt?

Det rare var at Karl Hebbern forandret seg. Som ved et mirakel ble han mer ydmyk, mer takknemlig, mer lyttende. Celeste slapp å skifte jobb. Helt uventet fikk hun et betydelig lønnspålegg. Celeste rapporterte overfor de andre at Karl Hebbern var blitt et bedre menneske, men hun måtte for skams skyld føye til at hun ikke var overbevist om at hans metamorfose skyldtes erkjennelse:

– Det er mulig at han bare forandret seg av ..., sa Celeste og avbrøt seg selv.

– Av hva? spurte Ella.

– Av redsel, foreslo Jenna.

– Nettopp, sa Celeste. – Av redsel. At han skjønte hva jeg hadde gjort, og at han frykter hva jeg kunne finne på en annen gang.

– Eller han er redd for at du simpelthen forteller sannheten, sa Ella.

– Ja. Og jeg tror i det minste at han nå innser at han ikke kan gjøre hva som helst mot oss, bare fordi vi er kvinner.

– Han fikk seg en oppvekker, og han har forandret seg til det bedre, ikke sant? spurte Frøydis.

– Jo, sa Celeste. – Absolutt. Han oppfører seg helt annerledes og ikke bare overfor meg. Og helt ærlig: Det er meg knekkende likegyldig om han er redd, eller om han faktisk er blitt klokere.

– Jeg tror vi konkluderer med at han er blitt noe klokere,

slo Frøydis fast. – Mannen er altså litt mindre drittsekk enn han var, ikke sant?

*

Frøydis visste ikke hva de tre andre tenkte om det, men det var nøyaktig slik hun ville at det skulle være. Selvsagt måtte det være en nokså flat struktur; alle kom med innspill, ingen var redde for å foreslå noe, men samtidig visste Frøydis at en bedrift trengte en leder, en som kunne ta avgjørelser, en som hadde en plan, en som tok ansvar. Hun var deres uuttalte leder. Usynlig, men sterk, med tydelige mål for videre progresjon – som bare hun kjente. Ikke det at hun hadde andre mål enn dem, de hadde felles mål, det var hun overbevist om, men samtidig var hun ikke overbevist om at de hadde tenkt gjennom dem ennå. En god leder er i forkant av sine medarbeidere. Frøydis hadde ikke noe behov for at de andre skulle vite at hun var administrerende direktør i Kjerringer. Det optimale var at de oppførte seg som om hun var det, men regnet med at alle fire bestemte like mye.

Hun satt ved kjøkkenbordet. Anders var inne i stuen og så på et realityprogram (det samme som jenta med badeballsilikonbrystene hadde vært med i sist sesong). Foran seg på bordet hadde hun en skål pekannøtter, en asjett med et stort stykke fransk sjokoladekake, en kopp macchiato, laget på den nye innebygde kaffemaskinen. Den bærbare PC-en stod oppslått, og hun hadde også lagt frem en blokk og en penn. Hun hadde alltid likt å kladde ideer og innfall samtidig som hun jobbet på maskinen. Nå trykket hun på ikonet for BusinessManager og klikket frem et tomt skjema.

204

Hun skrev lenge, stoppet opp, tok en bit av kaken, en slurk av kaffen, lot det blande seg i munnen før hun svelget. De hadde straffet Karl Hebbern av flere grunner. Hun gikk gjennom alle etter tur. Hovmod, noterte Frøydis. Nedlatenhet var et annet punkt. Frøydis vurderte rekkefølgen, myste, flyttet på et par av punktene. Karl Hebbern fortjente straff fordi han tok æren for arbeid som andre hadde utført. Stod straffen i forhold til forbrytelsen på dette punktet? Jo, de hadde vel grunn til å være tilfredse: Etter tv-opptredenen måtte han ta støyten for arbeid som andre hadde utført. Det var en nydelig symmetri i det. Hun fniste lavt. Så måtte hun stille spørsmålet: Innså offeret sin egen forbrytelse? Frøydis stakk gaffelen borti kaken og skavet av hele den ene siden. Hun puttet kakeskorpen i munnen, gned kaken mot ganetaket og kjente hvordan den sakte løste seg opp for så å smelte, søtsmaken spredte seg i hele munnen. Hun satt lenge med den kakefylte tungen presset opp mot ganen. Til slutt kom hun frem til at Karl Hebbern kom til å forbedre seg og krysset av på «Delresultat 1 oppnådd» i BusinessManager-skjemaet. Så fikk hun heller komme tilbake til om resultatet var forbigående, eller om det kom til å vedvare.

Kaken var oppspist, kaffen drukket. Frøydis var nødt til å gå over til den private delen av evalueringen nå. Berørte aksjonen deler av Sturla Hagbartsens forbrytelser? Frøydis la hodet i hendene. Hun måtte gjennom dette, ingen grunn til å utsette ubehaget lenger. Og Arthur Løkke behøvde hun ikke tenke på i dag. Ja, hovmodet hadde de felles. Nedlatenheten som Hagbartsen hadde lagt for dagen da han forklarte moren at man i Norge faktisk ikke lånte bort penger til fremmede. Likegyldigheten han hadde vist overfor dem som var svakere enn ham. At han satte karriere over medmenneskelighet. Jo da. Frøydis beveget markøren over skjermen, trykket Enter og fikk krysset av i de riktige feltene. Hun avsluttet BusinessManager, lukket maskinen. Og mens hun ryddet inn i oppvaskmaskinen, sendte hun en kort rapport til moren. Maman, jeg er i gang. Hun satte sin kopp, asjett og skje inn i trådkurven øverst, og i den nederste avdelingen stablet hun systematisk og økonomisk inn alle kasseroller, kjeler og slikkepotter og annet kjøkkenutstyr som Anders hadde brukt da han laget middag.

Aksjonen mot Karl Hebbern hang ikke i løse luften, men inngikk i en større sammenheng. For henne iallfall. For Celeste var det kanskje annerledes. Umiddelbar tilfredsstillelse var heller ikke å forakte.

Lectio V – Sui amans, sine rivali

Dag Martin Martinsen

– Hvordan går det på Alma Mater? spurte Celeste. – Hatt noe kontakt med den sjarmerende professoren i det siste?

De stod på parkeringsplassen oppe ved Sjømannsskolen. Klokken var kvart over ni, og Bendiks bil hadde akkurat forsvunnet over bakketoppen, og moren til Erik hadde vært der og plukket ham opp. Det var en tirsdag i slutten av oktober, og det kom små skyer av frostrøyk ut av munnen når de snakket.

– Det er vel som det pleier der, smilte Ella. – Og Edmund Benewitz-Nielsen er antagelig like utspekulert som vanlig, jeg har bare hverken hørt eller sett noe til ham den siste uken.

– Kanskje han er blitt snill? foreslo Jenna. Hun frøs og var utålmodig etter å komme seg av gårde. Hun småtrippet, skiftet på å stå på først den ene, så den andre foten mens hun holdt armene rundt seg selv, høyre hånd på venstre skulder, venstre hånd på den høyre.

Ella så på henne:

– Det er helt umulig, sa hun alvorlig.

– Kanskje han er bortreist? sa Celeste.

– Det er mulig, sa Ella, like alvorlig.

– Kanskje han pønsker på noe? foreslo Frøydis.

– Det er også mulig, svarte Ella.

207

– Fryser du, Jenna? Jeg synes vi snart bør igangsette en aksjon mot den godeste professoren, sa Frøydis.

– Ja, veldig, svarte Jenna.

– Vi bør kanskje det, sa Ella, – men jeg forstår ikke hva vi skal gjøre med ham. Han pleier ikke å bli invitert til talkshow.

– Jeg tror det er blitt kuldegrader, sa Frøydis.

– Det blir nok ikke Karl Hebbern flere ganger heller, sa Celeste. – Du må fortelle oss alt du vet om professoren din, så skal vi nok klekke ut en passende straff.

– Ja-a, sa Ella og trakk på det.

– Jo da, dette fikser Kjerringer! Vi møtes over et godt måltid mat og tar en skikkelig idédugnad, så dukker det nok opp noe vi kan bruke, sa Frøydis. – I mellomtiden har jeg en aldri så liten sak.

– Hvem? spurte Jenna. Nesen hennes var rød, og hun hutret enda mer. Skuldrene var trukket opp mot ørene, og armene hennes var fremdeles krysset over brystet med hendene på hver sin skulder, i en ensom omfavnelse mot kulden.

– En på jobben. Han heter Dag Martin Martinsen.

– La meg gjette: Det er sjefen din, sa Celeste, – og han er like håpløs som min.

– Som din *var*, mener du vel? sa Jenna.

– Selvsagt. Han er faktisk fremdeles en helt annen, lo Celeste. – Jeg begynner å tro at det vil vare. Men nå er det altså sjefen til Frøydis.

– Jeg er like mye sjef som ham, sa Frøydis. – Vi sitter i konsernledelsen begge to.

– Jøss, er det noe problem da?

– Å ja, sa Frøydis, – det er det.

– Vi må ikke gi opp denne Benewitz-Nielsen, sa Jenna.

– Det skal vi absolutt ikke. Vi skal oppdra ham, sa Frøydis. – Men vi kan da trene litt på min kandidat i mellomtiden.

– Dag Martin Martinsen. Det var jo ham du fortalte om, han som var så sporty, sa Ella plutselig.

– Nettopp! sa Frøydis.

– Fortell, sa Ella, lettet over at de igjen kunne konsentrere seg om en annen mann enn Benewitz-Nielsen.

– Ja, fortell alt om sportsmannen, sa Jenna, – men gjør det fort, for jeg fryser.

– Dag Martin Martinsen i stikkordsform: jaktbikkje-kropp, masse lange muskler og nærmest null i fettprosent. Kan umulig være sunt. Han kommer joggende hver morgen, dyvåt av svette. Ekkelt.

– Men han skifter vel? spurte Celeste.

– Jada, han dusjer og skifter, har et skap med dresser på kontoret sitt.

– Men er det ikke greit da? Celeste ville ikke gi seg.

– Joda, svarte Frøydis. – Men det er likevel provoserende, og han spiser müsli og drikker gulrotjuice i lunsjen. Han har innført korridortrim! Han har startet fotballag i bedriftsserien.

Celeste åpnet munnen for å si noe, men lukket den igjen.

– En svært irriterende mann, fortsatte Frøydis. – Tynn, sa jeg det? Radmager nærmest.

– Vil du at vi skal fete ham opp? spurte Celeste.

Ironien prellet av på Frøydis.

– Han oppmuntrer medarbeiderne i Kvervik Consulting til å delta i løp og renn og stafetter og all verdens idretts-arrangementer. Dag Martin Martinsen er alltid lagleder.

– Gjør det noe, da? spurte Ella, som foreløpig ikke hadde sagt noe.

209

– De får fri med lønn, sa Frøydis. – Dag Martin Martinsen påstår at idrett og sport er bra for samhold og motivasjon. Det er bra for Kvervik, sier han.

– Det har han sikkert rett i, sa Ella.

– Jo, men hvorfor fikk ikke jeg fri da jeg søkte om å gå på et kurs i lederutvikling?

– Ja, hvorfor fikk du ikke det?

– Hva slags kurs var det? spurte Jenna.

– Nå kommer dere til å le, men det var et kurs der vi skulle lære metoder for teambuilding gjennom felles matlagingsøkter. De kunne vise til svært gode resultater.

– Vi ler ikke, lo Celeste.

– Jeg har egentlig ikke kommet til poenget, sa Frøydis spisst. – Det Dag Martin Martinsen gjør, er at han belønner prestasjonene i form av lønnsopprykk, ekstra fridager, attraktive arbeidsoppgaver.

– Hmm, sa Ella.

– Det er kanskje litt spesielt, innrømmet Celeste også, – men det er vel ikke kvinnefiendtlig?

– Kan han bare gjøre det, da? spurte Jenna. Hun hakket tenner nå. Frøydis strakte ut en hånd med lysegrå semskede hansker og gned henne på den ene armen, og straks begynte Ella å gni henne på den andre. Jenna smilte takknemlig til dem.

– Han har konsernsjefens velsignelse, han er nemlig gammel norgesmester i tresteg, sa Frøydis og fikk det til å høres ut som om konsernsjefen var tidligere straffet.

– Ja, ja, det er ofte bra mennesker det også, bemerket Celeste. – Men er det ingen damer fra jobben din som deltar?

– Ja, det finnes vel kvinner på jobben din som er inter-

210

essert i sport? spurte Ella. – Jeg liker godt å gå på ski, for eksempel.

– Jo da.

– Da skjønner jeg ikke problemet, sa Celeste.

– Jeg er ikke ferdig, sa Frøydis. – Han belønner dem etter prestasjon, sa jeg. Altså ikke prestasjon i egen klasse, men totalt. Skjønner dere? Hvordan tror dere det går med de sportsinteresserte damene som skal sykle, løpe eller gå på ski om kapp med mennene?

– Det må jeg si! sa Ella.

– Er det ingen som protesterer? spurte Celeste.

– Jo, men du vet, det er bare lek og moro. Ikke ta det så høytidelig, sier de hvis noen våger seg frempå med noen kritiske kommentarer. Kontorsjef Swensson slo meg på skulderen, lo meg opp i ansiktet og fortalte meg at det hele bare var helt uformelt, en lek. Herregud, Frøydis, vær litt sporty!

– Det går jo ikke an, sa Jenna indignert.

Frøydis så på dem og smilte takknemlig. Hun var lettet over at hun slapp å fortelle hva konsernsjefen, Dag Martin Martinsen og kontorsjef Swensson hadde sagt i går da hun hadde marsjert inn på kontoret til konsernsjefen. Hun hadde vært sint, og sinnet hadde gitt henne mot, men likevel hadde hun vært nokså nervøs da hun banket på. De hadde vært der alle tre. Det hadde hun ikke vært forberedt på, men hun hadde nå sagt det hun var kommet for, det hun tidligere hadde sagt til Dag Martin og Swensson. Konsernsjefen hadde reagert på nøyaktig samme måte som de to andre: Han hadde ledd det bort. Og da hun bare var blitt stående der, hadde han målt henne opp og ned før han hadde sagt: Husk, det er en helsemessig gevinst også.

– Og nå er det altså skirenn til helgen, et eller annet

211

kjempearrangement på et eller annet fjell, der det er mulig å gå på ski året rundt. Dag Martin Martinsen har sendt ut invitasjonsmailer, påmeldingsmailer, påminnelsesmailer, oppmuntringsmailer om det rennet i ukevis. Jeg holder på å spy! I forrige uke ble det bestemt at bestemann fra Kvervik Consulting ville få et klekkelig gratiale og en oval weekend for to, reise, hotell og alle utgifter dekket.

– Og du er ikke fristet til å stille? spurte Celeste. Frøydis trakk ikke engang på smilebåndet:

– Det er ganske mange som deltar fra Kvervik. Fjorten menn og to damer. To tøffe damer. Jeg kjenner den ene av dem ganske godt: Ine Erlandsen. Ine spurte forresten, i år igjen, om det ikke var slik at det burde være bestemann i sin klasse som fikk firmapremien. Hun ble forklart at det nok var best å holde fast på den tradisjonelle ordningen: Det var jo også det enkleste, ikke sant? Den som har best tid av alle deltagerne fra Kvervik, vil få premien. Det er jo bare for gøy! Dere kvinner tar alt så gravalvorlig! Dette er bare en lek, ble hun fortalt.

– Utrolig, sa Ella. – Men nå må Jenna komme seg inn i varmen.

– Det går bra, sa Jenna. – Jeg må få med meg slutten. Hvor kommer vi inn?

– Jeg vil at skirennet i år blir slik at ingen som deltar, kommer til å glemme det. Jeg trenger to ting: moralsk støtte og farmasøytisk assistanse, sa Frøydis.

– Skal bli, svarte Celeste uten å nøle.

– Og kanskje et godt kamera.

– Panasonic Lumix med Leica-objektiv, svarte Ella.

Kvervik Consulting hadde rykte på seg for å gjøre det bra i skirennet. Markedssjefen hadde en gang kommet på fjerdeplass, og et par av gutta på revisjon var også vanligvis høyt oppe på resultatlisten. Dag Martin Martinsen var den store stjernen med en knepen seier i rennet for tre år siden. Dessuten pleide førstekonsulent Ine Erlandsen å ligge på en av de tre–fire første plassene. Men det var altså i dameklassen. Og selv de beste deltagerne i den klassen kunne – naturlig nok – ikke hamle opp med mennene.

Jenna hutret fremdeles da hun satte seg inn i Frøydis' bil noen få minutter senere, men hun hadde ledd av seg det meste av frosten, og nå satt hun lattermild i forsetet med setevarmen på fullt og varm luft på føttene.

– Genial idé, sa hun. – Det Ella fortalte om Britannicus, var ... nokså inspirerende.

– Det blir litt av et syn, lo Frøydis.

– Har du tenkt på at tverrsummen av tallene på bilskiltet ditt er nøyaktig 40?

– Nei?

– Dere får ta mange bilder! sa Jenna. – Jeg skulle ønske jeg kunne bli med, men jeg har lovet å ta en tørn i butikken til moren min. Julia må få tid til venner og lekser og alt det som syttenåringer skal holde på med i livet sitt.

– Klart det, sa Frøydis. – Men vi kommer til å savne deg.

*

Frøydis snudde seg alltid og kikket etter gravide kvinner, falt i staver foran utstillingsvinduene i mammabutikker, ble stående og fomle ved hyllen med graviditetstester på apoteket. Når hun så små barn, *måtte* hun smile. Hun

213

klarte ikke å la det være. Hun bøyde seg ned og kikket inn i barnevogner, skrøt til mødrene (eller til fedrene hvis de var til stede), strakte frem en pekefinger og strøk over pannen til barnet. Hvis barnet gråt, måtte hun legge bånd på seg for ikke å ta det opp, knuge det inntil seg. Hun kunne ikke forstå mødre som rolig lot barnet gråte, bare rugget litt på vognen eller stakk smokken inn i den hylende barnemunnen.

Hun hadde ikke kjent Anders lenge før hun fortalte ham at hun mer enn noe annet ønsket seg et barn. Hun hadde gruet seg for å si det. Det virket jo bare dumt å skulle begynne å snakke om barn når de nettopp hadde blitt kjærester. Kunne hun risikere å skremme ham bort?

Frøydis var redd for å miste Anders, og hun hadde heller ikke høye tanker om menns ansvarsfølelse. Arthur Løkke hadde hjulpet henne med norskstiler, et område der maman ikke hadde så mye å bidra med. Han hadde fulgt henne til et bursdagsselskap. Han hadde sittet ved siden av henne i sofaen og lyttet til henne. Han hadde fortalt henne om Edvard Munch. Han hadde vist henne fotografier av bladene fra ginkgo biloba-treet, og de var blitt enige om at flottere tre fantes ikke. Så hadde Arthur Løkke forsvunnet.

Men barn var for henne så viktig at det føltes som et svik å skulle holde den siden av seg selv skjult. Hun var nødt til å si det. En dag, etter at de hadde elsket og lå svette i hverandres armer, gjorde hun det, så ham rett inn i ansiktet og sa det. Anders smilte til henne og sa at barn stod øverst på hans ønskeliste også. Sammen med en ny italiensk dress, da. Frøydis bokset ham i magen av bare lettelse. Han vred henne over på ryggen, slik at han ble liggende oppå henne. Vi kan lage barnet vårt nå, hvisket han i øret hennes. Det begynte å renne gledestårer fra øynene til Frøydis og ned forbi tinningene før de ble borte i håret og mellom fettfoldene bak ørene hennes.

– Skal vi ha to? sa Anders etterpå.

– Eller tre? sa Frøydis. Hun var fremdeles andpusten.

– Da tar vi likeså godt fire! Fire gutter som jeg kan lære å spille fotball.

– Du tuller nå? Du unner vel meg én jente i det minste?

– Ja, én jente kan du få lov til å føde, bare hun ligner på deg.

– Det er klart hun skal ligne på meg! Og sønnen vår …

– Sønnene!

– Ja vel: Sønnene, de skal ligne deg.

– Som snytt ut av nesen min, sa Anders fornøyd.

– Jeg vet ikke om den nesen er din mest vellykkede kroppsdel, min elskede.

– Nei, du har kanskje rett, men det er nå engang neser man snyter barn ut av.

– Er det?

– Ja, kom her, jenta mi, så skal jeg vise deg hva jeg kan snyte ut av … nesen min.

– Er du gal? Igjen?

De hadde fortsatt å prøve flittig, men resultatene var uteblitt. Etter et halvt år bestilte Frøydis time hos en anerkjent spesialist. De hadde ingen tid å miste. Hun så opp i taket, bet kjevene sammen da han skilte kjønnsleppene hennes og presset spekulumet inn i den tørre skjeden. Ganske kjølig vær for tiden, konverserte han og klemte de to delene av håndtaket sammen sånn at de andenebbformede delene av spekulumet videt ut Frøydis' skjede så hun trodde hun skulle briste. Han bøyde seg ned og lyste inn i henne. Jeg er så lei av dette regnet, fortsatte han. Ja,

215

det har vært mye dårlig vær i det siste, sa Frøydis med all den verdighet hun kunne finne i det øyeblikket. Vi får håpe på bedre tider, sa underlivseksperten mens han fortsatte å stirre inn i henne, så skrudde han på noe, spekulumet klappet sammen og gled ut av henne. Alt i sin skjønneste orden her, jenta mi!

Anders hadde ennå ikke somlet seg til å bestille time hos sin lege. I morgen, lovte han, i morgen skal jeg gjøre det.

Da Anders fylte førti, tok hun ham med til den skredderen hun pleide å bruke, fikk tatt mål av ham, valgte ut et tynt ullstoff og fikk bestemt, men diskré avverget dobbeltspent blazer. Anders var en perle. Kanskje hun bare skulle bestille den legetimen for ham? Han kunne være nokså uorganisert til tider.

Hun og moren hadde klart seg fint. Dy og jeg fikser dette ytmerket, sa alltid moren. Frøydis nikket, de var som oftest enige, hun og moren. Det var jo bare de to.

Etter mange år, Frøydis var tolv, kom Arthur Løkke. I virkeligheten het han selvsagt noe ganske annet, men for Frøydis ble han aldri noe annet enn Arthur Løkke. Det var under det navnet han hadde kommet inn i deres liv og forsvunnet ut av det etterpå, og det var under det navnet hun fremdeles tenkte på ham. Annonsen han hadde hatt i Dagbladet, hadde startet slik: «Jeg har aldri hverken skrevet eller svart på kontaktannonser før.» Frøydis oppdaget senere at kontaktannonser var den metoden Arthur Løkke oftest benyttet seg av for å komme i kontakt med kvinner. Han hadde beskrevet seg selv som «en kjærlig fyr, glad i dyr og barn, med et melankolsk sinnelag, men med evne til å glede seg over de små tingene i livet: god

216

vin, turer, teater, samhold. Jeg er ingen kunstkjenner, men jeg elsker Edvard Munch!». Frøydis hadde kommet frem til at alt han skrev, var løgn, med unntak av at han likte vin (skjønt han foretrakk øl), og at han faktisk elsket Munch. Edvard Munch var en så klar pasjon hos ham at den trengte igjennom all løgnen og forstillelsen.

Frøydis hadde ikke skjønt det som liten, men madame Charlotte Brun må ha vært en ensom kvinne. Hun underviste i fransk på en aftenskole og tok privatelever på formiddagene. Hun hadde ingen sosial omgang, med unntak av datteren Frøydis og naboen Frøydis. Det var ikke rart at hun falt for Arthur Løkke. «Jeg vet at den rette er verdt å vente på,» skrev han, og det var heller ikke løgn. Det var en helt korrekt måte å beskrive Arthur Løkkes filosofi og virksomhet på. Han var en profesjonell bedrager, en vår-og-sol-mann, en mann som forførte kvinner for å få tak i formuen deres. Nå var ikke Charlotte Brun noen formuende kvinne, men hun hadde en leilighet (helt og holdent nedbetalt), og hun hadde fått en beskjeden arv fra Frankrike og hadde dermed litt penger i banken (satt av til datterens utdannelse). Charlottes økonomiske situasjon var nøye undersøkt. Arthur Løkke var en sjarmerende mann, og han hadde sine kontakter, både ved Oslo ligningskontor og i diverse banker. Han tok ingen sjanser. Charlotte Brun slapp gjennom nåløyet, og han skrev tilbake til henne. Han hadde fått mange svar på annonsen sin, han arkiverte dem med tanke på fremtiden, men i første omgang dreide det seg om fru Charlotte Brun. Et perfekt objekt: En fransk kvinne, ingen slektninger i Norge, alenemor til Frøydis («Jeg har en jente – du som elsker barn, vil elske henne.»), i midten av tredveårene, middels pen, om han skulle dømme etter bildet hun hadde

217

lagt ved brevet. Et sirlig skrevet brev, på et nesten plettfritt norsk, men med enkelte grammatiske feilskjær. Skriften hennes hadde unorske bøyer og løkker. Det var skriften til en som var vant til å skrive, men streken over ø-en var helt loddrett og stakk seg ut fordi den var skrevet med tykkere blekk, som antagelig skyldtes at hun ikke hadde fått integrert denne pussige bokstaven i håndskriften sin og dermed trykket hardere på pennen. Kanskje var det skriften som hadde tiltalt ham, fått ham til å velge hennes brev fremfor de andre i bunken? Han var en estet, og Charlotte Bruns håndskrift var vakker og fremmed, tallene hennes i telefonnummeret var snodige og kontinentale.

I ettertid hadde Frøydis mange ganger tenkt at hun burde ha skjønt det, hun burde ha stoppet ham, fortalt moren hva slags mann hun var i ferd med å miste hjertet sitt til. Hun hadde klandret seg selv for at hun ikke instinktivt visste at dette kom til å ende i katastrofe. Hun ønsket at hun umiddelbart hadde hatet ham, i det minste mislikt ham. Slik var det ikke. Frøydis hadde blitt like sjarmert av Arthur Løkke som moren ble det. De forgudet ham. Det lå ikke for ham å skryte, betrodde han dem, men han lot det skinne igjennom at han var en bemidlet mann. Han tok dem med ut på restaurant, han tok med moren ut for å danse, han kjøpte en semsket, dyr jakke til Frøydis. De gikk alle tre på Munch-museet. Han fortalte dem om sine favorittmalerier. De lyttet betatt. Etter noen måneder sa han beskjemmet at han hadde fått problemer med forretningene. Kunne han be om et lite lån for å bringe det hele i orden igjen? Det plaget ham å måtte bry Charlotte med dette, men han visste ikke sin arme råd. Moren lånte ham penger. Han takket henne, de drakk en gammel vin fra

Languedoc, som Charlotte hadde hatt liggende i årevis, skålte for hans fremtidige suksess i forretningslivet og for deres felles lykke. Vi gifter oss når jeg har fått hodet over vannet igjen, sa Arthur. Charlotte nikket lykkelig. *Quel bonheur!* Det gikk enda dårligere (Men det er bare midlertidig!), Charlotte tok opp lån med sikkerhet i leiligheten. Nå ordner det seg, sa Arthur. De satte dato for bryllupet. Arthur sa at han syntes Frøydis skulle være brudepike, Frøydis mente hun var for stor, men Arthur mente at hun var så pen at det ikke gjorde noe. Alle tre lo. Hun og moren hvisket om brudekjole og brudepikekjole, om buketter og sko. Arthur sa at han nesten ikke kunne vente, og burde ikke begge ha en krans av roser i håret? Ikke det at han hadde så mye greie på blomster og pynting og slikt, men han skulle nå gjerne sett sine to favorittdamer pyntet med roser (når man nå engang ikke fikk tak i blader fra gingko biloba-treet, sa han og blunket til Frøydis).

En dag forsvant Arthur. Han gav rett og slett ikke lyd fra seg. Han skulle ha kommet på middag klokken fem, men dukket ikke opp. Charlotte hadde laget favorittretten hans («Du er en så dyktig kokk, Charlotte, jeg elsker fransk bondekost.»): coq au vin. Den stod på komfyren og boblet sakte, avgav rødvinsaroma som la seg som en lilla, velluktende damp i hele den lille leiligheten. Frøydis gledet seg til middag, kunne nesten ikke vente. Klokken ble syv, den ble åtte og ni. Charlotte Brun ante ikke hva hun skulle gjøre, hun fryktet at han var blitt utsatt for en ulykke.

Da klokken var passert ni, og moren hadde skrudd av platen og satt kasserollen i kjøleskapet, gikk Frøydis ganske rolig inn på badet og kastet den blå tannbørsten som tilhørte Arthur Løkke. Han kommer ikke hit mer, tenkte hun, men hun ville ikke si noe til maman. Hun trøs-

219

tet henne og sa at alt var i orden. *Vraiment?* sa moren. Ja, sa Frøydis. Charlotte mente at han måtte være innlagt, bevisstløs, hardt skadet. Frøydis gjorde som hun fikk beskjed om, hun ringte alle sykehusene, men ingen Arthur Løkke var innlagt. Til slutt ringte Charlotte selv politiet. Hun fikk snakke med en hyggelig betjent. I begynnelsen var han i hvert fall hyggelig, men så ble han rarere og rarere. Han svarte så underlig, syntes Charlotte. Det endte med at han spurte om han kunne komme hjem til henne for en samtale neste dag. Hun svarte ja, men hjertet hennes banket vondt og hardt, han er død, tenkte hun, nå kommer politiet for å si det til meg ansikt til ansikt. Nei, han kan ikke være død, trøstet hun seg, da ville de vel ikke ha ventet til formiddagen etter?

Politimannen kom i følge med en kvinnelig kollega. De hadde med seg et fotografi. Er dette mannen, spurte de. Frøydis og Charlotte så på bildet. Charlotte nikket. Ja, det var hennes kjære Arthur. Politimannen sukket, politikvinnen klappet henne på underarmen.

Til slutt hadde hun anmeldt ham. Hun skammet seg så hun nesten ikke kunne bære det, men hun kom til fornuft og anmeldte Arthur Løkke for bedrageri. De fant ham aldri. Antagelig hadde han reist utenlands.

Moren arbeidet dobbelt så mye, men det er likevel grenser for hvor mye en fransklærer kan tjene. Det endte med at de mistet leiligheten. Banksjef Sturla Hagbartsen sørget for det. Moren hadde tigget og bedt om utsettelse av innbetalingene, men Hagbartsen var urokkelig. Frøydis hadde vært med moren i banken, som en slags tolk; ved en så viktig anledning måtte det ikke oppstå språklige misforståelser. Banksjefen avhørte Charlotte, spurte henne ut om alle detaljer. Hvordan var hun blitt kjent med Arthur Løkke? Hvor lenge hadde hun kjent ham? Hadde hun ikke visst at man ikke lånte ut penger til mennesker man knapt kjente? Hadde hun forstått det nå? Hvordan kunne banksjefen vite at Charlotte ikke ville løpe hen og gjøre akkurat det samme igjen? Charlotte så ned. Han hadde ingenting å gi, sa han. Han måtte handle profesjonelt, sa han. Charlotte knyttet hendene så knokene hvitnet. Tvangssalg er eneste løsning sett fra vår side, og vi iverksetter prosessen umiddelbart. Først flere år senere oppdaget Frøydis at Sturla Hagbartsen hadde grepet anledningen og kjøpt leiligheten for en gunstig pris. Profesjonelt, gjentok banksjefen. Frøydis la armen rundt skuldrene til moren, og hun klappet henne nedover ryggen, om igjen og om igjen. Nå må vi gå, maman, nå må du reise deg og komme.

Det var begynnelsen til slutten. De hadde flyttet inn på et pensjonat. Moren hadde sluttet å le. Hun orket nesten ikke å stå opp av sengen. Oftere og oftere var hun borte fra jobben. Til slutt ble hun sagt opp. Hun mistet appetitten. Hun fikk ikke sove. Legene gav henne sovemedisiner. En dag tok hun alle pillene i boksen før hun steg opp på en gardintrapp, trædde hodet gjennom tauet hun hadde hengt opp i lampekroken, sparket vekk gardintrappen. Hun gjorde det grundig. Hun tok ingen sjanser. Frøydis fant henne da hun kom hjem etter skolen. På gulvet lagde solen et parallellogram.

*

Hun lente hodet mot magen til Anders. Han satt i sofaen og så på et debattprogram, fire menn med slips diskuterte noe hun ikke fikk tak i. Hun halvlå ved siden av ham, med

221

bena oppe i sofaen og kinnet mot magen hans; den hadde samme fastmyke konsistens som moderne skumputer som former seg etter hodet. Hun boret ansiktet sidelengs ned i magen hans, han la hånden over hodet hennes og kjærtegnet øreflippen. Anders ville blitt en perfekt far, tenkte hun. Hun hadde tenkt akkurat det mange ganger tidligere også, men nå var det noe som var annerledes. Først skjønte hun det ikke, så gikk det opp for henne: Hun hadde gitt opp. Hun trodde ikke lenger at hun og Anders kom til å få et barn. Hun var for gammel, de hadde prøvd lenge nå. Anders hadde ennå ikke fått somlet seg til å bestille legetime, men det spilte vel ingen rolle lenger uansett.

Mens hun lå slik i sofaen, med ansiktet inn mot Anders' varme buk og prøvde å konsentrere seg om hvor fint hun og Anders hadde det, hvor glad de var i hverandre, tenkte hun i stedet – aldeles mot sin vilje – på alle de som ikke burde ha blitt foreldre, alle de som ikke klarer å ta seg av barna sine, de som ikke vil bli foreldre, som fjerner barna før de blir født. Hun la hånden sin oppå Anders' som fremdeles lå plassert på hennes øre.

Burde ikke Kjerringer på et eller annet tidspunkt gjøre noe med fedre som sviktet? Fraværende pappaer? Pappaer som lovte de skulle komme, som lot barna vente med hendene fulle av barnetegninger og andre skatter far skulle få, pappaer som aldri dukket opp? Frøydis hadde aldri møtt sin egen far. Han hadde forlatt dem mens hun ennå lå innkapslet i Charlottes Bruns livmor. Hun kunne ikke straffe faren sin, hun visste ikke hvem han var. Moren hadde alltid ment at det var best om hun var uvitende om hans navn. Hun skulle få vite det når hun fylte femten, hadde hun til slutt sagt, men moren døde før Frøydis rakk å fylle femten.

Programmet nærmet seg slutten, og Anders begynte å bevege magemusklene, slik at hodet hennes rullet som en robåt på digre dønninger. Gi deg, jeg kan ikke tenke, sa hun og kløp ham i nesen. Han stoppet, men fortsatte sekundet etter med små krappe krusninger. Frøydis smilte. Under henne utviklet det seg nå til den reneste stormen.

– Ligg i ro, du er en hodepute, sa Frøydis og løftet hodet fra sin elskedes dissende mageregion. – Du husker at jeg skal reise bort i helgen, ikke sant?

– Feil, jeg er en madrass, sa Anders og trykket på avknappen på fjernkontrollen. Skjermen ble svart.

– Det er i orden for meg. Oppfør deg da som en madrass.

– Jeg har en produksjonsfeil. Ja, vennen min, jeg husker at du skal på konsernledelsesmøte og være heiagjeng i et skirenn du ikke liker.

– Stemmer, sa Frøydis.

– Jeg er en madrass med produksjonsfeil, gjentok Anders.

– Å, sa Frøydis spørrende, på en måte som gjorde det klart at hun skjønte omtrent hva han snakket om.

– Jeg tror det må ha sprunget en fjær omtrent på midten av meg, sa Anders og løftet opp magen sin med den ene underarmen og la hånden til Frøydis til rette like under. – Kan ikke du kjenne etter? Kjenn *godt* etter.

*

Celeste satt på badegulvet. Varmekablene stod på nesten full effekt, og i løpet av sekunder ble hun klam på baken og svett under fotsålene, samtidig som veggen hun lente ryggen mot, var ubehagelig kjølig. Hun var, som vanlig, alene i leiligheten, men hun hadde låst badedøren. Det var ingen vinduer, så hun hadde ikke den følelsen som av og til kunne komme over henne, at noen presset ansiktet mot rutene og kikket inn på henne (en absurd tanke i utgangspunktet siden hun bodde i fjerde etasje). Mangelen på vinduer gjorde at hun kunne kjenne seg innestengt; det var rett og slett ingen alternativ rømningsvei. Likevel var badet det rommet i leiligheten hun følte seg tryggest i.

Hun hadde fått enda et brev. Hun hadde bestemt seg for ikke å åpne det, men hun klarte selvfølgelig ikke å la det være. *I går hadde du på deg nye støvletter. Du er like pen som du alltid har vært. Dødspen er du. Du synes kanskje det er et barnslig og umodent adjektiv, men det er likevel det som dekker mine følelser aller best: Du er virkelig dødspen, kjære Celeste.* Hun krøllet det sammen før hun rakk å lese videre, men hadde likevel sett den siste setningen. *Hvem skal ta seg av Sebbe? En som ikke vet at han ikke vil bli berørt på armen eller hånden?* Ikke tenke, ikke tenke.

Hun hadde anmeldt ham. Men det kunne han da ikke vite? Hadde han sett at hun gikk inn på politistasjonen? Hun hadde våknet i går og visst at det var det hun måtte. Uansett hva som kom til å skje. Hun hadde tatt med seg brevene hun hadde fått, hun hadde fortalt alt. Politiet hadde sagt at de ikke kunne gjøre noe så lenge han ikke hadde vært voldelig mot henne. Skal jeg vente på at han slår meg ned? hadde hun spurt dem. Beklager, hadde de svart. Ikke tenke, ikke tenke. Tenk heller på ansiktene til jentene. Tenk på Ellas milde øyne, på Jennas smil. Tenk på besluttsomheten og styrken hos Frøydis. Hun må fortelle dem om Nero. Hun kunne ikke være helt alene med dette lenger. Pust rolig, kommanderte hun seg selv, i morgen skal du reise til fjells med Frøydis og Ella. Du kan fortelle det da.

*

Alle de seksten deltagerne fra Kvervik kom oppover fredag ettermiddag med innleid buss. Sammen med deltagerne kom også konsernledelsen (unntatt konsernsjefen, som dessverre ikke hadde anledning). Konsernledelsen i Kvervik Consulting bestod fremdeles av åtte menn og én kvinne – konsernsjefen hadde en gang uttrykt det slik at ledelsesgruppen bestod av åtte direktører og en kvinnelig direktør. Det var blitt bestemt, etter forslag fra Dag Martin Martinsen, som var både lagleder og medlem av konsernledelsen, at konsernledelsen skulle ha et av sine ukentlige møter rett før fellesmiddagen, og lørdag formiddag skulle de stå langs løypa og heie frem deltagerne fra Kvervik. Frøydis hadde meldt fra at hun hadde en avtale fredag formiddag, så hun skulle komme etter i egen bil så fort hun kunne. Hun gledet seg både til middagen med alle sammen, og selvfølgelig til rennet dagen etter, hadde hun fortalt de andre i konsernledelsen. Heia, Kvervik! la hun til. Konsernsjefen klappet henne sportslig på skulderen. Veldig bra, Frøydis, sa han anerkjennende. Fint at du backer opp!

– Jeg regner med at det er alt sportsutstyret ditt som ligger i denne her, sa Ella til Frøydis. Hun stod med hodet inn i bagasjerommet på Frøydis' bil og var i ferd med å skyve en tung koffert inn i det ene hjørnet for å få plassert sin egen bag der.

– Den kofferten er faktisk min, svarte Celeste. – Og la oss si det sånn: Det er i hvert fall *utstyr*.

– Hopp inn, så kjører vi, sa Frøydis utålmodig.

Før de kom til Gardermoen, hadde de drøftet Jenna, gjort mildt narr av hennes åpenbare hang til det overnaturlige, ledd av hennes formløse hekleluer, rost hennes raushet, spøkt med røkelsen og stearinlysene, tullet med at Aksjon Kvervik antagelig ikke kom til å lykkes siden fløyelskappene ikke var med. Så konkluderte de med, da de akkurat hadde passert Eidsvoll, at Jenna var en fantastisk flott kvinne, en med bein i nesa, en man hadde tillit til, en man kunne stole hundre prosent på.

– Hun er fin, sa Celeste.

– Jeg kommer til å savne henne denne helgen, sa Frøydis.

– Ja, jeg også, sa Ella.

Da de kom til Minnesund, foreslo Celeste allsang. Like før Hamar hadde de vært gjennom barnesanger, Beatlessanger og ABBA-slagere (som Celeste viste seg å være en kløpper i). Ved Lillehammer svingte Frøydis bilen inn på en bensinstasjon.

– Vi trenger energisjokolader og energidrikker, erklærte hun.

– Gjør vi? Vi er jo ganske energiske allerede, sa Ella og hvinte som en tenåring.

– Til aksjonen, forklarte Celeste.

– Jeg vet det, sa Ella blidt.

– Og et par–tre ekstra sjokolader til oss, sa Frøydis.

– Ja vel, nikket Ella.

Frøydis kom ut igjen kort tid etter, med en bærepose i den ene hånden og en pølse i brød i den andre. Hun kastet en sjokolade til Ella i baksetet og en til Celeste.

226

– Vi har seksten sånne til, sa hun.

– De egner seg utmerket, sa Celeste sakkyndig etter å ha gransket sjokoladen. Ella hadde allerede tatt en jafs av sin:

– God, sa Ella. – Skal du ikke prøve, Frøydis?

– Jeg spiser ikke sånne sunnhetssjokolader, sa Frøydis.

De var fremme ved hotellet bare ti minutter før Frøydis skulle i sitt konsernledelsesmøte.

– Hvis noen kommenterer at det satt to ekstra damer i min bil, får dere si at dere er haikere, hvislet hun til dem før hun styrtet av gårde.

– Greit, sa Ella.

– Vi kjenner ikke hverandre, sa Frøydis.

– Slapp av. Vi har aldri sett deg før, sa Celeste.

– Hvem er du? sa Ella.

Ella og Celeste sjekket inn på hvert sitt rom, og etter noen få minutter banket Ella på Celestes dør. De arbeidet målrettet og effektivt den neste halve timen. Da de var ferdige, lå det strødd med engangshansker, brukte sprøyter, et par tomme medisinflasker og farmasøytisk plastemballasje, og midt i rotet snodde det seg et langt, grønt silkebånd.

Middagen som Kvervik Consulting arrangerte til ære for skirenndeltagerne, var utsøkt. Her var det ikke spart på noe, til tross for at firmaet i inneværende år hadde adskillig mindre overskudd enn ledelsen hadde håpet på. Det var en gjennomtenkt meny, lettfordøyelig og nøye utregnet innhold av karbohydrater og proteiner: kamskjell til forrett, deretter laks med grov pasta, buljongkokte grønnsaker, og en bærkomposisjon til dessert. (Smakte ikke de kamskjellene litt pussig? hvisket Frøydis til sin side-

227

mann.) Middagen var alkoholfri, også for de som ikke skulle delta, en enkel solidaritetserklæring (og en økonomisk fordel for Kvervik, selvsagt). Etter forretten slo Dag Martin Martinsen på glasset. Han startet med å rose menyen, som – kom det frem – han selv hadde valgt ut, han hadde ført en utstrakt mailkorrespondanse med hotellkjøkkenet. Bra, ropte en. Så understreket Dag Martin Martinsen viktigheten av dette skirennet, det styrket samholdet, bygget lagånden, som igjen hadde direkte innvirkning på bunnlinjen. Alle klappet. Frøydis klappet til håndflatene verket. Heia, Kvervik, ropte hun over bordet til Dag Martin Martinsen. Flott tale!

Mot slutten av middagen fikk alle som skulle delta i rennet, utdelt hver sin skidress med Kvervik Consulting på ryggen. Snøhvite dresser med firmanavnet i gressgrønne bokstaver. En hilsen fra konsernsjefen. Vi sender ham våre varmeste takksigelser, ropte Dag Martin Martinsen. Alle klappet igjen og utbrakte en skål for en ekte sportsmann. Økonomidirektøren ble inspirert av alt dette, reiste seg og holdt en uplanlagt appell: Vi heier på dere. Et skirenn som dette er ingen spøk. Fire mil med drøye oppoverbakker krever baller og hår på brøstet hos deltagerne. Det har dere som er ansatt her i Kvervik Consulting! Heia, Kvervikgutta! Og det er inkludert dere damer også.

Etter fellesmiddagen ville de mannlige deltagerne gå i badstuen for å psyke seg opp, bygge samhold og pirre konkurranseinstinktet. Frøydis, Ine og den andre kvinnen flyttet seg nærmere hverandre, løftet Farris-glassene og skålte for morgendagens renn.

På et tomannsbord ved vinduet satt det to damer for seg selv. Den ene var oppsiktsvekkende vakker, den andre var mindre oppsiktsvekkende, men pen og slank med et nydelig smil. De spiste og snakket ivrig med hverandre, moret seg tydeligvis, for de lo høyt og ofte.

Klokken halv ti stønnet Frøydis lydelig et par ganger, fem over halv tok hun seg til magen, ti over halv holdt hun hånden for munnen og lukket et øyeblikk øynene, og nøyaktig klokken kvart på ni reiste hun seg og sa at hun begynte å føle seg dårlig. Hun var urolig i magen, kjente seg uvel og kvalm.

– Jeg håper det ikke går noe omgangssyke nå, sa Frøydis med svak stemme.

– Stakkars deg, sa Ine medfølende.

– Jeg må iallfall komme meg til rommet, stønnet Frøydis.

– Tenk om deltagerne blir syke, sa den andre kvinnen, med skrekk i stemmen.

– Jeg synes kamskjellene smakte litt rart, sa Frøydis og gikk krokbøyd ut av restauranten.

De to damene ved vindusbordet måtte ha forlatt bordet sitt like før henne.

Vel inne på sitt eget værelse rettet Frøydis ryggen. Ella satt allerede i lenestolen hennes. Celeste halvlå på den ene siden av sengen.

– Er alt i orden, jenter? spurte Frøydis.

Celeste nikket mot en stor og to små kurver, alle tre med blanke gressgrønne silkesløyfer på hanken.

– Så flinke dere har vært! Og dere har kontroll på hva som er i hvilken kurv?

– Selvsagt, svarte Ella. – Her er damene med orden i sysakene. Celeste har preparert tre typer. De befinner seg i hver sin kurv.

– Jeg skal bare ta på meg litt leppestift, sa Celeste, – så går jeg.

– Ella?

– Jeg er klar, sa Ella og grep den ene lille kurven.

To minutter senere banket det på glassdøren inn til badstuen. Det satt fjorten nakne hoiende menn der inne, og de hoiet ikke mindre da en mørkhåret kvinne stakk hodet sitt inn og sa: Jeg har halvlukkede øyne, mine herrer, så jeg ser nesten ingenting, men jeg har en viktig beskjed til dere. Rett utenfor døren her står det noe dere nok ønsker å ta en nærmere kikk på.

En velutstyrt førstekonsulent som likte å vise seg frem, gikk bredbent som en bulldogg mot døren der kvinnen hadde stått for et øyeblikk siden. Han åpnet den og kikket ut. Den mørkhårede var dessverre borte, så hun fikk ikke beundret ham, men det stod to kurver på gulvet. En stor flettet kurv med en bred, grønn sløyfe knyttet rundt hanken og en liten kurv med en mindre sløyfe. I den store kurven var det tretten plastinnpakkede nøttekubber og tretten flasker energidrikk. Oppi lå det et kort. «Lykke til i morgen, gutter! Jeg er sikker på at dere gjør deres beste for firmaet. Nå skal dere kose dere med dette og slappe av i jacuzzien. *Det fortjener dere!*» Kortet i den lille kurven var stilet direkte til Dag Martin Martinsen: «Du gjør en utmerket jobb som lagleder. Stå på! Gjør ære på Kvervik Consulting.» I kurven lå det en nøttekubbe og flaske energidrikk. Førstekonsulenten løftet opp kurvene, sparket opp døren og ropte at nå var det jacuzzitid! Ny hilsen fra konsernsjefen!

Dag Martin Martinsen var stolt over at han hadde fått en personlig hilsen, han syntes nok at det burde ha ligget noe mer i hans kurv (Han var jo tross alt lagleder!), samtidig som han så den enkle symbolikken i at han hadde fått nøyaktig det samme som de andre deltagerne. De var jo et team. Han leste kortet én gang til før han stappet nøttekubben i munnen: «Gjør ære på Kvervik Consulting.» Ja, han skulle gjøre sitt beste. Skål, sa han og løftet flasken med energidrikk opp mot munnen. Skål, svarte de tretten andre.

I mellomtiden hadde Ella levert en liten kurv med grønn sløyfe til de to kvinnelige deltagerne. Frøydis hadde rigget seg til i sengen med en medbrakt eske After Eight og en flaske vin som Anders hadde pakket til henne. (Så slipper du de traurige flaskene med halvgod vin fra minibaren.)

– Mennene skåler i energidrikk der nede, kunne Celeste informere dem om.

– Utmerket, sa Frøydis. – Aldeles utmerket. Vi tar en nightcap, vi også.

– Uinfiserte sjokolader og energidrikke levert til damene, meddelte Ella.

– Utmerket, gjentok Frøydis. – Og kameraet er klart, Ella?

– Alt i orden.

– Og du fikk ringt?

– Som jeg sa da du spurte sist: Ja, jeg har ringt. De kommer, sa Ella.

– Unnskyld at jeg maser, sa Frøydis ydmykt.

– Du høres ut som en skikkelig kjerring, sa Celeste.

– Husk: Nero er vår mann, sa Ella. Celeste lukket øynene.

– Den skurken! lo Frøydis.

– Han forgiftet flere, fortsatte Ella. – Men det er jo historien om Britannicus som passer oss aller best i dag. Som

231

dere husker, sørget Nero for å gi ham giften foran øynene til en haug med middagsgjester. Den stakkars Britannicus falt øyeblikkelig død om …

– Og Nero fortalte gjestene at han led av epilepsi og fikk ham båret ut, fullførte Frøydis og smilte dukkesøtt.

Konsernledelsen (unntatt Dag Martin Martinsen som stod klar i startområdet, og Frøydis som dessverre måtte holde seg på rommet på grunn av mageproblemer) stod i samlet tropp og øvde inn heiarop. Det var masser av folk. Næringslivstopper som enten deltok, eller som dannet heiagjenger langs løypene. Heia, Kvervik!

Det kom på litt forskjellige tidspunkter, men tretten av de seksten deltagerne fra Kvervik Consulting klarte ikke å fullføre løpet. Alle som én fikk akutt, ukontrollerbar diaré. De nye skidressene var ikke lenger snøhvite. To fremmede damer hadde stilt seg opp for å se på, en av dem hadde tilfeldigvis med seg kamera, og hun tok bilder av de tretten mennene, både forfra og bakfra.

Men skidressene til Ine Erlandsen og den andre damen var like plettfrie da de kom i mål. Ine kom inn på en fin annenplass i kvinneklassen, og hennes kollega var også blant de ti beste.

Dag Martin Martinsen var heller ikke plaget av mageproblemer, han fosset i mål som nummer tre, over ti minutter raskere enn Ine. Han hadde akkurat hevet armene i været da en gruppe med tre alvorlige menn kom bort til ham, Ine og de andre som nettopp var kommet over målstreken.

Dopingnemnda hadde i en periode hatt mistanke om at enkelte også i bedriftsidretten hadde begynt med ulovlige metoder, og da de før dette rennet hadde fått en opp-

232

ringning der det ble tipset om at noen hadde fått i seg både det ene og det andre, slo de til. De hadde fått med seg utviklingen: For mange var prestasjonene i bedriftsidrett minst like viktige som de var for profesjonelle utøvere.

– Rutinekontroll. Dopingtest. Dere som kom på de tre første plassene, skal testes, opplyste den ene. – Bli med oss inn i det teltet der borte. Dette er gjort på minutter.

– Men herregud! Er ikke dette en lek? sa Ine og trakk på skuldrene.

– Jo, det virker helt unødvendig, sa Dag Martin Martinsen. Han var blitt like hvit i ansiktet som skidressen.

– Så rart at ingen andre deltagere er blitt syke, sa Ine til kollegaen sin, på veien hjem. De satt helt forrest, og de hadde bedt sjåføren sette lufteanlegget på fullt, for det var ikke til å komme forbi at det lå en ubehagelig odør i hele bussen. Tretten mannlige deltagere lå på hvert sitt dobbeltsete, grønnbleke i fjeset med hver sin plastpose som de av og til løftet mot munnen og brakk seg i.

– Jeg hørte at Frøydis Brun ligger på rommet sitt og kaster opp ennå, svarte kollegaen.

– Da *er* det vel kamskjellene, da? Du og jeg og Dag Martin Martinsen må bare ha vært heldige med våre porsjoner, sa Ine.

– Men se, så blek og dårlig han ser ut nå, sa kollegaen.

Ine snudde seg. Dag Martin satt på et sete med medaljen rundt halsen.

– Nei, han ser ikke ut til å være i form, sa Ine.

– Da er det jommen synd at ikke han ble dårlig tidli-

gere, sa kollegaen. – Det hadde vært så gøy hvis du hadde
vunnet!

– Det skjer jo aldri med de reglene firmaet vårt følger,
sa Ine bittert.

Dag Martin Martinsen fikk aldri magesjau, han kom
joggende til kontoret mandag morgen. I lunsjen ble det
premieutdeling og pomp og prakt, tale ved konsernsjefen
og høytidelig overrekkelse av både gratiale og hotellhelg.
Dag Martin Martinsen bukket, tok imot gavene med
begge hendene og takket hjertelig, men i ettertid var det
flere som tenkte at han ikke gjorde så mye ut av det som
man kunne ha forventet. Frøydis gratulerte ham. Hun
smilte, trykket hånden hans og sa gratulerer, men inni sa
hun: Bare vent, du.

En dag i uti november nådde sjokkbeskjeden Kvervik
Consulting: Dag Martin Martinsen hadde testet positivt
på dopingprøven som ble tatt etter skirennet.

– Så tragisk, sa Frøydis. – Og så Dag Martin Martinsen
av alle mennesker!

Hun satt i kantinen med syv–åtte kolleger.

– Ja, han testet positivt på både A-prøven og B-prøven,
sa han som hadde fortalt dem det.

– Hva betyr det? var det en som ville vite.

– At dette ikke kan bortforklares, at det ikke er noen
misforståelse. Alt tyder på at Dag Martin Martinsen har
tatt steroider over lengre tid.

– Hva? sa Frøydis og reiste seg halvt opp.

– Ja, det er trist, sa en av kollegene.

– Det er en skam, sa en annen.

Det var kanskje ikke så merkelig at konsernsjefen ikke
lagde en ny premieseremoni, men Ine Erlandsen satte stor

pris på både de ekstra pengene (som ble trukket fra Dag Martin Martinsens konto) og for hotellhelgen.

Celeste hadde endelig somlet seg til å sende bildene hun hadde tatt, til de andre tre.

– Det så ustyrtelig morsomt ut, sa Jenna. – Jeg lo så jeg nesten datt av stolen da jeg åpnet den mailen. Tretten alvorlige, veltrente menn med bred benføring og tilgrisete hvite skidresser. Fotografert fra alle vinkler.

– Flere burde få glede av de bildene, sa Frøydis.

– Det er jo mulig Ine Erlandsen og noen av de andre jentene på jobben din kommer til å få en mail fra en nyopp-rettet hotmailkonto, sa Jenna. Fingrene hennes beveget seg over tastaturet på den bærbare PC-en hun hadde i fanget.

–... og da kan det vel hende at bildene sprer seg på nettet, sa Ella. – Sirkulerer i businesskretser.

– Det hadde i så fall vært leit, sa Jenna og smattet beklagende.

– Ja, huff, sa Frøydis.

– Men dette med Dag Martin Martinsen, sa Celeste. – Han trodde han var på den sikre siden, at han bare kunne gjøre som han pleide: slutte et par uker før rennet.

– Han fortjente det, sa Frøydis.

– Sendt, sa Jenna. Hun klappet igjen datamaskinen.

*

På kjøkkenbordet stod PC-en hennes oppslått, og på skjer-men var det et ferdig utfylt BusinessManager-skjema. Det stod et tomt fat ved siden av PC-en. Frøydis var mett og tilfreds. Medarbeiderne hadde sprengt alle forventninger. Dag Martin Martinsen fikk som fortjent. Hun hadde til

235

og med konkludert med at han kom til å forandre seg. Hun kunne ikke se for seg at hverken han eller noen av de andre lederne i Kvervik nå ville le bort hennes forslag eller innspillene til Ine Erlandsen. Det ville bli vanskelig å beskylde dem for å være usportslige når de var blitt avslørt som til de grader usportslige selv.

Frøydis' private evaluering hadde også gitt gode resultater: For Dag Martin Martinsen var hans plassering på pallen viktigere enn rettferdigheten, for Sturla Hagbartsen var hans klatring oppover i karrierestigen viktigere enn rettferdigheten. *Maman, on y va!*

– Hei, vennen.

– Maman!

– Nå er jeg i hodet ditt igjen.

– Jeg merker det.

– Hvordan har du det?

– Det går fint. Jeg har Anders. Og jeg har møtt de andre kvinnene.

– *Bon.*

– Og jeg har ikke gitt opp.

Nå måtte hun tenke fremover, planlegge, sette nye mål. Hun måtte ivareta progresjonen. Antagelig ville hun aldri finne Arthur Løkke, men hun skulle gjøre sitt beste for å hindre at andre drittsekker fikk gjøre tilsvarende ting. Frøydis, ropte Anders, og noe i stemmen hans etterlot ingen tvil om hva han ville med henne. Hun reiste seg. Jeg kommer! ropte hun tilbake.

Det hadde gjort godt å se dødsannonsen til Sturla Hagbartsen.

Lectio VI – Naturália non sunt túrpia

Eiendomsmegler

– Jeg synes vi skal dra på en ekskursjon, hadde Bendik sagt på slutten av leksjonen forrige uke. Han hadde kastet det ut av seg like før de forlot klasserommet, mest som en spøk.

– Å ja! sa Celeste. Hun hadde allerede tatt på seg kåpen.

– Hvis jeg ikke tar helt feil, er *ekskursjon* til og med et latinsk ord, sa fru Næss lunt.

– Det stemmer, smilte Ella. – Eks er en preposisjon og betyr blant annet ut av, mens den siste delen av ordet henger sammen med verbet *currere*, løpe.

– Ikke snakk deg ut av det, sa Bendik.

– Vi møtes på restaurant neste gang, avgjorde Ella. – Men det blir ingen fritime. Det er mye god latin i en meny. Jeg sender dere en mail om hvilken restaurant. Den bør nok være italiensk, spansk eller fransk.

Det ble italiensk. Hun hadde valgt La Donna, like ved domkirken, og bedt dem alle møte der klokken syv, som vanlig. (Ella hadde også tatt en telefon til Eriks mor og forsikret seg om at det var i orden at latinkurset denne gangen fant sted på en restaurant.)

Veggene på La Donna var i rød murstein, gulvet var brede, hvitlaserte planker. I taket hang to rader med gul-

237

hvite, opake kuppellamper. Alle bordene hadde hvite, stivede duker og tøyservietter. Det gav et intimt, men imponerende inntrykk. Ella hadde vært der et par ganger før (en gang sammen med Peter, som hadde invitert henne ut for å feire en bryllupsdag), og hun visste at maten var utmerket. Nå presiderte hun ved bordenden. Da alle var på plass, ønsket hun dem velkommen, hevet vannglasset som en vertinne:

– Vi drikker ikke noe sterkere enn vann og eplemost, sa hun, – husk vi har undervisning.

– Foreløpig, ja, sa Frøydis.

– Impertinente barn må gå på gangen, sa Ella. – Visste dere at ordet *restaurant* henger sammen med det latinske verbet *restaurare*? Man restaurerer altså seg selv på en restaurant.

For hver rett som kom på bordet, hadde Ella en anekdote, en lingvistisk spissfindighet, en språklig kommentar. Og da kelneren snudde ryggen til, hvisket hun at *kelner* var et tysk lånord som opprinnelig betydde kjellermester, men at tyskerne selvsagt hadde lånt ordet *Keller* fra latin. Kelneren kom tilbake med en kurv brød og noen porselensboller med olje.

– Brød og sirkus, sa Celeste.

– Nettopp, sa Ella. – *Panem et circenses*. Og hva er det i den lille skålen der?

– Salt, sa Erik.

– Ja, men hva heter det på latin?

Men det visste ikke Erik.

– *Sal*, sa fru Næss. – *Cum grano salis*, husker jeg at vi lærte på skolen.

– Hva betyr det? spurte Erik.

– Med en klype salt, svarte fru Næss.

– *Euge*, sa Ella. – Jeg er imponert!

– Jeg elsker godt salt, sa Frøydis. – Maldonsalt, mmm.

– Salt var verdifullt før i tiden, før hermetikk, fryser og kjøleskap. *Salær* henger sammen med … *Salær* betyr altså lønn, sa Ella med et blikk på Erik, som hadde begynt å flakke med blikket. – Ordet *salær* henger sammen med salt.

Ifølge menyen skulle hovedretten være norsk urfe, tilberedt på italiensk vis. *Fe* er et ord vi har felles med latin, fortalte Ella, på latin heter det *pecus*, og kanskje ser økonomen at det er en sammenheng mellom ordene *pecus* og *pekuniær*. Frøydis nikket. *Pekuniær* betyr jo noe som har med penger å gjøre, fortsatte Ella, og *pecunia* på latin betyr rett og slett penger. En gang brukte man husdyr som betalingsmiddel, så der har vi den sammenhengen. Og hva heter en bot eller avgift på engelsk? Ja, nettopp, *fee*.

Frøydis valgte sin mat med omhu. Når hun spiste ute på restaurant, stakk hun ikke gaffelen vilkårlig ned, nei, hun plukket en bit her, tenkte seg om og tilføyde så litt mer fra en annen del av tallerkenen. Celeste likte også mat (finnes det i det hele tatt mennesker som elsker livet, men ikke setter mat høyt?), men hun tenkte ikke så mye på hva hun puttet i munnen, enten det dreide seg om menn eller mat. Nå satt hun og spiste med glupende appetitt og i høyt tempo, hun spiste, nøt det åpenbart, men reflekterte neppe over hva hun tygget, smakte, svelget. For Celeste holdt det at det smakte godt, gjorde godt og gjorde henne mett.

Mye mot sin vilje måtte Celeste gå ganske tidlig, hun betalte sin del av regningen og reiste seg:

– Jeg har en avtale, sa hun beklagende.

– Er det en spennende mann? spurte Jenna.

Celeste ristet på hodet. Da de hadde kommet til restauranten, hadde hun fått en kjærlig sms fra tannlegen, som skrev at han hadde fått et par uventede fritimer. «Passer ikke», hadde hun svart.

– Jeg lurer på å selge leiligheten, forklarte hun, – så jeg får besøk av en som skal gi meg en foreløpig vurdering.

– En kjekk eiendomsmegler, altså, fastslo Frøydis.

– Jo, jo, medgav Celeste. – Men han er nok hakket mer interessert i meg enn jeg i ham, for å si det sånn.

Hun bøyde seg over bordet og gav kvinnene en kort innføring i hvorfor det var blitt slutt mellom dem. Kvinnene lyttet. Frøydis sukket og ristet på hodet. Ella mumlet noe om at hun for så vidt forstod eiendomsmegleren – til en viss grad, altså, presiserte hun.

– Gi deg, Ella, sa Frøydis oppgitt.

– Jeg sa «for så vidt» og til «en viss grad», forsvarte Ella seg.

– Nå må jeg gå, sa Celeste. – Hvis du vil, kan jeg jo introdusere deg for ham, Ella, siden dere er meningsfeller.

– Det var ikke det jeg sa!

– Jeg bare tuller. Nå må jeg løpe!

– Hils ham fra oss, sa Frøydis. Celeste snudde seg så vidt og vinket til dem.

– Jeg utfordrer deg, ropte Jenna etter henne. – Vær skikkelig kjerring og gjør noe med det!

For mange år siden hadde Celeste hatt et kortvarig forhold til eiendomsmegleren, men hun hadde umiddelbart brutt med ham da hun oppdaget hans særegne forhold til kvinnekroppen. Hun hadde ikke sett ham siden, men hun hadde konversert høflig med ham da de for noen få dager siden hadde støtt på hverandre i butikken. De befant seg i grønnsaksavdelingen. Han var i ferd med å lempe en pose mandelpoteter ned i sin kurv. Hun holdt en artisjokk i den ene hånden og overveide om hun skulle gidde å koke et par sånne til kveldsmat. Nei, tenk at du trenger å ty til afrodisiaka, sa en stemme bak henne. I et kort, forferdelig sekund trodde hun at det var *ham*, men Nero ville jo aldri si noe sånt, Nero ville ha sagt noe adskillig mer raffinert, så hun dreide hodet til siden og fikk se den harmløse eiendomsmegleren. Lettelsen fikk henne til å smile mer hjertelig enn hun ellers ville ha gjort. Hun la fra seg artisjokken og bestemte seg for knekkebrød med ost, noe mer pretensiøst ble det ikke i dag. De ble stående og småprate en stund. Vær og vind. Kulden. En god rødvin han akkurat hadde fått anbefalt. En film begge hadde sett. Celeste fortalte at hun vurderte å selge leiligheten, og det endte med at de avtalte at eiendomsmegleren skulle komme hjem til Celeste på Bislett dagen etter. Han hadde de perfekte kjøpere, mente han, og han kunne skaffe henne en tilsvarende leilighet adskillig billigere. Hun nikket. Dette hørtes interessant ut.

Det var for så vidt ingen dyr gård Celeste bodde i, men siden hun ikke bare betalte for trappevask, vedlikeholdsfond, forsikring og strøm for én, men to leiligheter, hadde hun vurdert å flytte, finne noe litt billigere for henne og Sebbe. Og kanskje ville det føles bedre om hun fant en leilighet der *han* aldri hadde satt sine ben, en leilighet fri for keiser Nero-assosiasjoner.

Og nå hadde hun gått tidligere fra latinmiddagen for å møte eiendomsmegleren. Han stod i gangen hennes bare et par minutter etter at hun hadde fått hengt av seg kåpen

og tatt av seg støvlettene. Han kom rett fra en forretnings-
middag, luktet godt av vin og etterbarberingsvann, var en
smule beruset og i strålende humør. Han satte i gang med
å besiktige leiligheten, kikket inn i alle rom, tok frem en
laserpenn og begynte å måle opp arealet. Til slutt kom
han inn i stuen, der Celeste ventet. Jo, sa han, denne skulle
han få en bra pris for, den gamle kaminen var jo vidun-
derlig, og lysforholdene var mer enn tilfredsstillende, hun
måtte bare shine opp litt her og der, male et strøk i gangen,
skifte en skapdør som hang på halv tolv. Celeste nikket
og serverte ham pulverkaffe og de aller siste restene av
boksen med krokanis. De konverserte om boligmarkedet
i Oslo. Fordelene og ulempene med selveier- og aksjelei-
ligheter. At det var verdiøkende med heis og balkong. At
parkering var gull verdt. Han var ingen spennende mann
som sa ting som fikk Celeste til å spisse ørene og tenke
gjennom sakene én gang til, men han hadde en behagelig
stemme, og han sa ikke noe direkte dumt. Hun lot ham
snakke. Det var i grunnen deilig å ha besøk, deilig å vite
at det var en annen i leiligheten, det føltes trygt og godt.
Kanskje han kunne bli hele natten? Hun så på ham. Nei,
hun var ikke lenger det minste tiltrukket av ham, men hun
var overbevist om at han kom til å gjøre tilnærmelser, at
hun ble nødt til å avvise ham. Sånn var det alltid. Hun gle-
det seg litt til å riste på hodet. Foreløpig hadde han ikke
gjort noe forsøk på å forføre henne.

– Kjærlighetslivet, sa han plutselig, – hvordan står det
til med det?

– Jo, smilte Celeste (Nå kommer det! tenkte hun), men
før hun fikk sagt noe mer, hadde han fortalt at han for
tiden hadde en elskerinne. – Så bra for deg, da, fikk Celeste
sagt.

– En svært ung en. Nesten uanstendig ung, sa han og blunket til henne.

– Ja vel, sa Celeste. Så fastslo eiendomsmegleren at menn var heldigere stilt enn damer; de var attraktive mye lenger og kunne plukke sine kandidater fra et større utvalg. Celeste nikket så smått, men svarte ham ikke. Han la til, kanskje fordi han kjente at det var hans plikt å holde konversasjonen i gang, at menn vel generelt sett hadde vært litt heldigere med sitt kjønn. Han lo da han sa det. Vi er privilegerte! Vinen han hadde drukket, hadde løsnet tungebåndet, og selv om han lo, var det opplagt at dette var hans ærlige mening. En mening han delte med rundt regnet hundre prosent av sine kjønnsfeller, mens det antagelig fantes nok av kvinner i verden som gjerne skulle ha byttet.

Celeste trakk pusten for å si noe om de områdene der hun mente at kvinner hadde vært heldigere enn menn, men før hun rakk det, hadde eiendomsmegleren forfulgt temaet. Denne mensen, sa han spøkefullt, men stemmen dryppet av avsky, akkurat slik Celeste husket at den hadde gjort tidligere en gang han hadde kommet inn på det. Det er så ekkelt at det burde vært forbudt, vitset han. Men du er vel kanskje for gammel nå, lo han så. Det er vel den eneste fordelen jeg kan se ved dere eldre kvinner, la han til og løftet samtidig hendene avvæpnende opp foran ansiktet. Du, jeg bare tuller, sa han så da Celeste ikke svarte. Men Celeste husket altfor godt hvordan han etter hvert ikke hadde klart å skjule at han fant kvinner frastøtende. Han ville aldri ligge med henne når hun hadde mensen og spurte alltid før han kom på besøk om hun var «tilgjengelig», som han kalte det. Hun var tilgjengelig når hun hadde lyst, hadde hun svart, men han hadde ikke syntes

det var det rette svaret. Hva han virkelig følte for kvinne-
kropper, hadde kommet frem en kveld etter at de hadde
elsket. De hadde fjollet halvnakne rundt i den leiligheten
der hun da bodde, danset, laget drinker og snakket. Til
slutt hadde de elsket igjen, og hun hadde ertet ham for at
testiklene hans var dekket av kort, tett pels. Som et par
spisemodne kiwier, hadde hun sagt og forsiktig tatt rundt
den ene. Ta en bit, hadde han sagt. På den måten hadde
de, spøkefullt først, begynt å diskutere og sammenligne
menns og kvinners kjønnsorganer. Nokså raskt hadde
hans spøkefulle tilnærming forsvunnet, og det ble tydelig
at han faktisk – til tross for at han åpenbart var tiltrukket
av det – syntes det kvinnelige kjønnsorgan var lite pent,
ja, nokså kvalmende. Det hadde et uoversiktlig og rotete
design. At spedbarn skulle presses ut av skjeden, orket han
ikke engang å tenke på, betrodde han henne. Celeste var
på dette tidspunktet for matt til å be ham om å stoppe.
Men syntes ikke Celeste også at det var uappetittlig med
et hull, der det lekket ut utflod og menstruasjonsblod, og
der menn tømte seg? Og den lukten? Hun måtte da være
enig i at det ofte luktet … fisk og råtten fjære av kvinner
nedentil? Celeste hadde ikke svart. Brystene var bedre,
mente han, og dine er jo perfekte (på dette tidspunktet i sitt
liv hadde Celeste virkelig hatt *perfekte* bryster). Men når
han begynte å tenke på at de myke halvkulene han likte å
kjæle med, var stappfulle av melkekjertler og melkekana-
ler, ble han kvalm igjen, fortalte han. Brystvortene dine er
faktisk konstruert for å mate et barn, sa han, og det hørtes
ut som om dette var en biologisk uhyrlighet som gikk opp
for ham der og da. Han kikket fort ned på Celestes brys-
ter. En baby skal suge på dem, og … Han avbrøt seg selv:
La oss snakke om noe hyggeligere. Celeste hadde nikket.

Det ble den siste gangen de møttes. Hun hadde forklart at hun ikke var interessert i noe mer da han ringte etter noen dager. Hun hadde vært for ung, for feig til å si hvorfor. Hun hadde i grunnen alltid angret på det. Ikke det at hun hadde tenkt så mye på denne eiendomsmegleren, men når han nå satt foran henne og snakket om den unge elskerinnen sin, kjente Celeste denne angeren. Det er aldri for sent.

– Selvfølgelig spøker du, sa Celeste rolig. – Vil du ha en drink før du drar?

– Ja takk, sa den selvfornøyde eiendomsmegleren. – En dry martini, kanskje? Eller bare en vodka og lime? Finn på noe. Jeg stoler på din kreativitet.

Celeste smiler, griper karaffelen med vodka og går ut på kjøkkenet. – Snart tilbake, kvitrer hun.

Ute på kjøkkenet la hun isbiter i et glass, helte over en skvett vodka, presset en halv sitron oppi, åpnet en boks med tomatjuice og fylte glasset nesten fullt. Noen dråper Tabasco, noen drag med pepperkvernen. Stangselleri hadde hun ikke. Ikke worcestershiresaus heller. Men hun hadde noe annet. Skulle hun? Nei, det var for drøyt. Men på den annen side hadde det jo vært strålende å sette ham på plass. For hun var slett ikke for gammel. Det kunne hun bevise. Det var litt av et sammentreff. Eller noe egentlig sammentreff var det jo ikke, for kvinner menstruerer en fjerdedel av tiden, måned etter måned, år etter år. Helt til det en dag er slutt, men dit var ikke Celeste kommet ennå. Hun kunne ta en liten sving innom toalettet? Trekke ut tampongen, vri den opp i glasset, kaste beviset i do. Hun burde ha servert ham drinken med en o.b. hengende i, som en tepose med snoren over kanten. Det hadde vært til pass for ham, men da ville han ha sett det. Og hadde

245

det ikke vært enda mer raffinert å gjøre på den diskré
måten?

Jenna hadde insistert på at de alle skulle installere msn. Da
eiendomsmegleren var gått, skrudde Celeste på PC-en, og
msn-programmet åpnet seg. Ella og Jenna var pålogget.

> Til: J <kjerring_J@hotmail.com>; E <kjerring_E@
> hotmail.com>
> C sier: (00:12:34) Fikk en fin foreløpig verdivurde-
> ring. Og jeg serverte ham en Bloody Celeste.
> E sier: (00:12:38) Hva mener du?
> J sier: (00:13:02) Du gjorde ikke det?
> E sier: (00:13:54) Hva mener dere?
> J sier: (00:14:01) Bruk fantasien din. Hvilken kvinne-
> ting sa C at han hadde et problematisk forhold til?
> E sier: (00:15:09) Nå tuller du!!!
> E sier: (00:15:55) Æsj. Æsj.
> E sier: (00:16:16) Det er veldig, veldig ekkelt.
> C sier: (00:16:59) Det er helt naturlig …
> J sier: (00:17:10) Gjorde du det?
> E sier: (00:17:25) Si at du tuller!!!!
> J sier: (00:18:08) HVIS du gjorde det, bør du vel for-
> telle ham det? En hevn er ikke en hevn hvis offeret
> ikke oppdager det?
> C sier: (00:18:14) God natt, jenter!
> C sier: (00:18:56) Er dere der ennå? Han takket for
> drinken og sa at han likte den. Men dessverre kastet
> han opp da jeg gav ham oppskriften. Det var kanskje
> noe han var allergisk mot i den? Menn er så sarte, og
> de skjønner aldri når vi lyver.

Lectio VII – Victoria concordia crescit

Edmund Benewitz-Nielsen

Ella satt på kontoret sitt og dagdrømte da telefonen ringte. Hun hadde akkurat hatt en dobbeltforelesning, og etter to ganger tre kvarter var hun alltid tappet for energi i minst en halvtime før hun orket å ta fatt på noe nytt. Nå satt hun ved skrivebordet, riktignok med mailprogrammet fremme på skjermen, men med en mengde ubesvarte og uåpnede mailer, øynene var halvlukkede, og ryggen var bøyd på en måte hennes mor aldri hadde akseptert (Elvira Louise, rett deg opp!). Maja, hva gjør hun akkurat nå, kanskje er hun på en forelesning, kanskje er hun ferdig med en dobbeltforelesning, hun også. Kan hende sitter hun i kantinen, midt i en flokk medstudenter, med en cappuccino i hånden, kan hende sender hun en tanke til moren sin. Det var da telefonen ringte. Hun løftet av røret, skyldbetynget. (Ledighet er roten til alt ondt. Ikke glem det, Elvira Louise!)

Hun var nummen da hun la på. Hjertet dundret, hun kjente det banke ytterst i fingertuppene, samtidig som fingrene var stive og nesten ikke lystret henne da hun klønete la røret ned på telefonen. Hun begynte å skjelve, fotsålene vibrerte, og skjelvingen åt seg oppover i leggene og lårene. Hennes første tanke var at hun måtte få tak i Maja, så skjøv hun bort den tanken igjen. Det var jo absurd at hun skulle belemre datteren med slikt. Peter, hun kunne ringe Peter. Men så husket hun hvor opptatt han var med pasienter før lunsj; han ble alltid irritert om hun ringte ham på dagtid. På den annen side var dette en krisesituasjon. Ella kunne ikke huske sist gang hun hadde følt seg så trampet på, så maktesløs. Edmund Benewitz-Nielsen hadde lykkes. Han satt vel og godtet seg nå, gned hendene mot hverandre, knipset triumferende i fingrene. Ta deg sammen. Pust rolig. Hun la venstrehånds peke-finger, langfinger og ringfinger i venstre tinning, kjente den største blodåren pulsere under fingertuppene, først i et hysterisk tempo, så roligere og roligere. Sånn ja. Ella tok frem mobilen og lette frem Peters nummer, hun lot det ringe helt til hun hørte det velkjente «Dette er Peter Ditlef Hoffs telefonsvarer. Jeg kan dessverre ikke ta ... ». Hun ringte en gang til. Han svarte ikke nå heller. Hun la ikke igjen noen beskjed. Skulle hun ringe Frøydis? Hun slo nummeret hennes før hun rakk å ombestemme seg. Frøydis tok telefonen umiddelbart.

– Hei, Ella, svarte Frøydis med den største selvfølgelig-het til tross for at Ella ikke hadde ringt henne før. Ella hoppet over alle innledende fraser:

– Jeg er blitt midlertidig dispensert som prosjektleder.

– Hva har skjedd? spurte Frøydis saklig.

– Jeg vet ikke annet enn det dekanus sa da jeg nettopp snakket med ham. Det har visstnok vært misnøye med mine lederegenskaper. Det er innkommet klager, fikk jeg vite.

– Og du regner med at det er ...

– Ja, det kan ikke være noen andre enn ham. Det er helt utenkelig. Det må være Edmund Benewitz-Nielsen som har snakket med dekanus.

– Kjenner de hverandre? ville Frøydis vite.

– Selvsagt, svarte Ella bittert. – De kjenner hverandre godt, studerte sammen, spiller tennis sammen. Dekanus har innsatt ham som leder mens jeg er dispensert.

– Jeg innkaller til møte i kveld, før kurset. Skal vi si klokken halv seks? Jeg sjekker om vi kan være hos Jenna.

– Ja vel, sa Ella. – Ja vel. Hos Jenna er fint.

– Anders skal ha noen kamerater over, så hos meg er det fullt hus, fortsatte Frøydis. – Men jeg vil gjerne vise ham frem en annen dag!

– Ja, sa Ella, ute av stand til å opparbeide noen begeistring over utsiktene av å skulle få se Anders en eller annen gang i fremtiden.

Ella ringte på den koboltblå døren, over ringeklokken hang det et stort keramikkskilt der det var malt tre blide damer (to lyse store og en litt mindre med mørkt hår), og med krøllete løkkeskrift stod det Johanna, Jenna og Julia. Jeg må huske på å spørre hvordan det går med moren, minnet hun seg selv om. Hun hørte fottrinn i trappen, og snart stakk Jenna hodet ut, grep Ella i hånden og drog henne innenfor.

– Kjære deg, sa Jenna, så gav hun Ella en klem. Ella var ingen stor klemmer, så hun trakk seg først automatisk litt bakover, men så lot hun det stå til, tillot seg å nyte følelsen av Jennas innevarme kinn mot sitt før det var over. Jenna gikk foran henne opp furutrappen. Ella fjernet lynfort en antydning til fukt fra øyenkroken, og hun bet seg på innsiden av kinnene hele veien opp trappen. Det hjalp.

I Jennas hjørnesofa satt Frøydis og Celeste og ventet med hver sin gedigne prikkete kopp.

– Her kommer vi, sa Jenna og skjøv Ella forsiktig foran

seg bort til sofaen. – Sett deg her, du, så skal jeg skjenke te til deg.

Ella svelget og nikket.

– Noe nytt i saken? spurte Frøydis.

Ella ristet på hodet.

– Vi har fått inn et forslag om at Kjerringer skal aksjonere mot Edmund Benewitz-Nielsen.

Ella så opp, åpnet munnen. Frøydis løftet den ene hånden avvergende: – Det er jeg som er forslagsstilleren. Noen motforestillinger?

– Vet vi sikkert at det er han som står bak Ellas ... degradering? spurte Jenna.

Ella rømmet seg: – Ja, svarte hun. – Jeg ringte tilbake til dekanus og sa at jeg krevde å få vite hvem som hadde klaget.

– Flink pike, roste Frøydis. – Andre kommentarer eller innsigelser? Nei? Ingen? Da er det vedtatt at Kjerringer skal aksjonere mot Edmund Benewitz-Nielsen. Alder: 46. Kjønn: Mann. Yrke: Professor.

– Professor og drittsekk, sa Celeste.

– Hvordan går det med moren din? spurte Ella.

– Så hyggelig at du spør. Vi snakket om det akkurat før du kom, sa Jenna. – Hun er lovet en plass på Solheim fra nyttår.

– Flott!

– For å finne ut hvordan vi best skal gi ham en lærepenge, må vi vite mest mulig om ham, sa Frøydis.

Ella nikket igjen.

– Hva slags mann er dette? Hvilke såre punkter har han?

– Vet ikke, sa Ella.

– Har han en kone han elsker, barn han forguder? spurte Celeste.

– Han er ugift og barnløs.

– Kjæreste? Elskerinner?

– Tror ikke det. Jeg vet ikke. Men jeg kan ikke tenke meg at noen orker å tilbringe tid med den surpompen.

– Har du kjent ham lenge? spurte Celeste.

– Ja, vi var ungdomskjærester. Holdt på å bli det iallfall.

– Akkurat, sa Frøydis. – Og så ville du ikke ha ham?

– Noe sånt.

– Men da kjenner du vel noen av svakhetene hans. Ella tenkte seg om:

– Han begynner å stamme når han drikker.

– Hmm. Noe mer?

– Hvilket stjernetegn er han født i? spurte Jenna.

– Aner ikke, sa Ella og smilte svakt.

– Ja vel, sa Frøydis. – Hva med jobben hans? Kan vi angripe ham på noen måte på det feltet?

– Jeg tror egentlig ikke jobben betyr så mye for ham, sa Ella etter å ha tenkt seg litt om.

– Noen hobbyer? Et nært forhold til dvergpudler eller sibirske marsvin? spurte Celeste.

Nei, Ella ristet på hodet, ingen kjæledyr så vidt hun visste.

– Mye hår? Opptatt av klær?

– Lite hår, og det hadde forundret meg mye om han viste seg å være veldig opptatt av klær. Han er bare ikke den typen.

– Dyr bil?

– Ja, svarte Ella og lyste opp som en skolepike som endelig kan det rette svaret. – Han har en lav sportsbil, sort. En kabriolet.

– Aha.

251

– Den tipper jeg betyr noe for ham, sa Ella. – Jeg har visst hørt ham snakke om den også.

– Ja vel, sa Frøydis. – Det var da noe. Hvor bor han?

– Vi må dra om ikke så lenge, sa Jenna. – Vi bruker litt tid opp til Sjømannsskolen herfra.

– Ja, sa Ella etter å ha kastet et blikk på armbåndsuret sitt. – Jeg kan ikke komme for sent.

– Vi har noen minutter, sa Frøydis. – Hvor bor sjarm- trollet?

Ella rynket pannen: – Han bor på hybel. Like ved Blindern.

– På hybel?

– Ja, sa Ella. – Han har nemlig et sted i Vestfold, en gammel slektsgård eller noe sånt. Han pleier å være der i hvert fall tre dager i uken, så han synes vel ikke at han trenger noe større her i Oslo.

– Så det er et sted som betyr noe for ham?

– Ja, det er det nok. Jeg har hørt at han har hatt hageblader og interiørtidsskrifter på besøk.

– Notert. Noen mørke, hemmelige laster?

– Jeg tror ikke det, sa Ella. – Annet enn at han liker å plage meg.

– Ikke helgesatanist og kirkebrenner?

Ella ristet på hodet.

– Horekunde?

– Jeg aner ikke, sa Ella, plutselig hissig. – Jeg tror jo ikke det. Han er ganske vanlig, føyde hun til, litt roligere.

– Akkurat som ikke det er vanlig, mumlet Celeste.

– Han er en vanlig, humørsyk, arrogant professor. Jeg har inntrykk av at han ikke liker mennesker i noen særlig grad, og meg aller minst. Og nå må vi dra!

– Vi drar. Jenna ringer du etter en taxi? sa Frøydis. – Vi

finner ut av dette. Vi får tenke litt hver for oss. Noe med den bilen er vel ikke så ueffent, eller hva?

*

Bonum vesperum! Ella stod i døråpningen og hilste Erik, Bendik og fru Næss velkommen etter hvert som de kom. *Salve, domina,* svarte Erik og rødmet svakt.

Jeg har lest en bok om byer i Romerriket, sa Erik etter at alle var på plass. Ella nikket oppmuntrende til ham:

– Få høre, sa hun.

– Det er utrolig hva de fikk til, begynte Erik.

Ella smilte.

– De hadde sentralvarme, innlagt vann, fortsatte han med sikrere stemme. – Det var offentlige pissoarer. De hadde barnetrygd også. Tro det eller ei! De hadde kiosker der de kunne få seg et måltid.

– Fastfood, sa Celeste.

– Ja, nettopp! sa Erik. – De hadde offentlige bade-anlegg!

– Spa, sa Frøydis.

– Ja! sa Erik begeistret, så tidde han. Det var tydelig at han ikke kom på mer for øyeblikket.

– Takk, sa Ella, – det var fint, Erik.

Det nærmet seg pause. Ella hadde snakket lenge om Kleopatra:

– Hun var visstnok ikke særlig pen, selv om alle i dag forestiller seg henne som nærmest overjordisk skjønn.

– Vi ser vel for oss en ung Elizabeth Taylor, sa fru Næss.

– Men da Kleopatra som 21-åring ble smuglet inn i

253

palasset i Alexandria, forsatte Ella, lyktes hun iallfall med å forføre Cæsar.

– Hun hadde vel andre kvaliteter enn skjønnhet, da, sa Frøydis.

– Ja, det var nettopp det hun hadde, sa Ella. – Cæsar ble myrdet, og riket ble delt mellom Octavian og Marcus Antonius. Kleopatra kastet ikke bort tiden, men forførte straks Antonius. Og så endte det, som dere vet, med selvmord for dem begge.

– Vet du hvordan Kleopatra valgte å ta livet sitt, Erik?

– Klart det, svarte Erik. – Hun lot seg bite av en kobraslange.

– Stemmer, sa Ella, – eller kanskje er det en myte. Det vet vi ikke. Kleopatras opplevelser er bevart i den vakreste av antikkens kjærlighetshistorier, *Æneiden* av Vergil, der dikteren har gjenskapt Kleopatra i skikkelsen Dido. For øvrig er det Ovid som er den romerske kjærlighetseksperten fremfor noen. Han skrev blant annet *Ars amandi* – Kunsten å elske, som er en praktisk veiledning i kjærlighet. Han fremhever blant annet teater og sirkus som ypperlige steder for å møte sin tilkommende.

– Aha, så sirkus er et bra sjekkested, sa Bendik og lot som om han noterte ivrig.

– Ovid gir også mengder av praktiske råd, for eksempel sier han at mennene må rense neglene sine skikkelig.

– Smart fyr, denne Ovid, sa Frøydis.

– Regner med at han sa noe om hår i nesen også, sa Celeste.

– Ovid sa: *Forma viros neglécta decet*, sa Ella. – «En viss skjødesløshet med utseendet kler menn.»

– Vel, vel.

Celeste smekket beklagende med tungen.

– Allerede de gamle romere, altså mennene, var åpenbart late. Hadde han flere tips? spurte Jenna.

– Det der med aldri å legge ned doringen var vel ikke noe problem i antikken, sa fru Næss.

– I Ovids håndbok står det også at jenter skal passe seg for å stappe i seg mat, sa Ella. I samme øyeblikk som hun hadde sagt dette, angret hun og kikket bort mot Frøydis. Men uttrykket i Frøydis' ansikt var uforandret. Ella bestemte seg for at det beste ville være å late som ingenting. For Ella var det egentlig ukomplisert, så lenge de hadde timer, var hun læreren.

– Men ifølge Ovid, fortsatte Ella, – kan jenter gjerne drikke. Bacchus og Amor går fint sammen, heter det. Ja, kvinnene kan gjerne nyte alkohol, men ikke for mye. Det er en styggedom. Nå er det pause!

De bøyde seg mot hverandre, snakket lavt og hektisk. Vi må handle raskt. Er han på Blindern hver dag? Ella ristet på hodet. Han reiste til Tokyo i går. Tokyo? På konferanse, forklarte Ella. Kan dere alle på lørdag? De nikket. Vi får til noe, hadde akkurat Frøydis sagt.

– Hallo, damer. Forstyrrer jeg?

Fru Næss stod i døråpningen. Ingen hadde lagt merke til henne. Hadde hun stått der lenge?

– Nei, selvfølgelig ikke, svarte Frøydis etter at alle hadde stirret på fru Næss i noen sekunder uten at de hadde klart å si noe.

– Nei, nei, sa Ella også, tok seg sammen og var igjen lærer. – Pausen er snart slutt, la hun til, og i det samme fikk hun en sterk følelse av at fru Næss hadde avslørt alt sammen.

– Jeg kom til å tenke på noe, sa fru Næss.

255

– Ja? sa Ella, igjen profesjonell til fingerspissene, selv om hun ennå skalv innvendig.

– De innskriftene vi snakket om forrige gang ..., begynte fru Næss.

– Ja, hva er det med dem? spurte Ella vennlig.

– Ja, du sa vel at en del gammelgreske innskrifter ble skrevet i plogmønster, ikke sant? De ble altså skrevet fra venstre mot høyre, og så tilbake fra høyre mot venstre, som plogfurene etter en okse på et jorde, sa fru Næss.

– Bustrofedon, sa Ella.

– Nettopp, sa fru Næss. – Bustrofedon var det det het, ja. Og hva slags innskrifter var det særlig som ble skrevet på denne måten?

– Forbannelser! nesten ropte Jenna. Ella, Frøydis og Celeste så forbauset på henne.

– Det var det, ja. Plogfurer, forbannelser og gamle innskrifter, sa fru Næss rolig. Jenna smilte til henne, men hun så det tilsynelatende ikke. Fru Næss nikket bare for seg selv og satte seg på plassen sin, tok frem en nyspisset blyant og var klar for neste time.

Det ble ingen muligheter for videre drøftelser da timene var slutt klokken ni. Alle måtte hver til sitt. Frøydis skulle rett hjem til Anders (for å spise rester og rydde opp etter gjestene hans), Ella hadde en forelesning hun var nødt til å forberede (Den delen av jobben har de ikke dispensert meg fra), Jenna skulle møte Julia for å gå ut og spise (Jeg må jo benytte anledningen når tenåringsdatteren min har tid for en gangs skyld), Celeste hadde lovet Sebbe et kveldsbesøk (Jeg bare må lage en PowerPoint til et møte i morgen tidlig).

Julia hadde foreslått sushi, og nå satt de vaglet opp, side om side ved en sushibar. Foran dem, i glassdisken, lå store stykker mørk tunfisk og lysende laks, en beholder med lakserognperler, en annen med kamskjell. Sprø flak med nesten sort noritang, avokado og agurk, snøhvit ris. De drakk te. Julia klarte ikke å la være å kommentere at Jenna kunne drikke teen nesten med en gang den ble skjenket. Hun hadde vært fascinert av det så lenge hun kunne huske. Hun, Johanna og Jenna hadde sittet med hver sin kopp te (gjerne te trukket på forskjellige urter og blader som mormoren hadde plukket og tørket), og før de to andre hadde våget å begynne, hadde Jenna tømt sin første kopp og var godt i gang med nummer to. Hun er isolert med glavavatt på innsiden av halsen, sa alltid Johanna, og Julia hadde vært ganske gammel før hun hadde skjønt at det bare var tull, at morens hals var som alle andres, også innvendig.

Jenna så på Julia. Hun kunne ikke slutte å forundre seg over at hennes lille baby var blitt så stor, men hun hadde sluttet å si det – hun innså at en syttenåring ikke syntes det var så spennende at moren om igjen og om igjen fortalte henne at hun var blitt så høy, så stor, så voksen. Hun var så stolt av henne, en egen stolthet som hun trodde var noe bare mødre kunne kjenne overfor eget avkom, en slags produktstolthet: Se hva jeg har fått til, se hva jeg har skapt. Se hva som er vokst i magen min, født gjennom bekkenet mitt, oppdratt og veiledet av mine ord! Jenna så på Julias profil, tenkte at hun var pen og visste at hun ikke bare var en myrsnipemor når hun mente det: Julia hadde vokst seg pen. Nå gapte hun maksimalt for å få makirullen inn i munnen; øyeblikket etter bulte kinnene hennes mens hun tygget samtidig som øynene hennes smilte til Jenna. Selv i

257

sånne situasjoner er ungdommen pen! God laks, sa Julia med munnen full.

Da Jenna, uvant som hun var med spisepinner, hadde mistet sin andre sushibit oppi soyasausen, erklærte hun at hun trengte en pause. Hun fisket frem mobilen fra vesken. Hun hadde hatt lyst til å ta den opp lenge. Julia løftet øyenbrynene:

– Jeg trodde den slags var forbudt under måltider, sa hun ertende.

– Det er alltid et unntak når man mister maten sin to ganger på rad, sa Jenna. – Har jeg glemt å si det?

– Jeg skal huske det, sa Julia.

Hun skulle bare sende én melding, hun måtte bare dele den strålende ideen sin med de andre: «Har en idé, fikk den da fru N snakket om bustrofedon.» Det pep nesten øyeblikkelig. Ella svarte: «Flott! Jeg har også fått en idé.» Celestes melding kom et halvt minutt etter: «Dere tror vel ikke på meg, men jeg har OGSÅ fått en idé. Jeg sitter og ser på noe akkurat nå.» Sekundet etter tikket det inn en melding fra Frøydis: «Bra, jenter. Jeg rydder. Utrolig hvor mye rot fire mannfolk kan produsere.» Julia så på moren og himlet med øynene. Hun trommet demonstrativt utålmodig med fingrene i bordet.

– Jeg tar resten hjemmefra, sa Jenna fort, – skal bare skrive denne ene meldingen her. Det er noe med jobben, skjønner du. Et viktig anbud.

– Er det derfor du ser så glad ut?

– Mhm, sa Jenna.

– Du ser forelsket ut, mamma! Er du det? Er det en mann? spurte Julia. Hun så ikke ut til å ha noe imot det.

– Du har rett, svarte Jenna. – Det er en mann.

258

– Jeg visste det! sa Julia triumferende.

– Men jeg kan love deg at jeg ikke er forelsket i ham.

– Men kanskje du blir det? Jeg skal ikke protestere mot en rik stefar med en bil som går, og kanskje en fire–fem kjekke sønner. Hva jobber han med?

– Han er professor.

– Høres kjedelig ut, sa Julia.

– Han er egentlig ikke så kjedelig, tror jeg, sa Jenna, – men dette er en rent forretningsmessig relasjon.

Etter at hun hadde sett over Julias presentasjon som hun skulle ha i norsken dagen etter (Ibsens kvinner), satt på en vask med Julias treningstøy, forsikret seg om at moren lå i sengen, at komfyrplatene var avskrudd, etter at hun hadde ryddet opp på morens kjøkken og slukket lampettene hennes i stuen, dumpet Jenna ned i sofaen. Endelig. Hun skrev en lang tekstmelding der hun forklarte ideen sin i detalj, og sendte den til KJERR. Deretter satte hun telefonen på lydløs for ikke å forstyrre Julia, som tørrtrente på presentasjonen inne på rommet sitt, lente seg bakover og ventet. Telefonen vibrerte ved siden av henne nesten med én gang, det var svar fra Ella: «Utmerket! Vi trenger en passende *gjenstand.*» Celeste skrev bare noen sekunder etter: «Det kan jeg ordne!!! Jeg har mine kontakter;-)» Så blinket navnet til Frøydis på displayet: «Da er den i boks. Hva med din idé, Celeste? Og din, Ella?»

Jenna la seg til rette under dynen over en time og nøyaktig seksten tekstmeldinger senere. De hadde blitt enige om en tretrinnsrakett. Det rykket i munnvikene hennes. De skulle grave, de skulle lime. Og hun, Jenna, skulle bruke alt hun hadde og enda litt til av sin datakompetanse. Edmund

Benewitz-Nielsen, vi er skikkelige Kjerringer. Bare pass deg!

*

Frøydis kjørte. Hun var en dyktig sjåfør, hun kjørte fort, men ikke så mye over fartsgrensen at det kunne ha blitt høye bøter av det; hun var utålmodig, men tok likevel ingen sjanser. Hun kjørte presist og jevnt. Ved siden av henne foran tronet Ella, hun så rett fremfor seg, den høyre hånden lå helt stille oppå dørhåndtaket, den venstre lå uvirksom i fanget hennes. I baksetet satt Celeste og Jenna, de to av kvinnene som kjente hverandre dårligst, som antagelig hadde færrest felles berøringspunkter. De hadde ikke det aller første sterke møtet som Jenna og Frøydis hadde hatt i bilen på vei ned fra den første kurskvelden. De hadde ikke den gjensidige respekten for hverandres dyktighet som Ella og Frøydis hadde, eller beundringen for hverandres skjønnhet eller velstelthet som Celeste, Ella og Frøydis ubevisst næret for hverandre. Men det de hadde, var en usagt enighet om at Frøydis kunne være skremmende militant i sine reaksjoner overfor menn, mens Ella på sin side var altfor holdt. Felles også var at morskjærligheten var sterkt til stede i dem begge, men dette var sider de ennå ikke kjente hos hverandre. Noe ved Celeste, kanskje en sårhet midt i det vellykkede, fikk Jenna til å ville si noe eller i det minste strekke hånden ut, klappe Celeste på armen, men hun fikk seg ikke til å gjøre noen av delene. Hun visste at hun ikke kom til å klare å velge de rette ordene, at det kunne bli feil, helt feil, og at Celeste kanskje bare ville stirre på henne med de lyse, kjølige øynene sine.

260

Stemningen i bilen var så langt unna løssluppen som man kunne komme. Frøydis konsentrert bak rattet, Ella ubevegelig og stum i forsetet. Celeste og Jenna i hvert sitt hjørne, klemt mot hver sin dør, i baksetet. Ingen sa noe. Frøydis hadde satt på radioen, og hver av dem trøstet seg med at den lave musikken lurte de tre andre til å tro at det ikke var en trykket, nesten pinlig stemning blant dem. Jenna spurte seg selv om hun ikke hadde hørt det stykket der tidligere, var det ikke noe kjent?

Utenfor vinduene fór det flate vestfoldlandskapet forbi, brune, bare jorder med et tynt snølag i furene, hvite våningshus, nymalte røde låver og fjøs, noen småvann og tjern, som sorte flekker i terrenget, mørke og blanke lå de der og ventet på at isen skulle legge seg. Skoger med bladløse trær, en og annen mørkegrønn furu eller gran, enkelte steder nyplantinger med like store, helt rette grantrær, skilt med elgfare med jevne mellomrom. Et sted stod det fire–fem tente fakler eller lys, noen blomsterbuketter lå på bakken. Jenna rakk å se en turkis bamse som satt i veikanten, så var de forbi.

Frøydis blinket, svingte av veien inn til høyre, tok etter noen minutter av til en smal vei med grus som knaste under dekkene. Frøydis konsulterte GPS-en, Ella så på kartet.

– Det er her, sa Ella. Stemmen hennes var grumsete og uklar, hun kremtet, rensket halsen og gjentok: – Det er her.

Stemmen hennes hadde en klang av mistro. De fire kvinnene gikk ut av bilen. Foran dem lå en gård, en gammel storgård, nesten en herregård. Rundt det hvite huset (minst 250 kvadratmeter i grunnflate, anslo Frøydis) var det en park, utenfor det igjen jorder med snø i striper og mørke plogfurer. I parken var det tømte fontener, noen med en slags trehuskonstruksjon på toppen, som antagelig beskyttet statuene mot kulde og frost, det var store blomsterbed dekket med granbar, bladløse figurklippede busker. Parken strakte seg helt ned mot vannet, den ble delt i to av en allé, sikkert mer enn hundre trær i to strake rekker, med sprikende sorte grener mot den grå himmelen. Det var stille og stivfrossent, nesten uvirkelig i det lille ettermiddagslyset, men likevel praktfullt.

– Kan det være her? spurte Celeste skeptisk og satte tungen mot kinnveggen så det ene kinnet hennes bulte ut.

– Det skal være det, sa Ella.

– Vi bør vel sjekke en ekstra gang før vi ... igangsetter, sa Frøydis. – Det var en Joker-butikk akkurat der vi tok av fra hovedveien, la hun til og satte seg inn i bilen igjen.

Det var Ella og Frøydis som gikk inn i butikken, mens Celeste og Jenna ble sittende som barn i baksetet. Vil dere ha noe, spurte til og med Ella før hun innså at hun i alle år hadde stilt Maja det samme spørsmålet. Ella Blom, nå er det like før du sier til Celeste at hun må huske å tisse! Da Ella og Frøydis kom ut, kunne de bekrefte at jo, det var Edmund Benewitz-Nielsen som bodde på den store eiendommen helt ned mot sjøen. Han har lagt ned mye tid og penger der, ja, hadde den snakkesalige butikkdamen fortsatt. Forpaktet bort jorden – jordbruk er han ikke så interessert i. Han har restaurert husene, men det er parken som er hans stolthet. Ja, hadde Ella nikket, det har jeg hørt. Tenk, til våren kommer det visst et kjent britisk hagemagasin for å lage en reportasje. Han var stolt som en hane da han fortalte det. Han er sikkert hjemme, hadde

262

butikkdamen sagt, han er alltid her i helgene. Men det var han ikke. Edmund Benewitz-Nielsen var trygt plassert på den andre siden av jordkloden, på en stor konferanse om nevrolingvistikk, i Tokyo. Bilen hans, derimot, var hjemme. Ella visste godt at Edmund aldri ville drømme om å kjøre til Gardermoen. Universitetet dekket tog og flytog, men ikke skyhøye flyplassparkeringsgebyrer.

De parkerte et stykke fra huset, helt nederst i alleen, halvt i skjul bak et enormt lerketre. De kneppet på seg fløyelskappene og trakk hettene over hodet. Stemningen forandret seg nesten umiddelbart. Ella så opp på dem, hun så ivrig ut, med røde roser i kinnene og feber-blanke øyne. Celeste stod og trippet som en skinnende sort fullblodshest som utålmodig ventet ved startstreken på veddeløpsbanen. Jenna nikket besluttsomt flere gan-ger, smilte oppmuntrende til Ella og Celeste. Nå må vi ta det med ro, sa Frøydis. Har alle klart for seg hva de skal gjøre? De andre nikket. Jenna og jeg prøver å opp-spore bilen. Ella og Celeste tar med seg den der (Frøydis nikket i retning av en liten, grå pappeske) ned dit (hun pekte nedover i parken). Trinn 3 iverksetter vi i kveld. Alle nikket.

Jenna og Frøydis begynte å traske oppover alleen, en kortvokst skikkelse side om side med en høy, i fotside nattsvarte kapper. Det eneste som brøt med alt det sorte, var en lokk av Jennas lyse hår og en hvit, liten papirpose som Frøydis bar. Det var en grusvei med en bred stripe brunt gress i midten, det var allerede begynt å mørkne så vidt, og selv om trærne ikke hadde blader, gjorde de det enda mørkere. Frøydis hadde høyhælte støvletter, i sem-sket skinn, hælene var ikke av de aller tynneste, men det var tydelig at grusen og det ujevne underlaget ikke var

263

særlig egnet for fottøyet hennes. Likevel nynnet hun lavt og fornøyd, svingte armene optimistisk, slik at den hvite papirposen føk ut og inn av Jennas synsfelt. Jenna selv var også i godt humør. Hun og Frøydis skulle utføre trinn 1 i tretrinnsraketten som skulle lede til Edmund Benewitz-Nielsens undergang – og oppvåkning. Jeg tipper det er den bygningen der, sa Frøydis. Jenna stoppet og myste, der i skyggen fra låven lå det et lite, gulmalt hus med en bred dobbeltdør. Jo, det kunne se ut som en garasje.

De åpnet den ulåste døren, som knirket på en så film-aktig måte at de begge begynte å fnise nervøst. Lyset ble automatisk slått på. Jenna knep øynene sammen og kjente at hjertet øyeblikkelig begynte å dunke hardt, selv om all fornuft tilsa at ingen gjemte seg i en mørk og kald gara-sje. Hun hørte Frøydis snøfte fornøyd, og da Jenna et halvt sekund etter åpnet øynene igjen, så hun inn i det begeistrede ansiktet til Frøydis og rett bak henne stod den. Midt i garasjen breiet Edmund Benewitz-Nielsens stolthet seg: en sort, velholdt kabriolet. Maserati, sekssylindret, sa Frøydis, og stemmen hennes var underlig anerkjennende. Vel, vi får sette i gang, sa hun, og Jenna mente å høre at nå hadde stemmen hennes også en klang av sorg. Så tok Frøydis seg sammen: Ingen tid å miste! Frøydis åpnet papirposen og fordelte innholdet likelig mellom seg og Jenna. I begynnelsen nølte de, vurderte plasseringen, tok seg tid til å tenke tallrekker, kolonner og systematikk (Jenna) og tilsynelatende tilfeldig estetikk (Frøydis), men etter noen minutter arbeidet de bare så kjapt og effektivt som de maktet. De fikk såre fingertupper og lim under neg-lene. Det tok mye lengre tid enn de hadde trodd å dekke en hel bil med små klistrelapper. Men til slutt stod den der, som et fargesprakende tivolikjøretøy, all eleganse og eksklusivitet, all maskulinitet var borte. Den sorte lakken var nesten ikke synlig lenger, nå stod det tett i tett med blomster, nusselige ponnier og kattepuser, engler og feer i alle regnbuens farger, på dørene, på panseret, på bagasjelokket, på skjermene. Det så ut som en gigantutgave av en lekebil Barbie kunne ha kjørt. På den ene bakskjermen satt det et stort klistremerke, umulig å overse, omtrent 40 ganger 40 centimeter. «Honk if you're horny», stod det med tydelige, sorte bokstaver på hvit bakgrunn.

– Hvor kom det fra? ville Jenna vite.

– Det er noe Anders hadde fått av en kamerat, sa Frøydis. Hun så faktisk litt flau ut. Jenna smilte; hun hadde ikke trodd at Frøydis var i stand til å skamme seg over noe som hadde med hennes elskede Anders å gjøre.

– Prikken over i-en, sa Jenna. De nikket til hverandre, gikk baklengs ut av garasjen, ville ikke slippe mesterverket med øynene før de måtte, lukket døren etter seg, så at lyset ble slukket der inne. Bilen skinte i all sin prakt foran Jennas øyne også etter at de var kommet ut i halvmørket utenfor.

– Jeg kunne nesten tenke meg en sånn blomsterbil, jeg, sa Jenna.

– Du kunne vel det, sa Frøydis, – det kunne ikke jeg, og det er jeg overbevist om at Edmund Benewitz-Nielsen heller ikke kunne.

De fant Ella og Celeste like ved en av de avskrudde fontenene, den største av dem alle.

– Vi tror dette må være det perfekte stedet, sa Ella rolig. Hun lå på knærne på den fuktige marken. I hånden holdt hun en spade, en slik uskyldig, liten spade som man vanligvis bruker for å grave i rosenbedet eller i grønnsakshagen.

Celeste betraktet henne med armene over kors. På bakken foran henne stod den grå kartongen.

– Mhm, sa Frøydis anerkjennende, det ser ut som om dette er et sted der mest mulig skade kan skje.

– Hvordan gikk det med bilen? spurte Celeste.

– Trinn 1 fullført, meldte Frøydis.

– Den ble kjempefin, sa Jenna.

– Den ble redselsfull, sa Frøydis, – han kommer til å få fysisk vondt bare ved synet.

Ella så opp mot dem:

– Skal vi gå for dette stedet?

Bare en som kjente til Ellas lingvistiske perfeksjonisme og selv var i besittelse av noe lignende, ville ha reagert på ordvalget hennes. Hun ville aldri ha valgt en slik anglisisme hvis hun ikke hadde vært opprørt, faktisk så opprørt at ikke engang hennes indre sensur oppdaget det. Ingen av de andre kvinnene reagerte heller. De nikket, og Celeste sa:

– Ja, det gjør vi.

Ella begynte å grave. Det hadde ennå ikke gått tele i jorden, bare overflaten var en tanke isete, og snart hadde hun gravd hullet så stort som det var nødvendig. Celeste gikk bort til henne, huket seg ned og rakte henne kartongen. Ella åpnet forsiktig og lirket ut noe som ved første øyekast så ut som en ordinær gråstein. Hun holdt den andektig i begge håndflatene, viste den frem for de andre kvinnene, slik at de kunne beundre den.

Høstsolen var i ferd med å forsvinne bak åskammen i vest, den farget himmelen over åsen appelsingul, skyene var trukket utover i tynne, rødaktige striper, himmelen var blygrå, landskapet for øvrig var grått, brunt og sort med noen hvite felter der snøen hadde lagt seg som en tynn

266

hinne. For å gjøre bildet komplett lettet en flokk med kråker fra nederst i parken, skvatret høyt og forsvant inn i et skogholt. De fire kvinnene i sine mørke kapper passet inn i landskapet, og nå lå den ene på kne, strakte hendene opp mot de andre. Jenna følte seg hensatt til fortiden, hun degget for tanken at de var medlemmer av et slags hekse-søsterskap, i en fjern fortid, en hedensk tid, de hadde overnaturlige evner, og nå skulle de begrave en offergave for å kunne fortsette sine hekserier som alltid, alltid gikk ut over menn med makt.

Ella kjente væten som hadde trengt gjennom fløyelen, gjennom buksene og strømpebuksene hun hadde under, hun kjente også at det begynte å bli ubehagelig å ligge så lenge på kne (En dame i din alder, Ella Blom!). Hun tenkte, i likhet med Jenna, på fortiden, men i motsetning til Jenna var det ikke noe romantisk over Ellas tanker. For 6000 år siden, i yngre steinalder, hugget noen til denne øksen. Hun så ned på steinen hun fremdeles holdt i hendene. Det var på mange måter en uanselig stein, grå med noen lysere spetter, avlang og glatt som et fugleegg. Ella syntes den var vakker. Hun hadde syntes det med én gang hun hadde fått øye på den i glassmonteren.

Hun og Celeste hadde stått i den støvete korridoren på Arkeologisk institutt, ved siden av Celeste stod en mann i sekstiårene. Det var tydelig at han var svært svak for Celeste, han fulgte henne med øynene, og Ella så at han tok henne på kåpeermet uten at Celeste kjente det gjennom det tykke stoffet. Celeste hadde fortalt at hun hadde ligget med ham en gang.

– Det var nærmest ved et ulykkestilfelle, lo hun, – jeg tror jeg syntes synd på ham, og så var han faktisk svært kjekk for femten år siden. Du vet, sånne arkeologer får lange, smidige muskler av å grave og bære så mye.

– Akademikere med fysisk anstrengende arbeid er en sjelden vare, ja, sa Ella.

– Bortsett fra en bronsestatuett fra vikingtiden, som han personlig gravde opp i Hardanger et sted, er jeg den store kjærligheten i hans liv, sa Celeste. – Jeg har ikke sett ham på årevis, men jeg regner med at jeg fremdeles kan få ham til å gjøre det meste for meg.

– Det er kanskje best at jeg ikke er med, prøvde Ella å si. – Vi er jo faktisk kolleger, ansatt ved samme universitet, jeg har liten lyst til at han skal kjenne meg igjen, og …

– Han er så distré og dessuten så oppslukt av meg at det behøver du ikke å bekymre deg for, svarte Celeste selvsikkert, og Ella lurte på hvordan det var å ha en slik tro på sin egen tiltrekningskraft.

Men det viste seg at Celeste hadde rett. Sangvik (med det høyst passende fornavnet Stein) hadde ikke så mye som kastet et blikk på Ella, som Celeste hadde presentert som en god venninne. Celeste sa at hun var interessert i oldtidsfunn fra Vestfold. Sangvik lyste opp og viste dem rundt i instituttets egen samling. Han fortalte entusiastisk om de forskjellige gjenstandene, de stoppet ved et sjeldent og svært verdifullt funn, mens Celeste smilte og blunket til ham, kom med hentydninger til den hete natten for femten år siden, kanskje var det på tide med en … middag? Den stakkars mannen ble aldeles forvirret, og da Ella diskré nikket mot steinøksen og Celeste bad ham låse opp monteren så hun kunne kjenne på den, var det ikke nei i professorens munn. Det var strengt forbudt å åpne montrene uten at to ansatte var til stede, fortalte han, men siden han var instituttbestyrer, så skulle han nok få det til. Celeste tok henført imot øksen, la den i den ene hånden og lot den andre gli over den, tommelen på den ene siden, de fire andre fingrene på den andre siden, hun tok grep og lot hånden gli frem og tilbake. Sangvik fulgte hypnotisert med. Celeste førte steinøksen (en tynn-nakket bergartsøks, ifølge Sangvik) opp til ansiktet, tungespissen hennes tittet frem, hun lukket øynene.

– Så glatt den er, hvisket hun.

– Ja, den er pusset og slipt, opplyste Sangvik.

– Og så hard den er, sa Celeste.

– Ja, det er jo rimelig det, den er jo laget av stein, sa Sangvik og svelget lydelig. Celeste begynte å snakke om en snarlig middag igjen, en drink etterpå og kanskje ... Sangvik nikket ivrig. Celeste gav steinøksen til Ella, som lot den forsvinne ned i vesken sin.

– Da har vi en avtale, da, sa Celeste, gikk opp på tærne og la kinnet sitt et øyeblikk mot hans.

– Ja, sang Sangvik, – en avtale.

– Vi får se å komme oss av gårde, sa Celeste og smilte søtt til ham. Han smilte tilbake. Da de var kommet til enden av korridoren, ropte han:

– Når?

Og Celeste svarte:

– Jeg ringer deg.

– Når tror du han oppdager at den er borte? spurte Ella på vei ned trappen.

– Nokså snart, sa Celeste, – men det spiller jo ingen rolle. Hvordan skal han forklare at han tok den ut og gav den til meg? Det hadde vært svært pinlig for ham. Nei, han låser nok monteren i all stillhet og tier.

– Skal du gå ut og spise med ham? spurte Ella bekymret. Celeste stoppet og så på henne:

– Ja, sa hun langsomt, – det tror jeg jommen at jeg skal.

De hadde forsikret seg om at øksen var av den typen som ville utløse et massivt gravearbeid på Edmund Bene-witz-Nielsens eiendom, og nå hadde de funnet stedet som ville gi maksimale skader i den velholdte, påkostede parken. Ella la øksen nede i hullet, dekket den halvveis med jord. Hun børstet hendene rene, rettet seg opp og kjente en skarp smerte i korsryggen, som gikk over til en svak murring så snart hun fikk rettet ryggen helt ut:

– Nå gjenstår det bare et par telefoner til lokalpressen og til fylkesarkeologen, sa hun.

– Jeg kjenner en profilert og svært dyktig journalist, sa Celeste.

– Vi har fått med oss det, sa Ella.

– Kjære fru Næss, sa Frøydis og vendte øynene fromt mot den svartgrå himmelen, – takk for en fabelaktig god idé.

– Fru Næss er heldigvis ikke der oppe, protesterte Jenna muntert og dultet til Frøydis med albuen.

– Sant nok, sa Frøydis og dyttet Jenna tilbake, de fniste som to skoleunger; de var begge i strålende humør, for-nøyde med innsatsen, spente på hvordan det kom til å utvikle seg.

– Det er nesten litt fælt, sa den bløthjertede Jenna og så seg rundt. – Tenk dere hele denne nydelige parken her med gravemaskiner og avsperringer.

– Det blir et vidunderlig syn, sa Ella. Ansiktet hennes var blekt inni hetten, og rett ovenfor øyenbrynene hadde hun en stripe jord etter at hun antagelig hadde strøket hånden over pannen.

270

– Det blir vel snarere en gjeng følsomme arkeologer med skjeer, flirte Frøydis. – Men uansett: fantastisk innsats, jenter! Hurra! Drev ikke romerne med konfiskering av eiendom, Ella? Fiender av staten ble fratatt gård og grunn?

– Hurra for oss, ropte Jenna overgivent.

– Jo, svarte Ella. – I forbindelse med proskripsjon forsvant både rettsvern og eiendommer.

– Trinn 3 gjenstår, sa Celeste med høy og klar stemme. – Dette er ikke på langt nær nok som straff for de forbrytelsene han har begått.

– Men det er en god begynnelse, sa Ella.

I bilen på vei mot Oslo satt Ella og Celeste i baksetet. De satt så nær hverandre at lårene deres kom i berøring hver gang Frøydis svingte og bilen la seg over.

Jenna hadde tatt de sølete kappene og varsomt lagt dem i en bag.

– Skal vi ikke bare ta hver vår kappe og vaske dem selv, foreslo Frøydis.

– Nei, nei, insisterte Jenna. – Jeg påtar meg mer enn gjerne å vaske dem.

Det kom ingen protester.

De hadde ikke kjørt mer enn et kvarters tid da Frøydis erklærte at hun var sulten. Hun måtte ha noe mat. Nå!

– Jeg tror det er en veikro litt lenger nord, sa Ella.

– Veikromat orker jeg ikke, sa Frøydis. – Men der er det jo en bensinstasjon. Som bestilt!

Frøydis bråbremset, blinket, svingte.

– Er det liksom bedre med bensinstasjonsmat? spurte Jenna.

– Å ja, svarte Frøydis. – Bensinstasjonsmat later ikke som om den er noe annet enn den er. Og pølsene kan være riktig gode. Noen andre som vil ha?

De andre ristet på hodet, ble sittende i bilen og følge henne med øynene, der hun fet, elegant og effektiv beveget seg mot glassdøren.

Inne på bensinstasjonen var det lyst og varmt. Bak disken stod en kvinne på omtrent samme alder som Frøydis. Brystene og magen hennes bulte ut under det oransje arbeidsantrekket, ermene strammet rundt de fregnete overarmene. Hun kastet et blikk på Frøydis og smilte anerkjennende til henne så haken skalv. Frøydis smilte tilbake, ingen av dem sa noe, men begge var innforstått med fellesskapet dem imellom.

– Grill eller wiener? spurte Frøydis.

– Wieneren er best i dag, svarte damen fortrolig, en matkjenner til en annen.

– To ganger wiener i lompe, sa Frøydis, og litt stekt løk. Frøydis tok med en kartong iste, en pose småsjokolader, betalte og gikk, fremdeles med pølsene i venstre hånd.

– Kos deg! ropte damen bak disken.

– I lige måde, svarte Frøydis.

Hun satte seg bak rattet, tok den første biten av den ene pølsen, skinnet gav etter for tennene hennes på nøyaktig riktig måte, et mykt knepp og så var hun igjennom til det salte, saftige pølsekjøttet. Løkbitene skapte sprø tyggemotstand og kontrast, sennepen (ketsjup brukte hun aldri) brant akkurat en ørliten tanke i ganen (det hadde selvsagt vært mye bedre med skarp dijonsennep). Mhm. Hun lukket øynene mens hun tygget, delvis i nytelse, delvis for å erte de andre.

– Men herregud, skal vi sitte her mens du spiser to pølser?! sa Celeste.

– I *det* tempoet! tilføyde Ella som et samstemt ekko.

– Ja, det skal jeg, svarte Frøydis, tok enda en bit, ledsaget av en enda høyere mhm-lyd.

– Herregud, stønnet Celeste igjen.

– Se her, sa Frøydis og kastet sjokoladeposen bakover; Ella fanget den i luften, åpnet den og delte ut sjokoladebiter til de andre. – Kåte-Karl, da? spurte Frøydis. – Er han ennå like ydmyk og medgjørlig?

Celeste nikket.

– Han er jo nesten blitt kjendis etter tv-skandalen, sa Frøydis. – Jeg så ham i denne spalten der man blir spurt om fem bokfavoritter.

– Det sier jo litt om mannen, at han stiller opp og lar seg intervjue, sa Jenna. – Gir du meg en sjokolade til, Ella?

– PR-Kåte-Karl, lo Celeste. – Send posen rundt, Ella!

– Hvilke favoritter hadde han? Han leste neppe Germaine Greer, sa Ella og gav posen til Celeste.

– Hvem er det? spurte Jenna.

– Jeg la merke til at han valgte ut fem mannlige forfattere.

– Er du overrasket? sa Ella.

– Kom igjen, damer! Han er ikke blitt klokere, sa Celeste forsonende, – han er bare blitt litt snillere. Alle i den spalten, med et par hederlige unntak, velger menn.

– Ren nysgjerrighet: Hva valgte Karl Hebbern, da? spurte Ella igjen.

– Han valgte et par krimbøker. Nesbø, Mankell. Så husker jeg ikke mer, sa Frøydis. – Jo, nå husker jeg én til forresten: Vår venn Kåte-Karl valgte en bok skrevet

273

av en sånn halvkjent psykolog, vet dere. *Kjærlighetens instrumenter* het den, tror jeg.

– Cato Mathiassen, sa Ella straks. – Jeg leser alltid spalten hans.

Celeste trakk pusten. Ella så på henne. Celestes ansikt var stivt og uttrykksløst, all løssluppenhet var borte. Skulle hun spørre Celeste hva hun hadde reagert på? Men nei, hun var nok nysgjerrig, men hun ønsket ikke mer oppmerksomhet rundt psykologen; Ella hadde nemlig en gang i fortvilelse over ekteskapet skrevet et brev til den spørrespalten Cato Mathiassen hadde i en løssalgsavis hver lørdag. Hun hadde aldri fått svar, og når hun nå tenkte på det, skammet hun seg over sin egen dumhet. Frøydis startet bilen.

– Den har jeg lest, sa Jenna fra forsetet. – Den er virkelig god. Den handler om kommunikasjon i kjærlighetsforhold.

– Ferdig med pølsene, sang Frøydis ut. – Nå kjører vi. Blindern neste!

Det var blitt tidlig kveld da de kom frem til universitetet, og siden snøen ennå ikke hadde fått fotfeste, var det så mørkt som det kan bli i Norge når den lave solen er helt forsvunnet, når bakkene og veiene ligger bare og sluker lyset fra gatelyktene. Universitetsbiblioteket er lakrissort og skinnende blankt utenpå, men inni er tusenvis av lamper tent, som en hel by i alt det sorte. Ella elsket Universitetsbiblioteket. Hun tok seg alltid tid til å stoppe og se beundrende på det. Det representerte alt hun verdsatte ved det akademiske livet: kunnskap, orden, ro. Hun snudde seg og kastet et raskt blikk på den store bygningen, skulle halvt til å kommentere den, gjøre de andre oppmerksomme på den, men så orket hun ikke. Hun visste at hun var i ferd med å svikte sine egne idealer, at hun kom til å passere en grense. Orden og ro, my ass! Jeg synes du trår over grenser hver uke for tiden, Ella Blom! Hun ville ikke høre, snudde seg mot Celeste, og tok henne i å se rett på henne, bortsett fra at det var åpenbart at Celeste slett ikke følte at Ella hadde tatt henne på fersk gjerning på noen som helst måte. Celeste bare fortsatte å se på henne, smilte og strakte frem en hånd, la den over Ellas, Ella rakk å legge merke til hvor vakker den hånden var (Er det ingenting på den kvinnen som ikke er perfekt!), Celeste strøk henne over håndbaken. Så bøyde hun seg frem, Ella kjente den varme pusten hennes i øret, et øyeblikk syntes hun at hun kjente væte fra Celestes tunge eller lepper, men sikker var hun ikke. I et lynglimt av et sekund tenkte Ella at det var en kvinne hun burde bo sammen med, ikke Peter, så forsvant tanken, like fort som den hadde kommet. – Han fortjener det, hvisket Celeste. Inn i øregangen hennes hvisket hun: – Husk at Edmund Benewitz-Nielsen fortjener dette så inderlig.

De høye bygningene på campus hadde stort sett mørke vindusflater, men fra ett og annet vindu lyste det, og de små lampene der inne vitnet om flittige fagmaur som foretrakk universitetsarbeid fremfor andre aktiviteter lørdagskvelden. Parkeringsplassen foran Henrik Wergelands hus var nesten tom, og bare ett dobbeltvindu var opplyst, helt bortest i tredje etasje. Der sitter det en dialektforsker, forklarte Ella, han holder på å kartlegge pronomenbruken i tredjeperson flertall i alle landets kommuner, han går nesten aldri hjem, han sover ofte på sofaen, selv om det slett ikke er lov. De var kommet bort til inngangsdøren. Ella stakk inn et kort og tastet en kode, døren summet velvillig og åpnet seg. Vi går inn her, sa Ella, så tar vi snarveien gjennom lesesalen.

Det var slett ingen snarvei, men Ella ville helst ikke møte noen kolleger eller studenter. At hun var innom kontoret en lørdagskveld, var ikke noe rart og ville knapt bli lagt merke til, men at hun kom travende i følge med tre andre godt voksne damer, det var verre å forklare. Heldigvis var kappene sølete, for det hadde vært helt utelukket å gå rundt i Blinderns korridorer iført nattsvart fløyelskappe. Vel vrimlet det av originaler og pussig kledde ansatte på denne institusjonen, men deres originalitet tok helst andre veier enn elegante, fotside fløyelskeper med hengende, spisse hetter.

– Bare logg på som vanlig, sa Jenna da de var kommet inn på Ellas kontor uten å møte noen, og Frøydis hadde uttrykt sin overraskelse over at en som var noe så flott som en førsteamanuensis, ikke hadde større kontor enn dette. Det er jo så vidt plass til oss, hadde hun sagt. Men det er en imponerende utsikt, hadde hun tilføyd, for å gjøre det godt igjen. Ella tok seg ikke nær av statens oppfattelse av universitetsansattes kontorarealbehov. Hun nikket, og sa seg enig i at kontoret var lite, men utsikten var fantastisk. Oslo glitret mot dem.

– Kan du virkelig gjøre dette fra min maskin? spurte Ella, for minst tredje gang.

– Ja, sa Jenna tålmodig. – Men vi må være her på Blindern.

– Nå er jeg inne, sa Ella og overlot stolen sin til Jenna.

Frøydis hadde satt seg på besøksstolen, et øyeblikk hadde Ella bekymret betraktet den spinkle kontorstolen med fire hjul, men øyeblikket etter irettesatte hun seg selv, nå må du slappe av, Ella Blom, tror du virkelig at en helt vanlig kontorstol skulle gi etter for en kvinnes vekt, tror du virkelig at ingen av dine mannlige kolleger, store menn på nærmere to meter noen av dem, ikke veier mer enn Frøydis? Baken til Frøydis foldet seg fredfullt over setet, føttene hennes nådde ikke ned til gulvet, og hun ble sittende og dingle som et lite barn mens lårene hennes fløt utover. Frøydis smilte til Ella. Øynene hennes strålte. Selv Ella så at akkurat nå var hun nesten pen, verdig som en dronning: Frøydis satt på en ordinær kontorstol trukket i blått ullstoff, bak henne blinket Oslo by som et teppe med hundretusenvis av lysende punkter, håret lignet mer enn noen gang på en skinnende stridshjelm, dukkemunnen krøllet seg oppover, i kinnene hadde hun fått rosenrøde felter av iver, mer glødende og kledelige enn en profesjonell makeupartist kunne ha fått til.

Ingen sa noe. Jennas fingre beveget seg flittig over tastaturet.

– Dette er mye bedre enn vi kunne ha drømt om, sa Jenna plutselig.

– Hva da?

– Hva er det? sa Ella urolig.

– Vent litt, sa Jenna uten å se opp.

– Jeg foreslår at vi gjør det litt annerledes enn vi hadde planlagt, sa hun endelig, nesten et kvarter senere. – Se hva jeg har funnet, jenter!

Jenna hadde hentet opp en fil fra Edmund Benewitz-Nielsens område på fellesserveren, nå stod dokumentet fremme på skjermen. – Det er ikke så veldig morsom lesning for deg, Ella, men det gir oss muligheter.

Edmund Benewitz-Nielsen hadde forfattet en tekst om Ella Blom. Han øste ut sitt hat og sin forakt for henne.

Han skrev om henne i tredjeperson, og det var tydelig at han hadde forsøkt å holde teksten i en saklig tone, men han skjenet ut her og der. Selv om man hadde trodd på alle påstandene om Ella, ville man ha reagert på formuleringene. Dokumentet var åpenbart skrevet i affekt, ja, det var nesten så det virket som om det var skrevet av en sinnsforvirret person.

– Oi, sa Ella. Så sa hun ikke noe på en stund.

– Dette er absurd, sa Frøydis. – Mannen er jo gal.

– Det var ... sterkt å lese, sa Ella.

– Jeg skjønner bedre hvordan du må ha hatt det sammen med denne mannen, sa Jenna og lot markøren peke mot noen av de groveste beskyldningene. Det dreide seg i stor grad om hvor uegnet Ella var som leder, hvor ubegavet hun var, hvordan hun til stadighet forsømte seg og nektet å utføre oppgavene sine i prosjektet.

– Hva skal han bruke dette til? spurte Frøydis. – Når er det skrevet?

– Skal vi se, svarte Jenna. – Det er skrevet for mer enn fire måneder siden. Vet du, jeg tror ikke egentlig han har planlagt å bruke det til noe. Jeg tror han har samlet punkter for seg selv.

– Ja, jeg gjenkjenner jo det meste av dette, sa Ella. – Dette er ting han har sagt til meg, og en del av det har han også fortalt dekanus. Jeg ser at det er de samme beskyldningene dekanen refererte da han ringte og sa at jeg ikke kunne fortsette som prosjektleder.

– Sjekk der, sa Celeste. – Han skriver at du kler deg utfordrende på fellesmøter. Mannen må virkelig være gal.

– Men les det siste avsnittet, sa Jenna og overhørte Celestes frekkhet. Hun trykket seg nedover i dokumentet. – Her skriver han rett til deg, Ella: «Ella Blom, jeg har

278

laget en liste over alle de feilene du har begått som leder for PIB-prosjektet. Hvis du ikke trekker deg øyeblikkelig, vil jeg sende denne listen til Uniforum.»

– Hva er Uniforum? spurte Frøydis.

– Internbladet, sa Ella. – Ja, ja, når alt kom til alt, så behøvde han ikke å true meg til å trekke meg. Det sørget dekanus for.

– Og jeg skal sørge for at dekanus kommer til å tenke seg om en gang til, sa Jenna. – Nå lagrer jeg dette brevet i seks kopier, bytter ut ditt navn med andre, slik at det ikke ligger ett dokument med ditt navn i på maskinen, men syv likelydende om syv forskjellige universitetsansatte.

– Smart, sa Celeste.

– ... og selvsagt ordner jeg det slik at dokumentene får en annen dato enn dagens. Jeg tilbakedaterer dem. Det kommer til å se ut som om de er skrevet i samme periode som Ella-dokumentet.

– Smart, gjentok Celeste.

– Ett brev med beskyldninger om én person, da kan man nesten tro at Edmund Benewitz-Nielsen har rett, sa Jenna. – Selv om ordlyden er ganske syk, selv om truslene er over kanten.

– Men syv like brev om syv personer, fortsatte Frøydis. – Ja, den som har forfattet dem, er nok ikke riktig vel bevart. Det er hevet over enhver tvil.

– Nå skal du få gleden av å velge ut de seks andre, Ella. Det er vel nok å ta av her oppe? Have a pick!

– Det er nok av slasker, ja, sukket Ella.

– Vent et øyeblikk! avbrøt Frøydis og løftet hånden. – Velg med omhu. Velg de verste misogynene. I tillegg til de absurde beskyldningene vi kopierer fra Benewitz-Nielsen, plukker du ut noe du vet om dem – ikke noe som nødvendigvis har med deres kvinnefiendtlighet å gjøre. Det beste er om det de blir anklaget for, gjør at hver og en av dem kjenner seg truffet, og dermed vender sitt sinne mot Benewitz-Nielsen.

Etter at Ella hadde funnet de seks kandidatene og formulert en passende anklage, satte hun seg på den smale sofaen under bokhyllen med en masteroppgave hun måtte lese igjennom; hun hadde lest det samme avsnittet minst femten ganger uten å få med seg hva som stod der. Celeste satt på skrivebordet og tekstet til en eller annen, det pep med jevne mellomrom. Sikkert en elsker, tenkte Ella og visste ikke om hun var irritert eller misunnelig. Frøydis hadde stått med håndflatene plantet i vinduskarmen og sett utover byen.

– OK, sa Jenna da hun hadde holdt på i omtrent en time.

– OK hva? sa Celeste.

– Jeg er ferdig, sa Jenna.

– Har du ... gjort det? spurte Ella. Jenna nikket. – Nå drar vi hjem, sa hun, reiste seg, tok på seg jakken og skrittet over Ellas slanke ben og åpnet døren ut mot gangen.

– Vent! sa Ella. – Er det alt? Skal vi ikke gjøre noe mer?

Jenna ristet på hodet:

– Mission completed. I morgen ringer jeg inn et anonymt tips til ledelsen, akkurat sånn som vi ble enige om, sa hun, litt utålmodig fra dørsprekken. Ella reiste seg, knærne sviktet, så hun snublet før hun gjenfant balansen. Burde de ikke ha snakket sammen? Hatt en slags debriefing? Var dette alt? Det kom så brått, så uventet. Celeste hoppet ned fra skrivebordet:

280

– Skulle vi ikke ta et glass vin eller noe?

– Jo, det hadde vært hyggelig, sa Ella lettet og smilte til henne. Hun ropte lavt etter Jenna, som allerede var langt bortover gangen. Men hun hørte ikke. Ella ventet til Celeste og Frøydis også var ute av døren før hun smekket den igjen og hastet etter Jenna.

– Takk, sa hun til ryggen til Jenna, som nå var nesten ute ved heisene.

– Vin? sa Celeste da de alle stod i heisen. – Jeg har vin hjemme.

Frøydis ristet på hodet.

– Nei, ikke i kveld, sa Jenna og trykket på etasjetallet 1, døren gikk igjen. – Jeg føler meg ikke helt i form.

Og nå så Ella at ansiktet til Jenna var hektisk rødt og skinte av svette. Det rant til og med en dråpe ned langs neseryggen.

– Ja, bare gled dere, damer, sa Jenna. Hun hadde åpnet kåpen og var i ferd med å kneppe opp blusen. Huden på brystet hennes var blussende rød og varm. – Jeg har forsøkt å hekse det bort, men det hjelper ikke.

– Nei, det er vel ulempen med hekserier: De virker sjelden, sa Celeste tørt.

– Sant, sa Jenna, satte underleppen ut og blåste opp i luggen.

*

Mandag formiddag landet Edmund Benewitz-Nielsen på Gardermoen. Han hadde ikke klart å sove stort på flyet, for det var selvsagt ikke mulig for en universitetsansatt å fly på en noenlunde sivilisert måte; han hadde påpekt overfor den kjerringa Ella Blom at det ikke sømmet seg

281

for en professor i medisin (det ubestridelig viktigste av alle fag) å reise noe annet enn business, men hun hadde ristet på hodet. Beklager, hadde hun sagt. Beklager meg her og beklager meg der, tenkte Benewitz-Nielsen sint. Nå var han stiv i bena, støl i korsryggen, uggen og utilpass. Og alt var hennes skyld. Men han kunne i hvert fall glede seg over at det å nekte ham skikkelige flybilletter var noe av det aller siste hun gjorde som prosjektleder. Han kjente en svak glede ved tanken, og gleden spredde seg i kroppen hans og resulterte i et lite, triumferende smil.

Da han satt og dinglet på flytoget, bestemte han seg for å jobbe hjemme i Vestfold de to neste dagene. Akkurat nå orket han ikke tanken på sine ubegavede studenter og sine til tider temmelig irriterende kolleger. Han hadde, så vidt han husket (og hans hukommelse var fremragende) ingen forelesninger før på torsdag, og heller ingen viktige møter. Jo, han hadde faktisk et møte med nettopp Ella Blom, men hun hadde bare godt av å sitte og vente på ham. Hun var jo heller ikke lenger prosjektleder. Han kunne sørge for å sende henne en beklagende mail (han følte seg ikke helt bra dessverre, kunne ikke komme på møtet) som ville nå henne like etter at hun hadde forlatt sitt kontor for å møte ham, da kan hun ikke beskylde ham for ikke å gi beskjed (det er jo ikke hans skyld at mailsystemet av og til er så tregt). Nå ville han dra innom Blindern for å sjekke posthyllen sin og så ta drosje ned til Oslo S og deretter toget rett hjem (han tenkte fremdeles på gården der nede som hjem, og hver gang han tenkte på gården, kjente han et stikk av glede). Han gjespet, fastslo at de var kommet til Lillestrøm, kjente at det verket bak øynene. Men om noen korte timer ville han

282

ligge på sofaen hjemme, med utsikt over parken, alleen og sjøen.

Da han endelig fikk inntatt den etterlengtede posisjonen utstrakt på sofaen, hjemme hos seg selv på gården i Vestfold, trakk han inn pusten og lot den sive ut gjennom nesen et par ganger. Han hadde lagt en av de broderte putene han hadde etter moren sin, dobbelt, slik at hodet hans lå i en bratt vinkel opp fra nakken. Det så ikke behagelig ut, men han likte det, og han kunne se både parken og sjøen. Sjøen var grå i dag, med små krappe bølger som så vidt gikk hvite. Han kunne se noen av buskene han hadde begynt å fasongklippe; målet var å lage et sett sjakkbrikker. Ja, han skulle ikke ha alle 32 brikkene der ute (han lo ut i det tomme rommet), han hadde tenkt å klare seg med tre–fire bønder i tillegg til ett eksemplar av de andre brikkene. Den lille trekonstruksjonen på toppen av fontenen var ikke pen, men han visste den skjulte Poseidon i granitt, nå godt polstret i treull, han gledet seg til å ta vekk isolasjonen og sette fontenen i gang igjen, i begynnelsen av mai, kanskje. Hvis han lukket det ene øyet, forskjøv alleen seg så den forsvant bak vindussprossen. Lukk øyet – borte, åpne øyet – allé, lukk øyet – borte, åpne øyet – allé. Han moret seg med dette en stund, til det begynte å danse rosa dotter for øynene hans, og han kjente at han holdt på å sovne. Han sov som et uskyldig barn i tre samfulle timer, han smilte i søvne da han forestilte seg hvordan det hadde vært da Ella Blom fikk refs av dekanus for å ha forsømt seg som prosjektleder. Kanskje han kunne få rektor til å kontakte henne også? Gjøre det klart for henne at hun hadde vært en usedvanlig slett leder. Kanskje hun kunne bli oppsagt? Kanskje

283

ville hele universitetskollegiet stå rundt henne i en ring, og hun stod i midten, utskjelt og ydmyket, med alles latter gjallende i ørene? Han kjente jo rektor ganske godt også, kanskje det hadde vært mulig? Han våknet helt, uthvilt, nesten oppspilt. Han satte seg opp, lemster og ennå støl, men i strålende humør. Han var hjemme! Det var blitt helt mørkt nå, men han ville ta en liten kjøretur, en tur med Maseratien, innom Joker for å kjøpe noe han kunne spise til middag, noe enkelt, pizza eller en boks med erter, kjøtt og flesk, han orket ikke tanken på å lage noe nå, og så – etter at innkjøpene var unnagjort – ville han kjøre langs fjorden, sitte trygt i skinnsetet med kalesjen over seg som et lokk, kjenne hestekreftene under panseret. Min prins! Min stolte, sorte prins! Da han gikk mot garasjen, hadde han den samme kilingen i magen, den samme forventningen som alltid. Det er dette som gjør livet verdt å leve, tenkte han, dette stedet, bilen, livet her nede. Forventningen var ekstra sterk i dag, lengselen dypere, det var lenge siden, han åpnet dobbeltdøren, lyset tente seg.

Først hadde han trodd at det var de rosa dottene fra i sted som hadde kommet tilbake, at det var en konsekvens av jetlag, han knep sammen øynene, men bilen ble likevel ikke slik den pleide å være, slik den skulle være, slik han hadde sett den for seg mens han var på den totalt unyttige konferansen i Tokyo, mens han lå med den tynne japanske horen, og især mens han satt på toget hjem. På bilen, på hans Maserati, var det tett i tett med små figurer, som et psykedelisk blomsterbed ispedd noen dyr og feer med vinger og tryllestav, som et mareritt i pastellfarger. Edmund Benewitz-Nielsen gikk sakte bort til kabrioleten, til prinsen sin, han la hånden på panseret og kjente de små opphøyningene av klistremerkene, og han skjønte at det ikke var en synsforstyrrelse. Så satte han seg rett ned på sementgulvet og begynte å gråte.

Det var ikke før da han kom inn i huset igjen, at han begynte å tenke på at noen måtte stå bak dette. Aller først hadde bare tankene dreid seg om at bilen var ødelagt, det gjorde fysisk vondt å se den, deretter hadde han begynt å tenke på hvordan han kunne redde den, om klistremerkene lot seg fjerne med såpe og vann, at lakken ikke tok skade. Da han igjen satt i sofaen, denne gangen blind for utsikten, som for øvrig heller ikke var annet enn sort høstkveld, gikk det opp for ham at noen hadde tatt seg inn i garasjen, stått der og omsorgsfullt klistret den ene blomsten etter den andre på hans bil. Noen hadde skjendet den sorte prinsen hans. Hvem kunne finne på noe slikt? Den aller første tanken som slo ned i hjernen hans, var Ella Blom, men like raskt som den kom, avviste han den. Ella Blom var altfor korrekt til å gjøre noe slikt. Hun var for kjedelig, for fantasiløs. Hun var for feig. Det er jo noe av det som var grunnen til at han hadde kunnet holde på å herse med henne så lenge. Men hvem ellers kan det være?

Edmund hadde planlagt en biltur, en stille aften, nå sitter han bøyd over sofabordet med et ark og penn. Det scr harmonisk, nesten idyllisk ut, en pen, middelaldrende mann i skjæret fra en enslig lampe. Men Edmund Benewitz-Nielsen har det ikke godt. Han blar gjennom livet sitt, år for år, episode for episode, menneske for menneske. Han må finne det ut! Hvem er det som vil ham vondt? Mangefargede blomster hopper opp og ned for øynene hans, de blir til små feer som rekker tunge til ham, gjør grimaser og sier æda-bæda. Han orker ikke å se på dem. Han gnir øyeeplene så han ser røde skyer i stedet for blomster, men straks dukker de opp igjen, æda-bæda, han gnir så hardt at han tror han skal gni øynene i stykker, og han slutter. Hvem? Arket på bordet foran ham får etter hvert flere og flere navn. Han trekker pusten dypt. Til slutt vakler han til sengs. Han legger listen på nattbordet i tilfelle han skal komme på enda flere mennesker han har syndet imot i løpet av sine snart femti år på jorden.

Merkelig nok sovnet han ganske fort, men våknet utmattet på morgenkvisten. Drømmene hans var langt fra så oppløftende som under ettermiddagsluren dagen i forveien. Nå blandet personene som han hadde dårlig samvittighet overfor, seg med de spottende, hoppende blomstene. Han føyde et par navn til på listen.

Han måtte ha sovnet igjen, for han ble vekket av at telefonen ringte. Det var en stammende ung mann fra lokalavisen, ææhm, var det første han sa, før han tok seg sammen og presenterte seg. Edmund Benewitz-Nielsen satte seg opp i sengen, han var tung i hodet, og da blikket hans falt på arket som fremdeles lå på nattbordet med en penn på skrå over, ble han tung i mageregionen også. Han hadde et øyeblikk glemt bilen, det sørgelige synet av den mishandlede bilen. Han skyndet seg å si at han allerede abonnerte på lokalavisen, takk. Men det var ikke derfor han ringte, sa den unge mannen, hørbart fornærmet over at Edmund Benewitz-Nielsen tok ham for en skarve abonnementsselger.

– Dette gjelder en reportasje, sa han selvbevisst. Edmund Benewitz-Nielsen satte prøvende føttene på det iskalde gulvet; det var en av ulempene ved å bo i et gammelt hus at det var nokså trekkfullt, til tross for at han hadde etterisolert for et par år siden. Han hadde planer om å lekte ut veggene og legge inn mer glassvatt, men første-prioritet nå var parken. Han gikk bort til vinduet og nøt den velkjente, beroligende utsikten.

– Ja, sa han, atskillig mer imøtekommende, han hadde allerede blitt portrettert i lokalavisen og hadde ikke noe imot å stille opp igjen. Litt måtte man jo gi tilbake til lokal-samfunnet, og intet var vel mer naturlig enn en reportasje om gården, en omvisning på biblioteket hans, i park-anlegget, han kunne posere med slagstøvler, han, vise at han ikke var redd for å få jord på fingrene.

– Som du sikkert kjenner til, fortsatte journalisten, – er det meldt om et oldtidsfunn i hagen din.

– Parken, rettet Benewitz-Nielsen automatisk, så gikk det opp for ham hva journalisten hadde sagt.

– Hallo? sa journalisten spørrende i sin ende av røret da det ikke kom noe mer fra Benewitz-Nielsen.

– Dette vet jeg ingenting om, fikk han til slutt presset ut av seg.

– Ingen kommentar, altså? spurte journalisten.

– Ja, sa Benewitz-Nielsen, – eller nei.

Han trykket på knappen med den røde, lille telefonen, dumpet ned på en pinnestol og så ut av vinduet. Utenfor lå parken hans, det var rim på plenene, den så fredelig ut, parken hans sov, forberedte seg på våren, på å skyte lubne, grønne skudd i været, på at han skulle spasere der ute mellom de kjære buskene og de velkomponerte bloms-terbedene. Det kunne ikke være sant at noen skulle grave opp busker, trær, heller, fontener, at noen skulle voldta plenen hans, vrenge jorden utover, velte trærne, kutte over røtter. Blikket hans falt på garasjen. Den lyste ikke solgul og vennlig som den pleide, men ondt svovelgult midt i alt det hvite, brune og grå. Hvem var det som gjorde dette mot ham?

Han fjernet blomsterklistremerker da telefonen igjen ringte (mobiltelefonen denne gangen). Han hadde lukket dørene til garasjen og satt inn en blåseovn så han ikke skulle forfryse fingrene. På en krakk stod radioen fra kjøkkenet, den summet lavt på P2, et program om ungarsk litteratur, som han egentlig ikke lyttet til, men som fylte stillheten, og som gav ham en god følelse av å gjøre noe nyttig og riktig (omtrent som å svelge ned en stor spiseskje med tran). På sementgulvet stod det en lyseblå bøtte fylt med mildt såpevann, i hånden klemte han en bløt klut. Han hadde holdt på i tre timer allerede og ikke fått bort mer enn et dusin blomster. Det vulgære merket på bakskjermen var aldeles urikkelig. Han hadde skrubbet i en halv time bare på det. Han kunne nok ha jobbet raskere, men så var han redd for å skade den tandre billakken. Han begynte å bli roligere, han tenkte akkurat at dette ordnet seg, dette med blomstene var nok bare en uskyldig guttestrek. Det var da telefonen han hadde i brystlommen, begynte å vibrere og spille sin lystige melodi. Ja, svarte han kort mens hans forsiktig la kluten over kanten på bøtten.

– Edmund Benewitz-Jensen? sa en forpustet kvinnestemme.

– Benewitz-Nielsen, ja, korrigerte han surt.

– Dette er fra Dagsrevyen, fortsatte stemmen. – Vi har hørt at det er gjort et sensasjonelt funn fra steinalderen på tomten din. Stemmer dette?

I det samme som han skulle til å svare benektende, kom han til å se ut gjennom det lille vinduet til venstre for døren: Ute i parken var den en yrende aktivitet. Røde og hvite sperrebånd var spent opp flere steder. En mann i sølete kjeledress stod og snakket i telefonen og gestikulerte ivrig. På bakken, like ved den største fontenen hans (den med Poseidon), lå det tre mennesker med baken i været.

Verdens onde krefter rottet seg sammen mot ham: All togtrafikk i retning Oslo var innstilt. En kvinnelig (selvsagt!) lastebilsjåfør hadde revet ned en kjøreledning. Uansett hvor lite han ville, måtte han: Edmund Benewitz-Nielsen sitter i den blomstrete bilen sin, på vei til Oslo, på vei til Dagsrevyen der han skal være gjest. Hendene klemmer så hardt rundt rattet at de er blitt numne. Han har bare kjørt et par kilometer da den første bilen tuter – bært-bært! – kjører forbi og vinker til ham, en bil full av ungdommer. Det suser for ørene hans, og det han nå ser for seg, er de hoppende, hoverende, glisende blomsterfeene som danser rundt i hans park mens de ler høyt, sparker jord rundt seg, river ned kvister og tramper i blomsterbedene, står på kanten av fontenene hans, stuper nedi, en har satt seg på Poseidons hode, han sparker vekselvis på det høyre og det venstre kinnet til den stakkars havguden. Han må bare stoppe. Nå. Han holder ikke ut dette et sekund lenger.

Rett foran seg så han de gulrøde skiltene til en bensinstasjon, han vred rattet og svingte krapt av uten å blinke. Han ble sittende en stund i bilen, prøvde å puste rolig inn gjennom nesen og ut gjennom munnen. Han trengte en Farris. En kald, blå Farris. Han vaklet inn på bensinstasjonen, fant det han skulle ha i kjøledisken, betalte hos en dame, en usedvanlig uappetittlig, overvektig kvinne som tillot seg å smile til ham. Han smilte ikke tilbake, trev

289

Farrisflasken og gikk. Stilig bil, ropte damen etter ham. Merr, svarte han halvhøyt.

Dagsrevyen ville gjøre opptak med ham på universitets-området.

– Dette er jo arbeidsplassen din, forklarte fotografen, – og det er ekstra stas at en professor ...

– Jeg er professor i *medisin*, presiserte Edmund Bene-witz-Nielsen.

– Det spiller da ingen rolle, svarte reporteren.

–... at en professor finner en slik skatt, sa fotografen.

– Det er ikke jeg som har funnet noe, sa Edmund Benewitz-Nielsen.

– Nei, nei, men i din hage, da, du skjønner hva jeg mener, sa reporteren.

– Det er ingen hage, sa Edmund Benewitz-Nielsen.

– Hva, sa reporteren.

– Ingenting, sa Edmund Benewitz-Nielsen. Hva skulle han gjøre? Hadde han noe valg? Han måtte være begeist-ret. Han var nestleder for et humanistisk prosjekt, han var en skjønnånd, en som hørte på P2, som leste bøker. Han var professor. De satte ham ved et bord på Frederikke. En koselig, uformell samtale, forklarte de ham. Hmm, sa Benewitz-Nielsen. Rundt ham satt kolleger og studenter med kaffekopper og dårlig italiensk mat. Etterpå kom de til å gå bort til ham og spørre hva dette dreide seg om, og da ble han nødt til å spille begeistret og oppglødd – også etter intervjuet.

– Er du klar?

Han nikket.

– Dette funnet kan forandre norgeshistorien, sa repor-teren.

290

– Ja, det blir fantastisk spennende, sa Edmund Bene-
witz-Nielsen inn i kamera.

– Blir det vanskelig for deg at de skal grave i hagen din?
spurte reporteren.

– Nei da, sa Edmund Benewitz-Nielsen. – Det blir en
glede.

På veien fra Blindern til hybelen var det åtte biler som
tutet muntert til ham.

Onsdag morgen leverte han bilen på verksted, med beskjed
til mekanikeren om å fjerne blomstene og særlig klistre-
lappen på bakskjermen.

– Jøss, hva har skjedd her, sa han og tok en tur rundt
bilen, berørte noen av blomstene og de rosa ponniene,
leste det som stod på klistremerket halvhøyt. Edmund
Benewitz-Nielsen knep munnen sammen.

– Det er ikke din sak, svarte han.

– Nei, det har du jaggu rett i, sa mekanikeren, – men
jeg skal gjøre mitt beste allikevel.

Klokken var litt over tolv da det banket på døren hans.
Kom inn, ropte han og kjente i det samme hvor sulten
han var, han fikk gå ned og kjøpe et rundstykke. Han
håpet det ikke var en av de masete studentene. Han ryn-
ket pannen, satte opp et avvisende uttrykk. Døren åpnet
seg. Utenfor stod instituttbestyreren, og ved siden av ham
stod en mann han ikke kunne huske å ha sett før. Det var
instituttbestyreren som tok ordet:

– Benewitz-Nielsen, du må bli med oss.

– Hva er det? spurte Edmund Benewitz-Nielsen; han la
merke til at instituttbestyreren som han hadde drukket
øl og baksnakket andre kolleger med utallige ganger, og

291

som han hadde vært på fornavn med de siste tredve årene, brukte etternavnet hans og var iskald i stemmen.

– Jeg tror du vet hva dette gjelder, Benewitz-Nielsen, sa instituttbestyreren.

– Nei? sa Edmund Benewitz-Nielsen, oppriktig forundret. Han reiste seg halvt fra skrivebordsstolen.

Ryktene begynte å spre seg gjennom de lange korridorene ved Universitetet i Oslo, over kantinebordene og på lesesalene. *Fama volat.* Siden den det gjaldt, hadde vært involvert i et tverrfakultært prosjekt, gikk sladdermaskineriet enda raskere enn det pleide. De vitenskapelig ansatte, kontorpersonalet, stipendiatene og studentene – snart hadde alle hørt det. En professor er arrestert, ble det hvisket. Edmund Benewitz-Nielsen er kastet i fengsel, sa andre. En av forskningsassistentene på prosjektet PIB stod utenfor Sophus Bugges hus, hun hvisket til en fremadstormende, ung filosof: Har du hørt det? Det er funnet kompromitterende dokumenter på Benewitz-Nielsens maskin. Grove? ville filosofen vite. Stipendiaten trakk på skuldrene, hun visste ikke hva slags dokumenter. Da er de antagelig svært grove, ja, konkluderte filosofen. Benewitz-Nielsen er sagt opp, hørte Ella utpå ettermiddagen.

Så ille var det ikke. Edmund Benewitz-Nielsen var hverken kastet i fengsel eller sagt opp. Dette var saken: På maskinen til Edmund Benewitz-Nielsen ble det funnet flere dokumenter som i sterke ordelag og i en harselerende tone fordømte sentrale ledere ved Universitetet i Oslo. Et av dokumentene omhandlet dekanus ved Det humanistiske fakultet, et annet dekanus ved Det medisinske, i tillegg var tre instituttbestyrere (deriblant Benewitz-Nielsens egen) beskrevet, og dessuten selveste rektor. Det

292

siste dokumentet dreide seg om førsteamanuensis Ella Blom. Dokumentene handlet om hvor slette lederegenskaper disse personene besatt, hvor ubehjelpelige de var, hvor lite intelligente de var, ja, de var rett og slett påfallende dumme. Det var detaljerte beskrivelser av forsømmelser som disse personene skulle ha gjort seg skyldig i: Møter de hadde innkalt til, men ikke stilt opp på, forsentkomminger, informasjon de ikke hadde brakt videre – selv om det var opplagt at de burde. De syv hadde gjort seg skyldig i baksnakkelser, av trakassering av andre ansatte. Samtlige syv hadde fått sine lederposisjoner på uærlig vis. De hadde løyet og ligget seg til sine stillinger (tanken på at den skallede, sekstifem år gamle rektor skulle ha ligget seg til rektorstillingen utløste et undertrykt fnis hos den innkalte IT-konsulenten). Dokumentene munnet ut i oppfordringer om at vedkommende måtte få skriftlige advarsler, ja, egentlig burde han eller hun (de syv brevene var rettet mot seks menn og bare én kvinne: Ella Blom) få øyeblikkelig oppsigelse. Dokumentene, som mest av alt så ut som sakspapirer, de hadde ingen klar adressat, og personene de handlet om, var omtalt i tredje person. Det siste avsnittet i hvert dokument skilte seg ut. Det var skrevet direkte til den personen det gjaldt, og det var utilslørte trusler om at Edmund Benewitz-Nielsen kom til å offentliggjøre listen over tjenestebrudd som den omtalte personen, etter Edmund Benewitz-Nielsens mening, åpenbart hadde gjort seg skyldig i. Flere formuleringer og fraser var identiske i dokumentene, og så ulike personer som Ella Blom, dekanus for Det medisinske fakultet og rektor ble alle beskyldt for å ha kledd seg usømmelig på møter («trange bukser og utringede topper er ikke passende plagg i formelle sammenhenger»).

Da dokumentene ble funnet og gjennomlest, antok man straks at de var skrevet av en syk person, og at beskyldningene i dem selvsagt ikke hadde rot i virkeligheten. Dette var det avisene pleide å omtale som *en personlig tragedie*. Det ble bestemt at man skulle handle diskré.

Edmund Benewitz-Nielsen fikk en alvorlig advarsel: Det er faktisk ulovlig i dette landet å true folk. Han ble sykmeldt og dispensert fra sin stilling med øyeblikkelig virkning. Ella fikk både en unnskyldning for at hun uforskyldt ble mistenkt for å ha forsømt jobben sin (Det var jo før vi skjønte at Benewitz-Nielsen var mentalt syk, sa dekanus, vi burde jo aldri ha stolt på ham!), og tilbud om å få tilbake ledervervet, noe hun takket ja til. Den ettermiddagen sendte Ella følgende tekstmelding til de tre andre: «*Acta est fábula, pláudite!* Og jeg applauderer for dere. Takk, kjerringer!»

Når en universitetsansatt kvinne blir mor, går hennes vitenskapelige produksjon ned i flere år fremover. Når en universitetsansatt mann blir far, har det overhodet ingen innvirkning på hvor mange artikler og bøker han produserer. Mer enn halvparten av studerende ved norske universiteter er kvinner. Bare fjorten prosent av professorene er det. Ella regnet med at hun kom til å bli professor med tid og stunder. Hun publiserte jevnlig i anerkjente tidsskrifter. Hun hadde fått utgitt en bok på Oxford University Press. Det var flere som hadde sagt til henne at hun snarest mulig burde søke om opprykk. Ella utsatte det. Hun turde ikke. Hun var så redd for å få avslag av den sakkyndige komiteen. Hver høst de siste fem årene hadde hun vurdert å søke, hun hørte med glede på alle som fortalte henne at det helt sikkert kom til å gå bra, hun så gjennom den sirlige oversikten hun hadde laget over sine publiserte arbeider – og så bestemte hun seg for også denne gangen å vente ett år, til hun hadde samlet bare et par artikler til.

Men det året hun underviste på et kveldskurs i latin, søkte endelig førsteamanuensis Ella Blom om personlig opprykk til professor. Fristen gikk ut uken etter at hele universitetet hadde summet om Edmund Benewitz-Nielsen og hans tragikomiske utfall mot syv tilfeldige kolleger. Hun bar esken med kopier av vitenskapelige arbeider ut på instituttets ekspedisjonskontor, smilte til instituttsekretæren og returnerte til sitt eget kontor. Hun måtte forberede seg til PIB-møtet hun skulle lede senere på dagen.

*

Ella lå urørlig uten å få sove, på sin side av ektesengen. Hun gråt. For en halvtime siden hadde hun ligget der og hatt så lyst på Peter at hun hadde hatt problemer med å kontrollere pusten, hun hadde hatt så lyst på ham at hun var redd for at han skulle «høre det dryppe» (som Celeste hadde sagt forleden da hun la ut om et møte mellom henne og elskeren – bare at Celeste selvfølgelig ikke hadde vært redd for at han skulle høre henne dryppe; tvert imot hadde hun med henrykkelse beskrevet sin egen tilstand ved hjelp av disse ordene).

Ella hadde aldri drømt om at seieren over Edmund Benewitz-Nielsen skulle virke inn på forholdet mellom henne og Peter. Men på en eller annen måte måtte den triumferende energien hun hadde fått, ha påvirket den seksuelle lysten hennes. Det var sjelden Ella følte lyst, i den grad hun gjorde det, var lysten like flyktig som skambelagt, og rettet mot en annen mann enn ektemannen, en ung student med sugende blikk, en mann på bussen som hadde streifet henne med hoften, en fagfelle som hadde sendt henne utvetydige smil på en konferanse. Hun kunne ikke forklare hvorfor hun i kveld hadde blitt angrepet av en sterk lyst på Peter, det var år siden sist. Hun ante ikke hva hun skulle gjøre, det var som om hun hadde glemt hva man foretar seg i slike situasjoner, eller kanskje var bare redselen for å bli avvist sterkere enn begjæret. Så hun lå stille med sin lyst. Hun ville så gjerne klemme ham inntil seg og høre ham si de ordene hun aller helst ville høre. Hun kjente hvordan Peter snudde seg urolig på sin side av sengen. Hun ønsket intenst at hun kunne røre ved ham.

Så hadde hun fått det for seg at Peter hadde det på samme måte som henne selv, at han lengtet etter henne, og uten at hun hadde rukket å reflektere nærmere over dette, uten at hun hadde fått gjennomanalysert den muligheten, strakk hun ut en hånd i mørket. At hun hadde beseiret Benewitz-Nielsen, hadde åpenbart også gitt henne selvtillit. Hun hadde truffet ham på haken, klappet ham der og et stykke oppover det ene kinnet. Peter lå stille, det var ingen reaksjon overhodet, og Ella kjente hvordan det trakk seg sammen i magen hennes i den velkjente isnende resignasjonen og den samme gamle sorgen. I samme sekund som hun hadde begynt å trekke hånden sin tilbake, tok han tak i den og drog henne over til sin side. I løpet av sekunder lå hun under ham, hun var så våt at han gled inn i henne før hun hadde maktet å tenke noe som helst, og nå, nå, var hun ute av stand til å tenke. Og etterpå, da han lå svett over henne, og hånden hennes automatisk kjærtegnet ryggen hans, tenkte hun: Jippi. *Jippi!* Hvor i all verden kom det ordet fra? Det var mer enn pussig at hun skulle tenke *jippi*, et ord hun aldri brukte, et ord hun regnet som ungdommelig og tegneserieaktig. Hun hadde rullet seg over til sin side av sengen. Peter hadde ennå ikke sagt noe. Han hadde pustet tungt og regelmessig, men hun visste ikke om han virkelig sov, eller om han bare lot som. Det spilte ingen rolle. Hun gav etter, kniste av seg selv, tenkte: Jippi, jippi, jippi, tre ganger jippi. Og deretter: Ella Blom, ta deg sammen! Hun hadde snudd seg over på siden, hadde smilt der i mørket, kjent sæden hans renne ut av seg, men før den første dråpen nådde lakenet, hadde hun, i all stillhet, begynt å gråte.

De hadde jo vært lykkelige en gang. Ella var overbevist om at det Peter følte, en gang hadde vært et speilbilde av det hun følte, at det hun tenkte, var et ekko av hans tanker. At de hadde hørt sammen. At det var dem. Hun husket en junidag på åttitallet, like etter at de hadde møtt hverandre. De hadde kjørt utover Mosseveien, langs Oslofjorden. De hadde stoppet et sted der ingen av dem hadde vært, parkert bilen, gått innover på en skogsti. Peter bærer en plastpose påtrykt en fargesterk logo fra en matbutikk. Han holder ut en hånd, lar den streife midjen hennes, klapper henne med en finger langs neseryggen, må stadig røre ved henne. De vasser gjennom tørt gress, på stien ligger det tett med blekede, tørre furunåler. Peters joggesko og Ellas sandaler knaser på kongler og tørre småkvister. De går hånd i hånd. Det kryr av maur. Skogbunnen er solspettet, med dansende, lyse flekker innimellom skyggene trærne kaster, skygger som stadig flytter seg fordi en mild, varm bris får trekronene til å vaie. De slår seg ned på en gressbakke i utkanten av skogen, på en kolle, de kan se fjorden. Det er helt stille. Peter tømmer innholdet av

297

plastposen ut på gresset. Ella, du er den aller beste, glem aldri det! De spiser brie som er så moden og så varm at den er nesten rennende innenfor det tynne fløyelsaktige mugglaget; de spiser pariserloff med sprø skorpe og kritthvit luftig innmat. De deklamerer det de husker av Jan Erik Volds loffedikt, og kysser hverandre med munnen full av loffestoff. Det er vi som hører sammen. Peter har pakket en flaske vin også – og til og med husket vinopptrekker – men han har glemt annen drikke, og de drikker seg utørste på Bordeaux i solskinnet. De får lilla tenner og blir fnisete og døsige. De elsker i gresset. Han høster grannåler og kvister fra ryggen hennes etterpå, viser henne fangsten. De blir der ute til de begynner å småfryse i sommertøyet sitt, og Peter tror han er blitt edru nok til å kjøre igjen.

Det var da ikke så lenge siden, var det?

*

Edmund Benewitz-Nielsen hadde bevisst gått inn for å ødelegge Ella. I tillegg til en hel del andre forhold hadde han baksnakket henne. Frøydis kunne krysse av oppnådde mål i BusinessManager, men høydepunktet var å fortelle maman om hva de hadde fått til denne gangen. Utgangspunktet var forbløffende sammenfallende: En mann som sier stygge ting om en annen for å fremstå bedre selv. Sturla Hagbartsen hadde svertet Charlotte Brun etter at hun var død og ikke kunne forsvare seg. Hun var jo ikke riktig vel bevart, fortalte Sturla Hagbartsen til alle som ville høre. Utlending. Utilgivelig naiv. Hun kunne ikke engang ta vare på barnet.

Og døde mennesker kan ikke forsvare seg. Datteren

hennes var bare tretten år. Ad omveier, og ikke helt tilfeldig, kom det Frøydis for øre hva banksjefen hadde sagt om moren hennes. Og hun hadde tatt ham til slutt. Hun hadde vurdert å klippe ut dødsannonsen hans, men hadde kommet frem til at det hadde vært barnslig, å gjemme den som et trofé. Nei, det holdt i lange baner at hun med jevne mellomrom kledde seg i Jennas kapper! Frøydis smilte, lente seg fremover og kjente hvordan magen la seg med varm tyngde over lårene hennes. Jenna hadde forklart henne om stjernetegnet hennes. Frøydis var løve. Det visste hun selvsagt, men hun hadde aldri interessert seg for astrologi. Nå hadde Jenna lært henne at en løve var en lederskikkelse, men en bedagelig anlagt sådan, en som foretrakk å ligge utstrakt i gresset og få maten servert. Astrologi var kanskje ikke så dumt likevel? Men selv om Anders serverte henne mat ganske ofte, var det hun som måtte rydde opp. Anders var ikke noe dårlig menneske; han var mann. I begynnelsen hadde hun elsket å ordne opp etter ham. Hun reiste seg og tok fatt.

*

Forberedelsen, utførelsen – og den påfølgende suksessen – rundt aksjonen mot Edmund Benewitz Nielsen hadde gjort at Jenna totalt hadde glemt sitt løfte til sin venninne Viveke. Hun kom ikke på det før hun en dag så et bilde av Olav Stormm i avisen. Han smilte selvsikkert og kikket Jenna rett inn i øynene da hun bladde om til en ny side. Håret hans var så stort at det faktisk var kuttet både på sidene og toppen av fotografiet. Der har vi deg, ja, sa Jenna halvhøyt og knipset regissøren på nesen. Hun reiste seg opp, gikk og satte seg ved skrivebordet og begynte å skrive. Hun så ikke opp før hun hørte Julia hoste; hun stod rett foran skrivebordet og kikket ned på henne:

– Hva driver du med, mamma? Hvorfor snakker du med deg selv?

– Jeg skriver brev, sa Jenna rolig. Hun så ikke det minste overrasket ut, selv om datteren hadde avbrutt henne midt i en samisk besvergelse. Brevet var ferdigskrevet. Pennen lå på bordet ved siden av. Jenna hadde nettopp gjort noen bølgelignende bevegelser med hendene.

– Jeg er omgitt av sinnsforvirrede damer, sa Julia, halvt alvorlig, halvt spøkefullt. – Her sitter du og mumler noe uforståelig, og nede sitter momo og snakker om faren din.

– Gjør hun det? sa Jenna, og nå så hun til gjengjeld svært overrasket ut. – Snakker hun om min far? Om Magnar?

– Jeg tror hun har tisset i sofaen, sa Julia. – Jeg orket ikke å se etter, men det luktet i hvert fall sånn.

– Jeg skal fikse det, sukket Jenna. I januar skulle hun få plass. Hun hadde fått det skriftlig også nå fra bydelen, et hyggelig brev undertegnet Jon D. Ommundsen, med mottoet «Vi er til for deg» trykt øverst. – Hva sier hun om faren min?

– Hun sier at han var god på bunnen.

– Det har hun sikkert rett i, sa Jenna. – Sier hun noe mer?

– At hun hadde rett hva genmaterialet hans angikk.

– Jaha. Ja vel. Hun sier nokså mye usammenhengende for tiden, stakkar. Noe annet? Hun har nesten aldri snakket om ham. Hva sa hun mer, Julia?

– At hun snart får se ham igjen.

– Huff, tenker hun i de baner nå, sa Jenna. Det var uutholdelig å ta innover seg at mammaen hennes ikke lenger skulle være der. Halsen hennes ble tykk av gråt. Hun hadde vært en god mor. Høytlesing. *Breakfast at Tiffany's*. Filthjertene de hadde sydd hver desember, til slutt hadde de hatt en stor kartong full. De hengte dem opp hver jul ennå. Kakao og ostesmørbrød. Badeturer. Hun husket hvordan moren alltid hadde sittet ved sengen når hun hadde hatt øreverk.

– At hun håper det er andre der også, for hun kommer til å kjede seg forferdelig hvis hun skal tilbringe evigheten i samtale med Magnar Wilhelmsen, sa Julia. Det rykket i munnvikene hennes. Mor og datter så på hverandre før de begge begynte å le.

– Gode, gamle Store-Ja, sa Jenna. – Hun er seg selv lik. Det er jo det som gjør det så vanskelig. La meg legge dette brevet i en konvolutt, så går vi ned til henne.

Lectio VIII – Ad arma!

Herman Høstmark

Jenna visste at en som var født i Jomfruens tegn (som startet 24. august) var *helt* annerledes enn en som var løve og følgelig født 23. august eller tidligere i måneden. Selv var hun vekt og født i oktober. Hun navigerte etter astrologien, visste intuitivt hvilket stjernetegn andre var født i og handlet ut fra et komplekst system av ascendenter og himmellegemenes plassering. Men hvis stjernene fortalte henne noe hun ikke ville høre, lukket hun bare ørene og gjorde det hun hadde bestemt seg for uansett.

Jenna trodde på høyere makter (men ikke på Gud), hun trodde på rosenrot, men mest av alt trodde hun på kvinnens urkraft. Da hun fylte nitten, oppdaget hun to ting: At moren hadde rett hva angikk menn (de fleste var harmløse, men fullstendig overflødige), og at Jenna selv var en heks (og ikke bare i betydningen 'et ubehagelig kvinnfolk').

Jenna var stor som nyfødt: Hun veide over seks kilo. For øvrig var det intet oppsiktsvekkende ved selve forløsningen, men omstendighetene rundt gjorde at sykehuspersonalet snakket om den i årevis. Det var nemlig et av de få tilfellene i verdenshistorien der faren døde under fødselen. Jennas mor (Johanna Hilmarsen) og Jennas far (Magnar Wilhelmsen) møtte hverandre sent i livet. De var et underlig par, men få rakk annet enn å registrere akkurat det. Da Johanna og Magnar møttes, hadde de det til felles at de begge var enslige. Johanna Hilmarsen var barnefødt i Finnmark, og hun vasket og spådde seg bokstavelig nedover kartet helt til hun slo seg til ro i Oslo. Her fortsatte hun som vaskekjerring og spåkone, samtidig som hun begynte å male: digre, fargerike malerier av overnaturlige vesener som hun bestemt hevdet hun hadde møtt i sin barndom. På et tidspunkt kjøpte en dame, omtrent like eksentrisk som Johanna selv, en stor mengde bilder, og Johanna fikk råd til å åpne egen butikk. Magnar Wilhelmsen var fra gammel embetsmannsslekt, men driftigheten som en gang hadde preget slekten, var blitt mindre for hver generasjon. Magnar levde et stillferdig liv i en leilighet foreldrene hadde gitt ham da han ble myndig. Den viktigste forskjellen mellom dem var likevel at Johanna godt visste hva hun ville nå når drømmen om butikk hadde gått i oppfyllelse: Hun ville ha et barn. Noe slikt hadde aldri falt Magnar inn.

Johanna og Magnar møttes i en bokhandel. Magnar hadde plukket ut en filmguide som han vurderte å kjøpe. Johanna hadde allerede samlet en liten bunke (*Stjärntecken, Heksesabbat og valpurgisnatt, How to Raise a Child* og den norske utgaven av *Barnet* av doktor Benjamin Spock). Ved et tilfelle hadde de begge strukket hånden ut for å gripe samme bok (*Middager for én. Oppskrifter og tips for små husholdninger*). Dette må være skjebnen, sa den storvokste kvinnen og lo. Hun snakket nordnorsk, og latteren hennes var dyp og litt hes. Magnar nøyde seg med å smile, sa ingenting, og uten at han helt forstod hvordan, var han noen minutter senere på vei ut av butikken, side om side med henne, med en helt annen kokebok, som attpåtil hun bar. Til deg eller meg, spurte kvinnen. Your place or mine, supplerte Magnar, som hadde sett mange amerikanske filmer. Kvinnen fniste og mente at han var slagferdig. Magnar ante ikke hva han skulle si, så han motsa henne ikke. De endte opp i leiligheten til Magnar. Kvinnen smilte hele tiden og begynte å snakke om seg selv. Og etter som hun fortalte, spurte hun ut Magnar. Hun presenterte seg og lurte deretter på hva Magnar het. Hun oppgav sin alder og spurte etter Magnars. Hun var interessert i hekling og annet håndarbeid, hun elsket å lage mat, hun leste mye, og hun så mye film. Hva var Magnar interessert i? Hadde han en hobby? Trodde han på det overnaturlige? Selv hadde hun daglig kontakt med høyere makter. Hva var hans yrke? Hun elsket tomatsuppe med egg og makaroni. Favorittretten hans? Hjemsted? Sivilstatus? Ja, han var vel enslig? Hun lo den hese latteren sin igjen. Magnar likte hennes måte å konversere på, det minnet ham om å fylle ut skjemaer fra trygdekontoret, og det hadde han aldri blitt sjenert av. Johanna nikket. Hun visste hva hun ville. Hun så kvalitetene bak hans noe underlige oppførsel. Hun så at han var intelligent til tross for manglende oppdrift, at han hadde en pen kropp selv om den var slapp og utrent, og fremfor alt innså hun sine egne begrensninger på kjønnsmarkedet. Johanna nærmet seg slutten av sin fertile periode av livet, og hun hadde ikke lykkes i det som var kommet til å bli målet i livet hennes. Hun begynte å besøke ham hver kveld. Hver kveld satte hun fra seg noe: en lysestake i messing, en porselensfrosk, et stort fat. Magnar sa ikke stort. Det var ikke så mye å si, mente han, og slagferdigheten hadde vist seg å være en engangsforeteelse.

Den fjerde kvelden hadde Johanna Hilmarsen kysset

Magnar Wilhelmsen. Den femte kvelden lå de til Magnars umåtelige overraskelse nakne i sengen hans. Han hadde fantasert om nakne kvinner så lenge han kunne huske, men nå visste han ikke hvor han skulle gjøre av hendene sine. Ved noe som nærmet seg en tilfeldighet, streifet de borti brystene hennes. Han tok tak ytterst i den ene brystknoppen og kjente begeistret hvordan *hans* berøring øyeblikkelig fikk den til å stivne, som en slags parallell sympatierklæring stivnet han selv. De neste minuttene følte Magnar det som om han baste rundt i en fuktig og myk dundyne, som han egentlig ikke visste opp og ned på. Han famlet rundt på måfå, grep fatt i noe bløtt et sted, undret seg over hvor varmt og glatt det kjentes. Leggene hennes lå visst over hans, og der kom den ene hånden i klem mellom to magefolder, og før han visste ordet av det skled han inn i henne. Han var i en underlig tilstand av opphisselse, sjenanse og forundring.

Etterpå satt de side om side i sengen, tungpustet og svette begge to. Johanna var nokså lattermild. Hun var ubehagelig klissete mellom bena, men hun visste at hun allerede var grundig befruktet. Magnar så alvorlig ut. Hun lagde trutmunn til ham, smilte mett og tilfreds med leppestiftrød munn, der fargen hadde trukket ut i furene på overleppen som tynne røde, oppadvoksende røtter. Magnar pakket dynen rundt seg og rygget ut på badet. Han dusjet lenge, vasket seg grundig over hele kroppen med en frottéklut. Han skrubbet genitaliene så de i forskrekkelse skrumpet sammen til en miniatyrutgave av seg selv. Han sank ned på huk og lot vannet renne over seg. Han bestemte seg for at han ikke ville møte henne flere ganger. En måned etterpå var de gift.

Johanna må ha blitt gravid den første kvelden eller like etterpå, for de hadde ikke vært gift lenge før Johannas mage ble mer omfangsrik enn den hadde vært i utgangspunktet. Magnar følte det permanent som den gangen moren hans hadde løftet ham opp i en av vognene i berg-og-dal-banen på det omreisende tivoliet. Det hang et perleforheng mellom kjøkkenet og gangen. Hun snakket ustoppelig. Hun lo høyt og mye. På badegulvet lå det vrengte dametruser med noe som så ut som rester av vaffelrøre i skrittet. Det stod tente stearinlys på alle rom. Det var en kvinne på kjøkkenet når han våknet om morgenen. Det satt en kvinne i den gode ørelappstolen når han ville sitte der. Johanna likte ikke fiskegrateng og torsk og mente at hun hadde spist nok fisk i sin barndom. Hun serverte i stedet stadig tomatsuppe og noe hun kalte «krydret spansk gryte», som hun hadde funnet oppskriften på i den nye kokeboken. Han fikk mageknip og luftsmerter, men det skjedde mer enn én gang at det var opptatt på do når han kom tassende med avisen under armen. Og nå skulle han bli far. Hun hadde kjøpt barnevogn, sprinkelseng og en hel skuff med sparkebukser. Hun satt midt i sofaen og tråklet uendelige mengder av tynne kluter i gas. Johanna var morgenkvalm og brakk seg i doskålen hver morgen. Det hendte det var små flekker av oppkast på det hvite porselenet.

Johanna var overlykkelig over å være gravid. Hun la hendene på magen og kunne nesten ikke tro at det var sant. Hun syntes hun kunne kjenne datteren (for at det var en datter, hadde hun sørget for) sparke, selv om hun jo visste at det var altfor tidlig. Hun var takknemlig for det Magnar hadde bidratt med, men hun visste sant å si ikke hva hun skulle bruke ham til nå. Og etter som magen vokste,

syntes Johanna at leiligheten ble vel trang, litt overbefol-
ket, rett og slett. Magnar var på mange måter en nokså
irriterende mann, og flere barn hadde hun egentlig ikke tid
til før menopausen kom til å sette punktum for den slags.
Hver kveld, før de slukket lyset, la hun hånden på Mag-
nars panne og mumlet noe på et språk han ikke kjente.
Han fant seg i det underlige kjærtegnet akkurat som han
fant seg i alt det andre nye som var kommet inn i livet
hans.

Johanna hadde spurt om ikke Magnar kunne være med
under fødselen. Det var få ting Magnar hadde mindre lyst
til, men det fikk han seg ikke til å si. Selvsagt, sa han og
svelget tungt. Det ble en lang og hard fødsel. Magnar,
som aldri hadde tålt høye lyder, holdt seg for det ene øret
med den ene hånden mens han klappet sin ulende kone
på kinnet med den andre. Barnet kommer, skrek Johanna.
Jordmoren løp til og skilte lårene hennes. Magnar rømte
til fotenden av sengen, der det var atskillig stillere enn i
nærheten av Johannas munn. Men da han fikk se Johannas
blodflekkete lår og datterens isse som stod ut av hustru-
ens skjede som en hårete løk-kuppel på en ortodoks kirke,
falt han om. Om han besvimte av glede, utmattelse eller
avsky, eller om han rett og slett bare skled i dammen med
fostervann, visste ingen. I fallet slo han tinningen i en av
de blanke metallknottene på sengegjerdet, pådro seg lesjo-
ner i hjernen som gjorde at han døde to dager etterpå,
uten å ha sett annet av sin datter enn toppen av hodet hen-
nes. Jenna Hilmarsen var født. Hun var 6,3 kilo tung, 53
centimeter lang og hadde, i likhet med Johanna, en meget
kraftig stemme.

Jenna vokste opp i farens leilighet sammen med sin mor. Faren fantes bare som et bilde i sort ramme som stod på pianoet og i morens knappe fortellinger. Ikke engang etternavnet hans bar hun. Jenna vokste opp med en klar overbevisning om at kvinner har det best alene, og at menn ikke har andre verdier enn sæd: en ikke særlig tiltalende, men høyst nødvendig væske.

*

Det var sent. Jenna var stuptrøtt, og ventet bare på at Julia skulle bli ferdig på badet, men hun visste av erfaring at det kunne ta tid. Hun hadde sagt at hun skulle vaske håret. Jenna sukket. Telefonen som lå på bordet foran henne, begynte å ringe. Jenna lente seg frem og løftet den opp. Det var Viveke. Jenna hadde ikke den minste lyst til å ta den, men hun syntes ikke at hun kunne la det være heller. Viveke var en av de venninnene hun hadde kjent lengst, og hun var jo søt også, selv om hun kunne være nokså anstrengende.

– Har du fått gjort noe med Olav Stormm? spurte Viveke før Jenna hadde rukket å legge røret mot øret.

– Ja, svarte Jenna. – Hei, forresten. Jeg har skrevet et brev til ham. Som jeg lovte.

– Men hjelper det? maste Viveke.

– Selvsagt, svarte Jenna. – Jeg kan garantere at han ikke kommer til å oppføre seg sånn i fremtiden.

Men da hun hadde lagt på, fikk hun kvaler. Hun skulle ikke ha fremstått som så skråsikker. Hun visste jo bedre enn noen annen at disse trolldomskunstene hennes ikke alltid fungerte. I hvert fall ikke hver gang. Ganske sjelden hvis hun skulle være helt ærlig. Det hadde vært en dårlig dag på børsen i dag også. Hun var en temmelig mislykket heks. Hun kjente den forhatte varmen stige oppover i kroppen, det glødet i huden hennes – ikke engang den klarte hun å trolle bort. Hun ville bare legge seg, kjenne det glatte putevaret mot kinnet, trekke dynen opp over ørene og sove. Bli ferdig på badet nå, sa hun høyt, og i samme sekund åpnet døren inn til badeværelset seg, og Julia kom ut: Jeg ombestemte meg, sa hun, jeg tar den dusjen i morgen tidlig i stedet.

Forrige kurskveld hadde Ella fortalt dem om Ovids *Metamorfosene*. I en av bøkene var det en scene der Terevs voldtar Filomela. Filomela og søsteren tar en blodig hevn: De koker og steker Terevs' sønn og serverer ham til faren, så sørger de selvsagt for å fortelle Terevs hva han har spist. Ja, nettopp, hadde Jenna sagt og kikket bort på Celeste, for en hevn er vel ikke en hevn hvis offeret ikke oppdager det? Ella hadde hysjet på dem og avsluttet med å si at Terevs, Filomela og søsteren alle var blitt forvandlet til fugler. Nå lå Jenna i sengen, nydusjet, passe temperert; fra Julias værelse hørte hun svak musikk, selv lå hun og kroet seg, tenkte på Viveke og Olav Stormm, *Metamorphoseon libri*, Filomela, et anbud hun trodde hun kunne få, Julias hestehale, det sirupsboblende såret i Jon D. Ommundsens ansikt. Snart sovnet hun.

Om natten drømte hun om Olav Stormm. Det var en underlig drøm, der hun først var en fugl, en fugl som fløy inn i leiligheten hans og deretter krøp inn i kroppen hans.

Hun fløy over byen, slo med vingene og kjente hvordan luften gav myk, behagelig motstand. Det var omtrent som å svømme. I neste øyeblikk var hun inne i en fremmed leilighet. Hun har ikke vært der før, men hun vet likevel at

309

det er hans. Hun vagler seg på en bokhylle, skakker på fuglehodet sitt og observerer.

Han har dyttet inn en CD; tonene fra Haydns trompetkonsert er de eneste lydene i leiligheten. Han er ferdig dusjet, barbert og kledd, han har kokt espresso og hentet avisen. Nå har han et kvarter der han sitter i ro ved kjøkkenbordet, drikker espresso, spiser kornblanding, blar gjennom avisen.

Han lever et krevende liv, det er så mange som vil ha en bit av ham, og det gir ham en følelse av kontroll å sitte dette kvarteret hver morgen, å kunne bevilge seg det før han gir seg i kast med dagens mange gjøremål. Han stryker seg over ansiktet. Kjakene er nybarberte og glatte som purunge kvinnelår. Det tykke, blonde håret er omhyggelig vokset og lagt på plass. Skjorten hans er sort som natten og nystrøket (fra renseriet på hjørnet – de kinesiske (eller hva de nå var) damene er uforlignelige), den mørke dressen nypresset. Han trekker pusten, kjenner sitt eget etterbarberingsvann, hårvoksen og espressoduften blande seg i hverandre, han flekser brystmusklene, han spisser ørene, lar musikken nå helt inn i de innerste krokene i øremuslingene (nyrenset med to bomullspinner). Han sukker av velvære, strekker ut en hånd og griper Aftenposten.

Fuglen følger med fra sitt utkikkspunkt, hun strekker hals, vil ikke gå glipp av noe. Et lite, hvitt brev ramler ut av avisen. Han blir sittende med konvolutten i hånden i noen sekunder før han åpner den. Navnet hans, som for én gangs skyld er stavet helt korrekt med dobbeltkonsonant, er håndskrevet med jevne, vakre bokstaver. Han river opp konvolutten, ser de få linjene. Han forstår ikke hva som står der. Er det finsk eller hva? Det må bero på en misforståelse. Han krøller brev og konvo-

310

lutt sammen, trekker på skuldrene og åpner Aftenpostens kulturdel.

Fuglen flakser prøvende med vingene. Han kjenner at han blir iskald i hodebunnen, så går det over like fort som det kom. Det er alltid spennende å se om det står noe om ham i avisen, eller om det står noe ufordelaktig om noen av dem han ikke liker. Denne dagen er det ingenting, og kommentaren er skrevet av en av de håpløse feministene som er for kjønnskvotering. Han orker ikke å lese den, blar om for å se om kronikken er fornuftig. Det er den heldigvis, skrevet av en han har sittet i diverse komiteer og utvalg med, en han gav et femårig kunstnerstipend til, og som i retur sørget for at Stormm fikk styrelederjobben han hadde ønsket seg.

Fuglen har i all stillhet landet på hodet hans, der sitter hun i fred og ro og drar ut ett og ett hårstrå. Og midt i lesingen av kronikken merker han det: Det er noe som med jevne mellomrom detter ned i avisen. Det er hårstrå. Det snør blonde hår fra hodet hans, de treffer avisen og legger seg i bretten mellom sidene.

Jenna våkner av seg selv neste morgen, husker øyeblikkelig drømmen og smiler av seg selv. Det er lov å drømme, tenker hun, bare man husker at drømmer sjelden går i oppfyllelse.

*

– Mamma!
Jenna hørte at døren ble låst opp, smekket igjen og sekundet etter datterens stemme. Det var mandag kveld. Jenna satt med en kopp te, bena i sofaen og en ameri-

311

kansk kjærlighetsfilm av det aller mest banale slaget i dvd-spilleren. Julia gikk rett bort til henne.

– Mamma, sa Julia igjen og begynte å gråte. Hun hadde ikke klart å stoppe. Egentlig gråt hun ikke skikkelig, det var som om hun ikke orket mer, ansiktet hennes var glatt og uttrykksløst, men tårene bare rant og rant. Jenna måtte hjelpe henne av med klærne og på med nattkjolen.

– Hva er det, vennen min? spurte Jenna igjen og igjen, men Julia bare ristet på hodet, ville ikke svare, og tårene fortsatte å komme. Jenna gav henne rooibos-te med honning. Julia gråt. Jenna, som i begynnelsen hadde trodd det dreide seg om dårlig karakter på siste kjemiprøve eller forviklinger med en venninne, forstod at dette var alvorlig. Virkelig alvor.

Det var blitt tidlig morgen da Julia til slutt fortalte Jenna hva som hadde skjedd med henne da hun hadde vært alene i Johannas butikk. Jenna knuget henne inntil seg, og hun holdt på å sprenges innvendig av kjærlighet til datteren, av sinne overfor han som hadde gjort henne så vondt. Hun var bare sytten år! Lille, lille venn, hadde hun hvisket inn i håret hennes, så hadde hun resolutt reist seg, vært på vei bort til telefonen:

– Dette må vi anmelde, hadde hun sagt. – Han skal ikke slippe unna.

Julia ristet på hodet.

– Aldri, sa Julia.

Selvsagt hadde ikke Jenna villet gå på jobb. Det var Julia som til slutt hadde overtalt henne. Mamma, bare gå, hadde hun sagt. Jeg klarer å lage te selv. De hadde ledd litt av det begge, for Julia, som hadde kunnet lage middag fra hun var åtte, og som hadde ekspedert alene i mormors butikk fra hun var fjorten, kunne selvsagt trekke sin egen te. Jeg kan bare stikke ned til mormor hvis det er noe, sa Julia. Gå, mamma! Og så hadde Jenna gått. Det var uansett ikke noe hun fikk gjort med ham akkurat, den dresskledde ungdjevelen. Herman Høstmark. Men gudene skulle vite at hun hadde lyst. Hun kunne ha gått bort til ham og sparket ham hardt i skrittet. Hun kunne tatt tak og vridd rundt som hun vred gulvkluten. Nei, hun kunne ikke det, selvfølgelig kunne hun ikke det. Men hun kunne snakke med de andre! Finne en passende straff. Men ville ikke det være å svikte Julia, misbruke fortroligheten hennes?

Hun fikk ikke gjort noe på jobben den dagen, så da klokken var passert to, bestemte hun seg for å gå hjem. Hun klarte likevel ikke tenke på noe annet enn Julia. Jenna ringte på sin egen dør – det faste signalet hun og Julia alltid hadde brukt, men som akkurat i dette sekund fikk en ny betydning: Det hadde vært en uvesentlig, men trivelig tradisjon, men nå tenkte Jenna at kanskje Julia syntes det var betryggende å vite at det var moren som kom, hun hadde ikke lenger lyst til å åpne opp for hvem som helst. Døren gikk langsomt opp. Går det bedre med deg? spurte Jenna og så prøvende på datteren. Julia svarte ikke, trakk på skuldrene, smilte blekt og forsvant inn på rommet sitt. Jenna kjente at det knøt seg i magen, og hun fikk lyst til å sparke, slå, stikke, skade.

På gulvet i entreen lå datterens mønstrete bomullsskjerf, lys gult med rosa sitroner. Et øyeblikk holdt hun det opp mot ansiktet før hun krøllet det sammen til en ball og puttet det i vesken. Hun trakk igjen glidelåsen og merket at hun pustet tungt, som om hun hadde vært igjennom en fysisk anstrengelse. Jenna kunne stoppe blod. Det hadde kvinner i Hilmarsen-slekten kunnet i generasjoner, men hun kunne ikke stoppe psykiske sår fra å blø.

Hun er min nærmeste, og jeg kan ikke hjelpe henne. Kanskje jeg har brukt kreftene mine helt feil? Jeg burde ha brukt tiden min på henne i stedet for å klistre blomster og nusselige kattepuser på bilen til en mann jeg aldri har møtt. Jeg har forsømt henne, latt henne stå altfor mye i mors butikk. I et glimt så Jenna for seg Julia slik hun flere ganger som liten pike hadde stått rett innenfor døren hjemme eller klemt inntil butikkdøren i mormors butikk og ventet på en far som aldri kom. Julia, hvordan kunne jeg svikte deg! Julias tynne barnenakke med stramme fletter, håpefulle øyne som hver gang gradvis sluknet. Jenna pleide å hente frem det bildet når hun trengte penger og måtte ta imot nok et «lån» fra han som var far til datteren hennes. Nå kom synet av Julias tynne barnenakke uten at hun hadde bedt om det.

Inne fra Julias rom hørtes ikke en lyd. Jenna banket forsiktig på, ventet på svar, fikk det ikke, men gikk likevel inn til henne.

– Jeg er så lei meg, sa Jenna.

– Mamma, sa Julia, og stemmen hennes knakk i siste stavelse.

– Hvordan skjedde dette, vennen min? spurte Jenna forsiktig. Hun hadde fått hele historien i natt, så det var mest en klossete markering av at hun var rede til å snakke mer. Hvis Julia hadde behov for det.

– Det bare skjedde, svarte Julia.

– Jeg er så glad i deg, sa Jenna. Hun flommet over av medlidenhet for datteren, samtidig som hun ikke ante hva hun skulle si nå, annet enn å gjenta at hun var så glad i henne.

– Jeg i deg òg.

– Jeg er så veldig, veldig glad i deg, vennen min, sa Jenna igjen, og det kjentes trygt og ufarlig å si disse ordene som hun sikkert sa til Julia flere ganger i uken, som hun hadde sagt til henne fra hun var baby. Men så? Hva skulle hun si så? Selvfølgelig visste Jenna at Julia var nesten voksen, at hun kroppslig sett var en kvinne, men det betydde ikke at Jenna hadde tatt innover seg at datteren var et seksuelt vesen. Det var skremmende, og det var umulig å vite hvordan hun skulle forholde seg til dette. De bodde sammen, tre kvinner, ingen av dem var spesielt sjenerte. Hun hadde sett Julias nakne kropp siden hun ble født, men å vite at den ble begjært av menn, gjorde kroppen hennes til noe ukjent. Og uansett hvor synd Jenna syntes på Julia, kunne hun ikke hjelpe for at hun spurte seg selv om det også var Julias skyld. Hun hadde jo blitt med denne Herman Høstmark hjem. Hun hadde hatt på seg en utfordrende genser og en trang dongeribukse. Straks Jenna hadde tenkt disse tankene, skjøv hun dem bort og skammet seg dypt. Det var ikke Julias skyld. Det er klart det ikke er hennes skyld.

– Det er ikke din skyld, sa Jenna. Med én gang hun hadde sagt det, hørte hun hvor feil det lød: Som om det var nødvendig å presisere det, som om skyldspørsmålet var uklart. Men mer klarte hun ikke å si om dette nå, hun turde ikke, hun fikk det ikke til. Hun reiste seg, gikk ut av datterens rom, følte seg nedslått og klossete.

Hverken Jenna eller Julia sov stort den natten, og da Jenna våknet etter et par timers urolig søvn, var Herman Høstmark blitt til en bille. *Metamorfosene*. Det føltes som om han satt fast i håret hennes og krafset med alle bena. Jenna hatet insekter! Hun var langt fra typen til å bli hysterisk, og det ville aldri ha falt henne inn at en kledelig feminin redsel for kryp kunne brukes for å gjøre inntrykk på menn. Hun hadde rett og slett alltid vært hysterisk redd for edderkopper, larver, biller, møll og andre lignende vesener. Hun satte seg opp i sengen med et skrik og ett eneste ønske: å bli kvitt den vemmelige tordivelen eller hva det var som kravlet rundt i håret hennes. Hun tok tak i håret sitt, ristet på det for å få insektet vekk, hun trakk opp skuldrene, kviet seg for å kjenne de kravlende bena, det harde skallet, følehornene på sin nakne hud, huden nuppet seg, det klødde i hodebunnen. Hun reiste seg halvveis opp, stod i sengen med krokete knær, med hodet bøyd fremover mens hendene hennes desperat drog og lette rundt i håret. Det tok noen sekunder før hun skjønte at hun hadde drømt, og at billen var Herman Høstmark.

Julia var av en helt annen støpning enn sin mor. Hun hadde mørkt hår og smale håndledd. Hun var lavmælt, alvorlig og nærtagende. Jenna selv var pragmatisk, løsningsorientert og fremfor alt handlekraftig, selv om hun nok kunne ta de gale beslutningene, så stod hun alltid oppreist og *foretok* seg noe. Julia var en drømmer. Hun var dessuten romantisk. Og dette punktet var nok der hun skilte seg mest fra sin mor. Romantisk kunne ingen beskylde Jenna for å være, iallfall ikke overfor menn, og det var nettopp menn som var Julias svake punkt. Jenna hadde en mistanke om at Julia hadde sittet og ventet på en prins eller ridder og virkelig trodd at han en vakker dag ville komme. Jeg skjønner ikke hvordan hun er blitt slik, tenkte Jenna, hun hadde lurt på om det var livsudugeligheten til Julias morfar – den avdøde Magnar Wilhelmsen – som hadde hoppet over henne og landet på barnet hennes. Ja, når Jenna så Julia i sin sedvanlige positur, var hun overbevist om at det var genene til Julias bestefar som hjemsøkte dem: Julia kunne sitte stille i timer, med øynene åpne, men uten å være fokusert på noe eller noen. Julias dagdrømmer måtte være vage og urealistiske; i de siste årene hadde det muligens dreid seg om poetisk anlagte menn, om champagne og turer i måneskinn. Frierier, hvit brud, mange barn? Jenna ante ikke, men hun hadde alltid regnet med at det var noe i den stilen, at dagdrømmene til Julia var akkompagnert av suppesøt musikk og overstrødd med sartrosa blomsterblader. Jenna hadde ledd av henne, ertet henne og sagt at drømmeprinser ikke finnes i virkeligheten.

Da Julia var jentunge, hadde hun fortalt henne eventyr med tøffe prinsesser som klarte seg utmerket selv, om prinsesser som slengte prinsen over skuldrene og etterpå spiste ham til frokost, om prinser som ble til frosker, prinsesser som ble alenemødre og finansministre, hun hadde gitt henne tran og snekkerbukser og lest alle bøkene om Pippi Langstrømpe. Jenna kunne med hånden på hjertet si at hun siden det sekundet Julia ble født, hadde forsøkt å formidle sitt eget syn på menn, direkte eller indirekte: De hadde sine fordeler, mange var harmløse og sjarmerende, men i lengden var det greiest uten.

Ingenting hadde fungert, Julia hadde lyttet til alt moren sa, og ufortrødent fortsatt å drømme. Nå hadde hun kanskje sluttet.

317

Julia hadde vært alene i butikken da en mann som slett ikke så ut som om han pleide å frekventere butikker som «Johannas svartekunst og kunsthåndverk», kom inn av døren. En ung, pen mann. Han hadde en dress som Julia antok var dyr, og et skinnende slips. Han hadde et stort og hvitt smil. Et *elskverdig* smil, slo det Julia, som passet på å smile slik at den skjeve fortannen ikke syntes. Han presenterte seg: Herman Høstmark, het han. Han solgte kontorrekvisita. Han gav henne visittkortet sitt, det var svart og rødt, trykt på blankt papir. Salgskonsulent, stod det i kursiv under navnet hans. Det så stilig og profesjonelt ut, syntes Julia. Er det du som er daglig leder, spurte han. Julia fniste, nei, hun bare stod i butikken for mormoren sin.

Da Herman Høstmark kom neste gang, sa han at han bare ville kikke, og det gjorde han, tok opp en av mormorens små billedvever og satte den ned igjen, dro ut en bok av hyllen og bladde i den mens han så på Julia. Julia merket at hun ble betraktet. Hun slikket leppene, trakk inn magen, så likeglad ut av vinduet og oppførte seg akkurat slik en kvinne som godt vet at hun blir kikket på, oppfører seg. Da han nærmet seg disken med en liten keramikkhalvmåne i hendene, håpet Julia at han ville slå av en prat denne gangen også. Hun hadde rukket å tenke at de hadde vært et flott par. Hun hadde kommet frem til at slipset antagelig var av silke. Ekte silke. Men det var overhodet ikke noe feminint over ham. Herman Høstmark var det mormor foraktelig pleide å kalle en manne-mann. Julia syntes det var vidunderlig. Hun så opp på ham. Du er en skikkelig bra dame, sa han, betalte og gikk, snudde seg i døråpningen og blunket til henne. Julia hadde aldri opplevd noe så romantisk. Hun plukket opp telefonen og ringte bestevenninnen. Vet du hva?

Julia begynte å vente på Herman Høstmark. Hun var ivrig etter å jobbe, klaget aldri lenger. Og endelig, sent en ettermiddag, kom han igjen. Han var enda penere denne gangen, syntes Julia. Han kjøpte en pakke røkelse, og så ble han stående ved disken og snakke med henne. Han hadde forsikret seg om at hun var passert den seksuelle lavalder med god margin, han var ingen tosk. Med en dreven forførers sikre teft skjønte Høstmark straks hvordan han skulle sirkle henne inn – selv om det var temmelig opplagt at hun allerede var mør og spisemoden. Han fortalte rutinert om reiser til fremmede byer i Asia og Sør-Amerika, om farlige situasjoner han hadde kommet opp i. Han trente vekter hver dag, forsømte ikke en eneste økt i treningsstudioet. Han betrodde henne at han ikke kunne fordra etterbarberingsvann og pynt og fjas. Hun nikket. Ja, ekte mannfolk brukte jo ikke slikt. Hun lente seg over disken, lyttet og så tillitsfullt og beundrende opp på ham. Har du lyst til å se hvordan en beskjeden salgskonsulent bor?

Hun var nylig fylt sytten år. Hun hadde på seg en behå med Snoopy på. Brystvortene hennes var små, bløte og hadde samme farge som de rosene hun nettopp hadde fantasert om at han ville kjøpe til henne. Om halsen hadde hun et gult bomullstørkle med mønster av lyserøde sitroner, det var helt nytt, og hun hadde sett fornøyd på seg selv i speilet om morgenen da hun knyttet det fast. Hun syntes hun så sofistikert ut (et ord hun nokså nylig hadde lært). Hun hadde på seg en dongeribukse som var så trang at han hadde store problemer med å trekke den ned over hoftene hennes, særlig fordi Julia hadde grått, sparket og prøvd å dytte ham bort. Dere er så kokette, hadde han smilt. Det er ikke farlig, hadde han sagt mens han kjærtegnet halsen og nakken hennes. Du vil, ikke sant? Ikke sant? Han smilte til henne, og hun så at tannkjøttet hans hadde trukket seg oppover, så tannhalsene hans var synlige, og han hadde en mørk fylling i en av de fremste jekslene. Ikke sant? Jo, nikket hun. Da hun kom snikende inn i leiligheten mange timer senere, hadde halsen hennes en nesten usynlig, langsgående bloduttredelse etter halstørkleet. Før han bestilte drosje til henne, foreslo han at de kanskje kunne møtes for en liten kosestund en annen gang også? Så hadde han gitt henne drosjepenger og takket for samværet.

Husk det, jenta mi, hadde han hvisket i øret hennes før han vennlig dyttet henne ut av døren, at du ble med meg hjem helt frivillig. Du kysset meg helt frivillig. Du ble med meg inn på soverommet helt frivillig. Ikke sant?

Det siste hun så, var smilet hans. Det elskverdige smilet. Det hang igjen i luften etter at døren lukket seg, akkurat som katten i *Alice i Eventyrland*, som hun, moren og mormoren hadde lest da hun var liten. På dørskiltet stod både hans navn og et kvinnenavn. Hun kastet opp på dørmatten hans. Hun kjente en blek triumf idet hun betraktet den stinkende væten som farget matten mørk, slimtrådene som sakte sank ned i fletningene.

*

Non ita bene. Ikke så bra, hadde Jenna svart på Ellas *Ut vales?* i begynnelsen av første time. I pausen gikk Ella bort til Jenna, som stod og snakket med Frøydis og Celeste:

320

– Ja, du ser litt blek ut, sa hun til henne. Ella hadde
holdt på å si «Du ser sliten ut», men holdt det tilbake i
siste sekund. Ella var lei av tilsynelatende velmenende ven-
ninner og kvinnelige kolleger som fortalte henne at hun
så sliten ut, spurte om hun ikke hadde sovet godt, lurte
på om hun begynte å bli syk. Hun hadde bestemt seg for
at hun selv ikke skulle utøve den form for verbal liksom-
omsorg overfor sine medsøstre. Nå småskjente hun på seg
selv: Tror du virkelig at det er bedre å si at noen ser bleke
ut enn at de ser slitne ut? Hva?

– Hvordan går det med moren din nå?

– Det er ikke så lett, svarte Jenna. – I går stod hun opp.
Kledde på seg og var på vei til jobben sin, som hun altså
sluttet i for tolv år siden.

Ella så på henne, og til sin egen forundring kjente hun
et stikk av misunnelse: Tenk å ha en mor som man virke-
lig brydde seg om. Og motsatt: en mor som brydde seg.
Skjerp deg, Ella Blom, er du sjalu på en stakkars kvinne
som sliter med omsorgen av en dement mor! Gi deg!

Uten at noen av dem hadde lagt merke til det, var fru
Næss kommet bort til dem, og det var tydelig at hun hadde
oppfattet hva Jenna snakket om:

– Vi gamle damer *er* problematiske, sa fru Næss i et for-
søk på en spøkefull kommentar. Jenna klemte overarmen
hennes.

– Jeg elsker gamle damer, sa hun, – og moren min især,
og det er jo det som gjør dette så forbannet vanskelig.

– Ja, sa fru Næss alvorlig. – Det er det som gjør det så
forbannet vanskelig for oss også. Hadde det ikke vært for
kjærligheten, så hadde alt vært såre enkelt.

Jenna så ned på fru Næss' hår, som var nesten hvitt, på
den ranke ryggen og på skuldrene hennes som lutet som

321

på en flaske. Jenna så henne tydelig for seg, i mørkeblå uniform, en oppmerksom, omsorgsfull og alltid blid flyvertinne, som hadde brukt et helt yrkesliv på å servere andre, hjelpe dem på med kåper og frakker, trøste sutrete barn og brisne forretningsmenn. Hun fikk tårer i øynene og skjønte ikke selv akkurat hva som utløste det, om det var det fru Næss akkurat hadde sagt om kjærligheten, eller om det var tankene på moren.

– Vel, jeg får gå ut til våre to menn igjen, sa fru Næss.
– Dere har sikkert mye å snakke om, la hun til.

Ingen av dem bad henne om å bli. Fru Næss somlet litt ekstra med å komme seg ut av klasserommet, utnyttet alderen til å bruke lang tid på å lete etter hanskene sine. Men selv om hun på den ene siden verket etter at de skulle be henne om å bli, var det noe som sa henne at kvinnene trengte tid for seg selv akkurat nå. Noe alvorlig var på gang. Hun trakk på seg hanskene og gikk ut.

Mens Ella bare hadde kjent et stikk av misunnelse, var Frøydis tvers igjennom misunnelig, og det var heller ingen følelse hun skammet seg over. Hun hadde elsket sin maman så høyt, og hun skulle gitt mye for å ha henne hos seg nå, senil eller ikke. Hun ville gjerne hjelpe Jenna nå i den tiden som var igjen før Johanna kunne flytte til sykehjemmet, men hvordan skulle hun kunne tilby det uten at det virket påtrengende og rart? Kunne hun spørre om hun kunne besøke henne en dag? Være hos henne en kveld?

– Jenna, begynte hun prøvende. – Jeg tenkte på dette med moren din …

– Hvordan går det ellers, da, Jenna? spurte Celeste lett. Mødre var ikke favorittsamtaleemnet hennes. Celestes mor var i live, hun var sprek i både sinn og skinn, men mer

322

sympatisk med årene var fru Ringstad ikke blitt. Celeste hadde så lite med henne å gjøre som mulig.

– Ikke noe særlig, er jeg redd, svarte Jenna. Hun kjente tårene sprenge bak øynene og visste at øynene hennes måtte være ganske røde nå; det var sikkert ikke vanskelig å se at hun var på nippet til å gråte.

– Hva er i veien? spurte Celeste. I det samme ble hun tatt av en velkjent bølge angst, og i et kort øyeblikk forestilte hun seg at Nero hadde kontaktet Jenna, at hun også var blitt utsatt for ham.

– Kjære deg, hva er det? sa Ella til Jenna.

– Det er datteren min.

– Datteren din? gjentok Ella.

– Ja, først moren min, så datteren min, sa Jenna i et spedt forsøk på en spøk. – Men jeg kan trøste dere med at jeg ikke har større familie. Det er bare de to.

– Hva er skjedd? spurte Frøydis.

Jenna trakk pusten.

Etterpå angret hun. Hun burde ikke ha utlevert Julia. Det er som om hun har utsatt datteren for et nytt overgrep, tvunget bena hennes fra hverandre og latt tre fremmede mennesker kikke inn. Hun vil heller ha en datter som får til alt, som er pen, flink og vellykket. Hun vil ikke ha et offer. Hun tror det ikke selv, men det er som om hun skammer seg over datteren. Hun sverger på at Julia er uten skyld. Likevel skammer hun seg. En skam for det skitne, for det unevnelige, nært beslektet med den skammen som kvinner i årtusener har båret etter å ha blitt mishandlet, slått, voldtatt av menn. Julia er skyldfri, så hvorfor kjenner Jenna et ubehag? Et ubehag fordi Julia kunne ha – burde ha – handlet annerledes. Og har ikke Jenna selv et ansvar? Var det ikke ubetenksomt av henne å overlate Johannas

323

butikk til datteren, bare sytten år gammel, la henne være der alene?

Jo, Jenna angrer, men like etter angret hun ikke lenger.

– Kjære deg, hadde Ella sagt.

– Dette ordner vi, sa Frøydis.

– Han skal få det han fortjener, sa Celeste, og øynene hennes lyste som blå flammer i det hvite ansiktet.

*

Et klasseværelse i Oslo med avskallet maling på veggene, grått, slitt linoleumsgulv. Det er halvmørkt, bare skinnet fra fire stearinlys og fra lampen i korridoren lyser opp. Det lukter kvalmende søtt av røkelse. Midt i rommet står fire kvinner ikledd sorte, lange fløyelskapper. En av dem er Ella. Inne i henne er det helt stille. Hun er med på noe som ligner mistenkelig på en middelaldersk heksesabbat, men den vanligvis så kritiske indre røsten tier. Hva har skjedd? Sover du, aldeles bedøvet av røkelse og forført av tunge fløyelskapper? prøver hun å spørre, men ingen svarer. Da hun siden forsøkte å analysere det hun hadde vært med på, var dette noe av det hun hadde størst problemer med å forstå: At det plutselig var helt stille inne i henne.

– Er det ikke litt mye? sa Ella til slutt. De hadde nettopp gått gjennom planen på ny. – Han kommer jo til å bli livredd.

– Det er hensikten, forklarte Celeste. – Han skal bli redd. Han fortjener å bli redd.

– Jeg ser henne for meg, sa Frøydis sint. – Hun ligger hjemme og rugger hodet i hendene.

– Hvordan går det med henne? spurte Celeste.

324

– Men, protesterte Ella. – Vi kan jo ikke …

– Å jo da, avbrøt Frøydis.

– Hun har nesten ikke gått ut av rommet sitt, svarte Jenna.

– Det finnes ikke noe verre enn å være redd, sa Celeste, så heftig at både Frøydis og Ella stusset.

– Hun skammer seg sånn, fortsatte Jenna. – Hun mener det er hennes egen feil. Og det er det jo ikke!

– Nei, sa Celeste. – Det er det ikke.

– Stakkars liten, sa Frøydis lavt. Med de to ordene brakte hun Ella tilbake til egen ungdomstid. Ella husket hvordan hun selv hadde blitt trøstet, eller avfeid, med akkurat de to ordene. Hun husket hvordan hun hadde lengtet etter anerkjennelse, etter å bli sett. Hun husket hvordan det var å være prisgitt andres innfall og luner: lærerne, foreldrene, *de voksne*. Julia var bare et barn.

– Vi tar ham, sa Ella. – Han fortjener det.

– Vi-tar-ham-vi-tar-ham, gjentok Celeste, blunket til Ella og trampet rytmen. De andre falt inn. Sirkelen deres ble tettere, de la armene rundt hverandres skuldre, hodene deres nikket i takt med føttene som fortsatte å markere rytmen. Tar-ham-vi-tar-ham-vi-tar-ham-vi-tar. Det var en spøk, men det ble gradvis alvor. I begynnelsen hadde de ledd, så hadde de tenkt mer og mer på det som hadde skjedd med Julia, og de var blitt sinte. Et sinne som opprinnelig hadde sitt utspring i fortellingen om Julia og Herman Høstmark, men som raskt skiftet til forskjellige fortellinger. Frøydis var den første. Hun tenkte på maman, på Sturla Hagbartsen og på Arthur Løkke. Ella tenkte på Peter, hun tenkte på Edmund Benewitz-Nielsen. Celeste tenkte på Nero. Hun tenkte på den gangen han tvang henne til å be om unnskyldning for noe hun ikke

325

engang husket at hun hadde gjort, hvordan han slo henne så hardt at hun mistet balansen og deiset ned med kinnet mot stuebordet. Det var godt å kjenne på sinnet, et sunt og hvitt raseri, skarpt og iskaldt som skaresnø. Men så ség maktesløsheten igjen innover henne, og hun orket ikke tenke mer på ham. Ikke tenke, ikke tenke, ikke på ham. I stedet tenkte hun på en ung turnuslege, på Kåte-Karl, på menn som ble redde og flyktet. Bare Jenna tenkte hele tiden på Herman Høstmark. Hun ville se ham ligge ydmyk og ydmyket foran dem, det pene, unge fjeset hans forvridd av angst.

Trampingen og ropene døde ut. De kikket på hverandre, først litt flaue, men straks så de igjen humoren:

– Det må være kappene, lo Celeste.

– Det er nok det, smilte Frøydis. – Og dere: Som Jenna allerede har informert dere om, er subjektet på treningsstudio akkurat nå.

– Fint, sa Ella. – Dette skal vi klare.

Celeste viste frem det hun hadde tatt med fra jobben: en liten plastbeholder med en rosa væske, en enda mindre med klar væske og en engangssprøyte. Ella hadde med tau og teltplugger. Frøydis løftet opp det de var blitt enige om at hun skulle ordne: En saks. Det blinket i stålet da hun holdt den opp foran dem. Den var ganske stor, med én taggete egg og én glatt og skarp. Håndtakene var trukket med oransje plast. En solid, traust saks. En klassiker. Finsk design. En kjøkkensaks av den typen som finnes i annethvert norske hjem.

De tre andre gransket den nøye, så nikket de, som på signal, helt samtidig. Frøydis gav den uten å nøle til Jenna, som tok opp et halstørkle fra håndvesken og pakket saksen inn i det. De så på hverandre. De skulle ut og ta ham.

*

Hetten henger halvveis over ansiktet hennes og skygger for utsynet. Det hjelper. Hun vil ikke se i hans retning. Hun kjenner blodet dundre gjennom årene, og i den venstre tinningen hennes har åren blåst seg opp som en blå plomme som truer med å sprenges for hvert hjerteslag. Hun svaier og regner det som mer sannsynlig at hun kommer til å besvime enn at hun ikke gjør det. Mannen på bakken. Celeste hadde truffet blink ved første forsøk. Jeg må treffe en vene, hadde hun forklart. Blodet farer gjennom Ellas kropp, et hurtigtog som dunker mot huden hennes. Nå må da den oppsvulmete åren sprekke snart. Han fortjener det, minner hun seg selv om. Men hun står der hun står, halvt bortvendt, med tiltagende svimmelhet, galopperende puls og en ballongåre hun hele tiden ser for seg. Nå brister den. Eller nå. Nå. Hun kikker raskt bort på den skrevende mannen. Han minner om en kvinne i gynekologstolen, ydmyket, blottstilt, sårbar. Uten at hun vil det, uten at hun får tenkt mer over det, begynner hun å klukke av latter.

Ved siden av Ella, helt inntil henne, står Frøydis. Hun har karamellbrune pumps med gyllen tåspenne og stiletthæler, som er sunket et par centimeter ned i det klissete laget med løv. Frøydis svelger, og hun presser sin runde kropp inntil Ellas kantete. Er hun redd? Angrer hun? Synes hun synd på ham, mannen som ligger utspent som en død dyrekropp? Disse tre spørsmålene, som hun ikke har noen svar på, kommer igjen og igjen i en evig loop.

Men vi må for all del ikke gi opp nå! Er hun redd? Angrer hun? Synes hun synd på ham? Hun lar blikket hvile på ham, det går en rykning gjennom kroppen hans, og hun vet det nå: *De har rett til dette*. Han fortjener det. Hun finner igjen sin egen kongstanke, og den trer frem, klarere enn de andre tankene, skarp og skinnende står den der: Det de gjør nå, de fire kvinnene, er riktig. *Han fortjener det*. Frøydis retter seg opp.

Huden til Celeste er hvit som melk. Den er alltid hvit, men i kveld er Celeste nesten selvlysende. Hun ser ned på hendene sine, hun vet godt at hun har elegante fingre med ovale negler, at håndleddene er spinkle og vakre, men dette er noen helt andre hender. Hun gjenkjenner dem ikke. Hun vender håndflatene opp og ut, ser undersøkende på dem igjen. Den ene hånden holder rundt noe. Det er hennes hender. De er hvite som melk, men likevel fremmede. Så ser hun at alt rundt henne er badet i hvitt. Alt hun ser, har samme farge som lunken melk. Hun ser kappen hun tok på seg for bare noen korte timer siden (Det må jo være lenger siden? Det kan ikke ha vært tidligere *i dag*?), men hun ser den bare som en grå, lodden skygge. Hun kan skimte de andre i alt det hvite, de er også iført de samme skyggeaktige kappene. Og der, rett foran føttene hennes, men likevel langt borte: En halvt avkledd mann. Så hører hun latter (Er det ikke Ella?), og kanskje noe som er duren fra biler. Hun hører at mannen på bakken stønner, at det surkler i vått, vissent løv når han forsøker å snu kroppen sin vekk. Og hendene hennes. Hadde de hendene satt sprøyten med bedøvelse? *Quantum satis*. Det var så lett. Nå klemmer den ene hånden rundt en plastbeholder med rosa væske. Hun vet hva som står på etiketten, men bokstavene flyter i hverandre i det underlige, opake lyset. Så ser hun alt, med ett sylskarpt: Frøydis står med rak rygg. Ella smiler. Jenna med en hevet saks.

I halvmørket og med den lange kappen ser Jenna ut som en statue hugget i granitt. Høy og kraftig. Steinhard, uangripelig og stødig. Men da Celeste hadde trukket ned buksene til mannen, hadde Jenna måttet brekke seg. Først da hun viklet saksen ut av et lysgult halstørkle med små rosa sitroner, kjente hun det hun på forhånd trodde hun skulle kjenne: Hun var rasende. Det er hun ennå. Rasende og redd. Hun nøler idet metallet kommer i kontakt med mannens kropp. Så ser hun opp, og de fire kvinnenes blikk møtes i luftrommet over mannen. Frøydis nikker til henne. Hun klemmer saksen sammen.

*

Da han kom til seg selv, var han alene, men de fire kvinnenes latter satt ennå i ørene, og den blinkende, snappende saksen stod ennå klart avtegnet på netthinnen. Han hakket tenner, og det kjentes som om han ikke hadde følelse i armene og bena. Men han var ikke lenger bundet, og da han vred på seg, kjente han bakken som en iskald, ruglete flate under seg. Urinlukten var borte, men en annen, tykkere, mer metallaktig lukt lå i luften. Han tøyde forsiktig med fingrene og flyttet på bena, alt var i orden. Underlivet hans var fremdeles blottet; han kjente ingen smerte, men det føltes tomt der nede på en måte som nesten fikk ham til på ny å besvime av redsel. Munnen var tørr og tungen stor og kraftløs. Det var mørkt, så han kunne ikke se noe, og han turde ikke å kjenne etter hvor ille det stod til der nede. Jeg må komme meg til lege, tenkte han. Men hva skulle han si til legen? Sin unge alder til tross var Herman

Høstmark en mann med mer enn ett svin på skogen. Legen ville jo spørre om hva som hadde skjedd. Hva skulle han svare? Skulle han anmelde dem? Han innså at politiet kom til å spørre om hans rolle i det hele, og hva som gjorde at fire kvinner hadde mishandlet ham. Og hvem var de? Nei, han måtte komme seg hjem først, finne roen, plastre seg, bandasjere seg. Han kunne blø i hjel! Han var overrasket, og også en smule imponert, over seg selv. Han var hardt skadet, men han taklet det. Som en mann.

I ettertid var Herman Høstmark takknemlig for at han ikke hadde gått til legen. Han hadde uendelig varsomt trukket på seg buksen, med stive fingre kneppet jakken, som han fant på bakken et stykke unna. Han kapret en drosje som med et guds hell midt oppe i det hele, akkurat passerte. Sjåføren rullet ned vinduet og ropte hei sveis, en hilsning Herman Høstmark ikke under noen omstendighet hadde syntes var morsom. Jump inn, sa sjåføren. Herman Høstmark jumpet aldri og særlig ikke nå. Han gryntet frem adressen og tenkte at han fikk holde ut den korte turen, selv om sjåføren var idiot og dessuten spilte orientalsk musikk. Han kjente buksene klebe seg til lårene, han var overrasket over at han ikke besvimte igjen på grunn av blodtapet, som han regnet med var betydelig. Det kjente landskapet med kafeer, butikker og parker svaiet foran ham. Han betalte, gav av prinsipp ikke en krone i driks, kom seg opp trappene. Han dyttet unna samboeren sin, de velmenende hendene hennes, det spørrende blikket. De hadde ikke bodd sammen i mer enn ett år, men hun hadde allerede begynt å stille ham spørsmål han ikke likte. Hun satte straks i gang: Hvor har du vært? Så skitten du er! Hvorfor går du rart? Hva har du rundt halsen?

330

Han låste seg inne på badet. Her lot han jakken falle på gulvet og satte baken ut for å ikke la det sårede underlivet komme i kontakt med buksestoffet. Han åpnet glidelåsen, så for første gang ned og var igjen i ferd med å besvime: Hans manndoms stolthet var bitte liten og ynkelig, men den var intakt. Som en sammenkrøllet, engstelig liten åme lå den der og hvilte seg i en eng av rosa kjønnshår. De kjerringene hadde ikke gjort ham til evnukk. Det var ikke en dråpe blod i sikte. De hadde frisert ham, klippet håret hans i hjertefasong og farget det skrikende sukkerspinnrosa. Han bannet høyt og inderlig. Samboeren hans banket uten stopp på baderomsdøren. Herman, hva holder du på med? Hvor har du vært? Hva er det du har rundt halsen?

Han løftet opp hånden og rev det løs. Et tørkle. Det var skittent av asfaltstøv og gjennomtrukket av søle, men han kunne tydelig se mønsteret: små, små rosa sitroner på lys gul bunn. Han hadde sett det før, og han husket hvor.

Lectio IX – Terra incógnita

Det var latinkurs i dag, men når Ella kjente etter, gledet hun seg ikke fullt så mye som hun hadde gjort de andre gangene. Hun hadde et svakt sug i mageregionen, og hun hadde skjønt at det måtte ha å gjøre med Herman Høstmark. *Ista quidem vis est.* Tenk at du var med på det, Ella Blom, hva tenkte du egentlig på? At hun, en avbalansert førsteamanuensis med sparekonto og bokklubbmedlemskap, hadde stått i en sort fløyelskappe over en vettskremt halvnaken mann. Hun måtte smile. Men det hadde vært berusende deilig, det var akkurat som om hun hadde frikoblet hjernen, latt kroppen styre henne. For noe tøv, brøt stemmen inn i det samme, frikoble hjernen? Prøver du å frata deg selv ansvaret for handlingene du var med på? Nei, de skulle nok ikke ha gjort det. Det kom til å bli pinlig å se de andre, møte dem i klasserommet som om ingenting hadde skjedd. Og det verste var kanskje det, og her var hun latterlig rasjonell igjen, at de intet hadde oppnådd. *Cui bono?* Hva hjelper det vel om fire halvgamle damer farger kjønnshåret til en ung slask? Blir verden bedre? Slutter slasken å være en slask?

Fru Næss så seg smilende rundt. Bendik og Erik snakket lavt sammen, Erik lo av noe Bendik fortalte, Bendik så i

332

det samme raskt opp og blunket til henne. En usedvanlig velskapt mann, konstaterte fru Næss fornøyd før blikket hennes gled videre. Frøydis satt på plassen sin. Overkroppen og lårene dannet en nitti graders vinkel, og ryggen var ikke på noe punkt i berøring med stolen. Hun tok frem heftet sitt (stive permer og lesebånd i konjakkbrun silke), minsket vinkelen med omtrent tyve grader, magen bølget og la seg så i ro på lårene hennes, og så begynte Frøydis å skrive. Fru Næss kunne ikke se det fra der hun satt, men bokstavene som sprutet ut av pennen til Frøydis i imponerende høyt tempo, var jevne og runde, noe flattrykte ovenfra slik at selv l-ene, k-ene og de andre høye bokstavene hadde kort avstand ned til linjen de stod på. Hadde man kunnet lese det hun skrev, ville man raskt oppdaget at det var mer usammenhengende enn den presise prosaen Frøydis vanligvis produserte. Fru Næss gransket henne lenge før hun snudde hodet og så opp mot Ella.

Ella stod bak kateteret og bladde i forelesningsnotatene sine. Hun lå visst litt etter med forberedelsene i dag, for det var tydeligvis veldig om å gjøre å lese igjennom alt sammen før timene begynte. Fru Næss fikk det ikke til å stemme at Ella hadde møtt opp uforberedt. Det var da noe merkelig her? En dør ble åpnet, og der kom Jenna også. Fru Næss hadde allerede regnet ut at Jennas bil måtte være i orden igjen; Frøydis hadde iallfall kommet alene. Jenna hadde en av de sedvanlige hekleluene på hodet, hun var andpusten og rødkinnet. Hun nikket kort, nølte før hun satte seg, ikke ved siden av Frøydis der hun hadde sittet siden den første kurskvelden, men på samme side som Bendik og Erik. Skalv hun på hendene da hun fant frem læreboken? Fru Næss var ikke sikker.

Fru Næss hadde sett vennskapet mellom Ella, Frøydis,

Jenna og Celeste før de hadde sett det selv. Fra sin privilegerte post som skarpsynt observatør hadde hun lagt merke til båndene mellom dem på et tidspunkt der de fire kvinnene selv bare hadde ant dem. Hun hadde gledet seg over det, men også heftig ønsket at hun var yngre selv, at hun kunne ha vært en av dem. Hun hadde forundret seg over hvor sterkt forholdet deres hadde vokst seg i løpet av kort tid, og hun hadde levd seg så inderlig inn i det at det nesten smertet henne å se at noe nå var annerledes mellom dem. For noe måtte da ha skjedd? Hun vred seg på stolen, ville gjerne reise seg og legge armen om Ella, stryke håret vekk fra Jennas svette panne, klappe Frøydis anerkjennende på skulderen. Hun hadde en intens lyst til å tilby sin hjelp som reparatør, som megler, som diplomat, som klok kone, men innså det umulige: Jeg har sett at dere er blitt venner. Jeg vet at dere har startet en klubb eller noe lignende. Nå ser jeg at noe er gått galt. Kan jeg hjelpe dere? Nei, fru Næss måtte pent bli sittende selv om det kriblet inni henne etter å gjøre noe.

Fru Næss var en foretagsom dame med mange jern i ilden, hun hadde sine gode venninner (selv om bestevenninnen gjennom mange år, Kristina (kjære, kjære Kristina) dessverre var gått bort), hun hadde bøkene sine, hun hadde familien (barnebarna var en sann velsignelse, men de levde sitt eget liv, og det var akkurat slik det skulle være), hun hadde kaffestundene på eldresenteret, kurset i webdesign. Rhamnousia kalte hun seg på en av profilene hun hadde laget. Nei, hun kjedet seg ikke. Hun hadde fallskjermhoppingen, hun hadde latinkurset. Jo, fru Næss hadde nok å henge fingrene i. Bare uintelligente mennesker kjeder seg, hadde alltid hennes far sagt. Fru Næss kjedet seg ikke; hun

334

sendte av og til en forsikring oppover om dette. Likevel gav tilværelsen hennes rikelig anledning til refleksjon. Hun hadde kommet frem til at det var en av pensjonisttilværelsens store fordeler (men også en forbannelse!). Hun hadde tid til å sitte i favorittstolen og tenke. Det hadde vært yndlingsbeskjeftigelsen hennes de siste årene. Det hendte hun duppet av, men ofte satt hun i timevis med kaffekoppen og en pose frosne erter – hun hadde i mange år hatt den eksentriske lasten å kose seg med frosne selskapserter. Skjønt *last*? Ertespisingen hadde vel ingen andre bivirkninger enn en smule luft i magen, og enkefrue som hun jo var, gikk ikke det utover andre enn henne selv. Erteposen pakket hun inn i en avis, slik at ertene skulle holde seg kalde så lenge som mulig. Hun formet avisen som et kremmerhus, og hver gang hun satte seg til med det gedigne kremmerhuset i fanget, måtte hun tenke på barndommens små, hvite kremmerhus, innkjøpt på lørdagene i kiosken på hjørnet, hun hadde tellet tiøringene og fått vann i munnen av å se på alt godteriet i store glasskolber, fløtekarameller, polkagriser, lakrislisser, hun ville kjøpe alt, hele butikken, men tiøringene hennes strakk sørgelig kort til. Nå hadde hun råd til å spise hva som helst, og her satt hun med et forvokst kremmerhus fylt med iskalde erter. Hun måtte le, det var godt hun som syvåring ikke ante noe om disse fremtidsutsiktene, syvåringen hadde overhodet ikke ledd, men betraktet det hele med vantro og dyp forakt. Men hun nøt virkelig ertene sine, puttet én og én i munnen, sugde på dem og kjente dem tine mot ganen. Og så var de jo så skjønne å se på, som smaragdgrønne kloder, med små groper og fordypninger i overflaten. Dessuten stimulerte de tankene hennes.

I de siste ukene hadde hun tenkt mye på de fire kvinnene. De opptok henne, alle sammen. Fru Næss kunne lene seg bakover i ørelappstolen, putte en ert i munnen, lukke øynene, og straks trådte Jennas fornøyde ansikt klart frem for henne. Fru Næss var fascinert av styrken som Jenna utstrålte, til tross for at hun lett kunne feiltolkes som et lattermildt, nokså ustrukturert menneske. Mange hadde nok latt seg lure i årenes løp. Hun var ikke sikker på om Jenna bevisst gikk inn for å gi et uryddig inntrykk, eller om hun ikke *kunne* være annerledes. Fru Næss hadde lært å sette pris på humoren hennes, og hun var begynt å glede seg til å se Jenna. Fru Næss ble simpelthen i godt humør av henne.

Så var det Ella. Dyktige Ella. Hun beundret Ellas suverenitet, men var også klar over at hun ikke var lykkelig – fru Næss hadde bare ennå ikke funnet ut hvorfor. Kanskje var det noe så banalt, men ikke mindre viktig, som et ulykkelig ekteskap? Ella var pen på en stillferdig måte, som om skjønnheten hennes var en godt skjult skatt, som hun selv hadde glemt at hun hadde.

Celeste overstrålte dem alle, man kunne ikke la være å legge merke til henne. Hun var vakker, påtrengende vakker. Fru Næss syntes det ene øyeblikket at de slanke hendene var det aller peneste, det neste øyeblikket syntes hun håret. Eller figuren. Den hvite huden. Ja, Celeste var en skjønnhet, ingen tvil om det, men fru Næss mente bestemt at hun hadde sine hemmeligheter. Det var fru Næss like sikker på som at hun til slutt ville finne ut av dem. Var Celeste redd? Fru Næss husket hvordan Celeste hadde reagert da vaktmesteren en gang helt uventet hadde banket på klasseromsdøren. Hun skulle finne ut av det.

Frøydis. Umiddelbart hadde den oppsvulmede kroppen til Frøydis kommet i veien for personligheten hennes, men likevel hadde hun nesten blitt forelsket i henne. Fru Næss tok seg i stadig å se på henne, hun ville gjerne snakke med henne i pausene, være i nærheten av henne. Ja, det var noe uimotståelig med Frøydis. Hun var så ung. Så sterk. Ansiktet hennes var rundt og glatt, pikeaktig i trekkene, men likevel besluttsomt. Frøydis hadde noe udefinert tiltrekkende ved seg, og i fru Næss' øyne var hun den klare lederskikkelsen, den de andre vendte seg mot, det var henne de ville følge i tykt og tynt. Særlig i tykt, kunne fru Næss tillate seg å tenke, men hun følte seg slem hver gang. Hun hadde lagt merke til hvordan de så i hennes retning som for å søke anerkjennelse. Frøydis er en ener, tenkte fru Næss gjerne så, Frøydis tåler en støyt, og etter hvert som fru Næss hadde fått tenkt over det, syntes hun i grunnen ikke at kroppen hennes var så stor heller, den så bare robust og underlig sunn ut.

Celeste kom ti minutter for sent (det var i det minste helt som det skulle!). Hun smilte strålende, og det var ikke spor av noe unnskyldende i det smilet. Det var akkurat som om det ikke falt henne inn at man pleide å beklage når man ikke kom tidsnok. Ella hadde begynt undervisningen presis klokken syv. Hun hadde åpnet med en repetisjon av konjugasjonen av å være i presens: *sum, es, est, sumus, estis, sunt*. Jeg er, du er, han/hun/det/den er, vi er, dere er, de er. Hun fikk klassen til å gjenta i kor: *sum, es, est, sumus, estis, sunt*. Jenna trivdes åpenbart ikke med grammatiske øvelser, kanskje hun kjente seg underlegen overfor de andre, akademikerne? Fru Næss selv kastet seg selvsikkert inn i koret; denne remsen satt som spikret etter gymnastidens pugging. Hun likte at ordene fikk en ny betydning som strakte seg utover grammatikken:

en slags bekreftelse på at de var til. Jeg er. Du er, Frøydis. Ella er. Alle vi her er. *Conjugato ergo sum. Declino ergo sum.* Kunne man si det? Ella smilte til dem: *Euge!* Så begynte hun å forklare prinsippene om sammenhengen mellom ordstilling og kasus. Fru Næss gransket Celeste, men kunne ikke se eller merke noe påfallende ved hennes utseende eller oppførsel. Erik så lenge på Celeste, han gjorde ofte det, hadde fru Næss lagt merke til. Ella smilte et kort og svært profesjonelt velkomstsmil, de andre så knapt opp. Hva kunne ha hendt mellom dem? For noe var det, det var ikke fru Næss lenger i tvil om. Det var antagelig ikke noe viktig, men en justering var påkrevd. Hun skulle ønske hun kunne hjelpe dem!

Først da Celeste hadde satt seg, vrengt av seg kåpen og tatt frem skriveboken, skjønte hun at noe var annerledes. Hun hadde hatt et regelrett angstanfall da hun skulle til å gå ut døren hjemme, hadde ikke turt å åpne den før etter flere minutter. Hun hadde vært overbevist om at Nero stod der, et eller annet sted nede i den mørke trappeoppgangen og ventet på henne. Og først da hun satt i drosjen oppover, hadde hun klart å slappe av, puste normalt. Hun hadde gledet seg til å se de andre, men nå merket hun at det var en anspent stemning. Det kom uventet på henne, selv om hun jo burde ha forutsett at noe slikt kunne skje. Hun så seg rundt og skjønte øyeblikkelig hva som var i veien: De andre ligamedlemmene angret. De skammet seg og var sjenerte og flaue overfor hverandre. Det var en typisk dagen-derpå-stemning. Ingen hadde tydeligvis vært i kontakt med hverandre i løpet av uken som var gått. Jenna og Frøydis unngikk blikkontakt. Ella underviste mekanisk. Celeste betraktet dem etter tur. Hun undertrykket

338

lysten til å fnise. De oppførte seg nøyaktig som noen som våkner opp med dundrende hodepine og med et rykk husker at de har sagt noe fryktelig galt til en helt feil person eller ligget med en de absolutt ikke burde ha ligget med. De holder sengen, hodet verker, i magen skvulper vinrester, og de angrer så det gjør fysisk vondt i hele kroppen. Celeste hadde mange ganger sagt ting hun ikke skulle, og hun hadde enda oftere hoppet til køys med noen hun ikke burde ha hoppet til køys med, men hun hadde aldri angret. Dårlig samvittighet og bondeanger lå overhodet ikke for Celeste. Hun pleide å svelge en hodepinetablett og konsentrere seg om dagen i dag.

Ella snakket om de tre puniske kriger, om Kartago. Hun fortalte at *puner* er det samme ordet som *føniker*, også etymologisk sett, at *puniceus* betydde lilla, at romerne kalte fønikerne «Det lilla folket». Ella var en så fullbefaren og dyktig lærer at det skulle godt gjøres å legge merke til at undervisningen ikke var som den pleide. Men nå når Celeste først var blitt oppmerksom på stemningen, kunne hun høre at Ella var mindre engasjert enn hun hadde vært de andre gangene. Stemmen hennes var mer monoton, og hun så flittig på Erik, Bendik og fru Næss. Hva med dem? Merket de noe? Nei, Frøydis og Ella var altfor opptatt av seg selv – og av sin egen skam? Celeste kikket fort på Bendik (han tok seg bra ut i dag i en tettsittende genser) og Erik (som alltid når hun så Erik, tenkte hun på Sebbe, sammenlignet dem automatisk), som begge lyttet intenst til utlegningene om de puniske kriger. De var jo menn, stakkar, konkluderte Celeste, og subtile forandringer i stemning gikk nok langt over hodet deres. Men hva med fru Næss? Celeste skottet bort på henne. Kanskje hun skjønte at det var noe i gjære? Fru Næss var en skarp dame. Hun merket for eksempel med én gang Celestes blikk på seg og så tilbake. Celeste trakk til seg øynene, men hun hadde sett noe i den gamles ansikt. Fru Næss er nysgjerrig! Hun hadde skjønt at noe foregikk.

Hva snakket Ella om nå? Nå ja, hun drev ennå på med de puniske kriger. Naevius skrev *Bellum Púnicum*, som altså betyr Den puniske krig. *Bellum* er nominativ, entall, og det kongruerer med adjektivet i kasus, numerus og genus. *Bellum* er et eksempel på andre deklinasjon. Bendik, kan du bøye det?

Omsider kom pausen. For første gang syntes Celeste at timen hadde vart altfor lenge, hun kjente igjen rastløsheten fra skolen, sånn hadde det vært å sitte i historietimen på fredag ettermiddag, følge armbåndsurets sekundviser som beveget seg uendelig langsomt, vente på at det skulle ringe ut. Hun måtte snakke med dem. Dette måtte det ordnes opp i. Hun reiste seg i samme sekund som Ella (fem minutter på overtid) avsluttet den første timen. Bendik og Erik var allerede på vei ut av klasserommet. De tre andre reiste seg motstrebende. Forrige tirsdag hadde de anstrengt seg for å bli alene, for å sende de andre bort. Denne gangen hadde fru Næss unnskyldt seg og nærmest løpt av gårde; av Bendik og Erik hørte de bare glade stemmer langt borte i korridoren. Ella hadde blitt stående ved kateteret og bla i papirene sine igjen. Jenna stod rett opp og ned ved sin plass, så fort og fordekt i retning av Frøydis. Frøydis gjorde tegn til å gå, men Celeste grep henne i armen, hun la merke til hvor bløt overarmen til Frøydis var, det var som å ta tak i en hodepute fylt med den mykeste dun. Ansiktsuttrykket hennes var derimot ubevegelig som stein.

Bendik og Erik stod utenfor i høstmørket, med hodene tett sammen, og snakket antagelig gutteivrig om heavy-rock og svartmetall. Fru Næss hadde forsvunnet et eller annet sted, trolig til toalettene. Ella, Frøydis, Jenna og Celeste var i klasseværelset. Det var ikke noe trivelig rom, murpussen var institusjonsgrønn, og den hadde falt av i tykke flak flere steder. Linoleumen var slitt, og ved tavlen gikk en tydelig skjøt tvers over gulvet (Ella måtte vokte seg vel så hun ikke snublet i den når hun gikk frem og tilbake foran tavlen). Pultene hadde merker etter tidligere tiders sjømannselever. *Oscar* var det skåret inn på en av pultene. *Valparaíso* og *Kapp det gode Håb* stod det med tykt, svart blekk på Celestes plass, hun regnet med at det hadde vært mange lange timer i navigasjon og geografi (eller hva man nå lærte på en sjømannsskole), like lange som hennes egne historietimer. På tavlen, en gammeldags svart tavle, stod det med hvite bokstaver i Ellas klare håndskrift: *Inter arma silent leges.* Lyset, som Celeste vanligvis syntes var varmt og vennlig, farget ansiktene deres giftiggule. Ingen sa noe. Celeste lukket døren ut mot korridoren, snudde seg mot de andre tre:

– Hør her, jenter. Han fortjente det.

Fremdeles sa ingen av de andre noe, men Celeste mente å se at Jenna nikket forsiktig. Celeste lo lavt før hun fortsatte: – Jeg er bare en sølle farmasøyt, men man trenger ikke embetsgraden i psykologi for å forstå hvordan det er fatt med dere. Diagnosen er enkel: Dere angrer.

– Men vi skulle ikke ha gjort det, sa Ella øyeblikkelig, som om den replikken hadde vært stengt inne, og noen endelig gav henne anledning til å slippe den løs: – Vi skulle vel ikke det? gjentok hun, spakere.

– Jo, sa Celeste. – Jeg synes vi skulle det. Tenk hva han hadde gjort!

– Ja, sa Jenna lavt.

– Men én ting er å lure en tulling til å si tullete ting på tv, påføre noen guttemenn magevondt. Eller ødelegge parken og ryktet til en ekte drittsekk, noe ganske annet er det å bruke vold, sa Ella. Frøydis rettet seg opp:

– Ella, sa hun. – Vi var ganske harde mot Edmund Benewitz-Nielsen også. Ikke det at han ikke fortjente det, men …

– Bedøve ham, binde ham fast, avbrøt Ella, men hun smilte så smått nå. – Det er jo ganske drøyt?

– Drøyt? Vel, det er uvant, innrømmet Celeste. – Det Herman Høstmark hadde gjort, var da også av en helt annen karakter. Herregud, vi skadet ham da ikke.

– Du vet at han trodde vi skulle klippe den av, sa Ella.

– Ja, sa Celeste. – Det er jeg glad for at han trodde.

– Det er fornuftig, det du sier, sa Frøydis.

Celeste ble varm og glad for å få ros av Frøydis, og anerkjennelsen gav henne fornyet energi til å forklare de andre hva hun mente:

– De andre hevnaktene våre har vært så … renslige. Det vi gjorde med Herman Høstmark, var en konfrontasjon med virkeligheten. Det er første gang vi har vært til stede. Det er som å innse at de vakuumpakkede lammekotelettene har vært et levende dyr med uskyldige øyne og myk ull.

– Det var som å slakte sauen, lo Frøydis.

– Men hjalp det? spurte Ella tvilende.

– Ja, sa Jenna med høy og klar stemme. – Ja, jeg tror det hjelper. Julia vet ingenting, og jeg vet ikke hvordan det skal gå med henne. Men ja.

– Ja vel, sa Ella, lettet.

– Å ja, sa Celeste. – Dette er ikke patetisk etterrasjonalisering. Jeg tror vi kan oppsummere det slik: Vår friserte venn Herman Høstmark kommer til å tenke seg om to ganger før han forsøker å forføre flere tenåringer.

Stemningen i klasserommet løsnet betraktelig, antagelig fordi de fire kvinnene akkurat nå hadde nøyaktig det samme bildet på netthinnen: en forskremt sammenkrøllet penis mot en bakgrunn av rosa kjønnshår.

– Men barberer han ikke bare bort alle spor? innvendte Ella. – Det er jo til og med moderne. Menn på hans alder er vel ganske ofte hårløse. Der nede.

– Det er riktig. Det kan jeg bekrefte, sa Celeste, la hodet på skakke og blunket med det ene øyet.

– Og da kan han jo bare barbere bort alle spor! gjentok Ella.

– Ikke alle spor, påpekte Celeste. – Ikke med én gang i hvert fall. Det fargestoffet setter seg i huden. Han kommer til å ha et rosa hjerte i skrittet i et par ukers tid. Minst.

– To uker. Hjelper det, tror du? sa Ella.

– Jeg er overbevist om at det var en lærepenge for ham, sa Celeste lattermildt. – Ydmykelsen. Redselen han kjente da han lå der. Den verste straffen var ikke friseringen, den verste straffen var at han var så redd.

– Jeg tror hun har rett, sa Frøydis.

– Jeg *vet* at hun har rett, sa Jenna. – Og jeg vet også at da han stod der med barberhøvelen og skulle fjerne det rosa håret, så tenkte han et øyeblikk på å skjære av seg hele stasen. Han stod der, så fra det blanke, sylskarpe barberbladet til sitt eget ynkelige kjønnsorgan og tenkte på hva det hadde fått ham til å gjøre av tåpelige ting, og *han vurderte å kutte det av.*

343

– Gjorde han? spurte Celeste.

– Hvordan ..., begynte Ella samtidig.

– Jeg *vet* at han tenkte det, sa Jenna, og noe i stemmen hennes gjorde at de andre tidde. De så på henne en stund, hver for seg prøvde de å forstå hva som foregikk oppe i Jennas hode.

– Han får den ikke opp heller, sa Jenna plutselig. De andre så enda mer forbauset på henne.

– Hvordan vet du ..., begynte Ella igjen, men hun gjentok ikke spørsmålet da Jenna ikke svarte.

– Det kommer til å gå over, sa Jenna. – Midlertidig ereksjonssvikt.

– Ja vel, sa Ella tørt, men hun måtte smile.

– Er du sikker på at han er impotent? spurte Celeste.

Jenna lukket øynene, stod helt stille lenge. Til slutt sa hun:

– Nei. Jeg vet ikke helt. Kanskje jeg tar feil.

Det ble noen sekunders pause mens de igjen stirret forbauset på Jenna. Ella trakk pusten som for å si noe, men ombestemte seg. La nå Jenna beholde den overbevisningen. Hold rasjonaliteten for deg selv, Ella Blom! Samtidig klarte hun ikke å holde tilbake et nytt smil (Jenna var flott å se på der hun stod), og i stedet for å komme med en snusfornuftig replikk, lo hun og sa:

– Vet dere, jenter, når jeg nå har tenkt meg om, er det eneste jeg ikke liker, at vi oppførte oss like primitivt som menn i flokk.

– Menn! sa Celeste. Hun lo høyt.

– Vi var jo som ville skolegutter! erklærte Ella. – Som en flokk hooligans. Vi var ofre for vår egen massesuggesjon. Vi ropte jo nærmest kamprop! Det er pinlig.

– Som en liten bataljon soldater i uniform, fniste Frøy-

344

dis, – det *må* ha vært noe rart med de draktene dine, Jenna.

– Nå er pausen over hvert øyeblikk, opplyste Ella med lærerstemme etter å ha kastet et blikk på klokken. – Jeg må bare si dette til dere før de andre kommer. Catull har skrevet et dikt som jeg tror Herman Høstmark hadde satt pris på. Det handler om Atthis som kastrerer seg selv, og som går fra grammatisk maskulinum til femininum i løpet av diktet: «Jeg er kvinne, var mann» ...

– Stilig, nikket Frøydis. – Der har vi vår mann.

– «Bryteplassens juvel», siterte Ella videre.

– Hvem er nestemann på listen? spurte Celeste utfordrende. – Vi gir oss jo ikke nå.

– Vi har da knapt begynt, sa Frøydis, med ett kampvillig. – Vi har et oppdrag å utføre.

– Nå kommer de andre hvert øyeblikk, sa Ella og gikk mot kateteret.

– Hvem er nestemann? insisterte Celeste. – Vi trenger et møte til.

– Jeg vet ikke, hvisket Ella, nervøs og lattermild på én gang. – Vi kan gjerne møtes hjemme hos meg. Men timen begynner nå.

– Fint. Jeg har noe jeg vil fortelle dere. Jeg har en kandidat, sa Celeste lavt. – Og når det gjelder Herman Høstmark: *Han fortjente det.*

– Hvem fortjente hva? sa en stemme fra døråpningen. Bendik og Erik stod i døren og kikket inn.

– Vi snakket om Caligula, forklarte Ella uten å nøle, Celeste så anerkjennende på henne. – Han ble stukket ned og døde, i en alder av 28 år.

– Hvem? spurte fru Næss. Guttene hadde allerede satt seg på plassene, nå var det det gråhvite hodet til fru Næss

345

som stakk inn gjennom døråpningen. Nettopp, tenkte Celeste, fru Næss har en anelse om at vi har noe på gang.

– Gaius Julius Caesar Augustus Germanicus, ramset Ella opp. Hun hadde tatt på seg læreruttrykket og stod bak kateteret. – Vi kjenner ham best under navnet Caligula.

– Ah, Caligula, sa fru Næss. – Romerrikets tredje keiser. Jeg var så sikker på at dere snakket om en annen.

– Nei, sa Ella.

· – Neida, sa Celeste et hundredels sekund senere enn Ella. Celeste angret i det samme. Hun burde ha holdt munn, nå virket de bare desperate etter å dekke over. Fru Næss erter oss. Hun erter oss faktisk. Eller gjør hun ikke det?

– Jeg leste en gang at Caligula ville forfremme sin egen hest til konsul, sa fru Næss.

– Det stemmer, lo Ella. – Det er en kjent historie.

– Den hesten var sikkert en hingst, sa fru Næss og så på Ella, som ikke fant på noe godt svar på det. Hun gjør det, tenkte Celeste. Hun erter oss.

Mot slutten av den andre timen snakket Ella om latinsk navneskikk. Hvis en fremmed ble borger av Roma, fikk han (– Eller hun, sa Celeste. – Nja, sa Ella, – det var nok ikke helt sånn.) et latinsk navn som et tegn på det nye statsborgerskapet.

Fornemme romerske menn hadde tre navn: *praenomen, nomen, cognomen. Praenomen* er et slags fornavn, men det var bare veldig nære venner og slektninger som kunne bruke dette navnet. Deretter fulgte *nomen gentis*, og det var den delen av navnet som viste hvilken *gens* man tilhørte. En *gens* er en samling familier med felles *nomen*. Man hevdet gjerne at alle stammet fra en felles stamfar (– Eller stammor, sa Celeste. – Nja, sa Ella.), men slik var det nok ikke. Den siste delen av navnet kalte romerne for *cognomen*. Dette navnet gikk også i arv, og ofte hadde det å gjøre med fysiske kjennetegn til den som første gang bar det. *Ahenobarbus* betyr bronse-skjegg. *Flaccus* betyr hengeøre. Han skulle jeg gjerne sett, sa Jenna. En av de tidligere slektningene til Cicero, eller Marcus Tullius Cicero, som var hans fulle navn, må ha hatt mengder av vorter, for det er det navnet betyr. Er det sant, utbrøt Bendik. Hmh, nikket Ella, eller egentlig ert, så antagelig var vortene formet som erter ... Huff, sa Erik. Flere moderne etternavn i dag er gamle romerske *cognomen*. De mindre fornemme hadde to navn. Slavene hadde bare ett. Og det hadde kvinnene også. Har du hørt på maken, sa Frøydis. Oftest var det en feminisert utgave av farens slektsnavn, datteren til Marcus Tullius Cicero het Tullia.

Hovedpersonen i en romersk familie var selvsagt man-nen: *pater familias*. Han var overhodet; det var han som stemte, som tjenestegjorde i militæret, som betalte skatt og hadde forpliktelser overfor kone, barn, tjenere og sla-ver. Og det var oftest bare *pater familias* som hadde tre navn. De andre trengte ikke det, for de var ikke offent-lige personer. Det var tider, det, sa Bendik. Hold kjeft, dumme mann, sa Celeste vennlig.

Ella så fort på armbåndsuret sitt. Hun hadde noen minutter igjen. Hun fortalte at mange lærde i middel-alderens Europa hadde latinisert navnene sine. Ludvig Holberg gjorde narr av dette og lot den kjepphøye stu-denten Rasmus Berg bli Erasmus Montanus. *Montanus* er fjell eller berg på latin, og vi kjenner igjen ordet fra blant annet engelsk.

– Mitt navn er norrønt, sa Frøydis. – Det betyr noe sånt som herskerens gudinne. *Dis* betyr gudinne.

– Og den første delen? spurte Bendik.

– Ja, Frøy er jo det mannlige motstykke til fruktbarhetsgudinnen Frøya.

– Er du oppkalt etter en mann, Frøydis?

Celeste så liksom-anklagende på Frøydis.

– Og ikke en hvilken som helst mann heller, er jeg redd, sa Frøydis og spilte beskjemmet. – Denne Frøy er ofte avbildet med en enorm fallos.

– *Et tu*, min søster Frøydis! sa Celeste og ristet oppgitt på hodet.

– *Phallus* er andre deklinasjon, sa Ella og la an en svært alvorlig mine, – og *mentula* er den folkelige betegnelsen.

– Du mener at pikk på latin heter *mentula*?

– Nettopp, sa Ella.

– Godt å vite, sa Celeste. – Nyttig kunnskap.

Nå var stemningen i klasseværelset en helt annen enn i den første timen. Ella var minst like entusiastisk som hun pleide. Studentene hennes lo og spøkte med hverandre. Ella kjente et glimt av takknemlighet, hun visste ikke hvor hun skulle rette den, men det var takknemlighet det var, takknemlighet for at hun fikk være lærer på dette kurset, for at hun var blitt kjent med dem alle, for at hun i så moden alder hadde fått tre venninner. For de så vel på henne som venninne nå? Selvsagt gjorde de det. Hun svelget, følte seg tåpelig og sentimental.

– Erik betyr mektig hersker, annonserte Erik, oppmuntret av den løsslupne tonen. Bendik og Frøydis sprutet ut i latter. Ellas yngste student, som Ella i sitt indre kalte Erik Raude, rødmet som vanlig.

– Bendik er derimot en roligere kar, ilte Ella til for å

lede oppmerksomheten bort fra den forlegne Erik. – Det er et latinsk navn, *benedictus* betyr velsignet.

Bendik, fremdeles leende, nikket bekreftende og tegnet en luftglorie over hodet sitt, med pekefingeren.

Ella så seg rundt og pekte på fru Næss. – Anne er en variant av Anna, som er et hebraisk navn. Det betyr ...

–... Gud er nådig, avbrøt fru Næss.

– *Recte, Anna Næsus*, sa Ella. – Næss er samme ord som nese. Et nes stikker jo ut i sjøen som en nese stikker ut av ansiktet.

– Kult, sa Erik, som hadde kommet seg etter forrige replikk. – Jeg er Ericus.

– Bra, Ericus! Og Jenna, du er ferdig latinisert, sa Ella. – Jenna er den latinske utgaven av Jenny. Opprinnelig kommer du fra Johannes. Som også betyr Gud er nådig.

– Han er vel det, da, mumlet Celeste i et forsøk på en vits, i samme sekund tenkte hun på Sebbe, hennes elskede Sebbe.

– Hva med ditt navn? ville Bendik vite. – Elvira et-eller-annet, var det ikke det?

– Det stemmer, sa Ella. – Elvira kommer antagelig fra spansk, og noen mener at det betyr helt sann. Det siste leddet har da den samme opprinnelsen som *vere*, sann på latin.

– Du kan egentlig ikke lyve, du da? spurte Erik

– Det er vel ingen som ikke lyver av og til, svarte Ella lett. – *Caelestina Circoppidan*. Celeste Ringstad. Celeste har fransk opprinnelse.

– Ja, det betyr himmelsk, sa Celeste og himlet med øynene.

– Det er pent, sa Bendik. – Er du oppkalt etter noen?

349

– Nei, jeg er ikke oppkalt etter noen. Jeg fikk det navnet fordi moren min var sint på meg, svarte Celeste.

*

Celeste fikk navnet sitt mindre enn ett minutt etter at hun var født. Navnevalget berodde på en misforståelse. Stakkar fru Ringstad var aldeles utkjaset etter et langt svangerskap og en intens fødsel.

Ekteparet Ringstad fikk vite at barnet (det var nummer to) ville bli født i slutten av juli. Fru Ringstad var blitt usedvanlig stor under dette svangerskapet. Hold ut, frue, slapp av og drikk te, sa legen hennes. Da den 20. juli kom, pakket fru Ringstad bagen med alt hun trengte til sykehusoppholdet, så begynte hun å vente. Babyen i livmoren hennes oppførte seg som vanlig. Det var ingenting som tydet på at den hadde planer om å komme ut. Den sparket, drakk litt fostervann, sov. August måned startet. Det var uvanlig varmt i august dette året. Fru Ringstads åreknuter svulmet, hun hadde tungt for å puste og var plaget med sure oppstøt, og bekkenløsningen gjorde at hun nesten ikke kunne bevege seg – ikke det at hun hadde noe trang til det; hun satt stort sett i en kurvstol i skyggen og nippet til store glass med iste og leste i et navneleksikon. Babyen hennes var nå mer enn moden til å bli født. Det merket den selv også, men den knyttet de små nevene sine og nektet å komme ut. Kanskje mest fordi det var et lite menneske som hatet at andre bestemte. Det gikk en uke av august. Moren satt som en hval på den skyggefulle, men likevel altfor varme, verandaen. Det knaket i ribbena hennes om hun forsøkte å trekke pusten dypt. Åreknutene hennes var blitt flere og lå som tykke rep nedover leggene.

Hun hadde forstoppelse. Legen forordnet svisker til teen. Hun drakk iste, gomlet svisker og fortsatte å lese i navneleksikonet. Den 12. august kjørte ektemannen henne til sykehuset. Hun kunne ikke lenger sitte oppreist, men måtte ligge bak i bilen, utstrakt på siden med magen helt opp i forsetene, som hennes mann hadde skjøvet så langt fremover som mulig, så han satt og kjørte med knærne oppunder haken. Hm, sa legen og palperte magen hennes, lyttet med stetoskopet. Babyen har det bare fint. De får holde ut, frue. Det skjer hvilken som helst dag nå. Legen ordinerte rødvin for å få fart på sakene.

Fru Ringstad bælmet rødvin, fortsatte med teen og sviskene, men babyen ville ikke bli født. Den hengte seg fast med de små fingrene i eggstokkene, spente bena mot veggene i livmoren og nektet plent. Det var akkurat som om den ventet på noe. Om kvelden den 23. august tok fru Ringstad en telefon til sykehuset og erklærte at hun nå var rede til å bruke den store brødkniven og utføre keisersnitt på seg selv. Vi igangsetter fødselen, avgjorde legen. Hold ut! Han snakket om tang, han snakket om sugekopp. Babyen skal ut i kveld, fru Ringstad, slapp av!

Da herr og fru Ringstad kom til sykehuset, var klokken blitt kvart på tolv. Hun vaklet inn på fødestuen, der legen stod klar med sugekoppen, på bordet ved sengen lå blanke instrumenter, alle konstruert til å få gjenstridige barn ut. Nå gir jeg Dem en sprøyte som setter det hele i gang, så stikker vi hull på fostervannshinnen, og så skal De få hilse på babyen Deres i løpet av noen timer, sa legen. Legg Dem bare ned, frue. Men i det samme han hadde sagt dette, kom en flom av fostervann ut av fru Ringstad, hun sank sammen i sterke veer, mistet bag, munn og mæle. Uten medisinsk assistanse, i løpet av litt mer enn et kvar-

351

ter, ble ekteparet Ringstads andre datter født. Hun ble født ett minutt over tolv, 24. august.

Hun kom med føttene først, hadde usedvanlig mye mørkt hår og en jevn rosafarge over hele seg, som en nykokt laks.

– Sånn ser altså den lille plageånden ut, sa fru Ringstad da hun fikk bylten i armene.

– Hva ventet du egentlig på, lille venn? pludret herr Ringstad.

– Hun må hete Celeste, sa fru Ringstad høyt og bestemt. Hun hadde alltid hatt en svakhet for pretensiøse navn.
– For det betyr den som kommer for sent.

– Hun er vakker, sa herr Ringstad. Fru Ringstad så lenge på ansiktet til sin nyfødte datter.

– Jo, sa hun til slutt. – Hun er vakker, nesten like vakker som søsteren.

Senere oppdaget ekteparet at Celeste slett ikke betydde den som kommer for sent; Celeste betyr himmel. Men de var enige om at det passet aldeles utmerket: Barnet hadde mørkt hår og lysende blå øyne.

– Himmelblå, sa herr Ringstad.

– *Bleu céleste*, sa fru Ringstad, som hadde slått opp i en fransk ordbok og dessuten alltid ville ha det siste ordet.

– Og himmel og hav så sta dette barnet er, sa også fru Ringstad og overlot det vrælende spedbarnet til sin mann.

– Ja, lille Celeste har viljestyrke nok til å bli akkurat det hun vil, sa faren og tok imot datteren.

Celeste ble vakker og sta. Hele sitt liv hadde hun en lei tendens til å komme for sent og til å utsette sine gjøremål til siste sekund, men pleide likevel alltid å få det slik hun ville. Hun hadde vært lykkelig hvit brud to ganger, hadde gjennomgått to minst like lykkelige skilsmisser. Livet hennes var så velsignet enkelt før Nero kom inn i det. Tenk at hun hadde vurdert å gifte seg en tredje gang. Tenk at hun faktisk hadde overveid det!

Ett minutt på tolv den natten Celeste ble født, bare noen kilometer unna sykehuset, satte en liten jente seg opp i sengen. Hun var omtrent ti år. Hun var stor for alderen, hadde lyst hår i to fletter, som nå hadde løst seg delvis opp. Moren hennes sov. Som så ofte ellers overnattet de på bakværelset i morens butikk. Jenta satt i sengen. Hun var ikke redd, men hun skjønte ikke hva som hadde vekket henne. Nå, sa en stemme inni henne, nå er det snart klart. Du må si at det er klart. Hun gjespet. Det er klart nå, sa hun i halvsøvne, snudde seg rundt og sovnet igjen. Om morgenen husket hun ingenting. Natten mellom 23. og 24. august skiftet stjernetegnet fra løve til jomfru.

Celeste skulle bli nesten førti år før hun ble fortalt hvorfor det hadde vært viktig for henne å bli født senere enn hun egentlig skulle bli født. Hun og Jenna hadde stått ved siden av hverandre i en pause, og Jenna hadde igjen sagt at hun hadde visst med én gang at Celeste måtte være jomfru. Celeste skakket på hodet, rynket pannen. Uanfektet av disse signalene fortalte Jenna henne at hun hadde visst i hele sitt liv at hun skulle møte en jomfru, en steinbukk og en løve, og at de tre skulle forandre livet hennes. Johanna hadde viderefomidlet denne spådommen, som hun igjen hadde hørt av sin mor. (Min datterdatter, min ennå ufødte datterdatter, kommer til å møte en jomfru, ridende på en steinbukk, leiende på en løve.) Jenna hadde alltid trodd at en av de tre kom til å være Mannen i hennes liv. Men når hun tenkte over det nå, var hun slett ikke skuffet. Tre damer var uendelig mye mer nyttig. Hva skulle hun egent-

353

lig ha brukt en mann til? Hun hadde jo allerede ett barn, og det fikk holde.

*

Det var sjelden Frøydis spiste pizza, men de gangene hun gjorde det, tenkte hun alltid at hun burde gjøre det oftere. Pizza med tynn bunn, et lag hjemmelaget tomatsaus, snøhvit mozzarella (av bøffelmelk, selvsagt) og kanskje noen løvtynne skiver parmaskinke. Hun hadde spist pizzaen først, gjort unna feiringen av nok en vellykket aksjon. Hun hadde isolert nytelsen. Det var noe nesten uimotståelig ved kontrasten mellom den sprø bunnen og det myke fyllet, noe sensuelt, hardt mot mykt, mann og kvinne, Anders og henne. Hun smilte for seg selv, for bortsett fra skallen, tennene, neglene og kjønnet, hadde Anders i all overveiende grad konsistens som en marshmallow.

Hun har fylt ut BusinessManager-skjemaet, hun har evaluert, hun har satt opp nye mål. Hun har selvkritisk notert at hun kunne ha vært enda bedre til å rose. I Kvervik la hun vekt på ros og anerkjennelse. Hun hadde skjønt at ros fra en kvinne – for en mann – ikke var like mye verdt som ros fra en mann, men hun hadde som ett av sine selvdefinerte mål alltid å gi ros til medarbeidere som fortjente det.

Hun så ned på tallerkenen. Den var tom bortsett fra noen smuler fra bunnen og litt størknet tomatsaus. Foreløpig hadde aksjonene tatt for seg aspekter ved Sturla Hagbartsens forbrytelser. Det hadde hun taklet fint. Hun hadde konkludert med at det hadde hatt en positiv, terapeutisk effekt på henne. Med Herman Høstmark var det annerledes. Han hadde utnyttet sitt utseende og sjarm for å

354

forføre en som han bare kastet fra seg etterpå. Det samme hadde Arthur Løkke. Hun skyver bort tallerkenen, og brått kjenner hun en kvalme, gleden hun akkurat kjente over maten, er borte. Han ødela livet til maman. Hun hadde innsett at hun kanskje aldri ville klare å oppspore ham, men når de nå hadde skremt Herman Høstmark slik at han aldri ville forsøke seg som skruppelløs forfører igjen – hjelper det ikke? Frøydis lukket øynene, dyttet unna mål, oppfølging, evaluering, nye mål; alle verktøy hun benyttet seg av som leder, skyflet hun unna. Alt måtte bort. Nytelsen. Kvalmen. Sånn, nå kunne hun kjenne etter: Føltes det bedre? Hadde aksjonen hatt en hensikt – også for henne personlig? Ja. Ja, det hadde den. Selv om det ikke var det samme som å stå ansikt til ansikt med Arthur Løkke, var det en lise å tenke at deres handlinger antagelig hadde stoppet en annen mann i å begå tilsvarende forbrytelser i fremtiden. Ja.

Hun åpnet øynene igjen, så seg rundt på kjøkkenet sitt, nyoppusset for bare to år siden. Hun hadde valgt rød innredning. Et par venninner hadde advart henne, sagt at hun kom til å bli lei, men hun visste at det ville hun ikke bli. Hun likte kjøkkenet sitt. Hun likte livet sitt.

*

Celeste var bare halvannet år yngre enn sin søster Cindy. Det var en så liten aldersforskjell at det var lett å glemme at den fantes i det hele tatt, det var lett å sammenligne de to søstrene, det var altfor lett å betrakte dem som like gamle. (Har hun ikke lært å snakke rent ennå? Cindy har jo gjort det i flere måneder!) Men Celeste var altså barn nummer to. På alle måter. Moren lot henne aldri tro noe annet.

Det begynte allerede før hun ble født. Svangerskapet med Cindy hadde vært som en dans på roser sammenlignet med alle de kroppslige plager Celeste påførte sin mor. Fødselen til Celeste var riktignok kort, men svært smertefull (og tid til bedøvelse hadde det jo slett ikke vært). At Celeste plutselig hadde fått det så travelt med å bli født, hadde også gjort at moren revnet så kraftig at det satte sitt preg på det ekteskapelige samliv i flere år etterpå, noe fru Ringstad ikke klarte å la være å tenke på når hun så Celeste. Som spedbarn var Cindy rolig. Hun lå stort sett i vuggen sin og sov, våknet bare opp når hun skulle ammes, smilte takknemlig som takk for maten før hun ble lagt tilbake under den blondebesatte dynen. Celeste, himmelbarnet, var sant å si en skuffelse. Hun var kolikkbarn, men ikke nok med det: Da månedene med gjennomtrengende spedbarnsgråt endelig var over, og alle drog et lettelsens sukk, ble Celeste hjemsøkt av alt som fantes av utslett og infeksjoner og fikk en uskjønn, rødflammet hud. Nei, Celeste gav ikke mye lykke, men desto mer arbeid og trøbbel. Etter hvert som søstrene Ringstad vokste til, ble det klarere og klarere at Cindy var en virkelig skjønnhet. Hun var ikke bare søt eller pen, nei, hun var en overjordisk vakker jente, en slik som folk snudde seg etter på gaten, en slik som gjorde at det ble dørgende stille på trikken når hun kom inn, en slik som gjorde at fremmede mennesker lurte på om de kunne ta bilde av henne. Celeste vokste opp og ble en pen pike, en normalt pen pike, en slik en som folk sikkert ville ha sagt var pen, hadde det ikke vært for at hun alltid stod ved siden av Cindy. Da jentene kom i tenårene, la Cindy ytterligere momenter til sin skjønnhet: myke bryster og smal midje som videt seg ut i passe avrundede hofter. Celeste skjøt i været, mens kvinnelige former lot vente på seg. Begge jentene hadde arvet morens mørke farger, og de så nesten sydlandske ut, til tross for isbreblå øyne. Moren sammenlignet Cindy med en yppig italiensk filmstjerne, mens hun spøkefullt sa at Celeste var så mager at hun mest av alt lignet et biafrabarn. Kjære deg, jeg bare tøyser, Celeste tåler såpass, sa hun da herr Ringstad for en gangs skyld raslet litt med avisen. Og hun hadde utvilsomt rett i det. Celeste tålte såpass. Hun tålte hele sin oppvekst usedvanlig bra, og da hun flyttet for seg selv som nittenåring, slo selvtilliten og trivselen ut i full blomst. Det samme gjorde hofter og bryster. I løpet av de tre første ukene på hybel svulmet hun opp på de rette stedene og utviklet en oppsiktsvekkende timeglassfasong – som altså både hun og et høyt antall menn hadde hatt stor glede av siden.

Ja, Celeste hadde hatt et stort forbruk av menn, det var kanskje ikke rart én av dem var ond. Hun pleide å være så stolt over at hun aldri angret på sine handlinger. Gjort var gjort. Og hun angret ikke, men hun måtte ta selvkritikk her. Om hun ikke hadde skylden selv, måtte hun innse at hvis hun hadde levd et slikt liv som en dydig kvinne burde, ville ikke dette ha skjedd. At hun ikke var redd hele tiden, skyldes bare at hun var sta, at hun tvang seg til å tenke på andre ting, at hun ikke ville la *ham* styre livet hennes. I kveld skulle hun fortelle de andre om Nero.

Først da hun kom hjem, sjekket hun mobiltelefonen (som hadde stått på lydløs hele kvelden). Hun tok den opp med sterk ulyst. Hun var redd for å se et ukjent nummer på displayet, men det var bare et ubesvart anrop fra «Tannmann mob» og en tekstmelding sendt like etterpå: «Har lyst på deg. Ledig i kveld.» Celeste slettet meldingen og slapp telefonen ned i sofaen, så gikk hun inn på soverommet, bort til det store speilet og begynte å ta av seg klærne. Da hun var naken bortsett fra behåen, en pen kritthvit behå med blonder (den samme hun hadde hatt på seg den siste gangen hun hadde møtt tannlegen), stilte hun seg opp foran speilet. Hun smøg den venstre behåstroppen over skulderen og trakk koppen ned slik at brystet veltet ut. Det var et usedvanlig vakkert bryst. Det var stort, men gav likevel inntrykk av å strebe oppover, av å bryte med tyngdekraften – og med Celestes alder. Celeste tok tak under det og nøt bløtheten og tyngden.

Så åpnet hun hempen i ryggen og fjernet behåen. Inne i den andre behåkoppen lå en kjøttfarget pute. Der hvor det høyre brystet hennes skulle vært, var det *ingenting*. Nei, det var ikke ingenting: Der Celestes høyre bryst tidligere satt, hadde hun nå et arr. Hun så på seg selv i speilet. En slank, enbrystet kvinne. Legen hadde sagt at hun skulle tenke på arret som et seierssymbol. Hun hadde vunnet over kreften. Det var fire år siden nå. Men det var ikke bare derfor hun likte arret, ikke bare på grunn av det det representerte. Hun syntes også at det var ganske flott å se på, og hun hadde valgt å ikke rekonstruere. Det kom uansett ikke til å bli slik det en gang var, og da foretrakk hun det slik det nå var. Hun likte det.

Øverst hadde legene latt det stå igjen en kant av det gamle brystet hennes (Da kan du gå med utringning, hadde de forklart), nedenfor var krateret, og i krateret var arret. Hun lot en finger følge arrgropen. Arret var nesten en halv centimeter bredt og snodde seg mot midten av krateret som en sjøstjerne med fire tynne armer. Det var med årene blitt sølvblått, skinnende som perlemor.

Hun syntes arret hadde en gåtefull, særegen skjønnhet,

358

som et dyr fra havdypet, en fremmed og ukjent dyreart som ved første øyekast bare virket frastøtende, men som hvis man tør å se lenge nok på det, følge linjene i dyrets kropp, studere det svake mønsteret på den slimete ryggen, legge merke til fargespillet i finnene, likevel er vakkert. Celeste visste at arret hadde en slik hemmelig skjønnhet over seg, en skjønnhet som man måtte ta seg tid og ha mot for å se. Den tiden og det motet hadde få menn.

Hun kledde helt av seg av og til, hvis det føltes riktig. Hun gjorde det aldri første kvelden (Pleier du å pakke opp alle gavene på én gang?), men det hendte hun viste det frem senere. Kan hende gjorde hun det etter hvert bare for å få bekreftet nok en gang at mannen ved synet av det fikk det travelt med å komme seg av gårde: Gifte menn fikk akutte moralske skrupler overfor kona, ugifte var ikke klare for å binde seg, noen oppdaget at de skulle på et møte, andre maktet ikke engang å skjule vemmelsen.

Bjørn var den eneste som ikke brydde seg. Hadde alt i livet bare vært så uproblematisk og rett frem som Bjørn. Han kysset krateret og knadde det venstre brystet hennes med like mye energi og lidenskap.

*

Celeste var så vant til at menn så på henne at hun ikke hadde gjort annet enn å registrere at Eriks øyne ofte hang ved henne. Jo da, hun hadde likt det også, hun hadde vært smigret over at en nittenåring så tydelig begjærte henne. Da han spurte, stammende og tydelig sjenert, om Celeste hadde hatt tid til en liten prat i pausen, hadde hun smilt til ham og undertrykket lysten til å stryke ham mildt over kinnet. Hun nikket og gikk etter ham ut av døren, med

359

ett oppførte han seg så hjemmevant at hun skjønte at han ville føre henne til det hjørnet der han og Bendik tilbrakte pausene. Når man så ham bakfra, kunne han ha vært en fullvoksen mann, han var høy, og skuldrene hans var forbausende brede, men bevegelsene røpet gutten.

Celeste så frem til samtalen, samtidig som hun gruet seg til å avvise ham. Hun var redd for at han kom til å bli stum av sjenanse, men hun gledet seg til å høre ham si pene ting om henne. Og det er aldri hyggelig å avvise noen. Hun skulle i hvert fall sørge for å gjøre det på en så tvetydig og fiffig måte at han ikke ville føle det som et avslag. Han var så ung!

Nå var de fremme i kroken. Hun frøs, hutret i pelsen sin.

– Det er jommen kaldt, sa hun, for å hjelpe ham på vei. Han svarte ikke, kikket på henne og deretter i bakken.

– Du hadde noe å fortelle meg, sa hun mykt og smilte oppmuntrende til ham.

– Jeg er den nye støttekontakten til Sebastian, sa Erik.

Celeste svarte ikke. Øynene hennes vek heller ikke, slik Erik forstod at han hadde forventet at de skulle gjøre. Han hadde ikke tenkt på forhånd at hun kom til å se ned i skam, men han innså nå da hun frimodig fortsatte å se rett på ham, at han hadde regnet med en annen reaksjon. Kanskje det måtte tyngre skyts til:

– Hvorfor sa du at du ikke hadde noen barn?

Celeste svarte ennå ikke. Erik kjente at han ble sint, at nervøsiteten hans fullstendig hadde forsvunnet:

– Du skammer deg over ham?

– Nei, sa Celeste rolig.

– Men du holder ham skjult? Forteller ikke om ham til andre?

– Ja, svarte Celeste.

– Så hvorfor gjør du det? Sebastian er ikke noe å skamme seg over!

– Nei, og det gjør jeg heller ikke.

– Men hvorfor?

Celeste løftet hånden for å stoppe Erik, lot den lande på skulderen hans:

– Jeg pleier ikke å snakke om Sebastian fordi jeg er så glad i ham. Sebastian betyr alt for meg.

– Men …

– Hør på meg, Erik. Du er så ung. Du kunne ha vært sønnen min. Jeg har faktisk forestilt meg det. At du er sønnen min. Men det er Sebbe som er min sønn. Og du vet hvordan han er.

– Alle mennesker er like mye verdt! sa Erik. Det lød dessverre mer barnslig enn han hadde tenkt.

– Siden Sebbe ble født, så har jeg hatt altfor mange samtaler der det kommer frem at ikke alle tenker som deg og meg, Erik. Jeg orker ikke utsette Sebbe for andre menneskers dumhet. Selv om han ikke hører det folk sier om ham til meg. Jeg er så lei av å bli såret. Lei av å måtte forklare, forsvare. Skjønner du?

– Ja.

Erik forstod ikke, men han var ikke lenger sint.

– Barn skal gå når de er ett år, de skal si «mamma» og «bamse» når de er omtrent like gamle, de skal lære å lese, spille fotball, være håpløse tenåringer, studere, stjele brennevin og helle vann i pappas vodkaflaske, drive foreldrene sine til vanvidd, få kjæreste, studere, få jobb. Sebastian har aldri fulgt det skjemaet. Og jeg orker ikke å se medynken i øynene deres.

Erik nikket.

– Og jeg holder ham heller ikke hemmelig. Det er selv-
sagt en masse mennesker jeg har fortalt om Sebbe. Jeg har
bare sluttet å nevne ham før det føles riktig. Sebastian er
Sebastian. Jeg elsker ham akkurat sånn som han er. Men
jeg vet også at han kunne ha vært annerledes.

Erik så på henne.

– Jeg har aldri sluttet å sammenligne ham med andre.
Jeg kan ikke se på deg uten samtidig å se for meg Sebas-
tian. Du kan gå gjennom byen, du kan kysse en jente. Han
kunne ha tatt en øl med deg i kveld om han hadde fått
det oksygenet.

Erik avstod fra å forklare at han ikke fikk kysset så
mange jenter at det gjorde noe. Han skjønte ikke alt
Celeste sa, men han skjønte mye, og han kjente en egen
glede ved å være så voksen at han skjønte.

Lectio X – Clavam exórquere Hérculi

De hadde ikke planer om flere aksjoner for øyeblikket. De hadde hevnet seg på forskjellig vis overfor de mennene de hadde snakket om den aller første gangen. Dessuten hadde de tatt seg av unge Herman Høstmark. Men Frøydis visste at de ikke var ferdige ennå. De måtte fortsette! De skulle ha møte hos Ella i kveld for å diskutere hva de skulle gjøre fremover. Celeste hadde sagt at hun hadde noe hun ville fortelle dem. Frøydis håpet intenst at de kunne igangsette en ny aksjon. I det samme hun hadde formulert den tanken, forstod hun hvor egoistisk den var, for det innebar jo at hun samtidig ønsket at Celeste hadde problemer. Bare småproblemer, korrigerte hun seg selv, bare et lite, uskyldig problem med en mann som trenger en liten, uskyldig oppstrammer.

Ella og Peters leilighet var ikke koselig eller hjemmehyggelig. Den var elegant. Den var lekker. Den så ut som slike leiligheter som var avbildet i interiørblader. Det var høyt under taket, parketten var en velholdt, hvitpigmentert fiskebensparkett. Det var store malerier på de lyse veggene, og også en del svarthvit fotokunst. Frøydis så seg rundt. Ella og Peter hadde superellipsespisebord tegnet av Piet Hein, med åtte Hans Wegners Y-stoler rundt. På det ryd-

363

dige og store kjøkkenet var det Eames-stoler med hvite plastseter og treben, på benken i corian stod en Alessi-kanne og Starcks sitruspresse. I stuen to Barcelona-stoler i sort skinn, den enorme boksamlingen stod alfabetisert i Montana-hyller.

Møbeldesign er et språk ikke alle snakker. Det er tydelige tegn til andre som behersker det samme språket, mens det går fullstendig over hodet på uinnvidde. Jenna syntes Ellas leilighet var pen, men nokså upersonlig og steril. Celeste hadde ingen problemer med å se at Ellas leilighet var preget av dyr smak, men hun kunne heller ikke språket særlig godt, hun gjenkjente bare det mest elementære (blant annet Alessi-kannen, som snart var så utbredt at connaisseurene kom til å bytte den ut med noe mer originalt).

Jenna ventet til også Celeste hadde satt seg i sofaen, før hun drog frem den velkjente bagen og gav dem kappene.

– Det *er* noe med de kappene, ikke sant? spurte Celeste. Jenna lo og satte opp et overdrevent skøyeraktig og hemmelighetsfullt fjes.

– Du skulle bare visst, sa hun og blunket.

– Jeg spiste forresten middag med Sangvik i går, sa Celeste til Ella.

– Bra, sa Ella. – Jeg syntes synd på den fyren. Spurte han etter øksen?

– Han nevnte den ikke med et ord. Han storkoste seg. Jeg lot ham betale også.

– Hvordan går det hjemme hos deg? spurte Frøydis.

– Jo, svarte Jenna, med ett alvorlig igjen. – Det går egentlig bra med Julia, og det er jo ikke mange ukene igjen før moren min får plass på Solheim. Hun sier hun gleder seg.

Ella serverte dem aftensmat (to paier), og hun kalte det for nettopp «aftensmat», og Celeste, som var den eneste av de andre som hadde vokst opp i et hjem der dette ordet ble brukt om dagens siste måltid, fikk et kort og aldeles uventet blaff av nostalgi. Og av lengsel? Hun visste ikke helt, ville ikke vite det heller, Celeste så ingen grunn til å dvele ved barndommen. Hun hadde andre bekymringer å stri med. Om noen få minutter skulle hun fortelle dem om Nero.

Ella sendte tekannen til Celeste, som skjenket te til først Frøydis, så seg selv, og da Frøydis slapp tre sukkerbiter i teen, gjorde Celeste automatisk det samme. Celeste brukte aldri sukker i teen, og særlig ikke i grønn te. Hun hadde ødelagt Ellas kvalitetssencha med å putte tre digre sukkerterninger i den. Celeste var irritert, på Ella som hadde brukt ordet aftensmat (Ingen sier vel det lenger!), på seg selv som hadde begynt å tenke i baner hun aldri beveget seg inn i, på Frøydis som hadde sendt henne sukkeret. Hun hadde ikke energi til å reise seg og gå ut på Ellas kjøkken for å kvitte seg med den motbydelige teen, hun satte koppen mot munnen, tømte den varme, søte væsken i seg, kjente seg nærmest skåldet nedover halsen, men nå var hun iallfall kvitt den. Ferdig med den saken, problem løst, ikke mer å tenke på. Hun skjenket seg en ny kopp, løftet den mot munnen og tok en bitte liten slurk, nøt den rene smaken. Hvordan skulle hun begynne? Måtte hun fortelle dem om Sebbe også? Hun hadde på en måte lyst til det. Det kjentes ikke riktig at de ikke visste.

Celeste hadde satt seg midt i sofaen, hun satt med asjetten balanserende på lårene. Stuebordet var såpass lavt at det var vanskelig å spise ved det. Peter pleide å klage over det, og oftest ble han sittende og spise på samme måte

365

som Celeste satt på nå. Genseren hun hadde på seg, var i nøyaktig samme pudderblå nyanse som råsilkeputene Ella nettopp hadde kjøpt og lagt i sofaen. Celeste og putene satt der sammen og så ut som et maleri. Ella skjønte at det ikke var noe Celeste hadde planlagt (hun kunne jo ikke vite om Ellas puter, og egentlig visste Ella at Celeste ikke brydde seg om hverken puter eller Wegner-stoler, og det var kanskje det som plaget henne), men var det ikke typisk Celeste likevel? Og det er i hvert fall typisk for selvsikre kvinner at de uten videre lar seg dumpe ned midt i det mest bekvemme møbelet i rommet. Celeste hadde spist opp paien, og nå satte hun asjetten på bordet. Ella satte straks den tomme asjetten oppå sin egen og Jennas, slik at det ble en ryddig stabel.

På hyllen under stuebordet lå en liten bunke interiørmagasiner, et par fagtidsskrifter og dagens aviser. Celeste fisket frem en av avisene og begynte å bla i den. Ella så på henne og syntes hun var om ikke direkte uhøflig så i hvert fall temmelig frekk. Lese midt i måltidet! Jenna, som satt rett ved siden av Celeste, syntes synd på henne; Jenna merket at Celeste var nervøs og ute av seg, Jenna så at hun bladde formålsløst gjennom avisen. Ingen sa noe, de eneste lydene i rommet var gaffelen til Frøydis mot porselenstallerkenen og knitringen av avissidene.

– Næmmen, se der, jenter! sa Celeste med ett. Stemmen hennes var munter, med latter som perlet like under overflaten. – Her står det en artikkel om Olav Stormm. Med bilde! Jeg kjente ham nesten ikke igjen.

– Hvem er det igjen? sa Frøydis, fremdeles tyggende.

– Han regissøren med det enormt store håret og det tilsvarende selvbildet, sa Jenna. – Du så ham på tv for ikke så lenge siden.

– Aha, sa Frøydis. – Han arrogante fyren som snakket før vår venn Karl Hebbern?

– Nettopp, sa Jenna.

– *Mundus vult decipi*, sa Ella.

– Stort hår og liten pikk, sa Celeste lavt.

– Hvordan vet du det? ropte Jenna og Frøydis, nesten synkront.

– Er dette noe du antar, eller noe du faktisk vet? A posterióri? spurte Ella, mer behersket, men tydelig nysgjerrig.

Celeste trakk på skuldrene og smilte innstudert gåtefullt. Hun hadde hatt mange menn og så ingen grunn til å legge skjul på det, snarere tvert imot. Olav Stormm hadde hun aldri møtt, men hun hadde et bredt empirisk grunnlag for å anta at en mann med så stort hår ikke hadde rare greiene mellom bena. På bildet i avisen var han nesten skallet.

– Han har ikke lenger stort hår, sa Celeste, bøyd over avisen. – Det står her at han har fått en sykdom i hodebunnen som gjør at han har mistet håret.

– Hva? sa Jenna.

– Alopecia areata, siterte Celeste fra avisen.

– *Alopex* betyr rev på gresk, bemerket Ella.

– Stormm har fått revesyken, lo Celeste. – Han røyter iallfall kraftig.

– La meg sitere Ovid, sa Ella. – I *Ars amandi* står det: «Hoder som ikke har hår er en skam, slik som hornløse geiter, slik som en busk uten blad, eller en plen uten gress.»

– Stakkars mann, sa Frøydis og smilte bredt.

Jenna sa ikke mer. Hun så nærmest sjokkert ut.

367

Tallerkenene, bestikket og paiformene var ryddet bort. Ella hadde satt frem nytrukket te i en annen kanne (en langstrakt, riflete fra Porsgrund Porselen), og også små, pastellfargede mokkakopper (arvet fra farmoren, fortalte hun) og en espressokanne. Et stettefat med belgisk konfekt var også kommet på bordet.

– Celeste, du sa at du hadde noe å fortelle oss, begynte Frøydis. Stemmen var forventningsfull og glad. En trøffel var på vei inn i munnen hennes.

Celeste nikket.

– Spytt ut! Lett ditt hjerte!

Hun gned seg i hendene for å vise at hun gledet seg til å planlegge en ny hevnakt. Ansiktet til Celeste var like uttrykksløst.

– Slutt, Frøydis. Dette er alvor, sa Jenna. – Er det noen som ... truer deg? spurte hun og lente seg over bordet mot Celeste. Jenna kunne senere ikke forklare hvorfor hun spurte om akkurat dette; hun fikk bare en innskytelse. Celeste nikket.

– Så det er en som truer deg?

Hun nikket igjen.

– Unnskyld, sa Frøydis straks. Hun hørtes helt knust ut. – Jeg visste ikke.

– Nei, selvfølgelig gjorde du ikke det, sa Celeste lavt. – Dere har ikke visst noen ting. Jeg har ikke sagt noe.

– Hvor alvorlig er det? spurte Jenna.

– Så alvorlig som det kan bli, sa Celeste. – Jeg ... klarer ikke mer.

– Hva gjør han? spurte Frøydis.

– Han skriver til meg. Han skriver at han vil ...

Celeste avbrøt seg selv.

–... rispe meg opp i ansiktet.

– Hva slags menneske er dette? utbrøt Frøydis.

–... voldta meg, skjære meg opp. Sånne ting.

– Kjære vene, sa Jenna.

–... drepe meg, avsluttet hun med nesten uhørlig stemme.

– Hva er det du sier! utbrøt Frøydis.

– Men kjære deg, Celeste, sa Jenna.

– De første brevene var tilsynelatende nokså uskyldige, mildt truende, kanskje, på en ganske ekkel måte, men ... Han skrev sånn som *Jeg så deg i går*. Ubehagelig, men det gikk. Så ble det verre.

– Hva skrev han?

– Han skrev at han alltid visste hvor jeg befant meg, hva jeg gjorde, hvem jeg snakket med. Han skrev at han hadde hørt meg le dagen før, at han likte måten jeg lo på, og at det derfor smertet ham at han på et eller annet tidspunkt ble nødt til å sette en stopper for den latteren. *Hvem skal kjøpe fiskepudding?*

– Så grusomt for deg, sa Jenna.

– Fiskepudding? sa Ella. – Hva mente han med det?

– Nå er det akkurat som om han er sprukket opp. Han legger ikke fingrene imellom mer. Jeg fikk et brev i morges.

Frøydis' øyne møtte Ellas. Kunne dette være riktig? Overdrev Celeste en smule? Hun elsket jo å fortelle halve historier, sjokkere dem, tenkte Frøydis. Hun er jo en dramadronning i hvit mink, tenkte Ella.

Celeste åpnet vesken (en iøynefallende burgunderrød sak i semsket skinn) og tok frem et uskyldig utseende brev, brettet det ut. Det var et ordinært A4-ark med sorte, trykte typer i en nokså åpen og tilforlatelig font. Hun gav det til Frøydis. Frøydis leste de få setningene halvhøyt, stoppet sjokkert opp da hun kom til den siste, men leste den likevel med lavere stemme: *Jeg vil splitte deg i to, fra genitaliene og opp til sternum.*

– Har du kontaktet politiet? spurte Ella til slutt da Frøydis ikke gjorde tegn til å si noe.

– Ja, svarte Celeste. Det var tydelig at gråten ikke var langt unna. – Jeg har det. Han har selvsagt forbudt meg å si det til noen. Han har sagt at han vil … Men jeg gjorde det. Etter at jeg møtte dere, så gjorde jeg det.

– Bra, sa Frøydis med altfor høy stemme. – Bra.

– Hva sa politiet? ville Ella vite.

– At de ikke kunne gjøre noe så lenge han ikke hadde gjort noe mot meg.

– Og det har han ikke? sa Frøydis og hadde åpenbart hentet seg sånn noenlunde inn.

– Ikke i denne omgang, svarte Celeste. – Det var helt meningsløst. Jeg kunne likeså godt latt være å anmelde ham. Det nytter ikke.

– Så du kjenner ham?

– Ja, jeg kjenner ham. Jeg vet hva han er i stand til. Ingenting hjelper.

– Har han … mishandlet deg tidligere? spurte Jenna nølende.

– Ja.

– Hvem er denne jævelen? spurte Frøydis. – Hva heter han?

– Han … Jeg kaller ham Nero … vet ikke om jeg … Det verste er at han truer med å ta Sebbe hvis jeg sladrer.

– Sebbe? gjentok Jenna og Frøydis.

– Hvem er Sebbe? spurte Ella samtidig.

Det var på dette punktet i samtalen at Celeste brøt full-

stendig sammen og begynte å hulke, lente seg over Ellas
altfor lave salongbord og ulte som et dyr. Ella, som satt
ved siden av henne, la seg, til sin egen overraskelse, nesten
over ryggen hennes og klappet og strøk, klappet og strøk
mens hun hvisket trøstende ord. Jenna la hendene sine på
Celestes hode. Celeste gikk over fra å hulke til å snøfte,
og mens hun snøftet, prøvde hun å snakke, men det var
bare mulig å forstå noen ord og setninger her og der. Hun
hadde dårlig samvittighet. Sebbe var helt uskyldig. Hun
var så glad i ham. Det var først da Celeste begynte å gråte
stille, at det var mulig å skjønne sammenhengen. Celestes
forfølger var en hun hadde hatt et forhold til. Sebastian
var sønnen hennes. Trusselbrevene hadde begynt å komme
for åtte måneder siden. Jenna og Ella fortsatte å stryke
henne over ryggen og klappe henne på håret, Ella hvisket
beroligende ord i øret hennes, og både Jenna og Frøydis
kom med trøstende ord underveis. Da det gikk opp for
dem at Celeste hadde en sønn, en sønn hun aldri hadde
nevnt med et ord for dem, vekslet de blikk, men de fort-
satte som før: strøk, klappet, hvisket. Da Celeste hadde
grått seg ferdig og løftet ansiktet, var det Frøydis hun så
først. Frøydis satt med sammenknepet munn og armene i
kors over brystet.

– Vi må gjøre noe, sa Frøydis i samme sekund som
Celestes øyne møtte hennes.

– Han er farlig, sa Celeste. Øynene hennes var røde av
gråt, og maskaraen hadde rent i to bekker nedover kin-
nene. – Han er tydeligvis ofte i nærheten av meg. Han leker
med meg. Han pleier å skrive hvilke klær jeg har hatt på
meg.

– Så han har deg under oppsikt, konstaterte Ella. Hun
hadde først, nærmest automatisk, reagert negativt på at

371

Celeste hadde holdt forfølgeren skjult for dem, og da Ella hadde kommet frem til at det var av redsel, hadde Celeste avslørt at hun hadde en sønn. Enda en hemmelighet! Men raskt hadde hun kjent at det ikke var noe problem, at hun tilgav Celeste, og øyeblikket etter: At det i grunnen ikke var noe å tilgi. Du har jo også en mengde ting du ikke har fortalt dem, minnet hun seg selv om. De andre har også hemmeligheter, tenkte hun deretter og kikket fort mot Frøydis. Alle har hemmeligheter, Ella Blom, det skyldes ikke at du ikke har tillit til de andre; det skyldes vel først og fremst at vi bare har kjent hverandre i noen korte uker. Ella klandret overhodet ikke Celeste. Hun så på henne med uoppblandet medfølelse.

– Ja, han har meg under oppsikt, sa Celeste. – Han vet sikkert hvem dere er også. Men han tror nok ikke at jeg har fortalt dere om ham.

– Hvor lenge er det siden du hadde et forhold til ham? ville Jenna vite.

– Det er fire år siden.

– Og hva er det som gjør at han først nå, så lenge etter, har begynt å true deg? spurte Ella.

Celeste slikket seg på pekefingeren og strøk fingeren under det ene øyet, først den våte pekefingeren, så den tørre langfingeren. Hun gjentok prosessen under det andre øyet.

– Borte? spurte hun Ella i stedet for å svare på spørsmålet.

Ella lente seg litt nærmere og myste mot Celeste:

– Du har litt igjen under det venstre øyet, en liten stripe nesten inne i øyenkroken.

– Der?

– Litt lenger ned mot nesen. Jeg har et speil i vesken, sa Frøydis.

– Det er ikke så farlig, sa Celeste og gned seg etter Frøydis' anvisninger. – Det er vel ingen i denne leiligheten som jeg skal forføre i kveld uansett.

– Nei, jeg håper da ikke det, smilte Ella. – Hvorfor tok han kontakt med deg så lenge etterpå.

– Fordi jeg absolutt skulle være så tøff, sa Celeste lavt, men hun var helt rolig nå. – Verden er liten og Oslo enda mindre. Og han er jo ganske kjent.

– Du kaller ham Nero, men hva heter han? spurte Frøydis for annen gang.

– Nero heter Cato Mathiassen.

– Oi, sa Frøydis.

– *Den* Cato Mathiassen? spurte Ella.

– The one and only, svarte Celeste tørt.

– Men …, begynte Jenna, men hun avbrøt seg selv.

– Ja, enig, sa Celeste. – Paradoksalt, ikke sant?

– Jeg leser alltid spalten hans, sa Jenna.

– Jeg også, sa Frøydis.

– Jeg har lest den boken hans også, jeg, sa Jenna. – *Kjærlighetens instrumenter.*

– Jeg hadde jo ikke glemt ham, og det ville jeg aldri ha gjort uansett, begynte Celeste. – Men i hans tilfelle var det jo umulig å glemme fordi han stadig dukket opp på tv og i radioen, og så er det jo denne avisspalten, da.

– Jeg har alltid syntes han ser så forståelsesfull ut på det bildet øverst i spalten, sa Jenna. – Han ser både snill og klok ut.

– Dyktig fotograf, sa Celeste. – Nei da, han er klok. Og forståelsesfull, hvis du med det mener at han forstår andre mennesker. Det gjør han.

– Det er yrket hans, sa Frøydis.

– Ja, sa Celeste, – men han er eksepsjonelt dyktig til å lese andre mennesker.

– Han skriver så reflekterte svar, sa Ella, som foreløpig ikke hadde sagt noe. – Jeg har alltid tenkt at det må være en drøm å være gift med ham. En som vet alt om kommunikasjon og samspill mellom par, en som kjenner til problemene, men har remediene til å løse dem.

– Vel, sa Celeste. – Det er mange som tenker sånn. Han er uten tvil byens mest populære parterapeut. Han tar seg godt betalt, men det er lange ventelister. Han plukker ut de klientene han synes virker mest spennende. Og som sagt, Oslo er ikke stor. For et drøyt år siden hørte jeg av en kollega at en av hennes venninner hadde begynt i terapi hos Cato Mathiassen, selveste Cato Mathiassen, sammen med mannen sin. Jeg så sikkert mer enn gjennomsnittlig interessert ut da hun fortalte det, for hun fortsatte å gi meg ukentlige rapporter, i all fortrolighet, selvsagt: Nå går det bedre med dem, han er en dyktig terapeut. Hun er så begeistret for ham, Cato Mathiassen er et unikum. Han har foreskrevet daglige kyss og helgetur til Roma. I et par måneder hadde ekteparet åpenbart progresjon, men så fortalte kollegaen min en dag i lunsjen at paret skulle separeres, og noen måneder etterpå kunne hun rapportere at venninnen hadde innledet et forhold til Cato Mathiassen.

– Er ikke det ... forbudt? spurte Ella.

– På det tidspunktet hadde hun formelt sett sluttet å være hans klient, så strengt tatt er det nok ikke forbudt, men det er uetisk, i aller høyeste grad uetisk.

– Var det sånn du møtte ham? spurte Frøydis skarpt.

– Ja, sa Celeste. – Ekteskap nummer to holdt på å gå

dukken. Vi fikk, mirakuløst nok, time hos Cato Mathiassen. I løpet av et halvt år var jeg separert og Cato Mathiassens elskerinne.

– Effektiv terapi, sa Jenna.

– Ja, det får man si, sa Celeste.

– Elskerinne? spurte Frøydis.

– Ja, han var gift da, sa Ella. – De ble nylig separert. Jeg har lest i intervjuer med ham at han elsker sin kone, men at han innser at det var best at de gikk hver til sitt.

– Hun var hans beste venn og støtte i livet, og han kunne aldri ha hatt den karrieren han har, hadde det ikke vært for henne, ramset Jenna opp. – Jeg leste nettopp et stort portrettintervju med ham.

– Jeg har i grunnen vært litt sjalu på kona hans, sa Ella.

– Det har du altså ingen grunn til, sa Celeste. – Han mishandlet henne regelmessig, i mange år.

– Hvorfor gikk hun ikke før? sa Jenna opprørt.

– Det er ikke så lett, sa Celeste. – Det er forbanna vanskelig. Da jeg hørte om denne pene venninnen til kollegaen min, bestemte jeg meg for at jeg ikke bare kunne sitte og se på at det skjedde igjen.

– Men du visste ikke …

–… at han mishandlet henne. Nei, jeg gjorde ikke det, men det var noe med måten kollegaen min brått sluttet å snakke om henne på, som gjorde at jeg likevel var ganske sikker i min sak.

– Hva gjorde du? spurte Ella.

– Jeg kontaktet Norsk Psykologforenings fagetiske råd og fortalte om det jeg hadde opplevd, og at jeg hadde grunn til å tro at jeg ikke var det eneste tilfellet.

– Bra, sa Frøydis anerkjennende. – Bra!

– Cato Mathiassen ble kalt inn til rådet. De hadde en

samtale med ham, han fikk tydeligvis en advarsel. Jeg tror han er redd for at bevillingen hans kan forsvinne.

– Det hadde vært litt av et statusfall hvis dette kom ut, sa Ella.

– Hvordan vet han at det er du som kontaktet dette fagetiske rådet? De har vel taushetsplikt? spurte Frøydis.

– Han *vet* det nok ikke, men, som jeg sa, Cato Mathiassen er uhyggelig god til å lese andre mennesker.

– Noe må gjøres, gjentok Frøydis. Hun hørtes kampberedt ut.

– Dette dreier seg ikke bare om meg, sa Celeste lavt. – Jeg må tenke på Sebastian også.

– Vi må finne ut av det, sa Jenna. – Vi skal finne en løsning.

– Du kan jo ikke fortsette å leve på denne måten, sa Ella.

– Nei, sa Celeste og svelget.

– Vi støtter deg uansett. Vi skal få til dette. Sammen.

Ella hørte selv hvor klisjéfylt, hvor sentimentalt, hvor *klissete* det lød. Inni henne bygget det seg opp en ironisk latter og en kaskade med beske kommentarer, men de kom aldri, selv om hun stod parat og lyttet innover. Hun mente det. Hun ville at de skulle få til dette sammen.

Celeste så det idet de skulle til å gå. Hun stod sammen med de andre ute i gangen. Ella hadde akkurat komplimentert henne med genseren.

– Nydelig blåfarge, hadde Ella sagt.

– Takk, hadde hun svart høflig og sett nokså likegyldig nedover genseren sin.

Én av veggene i entreen var tapetsert, de andre veggene var malte. På den tapetserte veggen hang en samling med svarthvittbilder i ulike størrelser, men i like rammer.

376

– Å, er det datteren din, spurte Jenna og pekte mot det største bildet, en jente med skjev pannelugg og runde kinn.

– Ja, nikket Ella, – det er Maja da hun var liten. Og der er et bilde av henne som voksen.

– Pen jente, sa Celeste. – Hun ligner på sin mor.

Ella smilte.

– Og er den lykkelige bruden der moren din? spurte Frøydis.

– Nei, svarte Ella. – Det er moren til Peter.

– Og dette er deg og Peter, da? spurte Jenna og nikket mot et bilde helt ute i venstre kant. Ella så ung ut. Hun hadde brudekjole med vidde i skjørtet, brudebuketten hennes var hvite roser, og hun hadde slør som rakk til midjen.

– Ja, svarte Ella. – Det er Peter og meg.

– Så nydelig du ser ut, kvitret Jenna.

– For en flott kjole, sa Frøydis.

– Og for en kjekk mann, fortsatte Jenna. – Virkelig pen. Du er så heldig! Du har alt, får til alt.

Celeste lente seg interessert nærmere. Hun orket egentlig ikke, men nå hadde nysgjerrigheten vunnet, og hun ville gjerne ta en nærmere kikk på Ellas «kjekke» og «virkelig pene» mann.

Først trodde hun at hun så syner, at påkjenningen ved å snakke om Cato Mathiassen hadde vært for sterk, så skjønte hun konsekvensen av det hun så, rykket kroppen tilbake så hun tråkket Jenna på foten.

– Au, sa Jenna.

– Unnskyld, hvisket Celeste.

– Hvor er mannen din i kveld? spurte Frøydis.

– På et møte, men han kommer sikkert hvert øyeblikk. Ella så forbauset på Celeste. Hun støttet seg til veggen

377

og så virkelig ut som om hun holdt på å besvime. Celestes hud var alltid hvit, men nå var den hvit på en uskjønn måte, leppene var bleke, og skyggene under øynene hennes trådte tydelig frem.

– Er du dårlig? sa Jenna.

– Nei da, det er vel bare blitt for mye for meg i kveld, svarte Celeste og begynte å ta på seg kåpen.

– Vil du overnatte her? sa Ella omsorgsfullt.

Celeste ristet på hodet, kysset vertinnen effektivt på kinnet og var først ute av døren.

Lectio XI – Causa belli

Det var en uke siden Celeste hadde skrevet tekstmeldingen som definitivt hadde avsluttet forholdet til tannlegen. Han hadde sendt henne en del meldinger, prøvd å ringe henne et par ganger, men nå hadde han tydeligvis gitt seg. Celeste hadde aldri kjent seg så lettet over å ha blitt kvitt en elsker. Hun hadde hatt Bjørn på besøk to netter på rad, og i dag hadde hun bestemt seg for å feire og hadde takket ja til en invitasjon hjem til en kollega, en nyansatt fyr i markedsavdelingen, med tørr humor og buskede øyenbryn.

Han hadde lagt seg i selen, laget andebryst, perfekt rosa, med sprøtt, opprutet skinn, ovnsstekte rotgrønnsaker med timian og honning, en kjølig jogurtsaus. Han hadde satt på musikk, noe jazzaktig, lavt i bakgrunnen. De hadde drukket en tung burgunder. Han var nybarbert og velduftende. Det var åpenbart for Celeste hva han ønsket å få ut av kvelden. Hun hadde slett ikke vært uinteressert selv, men likevel hadde hun besluttet å vente. Hun hadde kysset ham, latt tungen møte hans, tatt seg tid til virkelig å kjenne etter, likt det, men likevel avsluttet der. Jeg bør komme meg hjem, hadde hun sagt, og et øyeblikk hadde hun lurt på om hun var kokett (noe hun absolutt ikke var, Celeste spilte ikke spill), men straks kommet frem til at det selvsagt ikke dreide seg om koketteri. (Hadde hun lyst på noe eller noen, forsynte hun seg.) Hun hadde bare lyst til å la begjæret vokse seg sterkere, unne seg en kveld til som denne, bli mett på veltillaget mat og dyr vin, og så nyte premien, som ville oppleves enda sterkere. Han godtar avvisningen hennes uten å mukke, uten å gjøre flere tilnærmelser, om det er av høflighet, manglende selvtillit, eller fordi han er vant til at kvinner rutinemessig må si nei et visst antall ganger, vet hun ikke. For alt hun vet, tenker han kanskje det samme som hun gjør: At de kommer til å få enda mer ut av det, om de venter en dag eller to. Det kan forresten være det samme hva han tenker om saken; det er ikke tankene hans Celeste er interessert i. Han følger henne ned på gaten, de kysser hverandre god natt.

Hun er lett i hodet av vinen, maten har gjort henne akkurat passe mett. Hun bestemmer seg for å spasere hjem. Det er ikke langt, i høyden et kvarters rask gange. Hun har lyst på ham, forestiller seg kroppen hans over sin. Hun kjenner lysten som en vag murring, og hver gang hun setter foten i fortauet og bevegelsen forplanter seg oppover lårene og når underlivet, forsterker murringen seg, før den igjen dabber av, for å blusse opp igjen ved neste fottrinn. Hun beveger seg raskt, skritt for skritt, på en bølgende lyst, yr og lett i hodet. Det er tåkete, en slik tåke som man ikke ser så ofte i Oslo, som bringer tankene til et udefinert sted på Vestlandet. Det er nesten ingen ute og går i gatene heller, og lyset fra gatelyktene filtreres gjennom tåken, så alt blir bomullsaktig og trolsk. Hun tenker igjen på Vestlandet, som hun ikke har noe nært forhold til, bare minner fra en vinterferie for lenge siden (Cindy hadde klaget over mavesmerter, og de hadde bodd en ekstra natt i et even-

380

tyrslott av et gammelt trehotell), og fra noen seminarer de siste årene. Hun går i Oslos gater, mett og trett og tilfreds, akkurat passe kåt, og skrittene hennes gir gjenlyd mellom bygårdene, og hun tenker på gylne brystmuskler, frostrøyk over trange fjorder, stupbratte fjell, snødekte topper. Stillhet.

Etterpå kunne hun ikke forstå at hun lot det skje. Hun klandret seg selv, ikke så mye for at hun hadde reket alene gatelangs nattestid, men for at hun ikke ett eneste øyeblikk hadde tenkt på Nero. Ikke før han stod foran henne. Helt plutselig, dukket opp av intet, kommet ut av tåken, som i en middels god film. Hun kunne ikke tilgi seg selv for at hun ikke var forberedt. Hun skjønte at det selvsagt ikke hadde hjulpet det minste, og Frøydis sa det samme dagen etter, øyeblikkelig hadde Frøydis sagt det: Kjære deg, det er da ikke din feil, ingenting du kunne ha gjort annerledes.

Da hun til slutt hadde kommet seg inn i sin egen leilighet, hadde hun bare presset et håndkle dyppet i kaldt vann mot de verste skadene, ikke orket å ta innover seg om noen av dem var alvorlige og behøvde tilsyn, hun hadde bare vaklet ut i entreen, undersøkt enda en gang at ytterdøren var boltet og låst, tatt med seg dynen og tilbrakt natten på badet, hun hadde døst i noen timer. Det hadde ikke vært snakk om at hun kunne gå på jobben, det hadde hun skjønt med én gang hun våknet.

Utpå ettermiddagen ringte det på døren. Celeste lå og halvsov. Nå skvatt hun til, hendelsen fra dagen før veltet over henne. Hun krøket seg sammen. Ikke tenke, ikke tenke. Det ringte på igjen, og rett etter ble det banket på. Celeste presset hendene så hardt hun kunne mot ørene, da hun slapp opp litt og kjente ørene folde seg ut igjen, hørte hun navnet sitt. Det var Jennas stemme. Hun satte seg forsiktig opp. Hun kunne ikke ha hørt riktig? Det verket i hele kroppen, og det begynte å dunke avsindig rundt det ene øyet med én gang hun løftet hodet opp fra gulvet. Men nå hørte hun det igjen. Celeste, lukk opp! Det *var* Jennas stemme.

De satt sammen i Celestes stue. Jenna hadde brettet til side genseren hennes for å ta alle skadene i øyesyn og hadde ikke klart å holde tilbake et sjokkert oi da hun så hva Cato Mathiassen hadde gjort. Hun hadde ikke sagt noe mer, ikke spurt om hva som var skjedd, bare reist seg og gått ut av rommet, og kommet tilbake med Pyrisept, bomull og plaster og varsomt begynt å rense sårene.

– Hvorfor kom du?

– Jeg følte på meg at noe var galt, sa Jenna, – jeg bare visste at du trengte meg. Nå drar vi hjem til meg.

– Du behøver ikke ... Jeg orker ikke ..., begynte Celeste.

– Nå drar vi. Jeg har bilen rett utenfor. Den går for en gangs skyld.

Celeste hadde ligget ved siden av Jenna i dobbeltsengen hennes hele natten. Ingen av dem hadde sovet noe særlig. Nå satt hun her, i Jennas stue. Alle var der. Det var sen formiddag eller tidlig ettermiddag. Jenna skulle ta seg av morens butikk, men hun hadde sendt Julia ned dit for å henge opp en lapp om at butikken dessverre holdt stengt i dag. Ella hadde mumlet noe om at hun forsket hjemme denne dagen uansett. Frøydis avspaserte resten av dagen. Ikke noe problem, forsikret hun og løftet hånden avver-

gende da Celeste hadde ment at de ikke måtte ta seg fri
på grunn av henne. Hun ville ikke ha noe, hverken å spise
eller å drikke, men de fikk da lirket i henne en kopp te
og noen boller, som Frøydis hadde tatt med (Jeg fikk all-
tid hveteboller av moren min da jeg var liten og var syk,
sa Frøydis). De bredte over henne et pledd, tvang henne
til å legge seg. Hun protesterte, prøvde å bagatellisere
hendelsen, fortelle dem at alt gikk bra, at hun klarte seg
utmerket, at de ikke trengte å dulle med henne. Men til
slutt hengav hun seg til omsorgen, la seg ned på sofaen,
gråt hjelpeløst og sovnet med tre par hender som klappet
henne over ryggen, på armene, på pannen. Ansiktet glattet
seg ut, men hun pustet uregelmessig og skjelvende som et
barn som hadde grått seg i søvn. De listet seg ut på Jennas
kjøkken, som viste seg å være et typisk 80-tallskjøkken.
Fritt for blendende hvite fronter, børstet stål og høyglans-
polerte steinbenkeplater. Jennas kjøkkeninnredning var i
furu, med profiler og lister. Hun hadde en komfyr med
fire opphøyde, sorte plater, slik som alle komfyrer så ut
for ikke så altfor mange år siden. Hun hadde et villnis av
urter og krydderplanter i vinduskarmene, en flette med
hvitløk og buketter med tørkede blomster på veggene.
En gammel tallerkenhylle var fylt til randen med blå- og
hvitmønstret servise, et av fatene hadde et tydelig skår.
På kjøleskapsdøren hang det tett i tett med selvklebende
lapper, en kalender med håndskrevne notater, en stor kjø-
leskapsmagnet med visdomsord («Vend det andre kinnet
til»), en artikkel om forvalternes aksjetips for den kom-
mende perioden, revet ut av Dagens Næringsliv. De slo seg
ned ved kjøkkenbordet. Midt på det lutede klaffebordet
lå *Kjærlighetens instrumenter.*

– Jeg måtte bare lese den igjen, sa Jenna, løftet et øyeblikk boken før hun slapp den igjen. – Han skriver så klokt om kjærlighetens vesen. Han gjør meg kvalm.

– Vi må gjøre noe, begynte Frøydis. De andre nikket.

– Det er farlig, men vi må gjøre noe, gjentok Frøydis. Jenna sa:

– Vi må få ham til å forstå.

– Det er noen mennesker som aldri, aldri kommer til å forstå, sa Frøydis.

– Politiet? sa Ella.

– Det nytter ikke. Hun har snakket med dem flere ganger.

– Men nå har han angrepet henne! sa Ella.

– Ja, jeg vet det. Men en av mors nærmeste venner er pensjonert politimann. Jeg ringte ham i morges mens Celeste duppet av et øyeblikk i sengen min. Jeg fortalte ham alt, og da jeg bad ham om å være ærlig, sa han at det kom til å bli vanskelig. Ingen vitner.

– Men brevene, innvendte Frøydis.

– Han er jo ikke dum, Cato Mathiassen, han har sørget for at brevene hans ikke kan spores tilbake til ham.

– Vi må uskadeliggjøre ham, sette ham ut av spill, sa Ella.

– Vold må møtes med vold, sa Frøydis. Jenna og Ella så på henne. De tiet, men de samtykket ikke. De hadde bare ikke noe å si akkurat nå. Celeste lå skadet på sofaen inne i stuen, men det rettferdiggjorde ikke at de skulle ty til de samme virkemidlene, at de hadde moralsk rett til fysisk å skade et annet menneske. Et sekund møttes øynene deres, og de visste at tankene deres var nøyaktig like.

– Vi kan ikke det, Frøydis, sa til slutt Ella.

– Skal han bare fortsette slik, da? Skal vi la ham holde på til han slår henne i hjel?

384

De diskuterte frem og tilbake. Frøydis argumenterte rolig og presist for sitt syn, Ella og Jenna lyttet og la deretter frem sine synspunkter med like stor ro. De klarte ikke å bli enige, og da de skiltes den kvelden, visste Frøydis hva hun ville: Hun ville ringe fru Næss. Hun trengte å høre meningen til et annet fornuftig menneske. Men kunne hun ringe henne? Hvordan ville fru Næss reagere på en telefon fra Frøydis?

*

Quot capita tot sensus, men det måtte da være mulig å bli enige? Ella var både oppspilt og nedtrykt da hun kom hjem etter kvelden hos Jenna. Hun skjønte hva oppspiltheten skyldtes, men ikke hva som gjorde tilværelsen ekstra uutholdelig i dag, om det var Frøydis' lykke, Celestes ulykke eller maktesløsheten overfor Cato Mathiassen. Hallo, hadde hun ropt som sedvanlig. Peter hadde svart hallo, men ikke rørt seg; han satt inne i forstuen og så på et eller annet på tv, med en tynn whisky for hånden. Ja vel. Ella bestemte seg for at nå ble det te og avis på kjøkkenet. Det lå en pen bunke aviser på bordet. Morgennummeret (med dødsannonser) lå der, men hun valgte den tynnere aftenutgaven. Det gikk opp for henne at det var flere dager siden hun hadde lest dødsannonser, som hun hadde gjort daglig i årevis, bare forsømt når hun var bortreist.

Hun bladde fort igjennom, stoppet opp da hun kom til et dobbeltoppslag: Byens beste gulrotkake. Åtte kafeer og konditorier var blitt besøkt av avisens journalist og fotograf. Åtte gulrotkaker var blitt prøvesmakt og hadde fått terningkast for henholdsvis smak og utseende. I tillegg hadde journalisten veid kakene og regnet ut pris per gram.

Hun leste ivrig, sammenholdt priser, kikket på bildene, så misbilligende på kaken med tykt og klissete glasurlag, men nikket anerkjennende til kakestykket som var dekorert med en delikat miniatyrgulrot i marsipan.

Ella elsket denne typen reportasjer. Hvem serverer byens beste kakao, i hvilken kiosk får du kjøpt byen beste pølser, hvilken Oslo-bar er best på en ekte Dry Martini (stirred, not shaken)? En som bare kjente Ella overfladisk, ville kanskje trodd at det hadde å gjøre med hennes besettelse av å være best. Slik forholdt det seg ikke. Ella var overhodet ikke besatt av å være best. At hun i mange tilfeller var best, var likevel et faktum.

Hun hadde tatt frem en penn og holdt på å ringe rundt testvinneren før hun besinnet seg. Det får være grenser. Og hva fascinerte henne så voldsomt med den type artikler? Hun oppsøkte aldri stedene som var omtalt. Kanskje var det det pseudovitenskapelige i det, systematikken, utregningene? Av og til kunne hun ta seg i å tenke at det måtte være en flott jobb å ha: dra fra sted til sted, samle materiale, sammenligne og konkludere. Ingen store katastrofer som lurte, ingen baksnakkelser fra kolleger, ingen prestisjetap man ikke kunne takle, ingen intriger – skjønt hva visste hun? Kanskje livet som gulrotkakejournalist var like strabasiøst og farefullt som livet i akademia.

Skritt i anretningen. Hun lukket fort igjen avisen. Det var ikke det at hun var direkte flau overfor Peter, men samtidig hadde hun ikke noe ønske om at han skulle finne henne fordypet i evalueringer av kaker. Hun smilte til ham, glattet over håret:

– Vil du ha en kopp te?

– Nei takk, svarte Peter veloppdragent. – Jeg tenkte jeg skulle ta meg en matbit.

– Skal jeg lage noe til deg?
– Jeg tar bare en brødskive, takk skal du ha.

De hadde vært det perfekte par. Og den dagen de giftet seg, hadde solen skint og fuglene sunget flerstemmig. Jo da, det lå an til livslang lykke. Ella hadde ikke noe høyere ønske enn at hun og Peter skulle leve lykkelig sammen. Været hadde vært like formidabelt, og fuglene hadde sunget like melodisk da de nylig feiret 20-årsdagen for ekteskapet (det het visstnok porselensbryllup, hadde Ella lest et sted). Hun tok imot de røde rosene og settet med emaljerte dessertskjeer fra sin ektemann, kysset ham på kinnet og visste at de ikke kom til å få det til.

Hun hadde tidlig skjønt at lykken for henne ikke lå i professoral suksess, kollegers beundring, konferanseinnlegg og publikasjoner i høyt rangerte tidsskrifter. Selvsagt utgjorde alt dette også en viktig bestanddel i livet hennes, men det gjorde henne ikke lykkelig, ikke den type lykke som betydde noe, og som varte, ikke den type lykke som kunne fylle henne når hun tenkte på Maja. Maja som for mange år siden hadde søkt med sin myke babymunn mot hennes hud, funnet brystknoppen, hugget seg fast og suget så Ella kjente taktfaste ekko av det i hele kroppen. Maja som sprellet rasende i badebaljen og skrek seg brannbilrød over hele kroppen. Maja med strittende musefletter og nye lakksko.

De hadde planlagt flere barn. En sønn, hadde Peter bestilt. Spøkefullt, selvsagt, men han hadde likevel ikke klart å skjule at det var det han helst ville ha. Ingen fysiske skavanker, men en tilsynelatende uforklarlig sønnløshet.

387

Heldigvis hadde hun Maja. Ella hadde hatt Maja helt til hun begynte å studere i København etter at hun var ferdig med videregående. Ella hadde låst seg inn på badet den dagen Maja pakket to kofferter med klær, bøker, sminke og prevensjon og flyttet til Danmark, Ella hadde sittet på badekarkanten og alvorlig overlagt om hun aldri skulle komme ut igjen.

Ella ville ikke ha drømt om å belemre Maja med sine ekteskapelige problemer. Hun hadde aldri sagt ett vondt ord til Maja om faren (og det var jo heller ikke så mye vondt å si om ham), de hadde aldri diskutert Ellas situasjon, likevel visste Maja. Ella hadde aldri hatt venninner som hun snakket om den slags med, og de kjente henne ikke godt nok til å forstå det usagte. Maja var den eneste som visste at Ella var ulykkelig. Heldigvis var Ella overbevist om at Maja trodde ekteskapet var lykkelig.

Ella reiste seg, skyllet tekannen, satte koppen inn i oppvaskmaskinen, så seg rundt etter noe Peter kunne ha glemt å rydde opp, noe hun i selvrettferdig harme kunne dundre inn i oppvaskmaskinen eller slenge i kjøleskapet, men han hadde ryddet opp alt etter seg. For én gangs skyld, konstaterte Ella standhaftig. Hun tørket over benken likevel. Ella? Det var Peters stemme inne fra forstuen.

– Ja?

– Du, det begynner en film nå. De sier den er fransk og romantisk.

– Ja? sier Ella igjen. Hun vet at stemmen hennes er kjølig, men hun tar ikke sjansen på flere nederlag i kveld. Det er pent av ham å si ifra om filmen.

– Skal vi se den sammen? Vi kan åpne den rødvinen vi fikk av Maja til jul.

En barnslig, såret side av henne ville svare tvert nei og

demonstrativt vaske badekaret eller noe lignende, men fornuften fikk overtaket, og hun gikk inn til ham. Hun hentet med seg to av de peneste krystallglassene (som de hadde kjøpt på en tur til Praha for mange år siden) og satte seg ved siden av ham.

*

Mensis December betyr den tiende måneden. Årets fire siste måneder har fått navn etter tallordene syv, åtte, ni og ti: *septem, octo, novem, decem.* Opprinnelig begynte det romerske året første mars, fortalte Ella.

– Hva var den første setningen lille Marius og andre leste på latin? spurte Bendik.

– Tja, svarte Ella. – Jeg kan tenke meg at det var denne: *Gallia est omnis divisa in partes tres, quarum unam íncolunt Belgae, áliam Aquitani, tértiam qui ipsorum lingua Celtae, nostra Galli appellantur.*

– Det var det vi leste iallfall, sa fru Næss.

– Hva betyr det? Hva er det? spurte Jenna. – Noe med Gallia og tre deler?

– Ja, «Gallia er i sin helhet delt i tre …». Cæsar skrev om alle de krigene han var med på, og her handler det altså om den i Gallia.

– Han kriget mye, han Cæsar, sa Erik.

– Å ja, sa Ella. – De gamle romerne kriget nesten alltid et eller annet sted, men likevel var de uhyre opptatt av at det skulle være noe som rettferdiggjorde krigen.

– Nettopp, nikket Frøydis. – De syntes ofrene skulle fortjene det?

– Sånn kan man vel si det, ja.

– Tenk at dette er den nest siste gangen, sa Jenna.

Det var omtrent et kvarter igjen av den siste timen, og ingen hadde sagt noe på noen sekunder. Ella hadde akkurat snakket om Cicero og brevene han etterlot. Nå tidde hun og satte seg ned bak de to pultene som fungerte som kateter. Hun hadde uansett ikke tenkt å si så mye mer om Cicero, hun hadde andre planer for resten av timen.

– Det blir rart å slutte, sa Erik.

– Det blir trist, sa Bendik.

Ella smilte til dem. Hun var stolt av studentene sine, alle sammen. Hun rensket halsen: – I dag er det en spesiell dag.

Erik nikket som om han var innforstått med hva Ella skulle si, at det var nest siste gang, og at hun håpet de hadde lært mye, og at de måtte fortsette å lese latin.

– Det er en som fyller år i dag, sa Ella. Erik sluttet å nikke, så seg rundt. Fru Næss ristet avvergende på hodet.

– Fru Næss, gratulerer med dagen! sa Ella.

– Nei, har du bursdag? sa Celeste. Hun satt ved siden av Frøydis, den hvite pelskåpen hennes hang skjødesløst over stolryggen. Hun hadde ikke vært på jobb siden overfallet. Celeste hadde ikke forlatt Jennas hus før i går, med unntak av en kort tur opp til Sebastian. Han hadde ikke sagt noe om skadene hennes, men da hun skulle gå, hadde han løftet opp Pusefru og lagt den (eller altså «henne») mot morens kinn. I går hadde Jenna kjørt Celeste hjem og fulgt henne helt opp i leiligheten. Celeste hadde halvt skamfullt spurt henne om hun kunne kikke i de store garderobeskapene, under sengen og i dusjen. Jenna gjorde det og forsikret Celeste om at det ikke var noen i leiligheten, og at hun ville sitte der til Celeste sovnet. Dagen

etter hadde Frøydis vært innom med to bæreposer stapp-
fulle av mat, som hadde rørt Celeste, men særlig sulten
var hun ikke.

I dag hadde Celeste våknet og bestemt seg for å dra på kur-
set. Hun hadde dusjet (det sved fremdeles i noen av sårene
når de fikk vann på seg), funnet frem klærne hun skulle
ha på. En time før hun skulle dra, hadde knærne sviktet
under henne, hun måtte støtte seg til veggen for ikke å
falle, hun hadde fått satt seg i sofaen, sammenkrøllet i et
hjørne med knærne opptrukket. Så var hun blitt mindre.
Hun hadde krympet, sett rommet vokse, avstanden opp
til taket ble større, veggene gled ut til hver sin side. Det
var langt ned til gulvet. Hun kjente hjertet slå raskere enn
hun hadde trodd var mulig, og skjønte at hun var blitt
en mus, en liten, redd mus, som satt under en kiwigrønn
kordfløyelspute og gjemte seg, det var så mange farer der
ute i den store verden, og hun hadde ingenting å beskytte
seg med, bare en tynn, myk pels og under den innvoller,
et skjørt skjelett, blodårer og det lille, hamrende hjertet.
Hun hadde sittet sånn, lenge. Helt til det pep i mobilen
hennes. En tekstmelding. Det er Nero. Ikke tenke, ikke
tenke. Da hun endelig løftet opp mobilen, så hun at mel-
dingen var fra Ella. «Kommer du i kveld? Skal jeg hente
deg?» Celeste pustet roligere. Hun var jo ingen mus. Dette
klarte hun. Hun skulle klare det. Hun hadde jo dem. De
skulle klare det sammen. «Ja takk, gjerne», skrev hun til-
bake. Hun gikk ut på badet og sminket seg omhyggelig.
Nå satt hun her ved siden av Frøydis. Hun hadde på en
høyhalset, elegant genser, så ingen kunne se merkene på
halsen hennes, og sårene i ansiktet var ikke verre enn at
hun lett hadde svart at hun hadde falt på tur i skogen (Jeg

er en kløne!) da Erik utbrøt: Jøss, hva har skjedd med deg?

– Gratulerer, sa Bendik og grep hånden til fru Næss og kysset den.

– Kan jeg gi deg en klem? sa Jenna.

– Hva ønsker du deg på bursdagen din? spurte Frøydis.

– Det er lett å svare på. Jeg ønsker meg sushi.

– Det lar seg vel ordne, sa Bendik.

– Jeg vil spise sushi av en naken mann, forklarte fru Næss og slapp Jenna, som hadde omfavnet henne. – Jeg vil plukke opp spicy tuna-makier fra brystmusklene hans.

– Jeg forstår, lo Bendik. – *Pectoralis major*.

– Godt ønske, sa Celeste anerkjennende.

– Hvordan skal du få dette ønsket oppfylt? spurte Jenna.

– Venninnene mine har sagt at de fikser det, sa fru Næss fornøyd.

– Jeg er stum av beundring, sa Celeste. – Finnes det noe bedre enn venninner?

– Nå synger vi bursdagssangen, foreslo Ella impulsivt.

– Det var da svært, sa fru Næss da sangen var slutt, – men takk skal dere ha alle sammen.

– Vi har så vidt begynt, erklærte Ella og løftet triumferende en hvit bærepose i plast. Hun satte den ned på pulten foran seg og drog opp to papirposer som viste seg å inneholde nøtter, valnøtter i den ene, pistasjnøtter i den andre. – Og her er honning!

Ella trakk frem en gjennomsiktig, myk plastflaske med flytende akasiehonning:

– I Roma spiste man honning og nøtter. Det skal vi også gjøre. Og ost!

– Det heter at man drømmer merkelige og rike drømmer når man har spist ost, sa fru Næss.

– Gjør man det? spurte Jenna nysgjerrig.

– Jeg elsker ost, erklærte Frøydis. – Hvilken type er det?

– Hvor har du lært at man drømmer noe spesielt etter å ha spist ost? spurte Ella. – Det er pecorino, ricotta og en ganske hard, gul en. Og husker dere forresten at ordene *koke, kjøkken* og *kokk* alle stammer fra det latinske ordet *coquere*?

– Jeg hørte det i England da jeg bodde der. Jeg bodde der en periode som ung, svarte fru Næss.

– Hva gjorde du der? sa Bendik.

– Jeg tok et kurs.

– Hva med brød? spurte Erik.

– Ja, hva med brød? gjentok Ella og så ertende på ham. – Mener du om vi skal ha det, eller spør du om romerne spiste det?

– Begge deler, svarte Erik kjapt.

– De spiste brød, og utgravingene i Pompeii viser at det ofte ble blandet linser og bønner inn i deigen. Så vet du det. Ja, jeg har kjøpt *panis* også.

– Hva slags kurs? spurte Bendik fru Næss.

– Fint, sa Erik. – Ost uten brød er for spesielt interesserte.

– Jeg hadde akkurat fullført pilotutdannelsen i Texas, og så skulle jeg ...

– Er du ..., avbrøt Jenna seg selv.

– Er du pilot? fullførte Bendik. – Du er jommen ikke sann!

– Kult! sa Erik. – Hvorfor har du ikke sagt noe?

– Jeg sa da at jeg jobbet i SAS, sa fru Næss. Det var tydelig at hun moret seg nå, at hun godtet seg over at hun

393

hadde holdt dem for narr. – Ingen spurte meg om noe mer.

– Hvordan fikk du det til? Det kan ikke ha vært mange damer den gangen.

– Jeg var en av de første, sa fru Næss. – Men vi er vel ikke ferdig med undervisningen?

– Jo, sa Ella. – Nå er det bursdagsfeiring.

De skjøv sammen pultene til ett stort bord. De snakket om sine favorittretter. (En saftig hamburger, sa Bendik. Tenkte jeg det ikke, sa Celeste. Ovnsbakt laks, sa Jenna. Jeg klarer ikke å bestemme meg, sa Frøydis. Sushi, sa Ella.) De hadde diskutert partiledere og miljøpolitikk. Celeste, supplert av Bendik, hadde gitt dem en kort innføring i mikrobiologi, hvordan de kom inn på det emnet, var det ingen som kunne huske. På en eller annen måte gled samtalen over til mangelsykdommer og 1800-tallets sjømenn, for så brått å skifte kurs til latinsk verbalgrammatikk. Ella forsøkte å forklare dem forskjellen mellom indikativ og konjunktiv, men det var bare Frøydis som så ut til å forstå; de andre hørte egentlig ikke etter. Erik kikket bort på fru Næss:

– Hvordan er det å fly?

– Fantastisk, svarte fru Næss. – Himmelsk.

– Hadde du alltid lyst til å bli flyger?

– Skal jeg begynne med begynnelsen? spurte fru Næss.

– Gjør det, sa Ella. – Sender du på osten, Erik?

– Vi vil gjerne høre! sa Jenna.

– Det er ikke så spennende at det gjør noe, sa fru Næss unnskyldende. – Men jeg er nå engang nokså systematisk anlagt. Jeg er født i 1938. Moren min var 25 år da hun fikk meg. Hun ble altså født det samme året som norske kvinner fikk stemmerett.

– I De forente arabiske emirater har ikke kvinner stemmerett i dag, bemerket Celeste.

– Er det sant? sa Erik.

– Å ja, sa Frøydis. – Og i Liechtenstein fikk de det først i 1984. Men nå vil jeg høre på Anna, unnskyld, på fru Næss.

Da fru Næss var ferdig med å fortelle, ble det helt stille rundt bordet. Bendik var den første som åpnet munnen, og det kom bare ett ord ut av den:

– Tøft!

– Vel, vel, sa fru Næss. – De som virkelig var tøffe, var de første kvinnelige pilotene. Dagny Berger. Gidsken Jakobsen. Det var damer, det! Født mer enn tredve år tidligere enn meg. Nei, jeg gjorde ikke noe annet enn å følge etter. Erik, kan ikke du gjøre meg en tjeneste? Syng for oss!

– Å ja, sa Ella. – Det vil vi gjerne høre, Erik.

– Det går ikke an å synge en rocketekst, her, nå og uten gitaren min, protesterte Erik.

– Jo, du klarer det! sa Jenna.

Etter mange oppfordringer og overtalelser gikk Erik med på å fremføre en av sangene sine. Han ble sittende ved bordet, sang først rødmende og halvhøyt, med nedslagne øyne, siden med høyere og sikrere stemme. Til slutt hadde han reist seg, slått takten med håndflaten mot pulten. Stemmen hans var dyp og vakker, og trommingen kledde sangen. De applauderte lenge. Ella roste ham for tekstene, som viste seg å være en fantasifull blanding av latinske sitater og setninger fra læreboken.

– Stilig tekst, sa Celeste også. – Jeg skal ikke late som om jeg forstod alt. Og for en stemmeprakt du har.

– Takk, sa Erik. – Sampling. Jeg har samplet.

– Kult, sa Bendik.

– Erik, det var storslått, sa fru Næss. Ella hadde lyst til å gi ham en god klem, men nøyde seg med å smile.

Nå var det blitt stille. Alle satt mette og tilfredse rundt bordet; all osten og alle nøttene var forsvunnet. Det var ingen som jaget dem, men det var ingen som oppmuntret dem til å bli heller da Bendik og Erik begynte å røre på seg.

– Nå er det visst kvinnetid. Pass på favorittdama mi, sa Bendik og bøyde seg ned og kysset fru Næss på pannen. – Kom, Erik, jeg kjører deg hjem. *Valete!*

Da døren lukket seg, kjente Frøydis forventningene stige. Nå var de her, alle fem. Skulle hun si noe til fru Næss? Eller skulle hun vente?

– To flotte mennesker, sa fru Næss og kikket mot vinduet, der de kunne se Bendik og Erik gå mot bilen.

Celeste nikket.

– Ja, sa hun. – Erik er en flott gutt.

– Bendik òg, for all del! skyndet hun seg å legge til.

– Går det bra med dere? spurte fru Næss. – Og din mor, Jenna?

– Jo takk, svarte Jenna og smilte inn i det omsorgsfulle ansiktet til fru Næss. – Mor sier hun ser frem til å flytte.

– Jeg synes ikke du er helt deg selv, sa fru Næss til Celeste, som i tillegg til skrapene i kinnene hadde en svak fiolett skygge rundt det ene øyet, som det nok var vanskelig å forestille seg at hun hadde fått på grunn av «et

396

uhell i skogen». Celeste tok hånden automatisk opp mot øyet.

– Alt er fint med meg, sa hun.

– Det er godt å høre, sa fru Næss, men det var ikke vanskelig å skjønne at hun ikke trodde på henne.

Jeg snakker med henne alene, avgjorde Frøydis.

Kvinnene ble sittende en times tid og småprate før de forlot Sjømannsskolen. Frøydis kjørte Jenna og fru Næss hjem. Celeste satt på med Ella i hennes Volvo.

– Lykke til, sa fru Næss da hun gikk ut av bilen. – Og takk for skyssen.

– Bare hyggelig. Lykke til med hva?

– Med alt, svarte fru Næss lett.

– Takk, sa Frøydis.

Dagen etter, om kvelden ringte Frøydis henne. Hun ble ikke overrasket i det hele tatt, eller i så fall lot hun seg ikke merke med det. Hei, Frøydis, sa hun rolig og inviterte henne over på en kopp kaffe med én gang. Frøydis kastet et blikk på Anders, som satt og spilte Tetris. OK, sa hun, jeg kommer nå.

– Ella, Jenna, Celeste og jeg, begynte hun da fru Næss hadde plassert henne i en ørelappstol og servert henne en kopp sterk traktekaffe. – Vi har en slags forening. Eller klubb.

Fru Næss løftet koppen opp mot munnen, blåste og tok en liten slurk av kaffen:

– Det vet jeg, sa hun rolig.

– Ja vel, sa Frøydis, like rolig. – Vi forsøker å gi noen utvalgte ofre en lærepenge. Det er på mange måter et pedagogisk prosjekt.

– Nettopp. Og elevene er alltid menn.

– Stemmer forbløffende bra.

– Og har det vært vellykket så langt? spurte fru Næss. Håret hennes lå i disiplinerte permanentkrøller, men kinnene hennes var feberrøde, og øynene hennes skinte.

– Absolutt. Kjerringer har gjennomført flere vellykkede aksjoner, der læringsutbyttet i de fleste tilfeller har overgått våre forhåpninger.

– Så dere kaller dere Kjerringer, sa fru Næss. – Det likte jeg! Kjerringer er en undervurdert rase.

Frøydis fortalte hvordan det hele hadde startet den dagen de var ute etter den andre kurskvelden. Så var det natten på Solheim. Fru Næss nikket, det var på tide at noen sa ifra om den håpløse situasjonen for gamle her i Oslo. Frøydis smilte.

– Og den neste var en fyr som heter Karl Hebbern, sa hun. – Vi pumpet hodet hans fullt av tull og fikk ham til å si det på direktesendt tv.

– Aha, så det var dere, utbrøt fru Næss. Hun hadde sittet hjemme og sett på tv den fredagskvelden. – Stakkars mann, la hun til.

– Han fortjente det, opplyste Frøydis.

– Tviler ikke, sa fru Næss. – Mer kaffe?

Frøydis gav referater av høydepunktene denne høsten: Doping og hvite skidresser. Dispensasjonen av professoren. Den rosa hårprakten.

– Dere har vært dyktige, sa fru Næss anerkjennende. – Men nå?

– Men nå, gjentok Frøydis. – Ja, nå har vi skikkelige problemer. Det er Celeste.

– Jeg var redd for det.

– Hun blir mishandlet.

– En kjæreste?

– En eks. Vi må stoppe ham. Få ham til å forstå. Men vi blir ikke enige om hvordan.

De ble sittende lenge og prate frem og tilbake. Etter hvert tok en plan form. Fru Næss hadde til slutt hentet en skriveblokk:

– Jeg tenker så mye klarere når jeg skriver samtidig.

– Jeg òg! erklærte Frøydis.

Sammen skrev de en kronologisk liste som endte opp med åtte punkter. De leste kritisk igjennom, rettet opp rekkefølgen, strøk et punkt, føyde til et annet.

– Det begynner å nærme seg noe, sa Frøydis til slutt. Fru Næss nikket. – Men det er ennå ikke perfekt, fortsatte hun.

– Vi mangler ennå den gode ideen, sa fru Næss.

– Strukturen er i det minste på plass. Og jeg kommer på noe, sa Frøydis optimistisk. – Eller hva? Flightcaptain?

– Roger, sa fru Næss med amerikansk aksent. – Har du vært ute og sett på huset hans?

– Ja, sa Frøydis. – Jeg kjørte ut i går kveld.

– Bra, kan du skisse opp hvordan det ser ut? Sett ovenfra, er du snill. Jeg foretrekker et fugleperspektiv. En yrkesskade.

Frøydis tegnet, fru Næss nikket og satte kryss og bokstaver inn på oversiktstegningen:

– Altså: Hvis vi lar person A ringe på, og så plasserer person B og C der. Og så vil jeg foreslå at person D står der, som en sikkerhetsforanstaltning.

– Det ser fornuftig ut, sa Frøydis.

– Sikkerhet er stikkordet, Frøydis. På jobben satte vi alltid det først. I en så potensielt farlig situasjon må vi først og fremst tenke på sikkerheten. Han er stor. Det burde ha vært en person E. Vi burde ha vært fem.

Frøydis smilte fordi fru Næss var så bestemt, og fordi hun hadde begynt å si «vi» i stedet for «dere».

– La meg være med som vaktbikkje. Jeg står utenfor huset hans og passer på dere. Du gir meg signaler gjennom vindu y eller x hvis alt går som planlagt.

– Og hvis jeg ikke gir noe signal?

– Da ringer jeg politiet.

– Takk, sa Frøydis. – Det tilbudet takker jeg ja til.

– Vi behøver ikke å si det til de andre, sa fru Næss.

– Nei, kanskje ikke. Men på neste møte, hvis vi lykkes med Cato Mathiassen, tror jeg at vi er fem.

Fru Næss hevet kaffekoppen og skålte til Frøydis.

– Og vi skal ta Cato Mathiassen. Jeg ... vi ... Kjerringer må bare komme opp med Den Geniale Idé, sa Frøydis sakte. De velnappede øyenbrynene hennes rynket seg så de møttes over neseroten. Men hun hevet koppen og smilte til fru Næss.

Lectio XII – Consummatum est

Cato Mathiassen

De stod inne på kjøkkenet til Frøydis. Eller det vil si: Ella, Celeste og Jenna stod, vertinnen selv satt på kjøkkenøya og dinglet med bena. Føttene hennes i lakkrøde sko hamret mot gryteskapet, det sang metallisk og muntert i gryter, kasseroller og panner i takt med at baksiden av hælene hennes smalt i skapdøren. Frøydis var opprømt, snakket høyt og fort, snublet nesten i ordene av iver. De snakket om kappene. Det var ikke temaet i seg selv som gjorde Frøydis så opprømt, men hele situasjonen. Jentene var hjemme hos henne for første gang. Og hun hadde fått vist frem Anders til dem! Forventningsfull hadde hun ropt på ham da alle endelig var samlet i stuen (Celeste var mer forsinket enn vanlig, og denne kvelden hadde det gjort at de tre andre var blitt redde for hva som kunne ha skjedd med henne). Anders! hadde hun ropt, og hun hadde vært stolt som en høne da han etter noen sekunder virkelig dukket opp – simsalabim – kry som en tryllekunstner stod hun der. Alle kunne se at hun var stolt, men de kunne også se at hun var en tanke overrasket, som om hun ikke stolte på egne evner, en amatørtryllekunstner som ennå ikke er sikker på hva som kommer opp av hatten når han (eller hun) putter hendene oppi. Anders kom smilende ut fra gjesteværelset, som også ble brukt som kontor. Han hadde ny skjorte, den var hvit, men den hadde et stoff i en annen farge på baksiden av knappestolpen, på innsiden av kragen og mansjettene, diskré, likevel raffinert. Hun hadde plukket den ut for ham, og det var første gang han hadde den på nå. Anders, kom og hils på venninnene mine.

Anders hadde smilt (Han hadde et nydelig smil, og når han smilte, kom smilegropene frem på begge kinnene!) og tatt dem i hånden etter tur.

– Det må være noe magisk med de derre kappene, sa Celeste igjen, men hun mente egentlig ikke så mye med det.

– Magi kan være så mangt, sa Frøydis og fortsatte å dundre føttene i skapet. På benken ved siden av henne stod en stor mugge rykende varm kakao. Anders hadde ordnet den til dem, før han igjen trakk seg tilbake til kontoret sitt, antagelig for å spille fotballspill på dataen, tenkte Frøydis, og hun kunne ikke noe for at hun ble en tanke oppgitt over tidsbruken hans. Men varm sjokolade hadde han greie på, det skulle han ha. Den var laget med revet kokesjokolade i varm melk, litt sukker og med en halv teskje knust, tørket chili. Han hadde stått lenge med krydderglasset før han hadde åpnet det. Frøydis hadde kommet ut til ham på kjøkkenet, lagt armene rundt ham bakfra, klemt hardt og kjent hendene og underarmene forsvinne inn i Anders' myke mage.

– Skal jeg ta oppi litt chili? hadde han spurt.

– Selvsagt skal du ha oppi litt chili, mumlet Frøydis inn mot ryggen hans.

– Det er jo veldig godt, men ikke alle liker det, vet du.

– Det gjelder bare å sukre nok, sa Frøydis. – Man merker ikke det sviende sterke annet enn som en behagelig kiling når alt rundt er tilstrekkelig søtt.

402

Ved siden av muggen stod en bolle med stivpisket krem, kraftig sukret og med to klyper vaniljesukker attpåtil.

– Nydelig sjokolade, sa Ella. Kvinnene holdt rundt hvert sitt krus kakao med kremdott i, varmet fingrene sine og nippet til drikken.

– Ja, du må hilse Anders og si at den var perfekt, sa Jenna.

– Jeg tror Jenna har forhekset kappene, sa Celeste igjen.

Ella sa ingenting, enten fordi hun var for høflig til å si det hun virkelig mente, eller fordi også hun følte at det var noe, men ikke ville vedkjenne seg det.

– Hva gjør du med dem? insisterte Frøydis. Hun ville ikke gi seg. Jenna lo.

– Ingenting, svarte hun. Frøydis hoppet ned fra benken og landet foran Jenna.

– Svar meg, sa hun liksom-truende. – Spytt ut! Jenna lo, så ned på Frøydis som stod med hendene i siden og et morskt uttrykk i ansiktet.

– Du har krem på nesen, sa Jenna og pekte på nesen til Frøydis. – Jeg har ikke gjort noe som helst, gjentok hun leende. – Dere tror da vel ikke på sånt tøys?

De hadde slått seg ned rundt kjøkkenbordet. Frøydis hadde lukket døren. Nå skulle de snakke om Cato Mathiassen. Muggen stod igjen på kjøkkenøya, det var bare en liten skvett kakao igjen, lunken med et tynt lag snerk på toppen. Frøydis fikk vondt inni seg da hun så bort på Celeste. Hun stirret rett fremfor seg, satt med begge armene utstrakt på bordet foran seg, med håndflatene ned. Det så ubekvemt og ikke så rent lite pussig ut, men ingen hadde trang til å le fordi det var så tydelig at hun ikke ante at hun satt sånn, og fordi det var enda tydeligere at hun hadde det vanskelig, at hun var på randen til å bryte sammen.

– Nå må du fortelle oss alt du vet om denne mannen, sa Frøydis. – Husk at jo mer du forteller oss, desto lettere er det for oss å iverksette en passende aksjon. Jeg har tenkt ut mye, men en vesentlig bestanddel mangler ennå.

Ella holdt på å smile av det uvant oppblåste språket Frøydis slo rundt seg med, men hun gjenkjente den jo: Det var en strategi Ella selv lett kunne ha tydd til. Hvis hun hadde sagt noe. Foreløpig satt hun bare der, ved siden av Celeste, så rett på de slanke armene hennes, men sa ingenting. Ubevegelige, vakre og hvite lå de på bordet, som et sett marmorarmer.

Kunne det virkelig være synd på Celeste? Hun var da for perfekt, rett og slett, var hun ikke?

– Fortell, oppmuntret Frøydis. Og Celeste nikket, skiftet ikke blikkretning, så fremdeles rett frem, men nikket igjen, besluttsomt, som om hun var helt enig i at løsningen til hennes problemer lå nettopp der: Hun måtte bare snakke, så ordnet det seg. Men hun sa ingenting, bare fortsatte å nikke, som en mekanisk dukke. Ella krympet seg. Det er klart det er synd på henne. Hun er blitt skamslått, for Guds skyld, og du sitter og er sjalu på alle mennene hun har hatt, på de velformede armene hennes! Armene, som når du ser etter, fremdeles har røde render og stikksår, som ennå har blåmerker, selv om de er blitt gulaktige og nesten usynlige.

Celeste festet blikket på Frøydis, som satt rett overfor henne ved bordet.

– Vi var som sagt kjærester, begynte hun. Stemmen hennes var lav, men fast og tydelig. – Vi var sammen i ett år.

Celeste stoppet opp.

– Fint, sa Frøydis oppmuntrende, som man snakker til et barn som endelig er kommet til fornuft.

– Når begynte du å merke noe? spurte Jenna.

– Jeg merket ingenting i begynnelsen, svarte Celeste. Da hun skulle se på Jenna, flyttet hun ikke bare øynene, hun snudde på hele hodet, og bevegelsen så stiv og kl¢nete ut.

– Han var morsom, han var oppmerksom, han var hundre ganger mer galant enn menn pleier å være etter at de har fått deg til sengs. Han var rolig, av og til syntes jeg at han var nesten kjedelig i sin temperamentsløshet. Det begynte med en detalj. Vi hadde vært i selskap sammen. Han gjorde slike ting, tok meg med i selskaper selv om han fremdeles var gift.

– Hva sa kona? spurte Ella.

– Hun ble nok ikke spurt. Akkurat denne helgen var hun på hytta deres. Jeg glemmer aldri den kjolen jeg hadde på den kvelden. Han hadde sagt at den kledde meg så godt. På veien hjem, til huset ute i Bærum, i drosjen, begynte han å kritisere meg for å ha flørtet med en av de tilstedeværende mennene. Jeg hadde muligens flørtet litt, ja, kanskje ikke bare litt, men jeg kunne ikke forstå hvorfor han skulle reagere på det. Jeg hadde ikke lagt noe i det. Jeg lo ham opp i ansiktet, lo av at han var sjalu, likte det egentlig. Syntes det var morsomt og mandig at han liksom hevdet sin eiendomsrett. Da slo han meg. Helt uventet. Rett på munnen med knyttet neve. Det verste var øynene hans da jeg tok vekk hendene mine. Han så rett på meg.

– Så han ond ut? spurte Jenna.

– Nei. Han så ... hva skal jeg si? ... undersøkende ut. Han kikket nysgjerrig på meg, som for å se hva slags

405

skader han hadde gitt meg, og for å se hvordan jeg reagerte.

– Og hva slags skader hadde du fått? spurte Ella, forsiktig.

– Jeg blødde inni munnen, jeg hadde en revne på innsiden av kinnet. Og det viste seg etterpå at jeg også hadde slått av et skall av en tann.

– Men sjåføren? ville Frøydis vite.

– Han bare kjørte videre, som om ingenting hadde skjedd.

– Herregud.

– Og du? spurte Jenna, – hva gjorde du?

Celeste ristet på hodet:

– Jeg ble med ham inn. Han la en kald klut mot ansiktet mitt, og så ville han ligge med meg, men han lot meg være da jeg ikke ville. Det var først da jeg så meg i speilet neste dag, at jeg forstod hva som hadde skjedd. Jeg tok på meg den utringede selskapskjolen jeg hadde kommet i, den han hadde sagt at jeg var så pen i, ringte etter en ny drosje og kom meg hjem. Jeg visste at jeg aldri, aldri ville se ham igjen. Da jeg kom inn til meg selv, vrengte jeg av meg kjolen, krøllet den sammen og kastet den i søpleposen. Jeg ser det for meg ennå: det tynne blå kjolestoffet sammen med eggeskall og en tom kaviartube.

– Og så? spurte Frøydis prøvende.

– Så tilgav jeg ham. Vi ble sammen igjen uken etter.

– Herregud. Hvordan ..., begynte Ella.

– Jeg kan ikke forklare det, svarte Celeste flatt før Ella hadde rukket å snakke ferdig. – Jeg trodde på ham, håpet at han skulle forandre seg.

– Men det gjorde han ikke, konstaterte Jenna.

– Nei, det gjorde han ikke.

– Hvor mange ganger ... hendte det? spurte Ella. Ella merket at det var vanskelig å finne de rette ordene. Hun var redd for å virke fordømmende, hun var redd for at det skulle skinne igjennom at hun syntes det var uforståelig at ikke Celeste bare hadde forlatt ham etter den første gangen. Samtidig visste hun godt hvor vanskelig det er å gå, hvor sterkt man håper at alt skal forandre seg, bli bedre.

– Jeg tellet ikke, svarte Celeste tonløst, og Ella angret på at hun hadde stilt spørsmålet. Antallet betydde vel ingenting for dem. – Men jeg vil tro han slo meg ti–tolv ganger til før jeg ...

– Før du gikk, avsluttet Frøydis. Celeste nikket.

– Han ville alltid ligge med meg etterpå, og etter hvert sluttet jeg å protestere på det. Han trøstet meg, klappet meg på de stedene der han akkurat hadde slått, kysset skadene han hadde gitt meg.

– For en pervers jævel! utbrøt Frøydis.

– Han angret. Han sa at han aldri ville gjøre noe slikt igjen. Han elsket meg. Han gråt. Vi gråt i hverandres armer. Han forklarte meg at barndommen hans hadde skylden. At faren hans hadde mishandlet ham.

– Og du forstod ham, sa Ella.

– Ja, jeg forstod ham, svarte Celeste kort. – Jeg ville gjøre gjengjeld, tror jeg. Han var en uvanlig god lytter selv.

– Du hadde fortalt mye til ham, sa Ella sakte. – Du hadde betrodd deg til ham, fortalt ham ting du aldri hadde sagt til andre.

– Ja, sa Celeste. – Du har rett. Han var en god elsker, men gode elskere finnes det mange av, men en mann som virkelig lytter, som kommer med forstandige spørsmål, som gir råd – slike menn er like sjeldne som ...

– Som god mat på veikroer, sa Frøydis og lyktes i å få
Jenna og Ella til å le, og Celeste til å smile.

– Det var sånn at jeg begynte å se mer frem til samtalene
etterpå enn selve sexen. Vi hadde snakket om å gifte oss.
Jeg, som allerede hadde vært gift to ganger og trodde jeg
var ferdig med den slags for alltid. Jeg begynte å drømme
om å få et barn med ham. Han var den eneste av mine
kjærester som fikk møte Sebastian. Sebbe sa aldri at han
likte ham, men han sa ikke det motsatte heller. Det eneste
han sa, var at han syntes Cato Mathiassen hadde stygg
stemme.

– Hadde han det, da? spurte Ella.

– Ikke i den tradisjonelle betydningen, svarte Celeste.
– Han har en vanlig, mørk stemme.

Celeste stoppet og svelget. Ingen av de andre sa noe
heller. Ella kvapp til da Celeste begynte å snakke igjen:

– Han er en ekte estet. Det vet dere vel forresten, det
står alltid om det i intervjuene. Han elsker dyre viner.
Italienske viner. Han har alltid friske, avskårne blomster
hjemme. På veggene både hjemme og på kontoret hadde
han mengder av malerier. Mange av dem var gaver fra
malerne. Han kjenner de toneangivende billedkunstnerne,
forfatterne, skuespillerne.

– Kjenner han Olav Stormm? spurte Jenna. Celeste
smilte et lite smil:

– Jeg vet ikke, men det forundrer meg ikke. Han er
interessert i teater og musikk. Musikk betyr mest for ham.
Han hører mye på klassisk musikk. Ja, det er musiker han
drømte om å bli. Det snakket han alltid mye om, at han
egentlig ønsket seg en annen karriere.

– Ja vel? sa Frøydis. – Så Cato Mathiassen drømte om
å bli musiker.

– Ja, pianist. Han spilte ofte for meg. Han er utrolig god til å spille. Han sa selv at han var god, men ikke god nok til å gjøre det til et yrke. Men musikken betyr enormt mye for ham. Han ... satte alltid på en CD med klassisk musikk når han var i gang med ...

– For en motbydelig fyr, sa Jenna. – Jeg som alltid har beundret ham.

– Du ville sikkert ha falt for ham hvis du hadde møtt ham, sa Celeste.

– Du har helt sikkert rett, sa Jenna medgjørlig.

– Hva skal vi gjøre? spurte til slutt Frøydis. – Celeste?

– Jeg aner ikke.

Jenna kremtet:

– Vi må gjøre noe.

Ella nikket.

– Vi må gjøre noe. Mannen må stoppes.

Celeste så på henne, la den ene hånden sin over Ellas hånd, ganske langt opp, slik at to av fingrene hennes lå over håndleddet, to over håndbaken. Reaksjonen kom umiddelbart, en tynn streng i Ella begynte å dirre, som om Celestes fingre spilte på den tynne, spente strengen, langt nede, dypt inne i bekkenet hennes. Ella rykket armen sin vekk, Celestes hånd dunket i bordet.

– Ja, sa Frøydis. – Vi må gjøre noe. Jeg har tenkt, men jeg ser ennå ikke alt helt klart.

– Skal vi utføre oppdraget hjemme hos ham eller et annet sted? spurte Ella.

– Hjemme hos ham, svarte Frøydis bestemt. Ella nikket.

– Han elsker musikk, sa Jenna prøvende. Frøydis så oppmerksomt på henne.

– Hva er favorittstykket hans? spurte Frøydis.

Celeste trakk på skuldrene, men så husket hun det: – Jeg vet ikke om det er favoritten hans, men jeg vet at han er veldig glad i Mozart. Og Haydn.

– Jenna, sa Frøydis ivrig. Hun hadde rettet seg opp, og nå pekte hun mot Jenna: – Hvor datakyndig er du?

– Det kommer an på. Skal vi inn på maskinen hans? Det klarer jeg ikke når vi ikke har tilgang til et felles nettverk, sånn som vi hadde ...

– Nei, nei, avbrøt Frøydis. – Det er mer sofistikert enn det, sa hun. – Vi skal sørge for å ødelegge musikkgleden hans, iallfall hva angår et av hans favorittstykker.

– Det høres ut som en god idé, selv om jeg ikke helt forstår hva vi skal gjøre, sa Jenna.

– Vi skal manipulere noen toner i yndlingsmusikken hans, og deretter skal vi tvinge ham til å høre på det. Igjen og igjen.

– Smart, sa Ella.

– Det kommer til å høres grønnjævlig ut, sa Frøydis fornøyd.

– Nettopp. Det *er* en god idé, sa Jenna. – Men jeg aner ikke hvordan jeg skal gjøre noe slikt.

Frøydis så skuffet på henne, hendene hennes sank ned i fanget igjen:

– Hvordan skal vi da ...

– Det kan Sebbe gjøre, sa Celeste uventet. – Sebbe kan alt sånt.

– Og så trenger vi noe bedøvende denne gangen også.

– Min minste kunst, sa Celeste. Hun hørtes nesten ut som seg selv igjen.

– Fint, sa Ella lettet. – Da er vel den aksjonen i boks. Det gjenstår bare å finne en dag.

– Og å gjennomføre det, da, lo Jenna.

410

– Vi er *ikke* ferdige med planleggingen, sa Frøydis og løftet hånden. De andre tidde og snudde seg mot henne.
– Jeg har en idé til.

Hun reiste seg og gikk bort til en skuffeseksjon i kjøkkenøya. Hun åpnet den nest øverste skuffen, og der fant hun åpenbart det hun så etter: en kniv. En forskjærskniv, med skinnende egg, sort skaft med blanke skruer. Hun stilte seg opp foran dem med kniven hevet som et sverd:

– For to og en halv uke siden stod Cato Mathiassen over Celeste med en sånn kniv. Han skar og stakk i huden hennes, rispet henne på halsen og oppover armene. Tenk hvordan hun hadde det! Tenk så redd hun må ha vært!

Celeste så ned, sa ingenting. Hendene hennes knyttet seg.

– Det betyr likevel ikke at vi skal stå foran ham og vifte med en sånn en, med et … fallossymbol, sa Jenna. – Legg den fra deg, er du snill.

Frøydis la kniven tilbake i skuffen, smelte den igjen, åpnet den under. Hun satte seg ned på huk og rotet rundt i kjøkkenredskapene sine, tok fatt i et av dem og holdt det opp foran dem:

– Hva med denne? Kjenner dere den igjen?

Ingen av dem sa noe før Jenna forsiktig spurte:

– Han skal vel ikke friseres, han her også?

– Nei, svarte Frøydis kort. – Han liker jo å spille piano, var det ikke så?

– Jo, svarte Celeste mekanisk. – Jeg fortalte jo det.

– «Klippe, klippe, sa kjerringa.»

Frøydis klippet med saksen i luften mens hun gjentok «Klippe, klippe» med høy stemme. Hun gikk mot Ella med løftet saks og klippet i luften foran ansiktet hennes.

– Frøydis, sa Ella advarende. Frøydis senket saksen.

– Nei, svarte hun alvorlig, med sin vanlige stemme.
– Han her skal ikke friseres. Han fortjener noe mye verre.
Han går fysisk løs på kvinner. Da kan han ikke vente
annet enn at kvinner går fysisk løs på ham. Og for å
spille piano må man ha alle ti fingre i behold, må man
ikke? Det er store spenn fra en oktav til en annen, ikke
sant?

– Har du tenkt å …? Herregud, sa Ella.

– Nei, nå må du bremse! ropte Jenna.

Celeste sa ingenting. Armene hennes lå fremdeles hvite
og uvirksomme på bordet foran henne. Som to kroppsde-
ler som ikke tilhørte noen.

– Han fortjener da det? sa Frøydis uskyldig. – Han har
ødelagt Celestes liv. Synes dere ikke det er verdt en lille-
finger i det minste? Nei, hør på meg nå, jenter! Dette er
planen min. Hør!

*

Anders hadde lagt seg. De andre hadde gått. Frøydis satt
alene ved kjøkkenbordet. Foran henne var det dekket til
fest for én. Hun hadde tent et stearinlys og dekket ordent-
lig på med kniv, gaffel og serviett. Et glass. Pepperkvern og
saltkar. En mugge med eplejus. I en kurv lå det skiver av
mørkt, tungt rugbrød og luftig, hvit hveteloff. Kviteseids-
smør i en skål. Roastbiff, myk serranoskinke på fat med
oppskåret agurk og plommetomater. En trinn, plastinn-
pakket fleskepølse på en asjett. En bolle med hjemmelaget
rekesalat i majones. En sveitserost med store hull. Til
venstre for osten lå saksen.

Frøydis hadde allerede spist i omtrent et kvarter. Nå

412

sukket hun av en metthet hun visste ville komme, men som ennå heldigvis var flere minutter unna. Hun kunne spise mer. Et stykke rugbrød med et tykt lag smør, fleskepølse, kvernet pepper og to halve plommetomater på toppen. Mennesker som ikke kjente Frøydis, bare kastet et blikk på det kulerunde legemet hennes, antok at hun var en kvinne som stappet maten inn i munnen, som ukritisk skuflet i seg stor mengder mat i høyt tempo, nesten uten å gi seg tid til å smake. Sånn forholdt det seg ikke. Frøydis var en nyterske. Hun tenkte på mat store deler av dagen. Det hendte at hun drømte om mat og smattet vellystig. Ja, Anders kunne fortelle at hun en natt hadde tygget tydelig, svelget og så klukket lavt og lykkelig før hun snudde seg og igjen gled inn i en lydløs drømmeverden. Hun våknet om morgenen, og det første hun tenkte på var Anders, deretter begynte hun å glede seg til frokost, til speileggets solsikkeplomme, til baconets sprø fedme, til fuktperlene på smøret, til rundstykkene som hun lunet i ovnen.

Cato Mathiassen måtte straffes. Det sa seg selv. Hun hadde ringt til fru Næss og fortalt henne om tilføyelsen på aksjonslisten. Hun hadde ikke vært så begeistret som Frøydis hadde håpet på. Ja vel, hadde hun bare sagt, jeg adlyder ordre fra overordnede, men dette blir farlig.

Den siste biten av fleskepølsesmørbrødet forsvant nedover halsen hennes, hun lukket øynene og nøt smaken mens den gradvis forsvant fra munnhulen. Hun hadde en plan. Som i en åpenbaring hadde Den Geniale Idé kommet til henne. Men kanskje hun tok feil? Kanskje var det for farlig, for risikabelt? Hun sippet til resten av eplejusen. Nei, dette klarer vi, avgjorde hun. Celeste tar med

sprøyte. Jenna tar med kjetting. Ella tar med kamera. Jeg
tar med saksen.

*

– Du må vel legge deg snart? Når begynner du på skolen
i morgen?

– Jeg begynner ikke før til annen time, svarte Julia.
Jenna sa ikke mer. Hun kunne ikke tenke seg noe bedre
enn å sitte i sofaen med datteren sin ved siden av seg,
hjemme i huset på Vålerenga, med store tekopper, med
tente telys på et av morens gamle keramikkfat og med
adventsstaken på sin faste plass på tv-benken. Det var
akkurat som om Julia var blitt mer moden etter hendelsen
med Herman Høstmark. Nå satt de her, som to voksne
kvinner og småpratet. Men hun var ikke blitt mer huslig
og organisert av seg. Julias rom var fremdeles et kata-
strofeområde, hun vasket aldri stekeovnen selv om hun
sølte av lasagnen eller pizzaen, hun forlot badet uten å
henge opp håndklær eller tørke av gulvet, tynne plast-
hylstre fra tamponger lå strødd på gulvet. Jenna lente
seg mot datteren, snuste på huden hennes i nærheten av
øret, kysset henne på kinnet før hun rettet seg opp igjen.
Ingen skjenneprekener nå. De fikk vente. De hjalp jo heller
ikke.

Før hadde Jenna sittet ved siden av Johanna, med
musikk lavt på, verandadøren på vidt gap om sommeren,
tente lys (på det samme fatet) vinterstid.

Jenna hadde vært nede og sett at alt var bra med moren.
Hun hadde holdt på hele dagen med noe hun hviskende
hadde betrodd Jenna var en storstilt aksjon som skulle
«hjelpe dere å gjennomføre hevnen overfor den onde kei-

414

seren». Jenna hadde nikket og smilt som man nikker og smiler til små barn som snakker ivrig om sine fantasivenner. På vei opp trappen hadde det slått henne at det var pussig at moren skulle si dette med keiser, så satte hun på tevannet, ropte på Julia og tenkte ikke mer på det moren hadde sagt.

*

Denne gangen var det et stille alvor over dem helt fra de møttes. De hadde gått langt med Herman Høstmark, men de skulle gå mye lenger med Celestes forfølger. Nå fikk det bære eller briste.

I villa- og rekkehusstrøket ute i Bærum hersket det julestemning. Snøen la seg på trærne. På mange av dørene hang det allerede kranser av granbar med blanke kuler og nisser i midten, og i flere av hagene var det trær dekorert med julelys. De gikk ved siden av hverandre, sakte, men foreløpig målrettet, mot huset hans. Snøen dempet alle lyder, skrittene deres hørtes ikke, som om de beveget seg i vatt.

– Hvor mange ganger har vi vært på oppdrag? spurte Jenna, mest for å si noe, for å fylle stillheten.

– Er det ikke fem ganger nå? sa Ella.

– Jo. Fem. Jon D. Ommundsen, Dag Martin Martinsen, Karl Hebbern, Edmund Benewitz-Nielsen, Herman Høstmark, ramset Frøydis opp. – Fem.

– Og drinken til eiendomsmegleren, sa Jenna muntert, men ingen kommenterte det hun sa. Hun ble ignorert av dem, men hun tok det ikke som en maktdemonstrasjon; hun forstod altfor godt hvorfor ingen svarte: Alle var redselslagne, og da glemmer man vennlighet og høflighet. Og Jenna selv fulgte heller ikke opp.

– I dag er det Cato Mathiassen. Dette er annerledes, fastslo Ella saklig. Hun hadde stoppet opp, stod i mørket, utenfor rekkevidden til lyset fra nærmeste lyktestolpe. De var nå så nær målet at de kunne se huset hans.

– Han er farlig, sa Celeste, og det var ingenting igjen av hennes vanlige, selvsikre fremtoning. Stemmen var fremmed, lav og uvillig, som om hun tvang seg selv til å snakke.

De stod tett inntil hverandre nå, presset seg sammen. Som en flokk morløse valper, tenkte Ella, vettskremte, pistrende. Hun visste ikke hvorfor hun tenkte på valper, kanskje var det fløyelskappene som minnet henne om blank, sort labradorpels. Fire klossete, uutvokste eksemplarer av *Canis lupus familiaris*. Ella trakk pusten dypt og skjelvende. Nå går vi for langt, dette er for farlig, og inni henne svarte stemmen som et ekko: Ja, Ella Blom, du har for én gangs skyld rett. Nå går dere for langt. Dette er for farlig. Men de skulle gjennomføre dette: *Audére est fácere.*

Frøydis la hånden på Jennas arm under det vide ermet på kappen. Først da hånden hennes kom i kontakt med Jennas kjølige hud, kjente Frøydis hvor klam hennes egen håndflate var. Hun gav Jenna et kort, oppmuntrende knip, som var ment like mye for henne selv som for Jenna. Så sjekket hun, forsiktig, at sprøyten lå der den skulle i sidelommen på vesken, tok den opp og holdt den klar i hånden. Det var selvsagt Celeste som hadde ordnet både med selve sprøyten og med innholdet i den. (Vi må ha noe sterkt, hadde Frøydis sagt, noe som umiddelbart slår ham ut.)

Nå så Celeste på sprøyten i den høyre hånden til Frøydis. Det var den samme type sprøyte som de hadde brukt for å injisere nøttesjokoladene. Tanken på skirennet gav henne styrke til å si:

– Vi går ... nå.

– Husk at han fortjener det, sa Ella, men det hørtes for formelmessig ut til å ha noen trøstende effekt.

– Det ... gjør ... han, svarte Celeste. Ordene kom støtvis. Det var tydelig at hun forsøkte å ta seg sammen. Frøydis var svimmel av redsel, og hun så med bekymring på Celestes hvite, stramme ansikt. Hvordan skulle de klare dette? Cato Mathiassen var en høy og veltrent mann, og de visste altfor godt hva han var i stand til.

De begynte å bevege seg mot inngangsdøren. Cato Mathiassen bodde i et atriumhus i en stille stikkvei. Inngangspartiet var imponerende, en høy dobbeltdør i eik med en messingdørbanker formet som et løvehode og et blyglassvindu øverst, men selve huset var ganske beskjedent – det siste huset i en rekke av åtte. Husene var like, men dørene var forskjellige. Huset ved siden av Cato Mathiassens hadde en enkel, rødmalt dør. Ingen av de andre husene hadde tilnærmelsesvis så stor dør som den Cato Mathiassen hadde på sitt hus.

– Hadde jeg vært psykolog, kunne jeg nok gitt en analyse av det dørvalget der, sa Ella.

– Skal vi bare sette i gang? spurte Jenna. De hadde forsikret seg om at Cato Mathiassen var alene i huset sitt.

– Er du klar? spurte Frøydis.

Ella nikket til dem. Nei, de så overhodet ikke ut som klumsete valper. De så ut som mynder. Sorte, statelige hunder med blank pels. At sorte mynder muligens ikke

417

finnes, og at en langbent, smekker mynde antagelig var den hunderasen som aller minst minnet om Frøydis, lot hun seg ikke affisere av.

De andre tre smatt rundt hushjørnet. Ella tok av seg hetten og lot den henge nedover ryggen, så knyttet hun et turkis skjerf rundt halsen. De var blitt enige om at uten hette og med det fargesterke skjerfet som distraksjons-faktor ville aldri en mann synes at det var et påfallende antrekk, i hvert fall ikke i halvmørke, ved første øyekast. (– Må vi ha på oss de kappene, da? hadde Ella spurt. – Klart vi må det! hadde Jenna svart.) Ella bet seg i leppene for å gi dem farge, angret et øyeblikk på at hun ikke hadde tatt på et nytt lag leppestift, hun måtte for all del ikke se fargeløs og nervøs ut. Hun trakk pusten dypt, kjente hvordan hun ikke klarte å kontrollere åndedrettet, hun kjente at hun skalv, at den iskalde desemberluften rykk-vis ble trukket ned i lungene. I tinningen og på siden av halsen hennes presset blodet seg gjennom årene, raskere og raskere. Hun lukket øynene, konsentrerte seg, så for seg akkurat hva hun skulle si, hva han skulle svare, hvilke bevegelser hun skulle gjøre. Hun forsøkte å forestille seg hvordan han ville reagere, på hvilken måte han ville gå til angrep. For det ville han utvilsomt når han oppdaget at hun ikke var den hun gav seg ut for å være, og at hun ikke var alene. Hun trakk pusten igjen, like dypt, brystet hevet seg, hun fylte lungene så det gjorde vondt, slapp luften ut gjennom munnen. Hun var roligere nå. Hun var klar. Hun så fra dørbankeren til ringeknappen, satte fingeren på ringeknappen og trykket. Det tok bare noen sekunder før den ene delen av dobbeltdøren ble åpnet.

Han så akkurat ut som på bildene i avisen, en pen mann, med milde, forstandige øyne og et fredsommelig ansiktsuttrykk. Men han var mye større enn Ella hadde trodd, selv om Celeste hadde forberedt dem på det. Nittifem kilo, hadde hun anslått vekten hans til. Cato Mathiassen fylte nesten sin egen enorme døråpning. Ella smilte opp mot ham, konsentrerte seg om å se kvinnelig og hjelpeløs ut.

– Hei, sa hun mykt. – Jeg heter Nora, og jeg er en av naboene dine.

– Hei, sa Cato Mathiassen. Han så høflig avventende ut.

– Jeg håper du kan hjelpe meg, sa Ella, la hodet på skrå og så bedende opp på ham.

– Ja?

– Men aller først, brøt Ella ham av før han fikk sagt noe mer, – så må jeg bare si at jeg er en stor beundrer av deg. Jeg leser alltid spalten din.

– Takk, sa Cato Mathiassen og kikket kledelig beskjedent ned på føttene sine. – Det var pent sagt av deg.

– Jeg kjøper faktisk avisen hver lørdag bare på grunn av spalten din.

– Nå ble jeg glad. Tusen takk.

– Det gjelder ... huff, det er litt pinlig å bry deg med dette, begynte Ella, og i ett kort sekund spilte hun ikke. Hun *mente* det hun sa, hun beundret ham, ville ha hjelp fra ham, snakke mer med ham. Han var riktig sympatisk, og hun husket alle de skarpsindige og klartenkte rådene han pleide å komme med i spalten.

– Kom igjen, sa han vennlig. – Jeg er lutter øre.

– Jo, du skjønner. Det er en katt som har skadet seg, rett bak huset ditt.

– Hva! utbrøt Cato Mathiassen forskrekket.

419

Ella hadde vært skeptisk til å bruke dette kattetrikset; hun syntes det virket så usannsynlig at han ville gå på det. Hun hadde tenkt på hvordan Peter ville ha reagert, og hun hadde mistenkt ham for bare å ha trukket på skuldrene hvis det hadde kommet en fremmed dame og begynt å bable om en kvestet katt. Med mindre den damen hadde vært oppsiktsvekkende vakker, da. Som Celeste. Men på Cato Mathiassen fungerte uttalelsen om katten, han reagerte umiddelbart. Stakkars katt, sa han, og han virket genuint bekymret. Han bøyde seg – ryggen hans var nesten like bred som dørbladet – og kippet på seg skoene, og i neste øyeblikk stod han ute på trammen sammen med Ella. Celeste hadde hatt rett. Han elsker katter, sa hun, dessuten vil han gjøre inntrykk på deg. På meg? sa Ella. På alle, sa Celeste. Og hvis han i tillegg vet at du vet hvem han er, føler han seg forpliktet til å leve opp til sitt eget image, den hjelpsomme og uegennyttige mannen.

Ideen om den skadede katten hadde tiltalt Frøydis umiddelbart: Det er en vakker hevnsymbolikk i det, hevdet hun. Det er jo et klassisk triks som pedofile menn til alle tider har benyttet seg av. Godt poeng, sa Jenna. Jeg driter i symbolikken, sa Celeste, men det kommer til å funke.

– Hvor er den? sa Cato Mathiassen.
– Rett rundt hjørnet her, sa Ella. – Kom.

Alt gikk etter planen. Ella og Jenna holdt ham. Celeste skjøv opp skjorteermet. Frøydis stakk. Hun traff en overfladisk vene ved første forsøk, det hele var over i løpet av sekunder. Han segnet om. Det var først da han lå på bakken foran dem – muskuløs, 194 høy – at de innså at

420

det antagelig hadde vært mer sannsynlig at det hadde gått galt enn at de hadde fått det til.

Å flytte en så stor, livløs kropp er en nesten umulig oppgave selv om de var fire, og selv om de på forhånd hadde plassert en trillebår under en busk. De klarte til slutt å manøvrere ham opp i trillebåren; hodet hans dinglet mot brystet, bena slepte i bakken, armene lempet de opp i trillebåren og danderte langs sidene. Så kjørte de, baklengs, drog trillebåren etter seg. Frøydis og Jenna ved hvert sitt håndtak, Celeste på den ene siden, Ella bakerst som en hviskende cox: Til høyre nå, forsiktig nå!

Inne i huset tippet de trillebåren, veltet ham ut, som om han var et lass med ved. De lot ham ligge i vindfanget, hodet hans lå halvveis under en høybent kommode, den ene foten lå ut mot utgangsdøren, så Jenna måtte bøye kneet hans og sette benet opp i vinkel for å klare å lukke igjen døren. Han så ut som om han hadde sovnet så raskt at han ikke hadde rukket å få lagt den store kroppen sin i en bekvem stilling. Ansiktet hans var fredelig, om munnen hadde han fremdeles et lite smil, det samme lett forbausede smilet han hadde hatt da han hadde rundet hjørnet og i stedet for en stakkars katt hadde møtt en hel liten flokk med sortkledde mennesker. Hjernen hans hadde klart å registrere det, gitt musklene i kinnene beskjed om å smile før han i neste øyeblikk mistet bevisstheten.

Celeste stod inntil veggen og pustet tungt. Det hadde vært slitsomt å flytte ham, men utmattelsen skyldtes enda mer redsel enn fysisk overanstrengelse. Hun lot seg gli ned med ryggen langs veggen til hælene hennes møtte den øverste delen av lårene. Hun satt sånn, på huk, lente seg fremover, la hodet i hendene. To bilder steg opp fra et sted i hjernen hennes, to tydelige, men melkebleke bilder: Det

421

ene var Sebbe, øynene hans, fingrene som slo takten til en ABBA-sang, det andre var kjolen hennes, den tynne kjolen som hadde ligget i søplebøtten, blant sammenkrøllet papir, eggeskall og en utpresset kaviartube. Disse to bildene så hun vekselvis, av og til samtidig som i en dobbelteksponering. De gled over i hverandre, blandet seg, skilte seg igjen i langsomme bevegelser, som om hun befant seg i blakket vann. Eller drømte. Men jeg er våken, forsikret hun seg selv. Jeg sitter her i hans hus, og jeg er våken.

– Ifølge Celestes beregninger er det minst en time til han våkner, hvisket Frøydis. Hun kom tilbake etter å ha vært på en kort inspeksjonsrunde i huset, slik hun var blitt enig med fru Næss om at hun skulle.

– Men skal vi ikke likevel ... for sikkerhets skyld? spurte Ella. Frøydis kastet et blikk bort på den store mannen og nikket:

– Jo, vi tar ingen sjanser. Han vil jo ikke være særlig vennlig innstilt når han kommer til bevissthet.

– Celeste, hvordan går det? hvisket Jenna. Celeste svarte ikke, hun satt med hodet skjult i hendene. Den lange tuppen på hetten hadde vippet over hodet hennes og lå utover gulvet som en sort slange.

Fra Cato Mathiassen kom det en lav brumming. Frøydis stivnet. Den kjølige beherskelsen hennes var bare en skjør hinne over angsten, og nå hadde lyden fra nede i Cato Mathiassens hals fått hinnen til å slå sprekker. Hun stod helt stille, rørte ikke en muskel. Det var en type redsel hun var uvant med, men som hun likevel umiddelbart gjenkjente: Hun var redd for å bli skadet, redd for å dø, redd for å bli spist. Hun hadde aldri før kjent så sterkt på hva det betyr å ha en svak kvinnekropp, å være fysisk underlegen.

Hun bebodde en kropp uten kraft og styrke, en kropp en hvilken som helst mann kunne knuse med bare nevene.

– Hva skal vi gjøre med Celeste? spurte Jenna og tok forsiktig borti Frøydis.

– Bare la henne være, svarte hun. Så pekte hun på Cato Mathiassen. – Tror dere vi klarer å trekke ham med oss inn stuen?

Som vanlig verket Frøydis' føtter. Hun tok seg tid til å sette de høyhælte støvlettene sine pent ved siden av hverandre før hun vendte seg mot de andre og Cato Mathiassens kropp. Hun kjente seg absurd liten ved siden av det langstrakte legemet, men hun grep resolutt den ene overarmen hans (hånden hennes skalv, men hun overså det), mens Jenna tok tak rundt den andre. Ella holdt hodet for at det ikke skulle skades når de drog ham fra gangen og inn i stuen. Ansiktet med det lille, høflige smilet var bare noen desimeter unna Ellas. De bukserte ham til det stedet Frøydis hadde plukket ut bak sofaen, uten innsyn fra veien utenfor. Jenna og Ella lette frem teiprullene. Frøydis var roligere nå; hun gikk en kjapp tur bort til det vinduet som hun og fru Næss hadde døpt «vindu y». Hun stilte seg tett inntil ruten, og der, på den avtalte vaktposten stod fru Næss. Frøydis gjorde det tegnet som betydde «alt går foreløpig etter planen». Det var betryggende å ha henne der ute i mørket, med mobiltelefon og et førstehjelpsskrin med SAS-logo på. Frøydis skulle signalisere til henne to ganger til før hun forlot dem.

De hadde lagt ham på ryggen. Det første de gjorde, var å surre metervis med sølvfarget, tykk teip rundt ankler og håndledd. De lenket ham fast til sofaen og peisstolpen med kjettingen de hadde brukt på sykehjemmet. De sammensurrede hendene festet de i kjettingen. Jenna smekket igjen

423

hengelåsen. (– Tar du vare på nøkkelen, Frøydis? – Klart det, det er jo nesten en tradisjon.) Til slutt ble munnen hans ettertrykkelig forseglet, men nesen var fri og tillot ham å puste.

Først en stund etter at de hadde gjort unna dette, la Jenna merke til at det stod på musikk, en lav, behagelig melodi smøg seg rundt i rommet. Det var en pen stue, tunge, gammeldagse møbler, store bilder, dyr og borgerlig smak. Ella var gått ut til Celeste, som fremdeles var i gangen. Frøydis stod borte ved bokhyllen og bladde i en mappe som hadde ligget oppå bøkene, en slitt, grønn mappe med strikk rundt, som bar preg av å ha vært mye brukt.

– Herregud, sa hun plutselig halvhøyt.

– Hva er det?

– Kom og se.

Jenna gikk bort til Frøydis, bøyde seg ned og kikket over skulderen hennes: Inni mappen lå det bilder, ikke så mange, kanskje et dusin. Alle bildene var av kvinner. Noen var i farger, andre i svarthvitt, i ulike størrelser og formater. Det var noen profesjonelle portretter tatt hos fotograf, det var amatørbilder tatt på restaurant, på skogstur. Fire–fem av dem så ut til å være tatt uten at den avbildede kvinnen visste det; fotografiene var kornede og uskarpe, og kvinnene stod i rare positurer eller var midt i en bevegelse. De var ubehagelig intime å se på. Frøydis la dem nederst, skjøv dem bort. Et av portrettene var av en kvinne med lyse krøller og et uvanlig stort smil. En annen var liten og sped, med et langt perlekjede om halsen. Midt i bunken av de ukjente kvinnene smilte Celeste mot dem fra et ganske stort bilde, øynene hennes var intenst lyseblå, hun var annerledes på håret og kanskje litt rundere rundt kjakene.

– Og det er kona, sa Jenna lavt og tok opp et annet fotografi. – Eller altså ekskona, da. Jeg kjenner henne igjen fra avisene. Jeg regner med at en av de andre er venninnen til kollegaen til Celeste.

– Hvorfor har han dem? Hva tror du han gjør med dem?

– Han sitter og nyter synet av dem, sa Jenna bestemt. – Han ser på ett og ett bilde, tenker på hva han har gjort, lukker øynene og hører skrikene deres, lukten av blod og redsel.

– Tror du det?

– Ja, svarte Jenna. – Jeg vet det. Og det skal han aldri mer gjøre. Jeg legger mappen i vesken, og jeg brenner bildene når jeg kommer hjem.

– Og Celeste?

– Vi sier ingenting til henne, sa Jenna og drog igjen glidelåsen på håndvesken sin. Ja, Celeste skulle slippe å vite dette.

Celeste hadde reist seg, hun stod nå i døråpningen til entreen og kikket inn i den halvmørke stuen. Ella stod ved siden av henne, med armen rundt skulderen hennes. Kanskje hjalp det å se Cato Mathiassen forsvarlig teipet sammen, lenket fast til den solide støpejernsstolpen i peisen? Celeste smilte iallfall og hviskeropte inn til dem:

– Damer, dere ser aldeles sinnssyke ut i de kappene deres.

– I lige måde! hvisket Jenna tilbake.

– Hvorfor hvisker vi? hvisket Frøydis. Ella lo lavt. Frøydis reiste seg, snublet i en av lenkene, som slo mot

425

peisstolpen og lagde en gjennomtrengende klirring. Alle fire brøt ut i hysterisk fnising.

Celeste gikk sakte over gulvet, mot stedet der han lå fastlenket. Hun stoppet en halvmeter fra ham, rørte ikke føttene, men strakte hode og overkropp fremover og litt ned, studerte ham nøye. Det var ikke andre lys tent enn en leselampe ved lenestolen i hjørnet, et pledd lå krøllet sammen på gulvet foran stolen og et halvtømt vinglass stod på et lite bord like ved. Antagelig hadde Cato Mathiassen sittet og lyttet til musikken, med pleddet rundt seg og vinen innen rekkevidde.

Det var så mørkt i rommet at hun ikke så ham tydelig, men mens hun stod slik, bøyd over ham, ble ansiktstrekkene hans mer uklare, de fløt i hverandre. Han steg opp mot henne, reiste seg i all sin velde, løftet hånden. Hun klynket. Hva? sa Frøydis. Ingenting, sa Celeste. Hun rettet seg opp, rygget noen skritt, ikke tenke, ikke tenke. Hun kjente at hun roet seg, ble stående og se seg om. Rommet var nøyaktig slik hun husket det. Det var en nokså liten stue, den kunne virke nesten trang, for den var dominert av et blankt flygel. Hun husket de store maleriene, der var det med alle blånyansene, der var det gåtefulle av noe som kunne se ut som en tiger, hun hadde ligget og stirret på det en gang han hadde slått til henne så hun hadde falt.

Cato Mathiassen hadde en velfylt bokhylle, hun kjente igjen flere av ryggene. Høye stabler med notehefter lå på et sidebord. På den ene kortveggen var CD-samlingen hans og alle de gamle LP-platene han alltid var så redd for. På veggen bak flygelet hang det en fiolin; han hadde ikke spilt på den som voksen, han hadde fortalt henne at faren tvang ham til å øve.

Der rører han seg, kjettingen synger mot parketten, så

426

er det igjen stille, øynene hans er lukket. Hun ser for første gang på flere år hvor vakker han er. Et kort øyeblikk er det medfølelse Celeste kjenner.

Så tar hun seg sammen:

– Calvados, damer?

De satt alle fire i Cato Mathiassens sofa, sendte lommeler-ken frem og tilbake. Han rørte seg igjen. Celeste sjekket armbåndsuret sitt:

– Jeg tror han er i ferd med å våkne. Litt før tiden. Kanskje han veier noen kilo mer enn jeg doserte ut fra.

Frøydis rotet rundt i bagen sin og tok ut en pose med frosne grønne erter, godt innpakket og isolert i avispapir. Hun la den, slik de hadde planlagt, på pannen hans, for å påskynde oppvåkningen ytterligere.

– Frosne erter, du, sa Jenna. – Det var originalt. Jeg trodde du skulle ta med vanlige isbiter.

– Det virker, sa Frøydis.

– Skal jeg sette den i? spurte Ella. Frøydis nikket. Ella strakte ut hånden og fikk en skinnende CD fra Celeste. Ella gikk bort til stereoanlegget, åpnet CD-spilleren og la den sølvfargede platen på plass, trykket play og økte volumet.

De hadde valgt Haydns trompetkonsert. Et vakkert stykke fra klassisismen, der tonene fulgte på hverandre i logiske harmonier. Celeste hadde gitt Sebastian i opp-drag å manipulere musikken slik at i noen av akkordene var en av tonene et kvart tonetrinn feil. De opprinnelige tonene fulgte på, og så med uforutsigbare mellomrom skled en tone ut og skapte dissonans. Selv for Celeste, som var mindre enn gjennomsnittlig musikalsk, var det svært ubehagelig å høre på.

– Grusomt, sa Celeste fornøyd.

– Han har gjort en god jobb, sønnen din, sa Jenna. Celeste smilte takknemlig til henne.

– Nero vil lide. Og det kommer til å bli verre og verre for ham, sa Frøydis. – De disharmoniske partiene kommer igjen og igjen.

– Ubønnhørlig som fødselsveer, smilte Ella.

De gikk ut på kjøkkenet og lukket døren etter seg.

– Skal vi ta resten av den vinen her? spurte Jenna. Hun hadde funnet en åpnet flaske, som det bare var tatt litt av.

– Få se?

Ella leste halvhøyt fra etiketten:

– *Denominazione di origine controllata. Negrar. Verona.* 1997. Italiensk, fastslo hun. – Valpolicella.

– Dyr? sa Celeste. Ella nikket.

Frøydis hadde åpnet kjøleskapet hans og romsterte der inne:

– Noen som har lyst på litt foie gras ved siden av vinen?

Han kviknet gradvis til. Mens han ennå var bevisstløs, og bare kroppen hans hadde begynt oppvåkningsprosessen, registrerte hjernen musikken. Det rykket i en muskel øverst i kinnet hans hver gang en av de disharmoniske tonene kom. Nå hadde han åpnet øynene, sett seg rundt i rommet og brukt noen sekunder på å fatte hvor han var, alt føltes så underlig fremmed. Men han lå i sin egen stue, der var sofaryggen, der var peisen, bokhyllen, flygelet hans, musikksamlingen. På bordet stod en vase med hvite, slanke liljer, han hadde kjøpt dem for noen timer siden, på vei hjem fra kontoret – han så toppen av dem over sofaen. Haydns trompetkonsert stod på, altfor høyt. Han kjente igjen stykket, men av en eller annen grunn var det noe uhyggelig med det. Så hørte han det: Det var noe

galt med musikken, med CD-en, eller kanskje med spille-
ren. Han gjorde en ufrivillig grimase: Det var skjærende
ubehagelig å høre på. Han fikk bare la være å lytte. Den
enkleste sak i verden.

Han var kald i pannen. Det strammet rundt munnpar-
tiet hans, og det gikk opp for ham at han var kneblet,
sekundet etter skjønte han at han var tjoret fast med kjet-
ting til sin egen peis. Han forsøkte å reise seg, men han var
festet så tett til sofaen at det ikke var mulig. Og hele tiden
ble den grusomme musikken spilt. Det samme stykket, et
av hans favorittstykker, men med noen falske toner inni-
mellom. Han besluttet seg igjen for å sjalte lyden ut. Han
hadde en sterk vilje. Det måtte være mulig. Han hadde
vondt i hele seg og en lindrende ispose på pannen. Han
krympet seg, for nå skjønte han at det bygget opp til en
ny dissonans. Han vred på hodet, isposen deiset ned, han
prøvde å presse ørene ned i gulvet, lukke dem igjen, men
de var åpne som to trakter. Der, der. Han er en bitte liten
gutt med fiolin. Faren står over ham.

Han ville tenke på noe annet. Det eneste naturlige å
tenke på: Hvem hadde gjort dette mot ham? Innbrudds-
tyver? Var de i huset nå? Han sjekket igjen, for å forsikre
seg om at han ikke hadde sett syner, men jo, alt var på
plass: maleriene, CD-spilleren (dessverre, og der kom den
skjærende tonen igjen – det var uutholdelig), de store
sølvlysestakene på peishyllen. Han begynte å vente på
tonen, grue seg til den kom. Og der kom den. Han vred
seg på gulvet. Kjettingen gnuret inn i ryggmusklene, men
det gjorde bare godt å ha en fysisk smerte å konsentrere
seg om. Så slo det ham: Noen måtte ha fikset musikken.
Den inneholdt de frykteligste disharmonier, men det var
nokså subtilt gjort, hærverket var åpenbart utført av en

dyktig person. Nå måtte han konsentrere seg. Var det en som het Nora? En pen, ukjent kvinne som hadde ... Der kom den, den satte seg fast i øregangen, stod og vibrerte og forlenget pinen før musikken fortsatte som før, men han visste at det kom tilbake, snart, snart. Som å vente på et nytt slag.

Hva var det med katten? En katt, en skadet katt? Han prøvde å se for seg den skadede katten, men fikk det ikke til, for nå nærmet det seg igjen, det bygget seg opp, som en høy bølge, som snart ville skylle innover ham med den forferdelige lyden, og der kom den. Der. Selv etter at den var borte, satt den igjen i ørene hans som en veps.

Han prøvde å skrike for å overdøve musikken, men det kom ingen lyder ut gjennom teipen. Han dunket skoene i gulvet, men føttene var merkelig kraftløse. Han visste ikke hvor lenge han hadde ligget sånn, påført seg selv smerte fra kjettingen for å ta oppmerksomheten bort fra det mis-handlede musikkstykket, som ble spilt igjen og igjen, og det føltes som om avstanden mellom de djevelske tonene ble kortere og kortere. Midt i pinen – han lå og ventet og hadde dundret hodet i gulvet, løftet det opp, sluppet det ned, mye hardere enn han burde, for å rømme unna – midt i dette, midt i musikken som fanden selv måtte ha komponert, hørte han latter. Og med ett husket han: Noen måtte ha bundet ham, lagt ham på gulvet, satt på musikken. Det hadde blitt borte for ham igjen. Han rakk å kjenne en mild overraskelse over at han hadde glemt noe som antagelig var vesentlig, men så nærmet tonen seg igjen. Han stålsatte seg, knep øynene igjen, strammet magemusklene, og der var den over.

Hvem lo? Noen var på kjøkkenet hans. Sofaryggen, se rett i sofaryggen, ikke bry deg om musikken, det er en helt vanlig sofarygg, med kornblomstblått ulltrekk. Tonen, tonen kommer. Far ruver som et fjell over ham. Cato Mathiassen løfter hodet så høyt han kan og hugger det ned i gulvet. Han kjenner ikke smerten. Ansiktet hans blir gråaktig, øynene buler ut, han krafser med begge hendene. Føttene i fornuftig, men elegant, fottøy skjelver, og overkroppen trekker seg sammen i kramper. Kjettingen klirrer. Han hører latter, langt borte fra, men det er ingen som hører de raske dunkene hodet hans lager idet det regelmessig treffer sofabena. Så glir han inn i et taust mørke.

Da Cato Mathiassen igjen våknet opp, stod det fire skikkelser rundt ham, alle hadde fotside, mørke kutter på seg, ansiktene deres var skjult. Det første han la merke til, var at rommet var stille, og han forsøkte å smile til dem gjennom teipen, som et tillitsfullt barn smiler til sine redningsmenn, for han var befridd fra musikken. Han lå urørlig og nøt stillheten før hodet hans igjen begynte å arbeide. Han var fanget. Det måtte være disse vesenene som hadde bundet ham, lenket ham fast, satt på CD-en. Hvem var de? Hva ville de? Det var åpenbart at de ville ham noe vondt. Men hva? Og hvorfor? Bena hans begynte å skjelve ukontrollert, og det kjentes som om han ikke fikk nok luft gjennom nesen, han løftet armene, som var teipet sammen rundt håndleddene og festet til kjettingen og forsøkte å nå opp til knebelen, men hendene datt bare hjelpeløst tilbake.

Den minste og tykkeste sa noe, stilte ham et spørsmål. Han oppfattet ikke ordene, meningen, men han skjønte at hun var en kvinne, og i det samme så han at de var kvinner alle sammen. Han forstod ikke at han ikke hadde sett det med én gang, han så det så tydelig nå, på holdningen deres, på hvor grasiøse bevegelsene til den høyeste av dem var, de smale, hvite håndleddene til en av de andre. De var bare kvinner. Lettelsen skyllet gjennom ham. Dette skulle han klare på en eller annen måte. Han skammet seg over å ha latt seg overrumple av kvinner. Nei, han skammet seg ikke først og fremst: Han ble forbannet. Det lille, fete damemennesket!

– Du liker musikk? hadde Frøydis spurt. Nå gjentok hun spørsmålet.

Cato Mathiassen så opp på henne.

– Svar!

Han nikket så vidt.

– Hvordan likte du musikken vår?

Han så kaldt på henne over gaffateipen.

– Du likte den, ja? sa Frøydis. – Det er godt å høre, for når vi går herfra, setter vi på den CD-en igjen. På replay. Er ikke det fint?

Han stirret på henne.

– Er ikke det fint, spurte jeg?

Han vred irritert kroppen før han nikket.

– Bra, sa Frøydis, – da er vi enige. Jeg har hørt at du liker å spille piano, stemmer det?

Mannen nikket igjen.

– Hadde du syntes det var trist hvis du ikke kunne spille piano mer?

Mannen så på henne. Ella så at neseborene hans utvidet seg. Han var sint. Han var ikke redd, han var sint. Ella syntes også det så ut som om han hadde forakt i blikket når han så på Frøydis, men sikker var hun ikke.

– Jeg stilte deg et spørsmål, sa Frøydis. Stemmen hennes

432

var lav og intens. Ella og Jenna vekslet blikk. Jo, Frøydis klarte seg utmerket.

Mannen nikket. Øynene hans gikk fra Frøydis og til de andre kvinnene. Han så lenge på Celeste, deretter på Jenna og til slutt på Ella. De hadde dekket ansiktene sine med skjerf i tillegg til at de selvsagt hadde på seg kappene, så ingen av dem kunne gjenkjennes, Ella visste det. Likevel knøt magen seg sammen da det var henne han festet blikket på.

– Nå skal vi leke en lek, sa Frøydis. – Du er psykolog, ikke sant? Eller du liker vel helst å bli kalt psykologspesialist, eller hva? Jeg har hørt at du er opptatt av den tittelen.

Mannen så på henne. Nå var øynene hans mer rådville enn sinte. Det var som om han forsøkte å forstå hva hun ville, hvem hun var, men måtte gi opp.

– Hva ville du, som fagperson, vurdere som verst: Å slå et annet menneske eller å måtte høre en smule på disharmonisk musikk? Hva? Svar!

Øynene hans sladret om at han nå gikk fra sinne til uro, kanskje til og med frykt. Han rørte rastløst på seg. Hittil kunne han ha trodd at dette var en gjeng innbruddstyver, eksentriske, men likevel på jakt etter verdisakene hans, ikke annet. Selvfølgelig burde den manipulerte CD-en ha vært en klar nok pekepinn, men han hadde likevel hatt et håp. Nå visste han at angrepet var rettet mot ham personlig, at de var ute etter hevn, hevn for noe han hadde gjort en eller flere av dem. Hvem kunne det være? I et skimt så han for seg ansiktet hennes, den lyse hestehalen, perlekjedet rundt halsen, så ble hun borte. Nei, det var ikke mulig. Hun var altfor svak, altfor redd. Hun ville aldri noensinne tørre å gjøre noe mot ham.

– Svar! ropte Frøydis og sparket til sofaen. Hun hadde tatt på seg støvlettene igjen, for å få autoritet i form av ekstra centimeter og for å gi kraft til det planlagte sparket.

– Du må gi ham to alternativer i form av et ja-/nei-spørsmål, sa Ella. Det var det første hun hadde sagt. Cato Mathiassen festet blikket på henne, stemmen hennes og innholdet i det hun sa, virket fornuftig. Frøydis så et øyeblikk oppriktig forvirret på henne, på Ellas gråblå rolige øyne som var alt som var synlig av ansiktet hennes, så skjønte hun hva Ella mente, og sa med like lav og behagelig stemme som den Ella hadde brukt:

– Er det verste å høre på denne musikken?

Mannen ristet fort på hodet.

– Så det verste er å bli slått?

Mannen nikket flere ganger, ivrig etter å vise at han visste at de hadde helt rett, at han angret på alle sine synder.

– Skal vi ta av ham teipen? spurte Ella lavt. – Så kan vi høre hva han har å si?

– Nei! ropte Frøydis. Cato Mathiassen skvatt til. Og selv om de tre andre visste at Frøydis skulle rope, skvatt de også.

Frøydis så på ham og sjekket deretter klokken sin.

– Jeg skal bare …, sa hun ubestemt, gikk raskt bort til vinduet. Ella og Jenna så forbauset etter henne.

Frøydis kunne ikke se noen der ute nå, men hun visste at hun stod der, og den vissheten gjorde Frøydis rolig. Hun løftet venstre hånd med tommelen i været og nikket ut i mørket. Alt i orden, de var halvveis i punkt syv allerede. De hadde nådd det fru Næss hadde kalt point of no return på den kronologiske listen. (Hun hadde fortalt at det opprinnelig var et uttrykk fra luftfart, det punktet på en rute der flyet ikke har drivstoff nok til å snu, og man dermed ikke lenger har noe valg: Man må fortsette som planlagt.) Så gikk hun tilbake til de andre.

– Har du slått noen? spurte Frøydis.

Mannen nølte et øyeblikk, men så nikket han.

– Så det har du, sa Ella med trykk på hvert ord. – Skjønner du hva du gjør når du slår noen? Særlig noen som er svakere enn deg?

Han nikket.

– Han er bare redd, sa Jenna plutselig.

– Han forstår ikke en skit, sa Frøydis. – Han angrer ikke.

Cato Mathiassen så bønnfallende på henne, appellerte til Jenna og Ella, som begge virket roligere og mer mottagelig for fornuft enn den korte, tykke skikkelsen som nettopp hadde ropt og sparket.

– Ny oppgave, sa Frøydis iskaldt. – Er du klar?

Mannen nikket.

– Hva er verst: Å skremme et menneske ved å sende trusselbrev, å holde vedkommende under oppsikt eller aldri å kunne spille piano mer?

– Omformuler, sa Ella.

– Hva er verst? Å skremme et menneske? spurte Frøydis.

Han nikket.

– Aldri å spille piano mer?

Han nikket.

– Nå blir jeg forvirret, sa Frøydis sakte og lente seg frem mot mannen. Selv om de var fire, og selv om han var fastbundet og forsvarlig teipet, kjente hun redselen fra i sted, hun kjente musklene stivne og hjertet øke takten. Hun pustet rolig inn og enda saktere ut, visste at hun på den

435

måten kanskje kunne holde angsten skjult for ham. Hun møtte blikket hans. Hennes første innskytelse var å slå øynene ned eller se bort, men hun tvang seg til å fortsette å se på ham, og han stirret tilbake, kaldt og nedlatende. De så på hverandre i flere sekunder. Hovmodet hans gav henne styrke til å si:

– Jeg gjentar: Hva er verst: Å skremme et menneske? Å la et menneske gå rundt og være konstant redd?

Mannen nikket.

– Hva er verst, gjentok Frøydis: – Å ikke kunne spille piano mer?

Mannen så Frøydis inn i øynene og ristet på hodet.

– OK, sa Frøydis, – da er vi endelig enige. Vi vet at du liker å spille klaver for vakre kvinner. Det synes ikke vi at du bør gjøre flere ganger. Er det forstått? Forstått?

Mannen nikket igjen.

Delvis fordi de hadde regissert det slik, delvis fordi hun ikke maktet noe annet, hadde Celeste under hele seansen holdt seg i bakgrunnen og omhyggelig unngått øyekontakt med ham. Nå så hun ham med ett rett inn i øynene.

– Gi meg bagen, sa Celeste henvendt til Jenna uten å slippe blikket hans, og da Jenna nølte, ble stående uten å reagere, nesten ropte Celeste:

– Gi meg bagen!

Jenna knep munnen sammen, smilte likevel for seg selv og skjøv bagen mot henne med foten.

– Skal ikke *jeg* …, sa Frøydis. Celeste ristet på hodet.

– Vi ble jo enige om at …, sa Frøydis igjen. Celeste svarte ikke, bøyde seg, og uten å slippe ham med øynene ett eneste sekund, fant hun det hun søkte etter. Så dro hun hetten av hodet sitt, rev vekk skjerfet som hadde skjult ansiktet. Han så på henne.

– Takk for sist, sa Celeste, og hun sa det som om de møtte hverandre tilfeldig i et cocktailselskap, og alt var i den skjønneste orden mellom dem, intet vondt ord var noen gang falt, ingen skade skjedd. Hun ble stående sånn i flere sekunder, uten å si noe, uten å slippe ham med blikket. Inni seg applauderte de andre, ja, gav henne regelrett trampeklapp. Utmerket, Celeste!

Cato Mathiassen slapp heller ikke Celestes blikk, og øynene hans ble mildere og mildere, til slutt fyltes de av tårer. Han tok de sammenteipede hendene opp mot kneblingen og så bedende opp på henne. Celeste så hypnotisert ned i ansiktet under seg. Det rant en tåre fra det ene øyet hans og ned i tinningen.

– Skal vi fjerne teipen rundt munnen? spurte til slutt Jenna.
– Han kan jo uansett ikke gjøre oss noe.
   – Ja, kan vi ikke det? sa Ella.
   – Det hadde jo for så vidt vært interessant å høre hva den jævelen har å komme med, sa Frøydis hardt.
   – Hva sier du, Celeste? spurte Jenna.
   – Ja, sa Celeste. Uten å gjøre noe ut av det la hun saksen fra seg på bordet.
   Jenna huket seg ned, fant enden på teipen og begynte å vikle den av. Den siste runden, som satt direkte på huden, rev hun bort. Hun så fort fra de røde, såre merkene og opp på de andre kvinnene før hun så ham inn i øynene og sa, slik de var blitt enige om:
   – Hadde du noe du ville si, drittsekk?
   Cato Mathiassen vred munnen forsiktig fra side til side, så renset han stemmen:
   – Takk for at dere frigjorde meg fra den teipen.

– Vi regner med at du har noe mer interessant å komme med enn det der, sa Frøydis.

– Selvsagt. Jeg ville bare takke først. Og ellers si at det er fint å se deg igjen, Celeste.

– Jeg kan forsikre deg om at Celeste ikke synes det er fint å se deg igjen, sa Ella.

Cato Mathiassen smilte svakt. Han så nokså stakkarslig ut der han lå, fastlenket med sammenteipete hender, med røde merker og limrester i underansiktet.

– Jeg forstår det. Jeg har forstått mye i løpet av denne kvelden. Jeg forstår den redselen jeg har påført andre.

Celeste så ned, møtte ikke øynene til noen. Ella og Frøydis vekslet raske blikk. Jenna så på den såre huden rundt munnen hans og spurte seg selv om det var en liten mulighet for at han kunne snakke sant.

– Dette har kostet for dere. Jeg ser jo at dere er damer som vanligvis ikke gjør sånt som dette. God idé med den katten forresten, ... eh Nora, sa han og blunket til Ella.

Ella så på ham. Det var ikke vanskelig å forstå hvorfor kvinner villig lot seg forføre av ham.

– Tro meg, gjentok han. – Jeg fortjente dette og mye verre ting. Dere har gitt meg en oppvekker.

– Det er bra, sa Frøydis. – Du har i det minste rett i at du fortjener mye verre behandling enn den vi har gitt deg.

– Ja, sa Jenna. – Det du har gjort mot Celeste, og mot andre kvinner, er utilgivelig.

– Og vi er ikke ferdig med deg ennå, sa Frøydis. – Hent den, Celeste.

Celeste rygget, så snudde hun seg og plukket opp saksen fra bordet. Hun lot den henge i én av håndtakringene, ytterst mellom pekefinger og tommel, et stykke fra kroppen sin. Uten et ord gav hun den til Frøydis. Frøydis viste Cato Mathiassen saksen, holdt den opp foran ham. Heller ikke Frøydis sa noe, lot bare saksen dingle over ansiktet hans.

– Jeg har sett den, sa han og smilte forsiktig.

Frøydis la igjen saksen fra seg på stuebordet, den lagde et smell da metallbladene traff glassplaten.

– Så du trengte bare noen som åpnet øynene dine? spurte hun. Cato Mathiassen nikket:

– Jeg trengte å kjenne redselen selv.

De fire kvinnene så på hverandre. Jenna smilte. Hun hadde øyeblikkelig visst at det var noe kjent med den setningen, men det tok noen sekunder før hun skjønte at den var hentet direkte ut fra *Kjærlighetens instrumenter*. Frøydis nikket:

– Det er veldig bra, sa hun lavt. – Veldig bra, Cato Mathiassen.

– Celeste, eeh … Nora, dere to andre, jeg kan ikke lenger kjenne fingrene mine. Jeg er redd blodomløpet er helt stoppet opp.

Han beveget forsiktig på fingrene sine.

– Huff da, sa Jenna, og det hørtes ut som om hun følte med ham.

– Jeg vet jeg fortjener å lide, men dette gjør fryktelig vondt. Kunne jeg be om at dere løsner litt på den teipen, bare litt?

De så på hverandre, skakket på hodet, hevet øyenbrynene spørrende, nikket, som om de i taushet rådførte seg med hverandre. Så smilte alle fire.

– Selvsagt, sa Frøydis, beredvillig og elskverdig. Jenna satte seg ned på knærne ved siden av ham. De andre kvinnene stod rundt og betraktet dem. Nølende begynte hun å løsne på teipen. Ella stakk hånden i Celestes veske og tok opp noe hun straks skjulte bak ryggen.

– Takk, sa han. – Takk. Det er så forferdelig smertefullt.

– Stakkars, stakkars deg, sa Ella. – Men vi tror du har forstått nå.

Jenna fortsatte å fjerne ett og ett lag. Teipen satt hardt, så det tok tid. Cato Mathiassen lå stille, stønnet bare innimellom og kastet med jevne mellomrom takknemlige blikk til Jenna.

– Er det denne armen som gjør vondt? spurte Jenna mens hun fiklet med teipen på den høyre hånden hans.

– Ja, sa Cato Mathiassen. Han hadde åpenbart store smerter.

– Nå er jeg straks ferdig, sa Jenna. Hun kikket fort opp mot Ella, som nikket. Alt i orden.

I samme sekund som hendene hans var frie, grep han rundt Jennas ankel med den ene hånden mens han slo til henne i ansiktet med den andre.

– Jævla fittekjerringer, skrek han. – Hva er det dere tror dere er?

Om natten, da Frøydis satt ved kjøkkenbordet med en kopp kakao og Godiva-trøfler, som hun én etter én dyppet i kakaoen, kunne hun ikke la være å klandre seg selv. Hun hadde forutsett at Cato Mathiassen kom til å handle som han gjorde. Hun hadde regnet med at han kom til å prøve seg på noe så snart han fikk muligheten. Jenna hadde meldt seg som frivillig. Jeg er størst og sterkest, og jeg tåler en trøkk, sa hun. Ella skulle stå klar med kamera.

Frøydis tok en trøffelkule til, dyppet den i koppen og slikket av det ytterste laget av halvsmeltet, fet sjokolade.

440

Han måtte jo ha visst at han ikke ville klare å overmanne oss alle, han var jo ennå sammenteipet rundt anklene, lenket til sofaen. Han måtte ha visst, og likevel. Hun hadde regnet med at han ikke ville klare å undertrykke kvinnehatet, forakten eller hva det nå var, men hun hadde ikke forstått hvor sterk han var. Det ene håndleddet hennes var blåsvart og verket når hun rørte armen. Jenna hadde det gått enda verre med. Fru Næss ventet på det siste signalet fra Frøydis. Det kom aldri. Det var bra hun hadde hatt med seg førstehjelpsskrinet.

Alle fire hadde begynt å skrike. Jenna hadde falt, og hetten hennes gled av: Jennas ansikt var tilsølt med blod, og fra nesen hennes rant det ennå. Det lyste fra lampen rett i ansiktet hennes. Det var blankt og rødt som en maske, og et øyeblikk trodde Frøydis at hun var død. Hun lå stille på gulvet, og Cato Mathiassen holdt fremdeles ankelen hennes. Kameraet lå knust under en stol. Jenna ynket seg, og det var akkurat som den lyden vekket Frøydis. Hun sparket Cato Mathiassens hånd så hardt hun kunne, men passet seg for ikke å sparke Jennas ankel samtidig. Det hjalp ikke, men nå våknet Ella og Celeste også, og sammen fikk de frigjort Jenna og slept henne bort fra Cato Mathiassen. Så satte de i gang å teipe sammen håndleddene hans igjen. Han klarte å klore Ella oppover armene, og han tok tak rundt Frøydis' håndledd og vred så hardt at hun trodde det skulle brekke. Akkurat da kom fru Næss marsjerende inn i stuen, som den reneste *deus ex machina*. Ella og Celeste rakk ikke å bli overrasket over at hun var der før hun dundret den lille, hvite metallkofferten hun holdt i hånden, rett i Cato Mathiassens hake. Da slapp han. Hele tiden kom det en strøm av skjellsord ut av munnen hans. Forbannede horer! Fitter! Måtte dere brenne i helvetet. Celeste, ditt jævla enbrystede misfoster!

Da de hadde bundet ham og forsikret seg om at han ikke på noen måte kunne nå dem, begynte de å teipe igjen munnen hans. Ella unngikk så vidt å bli bitt. Fru Næss gav ham en kilevink så han ble liggende stille, men munnen hans fortsatte å pøse ut forbannelser og skjellsord. Det siste han sa, var at Celeste ikke engang hadde lykkes i det eneste som var kvinnens oppgave: Hun hadde jommen ikke klart å føde et normalt barn. Fy faen for en fiasko! De arbeidet uten å si noe, og det ble vidunderlig stille da munnen hans igjen var forseglet.

Fru Næss hadde sittet på kne ved siden Jenna, tørket henne i ansiktet, dyttet vatt opp i nesen hennes og plastret sammen et kutt hun hadde fått i pannen. Nå stod Jenna og fru Næss side om side og kikket ned på ham. Frøydis hadde plukket opp saksen fra stuebordet igjen og klippet med den foran ansiktet hans. Han stirret på henne, og Frøydis kunne se hvordan pupillene hans utvidet seg.

– Hvis noe skjer med Celeste eller en av oss andre, så vet du nå hva vi gjør med deg, sa Frøydis.

Det var da Celeste gikk bort til Frøydis. Hun stod et øyeblikk og så fra Frøydis til Cato Mathiassen og tilbake igjen, så nappet hun saksen ut av hendene til Frøydis. Saksen, den blanke saksen de hadde brukt da de friserte Herman Høstmark. Nå lå den i Celestes hånd. Hun løftet hånden med saksen, lot ham se på den, ikke gå glipp av noen detaljer: det blanke stålet, fjæringen som gav ekstra klippekraft, den nyslipte eggen på den ene siden, den taggete eggen på den andre. Hun førte de oransje håndtakene sammen og pekte med spissen av saksen mot hendene hans.

– Det var her vi var før vi ble avbrutt, sa hun. – Jeg tror vi akkurat hadde spurt deg om det ikke medførte riktighet at du liker å spille klaver for vakre kvinner. Var det ikke der vi var?

Cato Mathiassen nikket. Det rykket i det ene øyenlokket hans. Det hvite i øynene hans var blitt rødaktig og matt. Celeste tok saksen enda nærmere de sammenbundne hendene hans. Han prøvde å rykke armene til seg, men lenken var så kort at det ikke lot seg gjøre. Han krummet fingrene, neglene krafset mot skjortestoffet. Føttene hans begynte igjen å tromme mot gulvet. Han beveget hodet, virret med øynene, men gaffateipen hindret ham effektivt i å si noe, innestengt pistring fra dypt nede i halsen hans hørtes. Som en vettskremt, morløs valp, tenkte Ella.

Celeste nikket. De tre andre kvinnene tvang fingrene på den høyre hånden flate langs kroppen hans.

– Hold hånden i ro, kommanderte hun.

Cato Mathiassen så på henne. Pupillene hans dekket nesten iris.

– Ellers kan det jo hende at jeg uten å mene det stikker deg i magen med saksen, la Celeste søtt til. – Og det vil du vel ikke?

Hun lot saksens blader gli fra hverandre, senket den ned mot den høyre hånden hans. Hun strøk saksen mot håndbaken, metallet kjælte huden hans. Hun var i sin egen verden, sin egen melkehvite verden. Saksen svevet over kroppen hans, kom knapt nær ham. Han utstøtte et stønn, hun enset det ikke. Som i transe tegnet hun et mønster på underarmen hans. Så rettet hun seg opp, tempoet skiftet, hun lot det ene bladet rutsje lekent over fingrene hans, som et barn som tankeløst drar en kjepp langs et stakittgjerde. Hun siktet seg inn på lillefingeren, stoppet opp, betraktet oppmerksomt ansiktet hans, som var blitt vått av svette. Øynene hans var lukkede. Så snudde hun seg mot de tre andre:

– Nå. Jeg gjør det nå.

Ella sa:

– Celeste, tenk deg om.

Det gikk noen rykninger gjennom Cato Mathiassens hånd.

– Du må ikke bevege deg, advarte Celeste. – Du vil vel ikke at jeg skal bomme og ta mer enn én finger?

– Ikke gjør det, Celeste, sa Jenna.

Cato Mathiassen åpnet øynene, så rett på Frøydis. Celeste hadde lukket den skarpe saksen rundt lillefingeren hans. Hånden hans lå igjen urørlig med sprikende, stramme fingre.

– Celeste, begynte Frøydis. Stemmen hennes var bestemt. – Vi gjør det ikke denne gangen.

Og så la hun til, henvendt til Cato Mathiassen:

– Om du ikke har forstått det før, så forstår du i det minste nå, hva vi er i stand til å gjøre. Hvis du så mye som tenker på å nærme deg Celeste igjen, eller noen av oss andre, nøler vi ikke. Da forsvinner fingeren din.

Celeste reagerte ikke, saksen stod fremdeles i samme posisjon, tvers over Cato Mathiassens ene lillefinger. Bladene hadde skåret seg så vidt inn i huden hans, og en enkelt bloddråpe lå på det ene bladet.

– Celeste! La ham være, sa Frøydis igjen. Celeste rørte seg ikke.

Frøydis nikket til Ella og Jenna. Ella tok tak i Celeste bakfra, holdt henne fast mens Jenna vred saksen ut av hendene hennes.

Celeste frigjorde seg fra Ellas grep, snurret seg elegant

444

rundt som en rasende ballettdanserinne og trev saksen fra Jenna. Hun holdt den truende opp foran seg.

– En finger, sa hun. – En liten finger?

Hun førte saksen nedover kroppen hans, lot den trippe nedover magen, som nå var blottlagt. De tre andre stod og så på.

Hun kjenner hvor tungt han puster. Føttene hans har sluttet å tromme mot parketten. Hun bruker den venstre hånden til å løsne beltespennen, hun knepper opp gylfen hans med vante bevegelser, lemper ut kjønnsorganet. Hun tar tak i saksen med begge hender, åpner den, plasserer den overskrevs på Cato Mathiassens kjønn. Da ser hun det, og hun forstår ikke at hun ikke har sett det før: Saksen ser ut som en skrevende kvinne, en kvinne med oransje kjole, med sprikende ben, balanserende med tærne ut til hver side.

Epilogus

Foreløpig var de bare fire. Frøydis satt i Jennas trehvite gyngestol. Fru Næss hadde plassert seg mellom Jenna og Ella i sofaen. I vinduskarmen satt det en gjenglemt nisse. På bordet foran dem stod det en blomstermønstret termokanne med kaffe og en keramikkanne med te. Det lå en kringle på et fat, en diger kringle, med melisglasur og hakkete mandler, den var usedvanlig flat til kringle å være og hang utover kantene på fatet.

– Den ville ikke heve, sa Jenna unnskyldende. – Som oftest ender det med at jeg gjør det samme med mat som romerne gjorde med Kartago.

Ella og fru Næss lo høyt.

– Den er sikkert god, selv om den har utseendet mot seg, trøstet Ella. – Har dere hatt en fin jul? Er det noe nytt på gang? Noen av oss som er blitt utsatt for noen vi bør gi en aldri så liten lærepenge?

– Den kringlen minner meg om Cato Mathiassen som hang slapt ut av trillebåren, sa Frøydis.

– Ikke noe å melde fra min side, svarte Jenna. – Jo takk, det var en fin jul her i gården, stille og rolig. Julia og jeg bakte 112 pepperkakekoner. Halvparten ble brent, men vi kamuflerte brannskadene med store mengder glasur.

– Jeg har fått en henvendelse, sa Frøydis. Hun hadde

egentlig bestemt seg for å vente med å si det til alle var på plass, men nå klarte hun ikke å holde seg lenger.

– En henvendelse? gjentok Ella.

– Hva mener du? spurte Jenna.

– Fra en utenforstående, svarte Frøydis. Det var umulig å høre på stemmen hennes hva hun mente om saken. Var hun sjokkert? Redd, kanskje? Stolt? Ella så undersøkende på henne. Frøydis' ansikt røpet ingenting.

– Jeg skjønner ikke, sa Ella. – En utenforstående?

– Vi venter på Celeste, så skal jeg fortelle alt, sa Frøydis med like rolig stemme. Men så satte hun i gang å gynge så meiene hvinte mot gulvet.

I det samme kom Celeste andpusten inn i rommet. Hun var rød i kinnene og på nesen, hadde snø på kåpe-skuldrene og på håret, selv i øyenvippene satt det et par fnugg.

– Det var åpent nede, så jeg bare gikk inn. Dere aner ikke!

– Nei, det gjør vi ikke. Hva har skjedd? Kringle?

– Nei takk. Men litt te. Få låne PC-en din, Jenna.

Celeste slapp kåpen rett ned på gulvet. Støvlettene hadde hun fremdeles på. Snøen smeltet sakte og laget våte flekker. Hun dumpet ned på en puff med Jennas bærbare PC i fanget. Hun skrev på tastaturet, trykket, ventet og skrev igjen. Ingen sa noe, alle så på henne.

– Her, sa hun etter en kort stund. – Se her, jenter!

De lente seg mot datamaskinen, som Celeste satte fra seg på bordet. Frøydis hadde reist seg fra gyngestolen og stod foroverbøyd med en hånd på bordplaten.

– Det er jo bildene fra skirennet, sa Frøydis, og hun måtte smile. – Huff, se på de selvgode, tilsølte grisene.

– Og se her, sa Celeste og trykket på et videoklipp.

Det var Edmund Benewitz-Nielsen som med stor overvinnelse fortalte reporteren fra Dagsrevyen at han gledet seg til at arkeologene skulle begynne å grave på eiendommen hans.

– Stakkar, sa Jenna og lo. – Har de satt i gang forresten?

– Nei, bare med noen forundersøkelser, svarte Ella. – Arkeologene er visst ikke overbevist om at de finner mer enn den ene øksen. Men hvorfor …

– Ja, der kan jo arkeologene ha et poeng, avbrøt Frøydis henne uten å legge merke til det. – Men Edmund Benewitz-Nielsen fikk så det holdt, uansett om de raserer hagen hans eller ikke.

Så stoppet hun opp:

– Hvordan kan det ha seg at Edmund Benewitz-Nielsen og mine kolleger i Kvervik befinner seg på én og samme nettside?

– Nettopp, sa Ella. – Det vil jeg gjerne vite også.

– Noen som tør smake på kringlen?

– Jeg smaker gjerne, sa fru Næss.

– Ja takk, sa Frøydis.

– Det er ikke alt, sa Celeste. – Hold dere fast!

Hun klikket, og på skjermen dukket det opp et stort bilde av Dag Martin Martinsen på seierspallen. Tvers over bildet stod det «Tatt for dop» med røde bokstaver.

– Hva slags side er dette? spurte Frøydis. Hun hadde rettet seg opp, satt hendene i siden. Stemmen hennes skalv. Huden under haken dirret.

Jenna hadde tatt maskinen fra bordet og holdt den på fanget, hendene hennes beveget seg raskt over tastaturet:

– Det ser ut som en blogg. Til en som kaller seg Tigerinnene.

– Dette liker jeg ikke, sa Frøydis.

– Mystisk, sa Jenna drømmende. – Jeg liker at det er mystisk.

– Hvis det står Tigerinnene, i pluralis, så er det vel mer enn én, påpekte Ella.

– Hvordan oppdaget du den siden? spurte fru Næss.
– Kringlen har god smak, den. Man må bare tenke utenfor de sedvanlige banene: Den må nemlig ikke tygges, den må suges på.

– Jeg oppdaget ikke noe som helst, svarte Celeste. Stemmen hennes skingret en tanke. – Like før jeg skulle gå i dag, så plinget det inn en e-post med beskjed om å gå inn på denne siden.

– Nå må vi roe oss ned, sa fru Næss. – Spise litt, tenke, ikke miste fatningen.

– Skal jeg hente noe spiselig og mykt? foreslo Jenna.
– Jeg har en kartong sjokoladepudding i kjøleskapet.

– Det høres godt ut, sa fru Næss. – Hvem var e-posten fra, da?

– En hotmail-adresse. Fingert navn. Rhamnousia.

– Det er et annet navn for Nemesis, sa Ella.

Jenna kom tilbake med sjokoladepuddingkartongen, fem skåler, fem skjeer og en saks. En saks med oransje plasthåndtak. Hun klippet opp kartongen og tøt ut passende stykker til fru Næss, Frøydis og seg selv.

– Jeg setter skålene her i tilfelle dere ombestemmer dere.

– Hvordan er det med moren din nå? spurte fru Næss, stakk skjeen i munnen.

– Jo, fint, sa Jenna. – Men hun snakker ustoppelig om at hun ikke skulle ha sovnet. Hvis hun ikke hadde sovnet, så ville ikke jeg ha blitt skadet, sier hun.

– Jaha? sa Frøydis.

– Hun så meg dessverre da jeg kom hjem fra Cato Mathiassen den natten. Hun hørte meg og kom ut i gangen. Alt blander seg sammen i hodet hennes. Da hun hørte dere skulle komme hit i dag, satte hun i gang med noen voldsomme forberedelser. Hun fant frem runebommen, og jeg tror hun til og med har lånt kappen min.

– Runebommen? sa Ella.

– Ja, en av de tidligere Hilmarsen-heksene var sjaman, svarte Jenna. Hun var helt alvorlig, men da Ella trakk pusten for å si noe, blunket hun til henne. Ella tidde.

– Heks eller ikke heks, sa Frøydis. – Kan vi ikke komme til bunns i dette. Rhamnousia. Tigerinnene. Jeg liker det ikke. Jenna, kan ikke du …?

Jenna nikket og plasserte igjen maskinen på fanget sitt.

– Oi. Vet dere hvem denne fyren er? utbrøt hun etter bare noen sekunders klikking. Hun hadde funnet frem til et bilde av en mann. Han hadde bølgete hår og briller med mørk innfatning, en blek kulemage og et hundehalsbånd i sort lær med lange, aggressive metallpigger rundt hele. De så på ham, ristet på hodet.

– Nei, heldigvis, smilte Celeste.

– Ingen i min bekjentskapskrets heller, sa Ella.

– Det er vel en viss mulighet for at han pleier å gå kledd i noe annet, sa Jenna.

Fru Næss undertrykte et fnis. Selv Frøydis lo så smått.

– Dette er et slags diskusjonsforum, sa Jenna. – Ikke en blogg. Det er flere innom som poster beskjeder og kommentarer, legger ut bilder og videosnutter. Alt later til å handle om menn. Her står det om en som nekter å betale barnebidrag. Det er sikkert ti–tolv bilder her. Vent litt! Ham har jeg da sett i avisen. Politiker, er han ikke?

450

– Få se, sa Ella. Hun myste mot skjermen. – Jo, han er ordfører eller noe sånt på Sørlandet et sted.

– Håper han ikke gjør akkurat det der når han har på seg ordførerkjedet, sa fru Næss tørt.

– Du har ennå ikke sagt hva som stod i den forespørselen du fikk, sa Jenna.

– Nei, sa Frøydis. Hun tok saksen opp fra bordet. Klippet prøvende med den i luften. – Hva tror dere Cato Mathiassen gjør akkurat nå?

– Forespørsel? gjentok Celeste. – Hva slags forespørsel?

– Jeg tenkte også akkurat på Cato Mathiassen, sa Jenna.

– Han sitter vel hjemme og drikker vin, svarte Ella og prøvde å smile.

– Hvis han da ikke spiller klaver, sa Frøydis bittert. – Eller ligger med en kvinne han akkurat har banket opp.

– Tror du …, begynte fru Næss.

– Ja, svarte Frøydis før hun fikk fullført. – Jeg tror dessverre vi må anse aksjonen mot Cato Mathiassen som bare halvt vellykket.

– Vi har i det minste ødelagt hans forhold til Haydn, sa Celeste stille.

– Å ja, det har vi. Og grundig også, sa Frøydis, og fort la hun til: – Og selvsagt kommer han aldri til å våge å prøve seg på noen av oss.

– Dere oppførte dere slik han oppfører seg, og det er vel det eneste språket han forstår, sa fru Næss.

– Han lot seg lure, sa Ella. – Du var skummelt god, Celeste.

– Jeg likte det godt, sa Celeste sakte. – Det var berusende deilig å late som om jeg faktisk kunne tenke meg å bruke den saksen.

451

– Det lyste av øynene dine, lo Frøydis. – Et øyeblikk trodde jeg nesten du skulle gjøre det!

– Et øyeblikk hadde jeg også lyst.

– Han har fått respekt for oss, sa Jenna. – Men det var utgjort at vi skulle mislykkes med å ta bilde av ham. Et bilde av Cato Mathiassen mens hans slo meg. Det hadde vært et sterkt pressmiddel. Da ville han aldri mer ha turt å legge en hånd på noen. Men det kameraet var aldeles i fillebiter. Han knuste det med bare nevene.

– Tilbake til nettstedet, sukket Frøydis. – Jeg blir bare sur av å snakke om Cato Mathiassen. La meg se én gang til på de bildene av mine bredbente mannlige kolleger i forhenværende hvite skidresser.

Fru Næss smilte fornøyd og forsynte seg med enda en porsjon sjokoladepudding.

– Men hvordan har de fått tak i bildene fra skirennet ..., begynte Ella.

– De var effektivt spredd på nettet allerede, sa Jenna. – Jeg sendte dem jo til et utvalg kvinner i Kvervik. Antagelig er det noen i Kvervik som har lagt ut bildet av Dag Martin Martinsen også.

– Men ...

– Det hjalp, sa Frøydis. – Jeg får nesten lyst til å le litt.

– Men, fortsatte Ella, – hva med Edmund Benewitz-Nielsen? Jeg skjønner at det bare er å kopiere det fra NRKs sider, men hvordan kan noen vite at han har vært utsatt for en hevn?

– Nettopp! Hvordan vet noen det? sa Frøydis og spratt opp. – I dag fikk jeg en sms fra et nummer det var umulig å finne ut hvem som eide.

– Så det var forespørselen? spurte Celeste.

– Et øyeblikk, her er den, sa Frøydis og leste tekstmeldingen høyt: – «Jeg har en bekjent som trenger en oppstrammer, vil gjerne ha noen tips.»

– Noen vet tydeligvis om oss.

– Jeg liker det ikke, sa Frøydis, for minst tredje gang.

– Jeg liker det veldig godt. Dette er svinaktig bra, sa fru Næss. – Det er ingenting å frykte. Er det ikke dette vi vil?

– Kanskje vi kunne gjøre som håndverkerne, lo Celeste. – Vi kunne starte et anbudstorg på nett der fortvilte kvinner legger ut sine ønsker om hevnaksjoner, og så kan andre kvinner komme med tilbud om på hvilken måte de kan bidra.

I samme øyeblikk hørtes et dempet brak fra etasjen under. Jenna reiste seg med PC-en i favnen, stod på spranget ned. Julia, som hadde kommet ut fra rommet sitt, var raskere: – Jeg løper ned og sjekker, mamma.

Jenna fortsatte å undersøke nettstedet, litt ukonsentrert, tydelig opptatt av hva som kunne ha skjedd med moren.

– Mye bra her, mumlet hun. – Stilig nettsted.

– Jenter, se her, ropte hun plutselig. – Dette tror jeg vi bør ta en kikk på.

– Hva er det? spurte Ella og bøyde seg frem for å se bedre.

– Et opptak av Cato Mathiassen. Og det ble lagt ut *akkurat nå*.

– Nå? gjentok Frøydis.

– Hva, hvisket Celeste, og halsen hennes var blitt så trang at ordene nesten ikke kom ut.

Jenna trykket på det hvite triangelet som igangsatte videoen. Selv om filmen var skurrete og uklar, var det ikke vanskelig å se at det var psykologspesialist Cato Mathiassen, spaltisten, forfatteren av *Kjærlighetens instrumenter*, som dengte løs på en sped, gråtende kvinne med et langt

453

perlekjede om halsen. Kvinnens ansikt var utydelig, men kameraet hadde fanget opp Cato Mathiassen.

Celeste svelget, måtte tvinge seg til å se ferdig.

– Herregud, sa Ella sjokkert da det var over.

– Hvem har …? begynte Frøydis.

– Kanskje er det hun på filmen som selv har lagt det ut, svarte fru Næss. – Eller kanskje denne … Rhamnousia har hjulpet henne?

– Den psykologbevillingen har han ikke lenge, sa Ella. – Vi vant til slutt. Kjerringer, vi vant til slutt!

– Jeg aner ikke hvordan, sa Frøydis og smilte, – men vi har vunnet!

– Hysj, sa Jenna.

Julia kom gående over stuegulvet. Det var første gang de andre kvinnene så henne ordentlig. Hun smilte, skakket på hodet og så på hver av dem etter tur, nikket og sa:

– Så hyggelig å hilse på dere. Endelig! Mamma har fortalt om dere.

– Bare pene ting, håper jeg, sa Celeste, for spøk.

– Å ja, sa Julia alvorlig. – Nesten iallfall.

Så sa hun, henvendt til moren:

– Alt var bra med mormor. Hun hadde plassert den store runebommen oppå spisebordet, og så hadde den visst ramlet ned.

– Jaha, sa Jenna. – Ja vel. Hva i all verden er det hun holder på med?

– Aner ikke, sa Julia. Hun var allerede halvveis over gulvet, på vei inn til sitt eget rom. Hun snudde seg: – Mamma, jeg skulle forresten hilse deg og si at nå var alt i orden med keiseren. Hun hadde endelig fått utført det hun hadde planlagt. Det som gikk galt da hun sovnet.

Hun smilte en siste gang og lukket døren forsiktig inn til rommet sitt. Jenna ble sittende og stirre på døren før hun igjen så mot de fire kvinnene. Ingen sa noe. Så brøt det løs, de fem kvinnene satte i gang i ett og samme sekund: Jenna lo dypt og buldrende, helt nede fra magen, det ene latterskrallet avløste det andre. Samtidig som hun lo, klasket hun begge håndflatene taktfast i bordet. Fru Næss slo seg på lårene og knegget som en munter hoppe. Celeste klamret seg til Ella og utstøtte vekselvis hikst og latterbrøl. Frøydis bøyde hodet bakover, latteren hennes var pikeaktig, intens og umulig å ikke bli smittet av. Og som om hun syntes at latteren ikke lagde nok støy, stampet hun føttene i gulvet, så det lød som et helt trommebatteri. Ellas sølvklare klokkelatter ringlet over dem alle. De lo høyere og lenger enn de noensinne før hadde ledd. Og hvis den ene et øyeblikk sluttet, for å trekke pusten eller hvile magemusklene, kompenserte de andre fire ved å le desto høyere inntil de igjen lo femstemt.

Inne på rommet sitt stod Julia midt på gulvet, lyttet til latteren og smilte. I etasjen under hadde Johanna sovnet.

– Hva lo vi av? fniste Celeste. Hun var slapp i armer og ben og hang ennå halvveis over Ella. – Aner ikke, lo Ella. Ansiktet hennes skinte av lattertårer.

– Vi lo fordi fru Næss hadde rett, forklarte Frøydis. Hun var andpusten og fremdeles lattermild. Hun reiste seg og gikk bort til fru Næss, la hendene sine på hennes skuldre. – Jeg forstår ennå ikke alt, men du har rett: Dette er svinaktig bra.

– Dette er begynnelsen til noe stort. *Cítius, áltius, fórtius*, deklamerte Jenna, og for hvert av de tre ordene slo hun hendene i bordet så det smalt.

– Jeg har et forslag, lo fru Næss henrykt. – La oss lage fest på Solheim når fru Hilmarsen er flyttet inn.

– Genial idé, sa Celeste, og så eksploderte hun i et nytt hikstende latteranfall: – Vi kan ha mannlige servitører i bar overkropp. Vi kan servere cosmo til de gamle!

Jennas panne og kinn var tyttebærfargede, og nå satt hun og blåste i luggen sin. Over hele kroppen var huden dekket av en hinne med svette selv om hun hadde tatt av seg jakken, men for en gangs skyld syntes hun ikke det var plagsomt. Hun var varm, trygg, sorgløs:

– Jeg er sikker på at hun med den vinrøde morgenkåpen vil elske det, smilte hun. – Og det vil moren min også.

– Også den drinken som smakte så nydelig: Sex on the Beach. Vi skal fortsette å straffe menn som fortjener det; vi skal også feire modige kvinner, ropte fru Næss.

Takk – som alltid – til Kari.
Takk til Christine og Anne.
Takk også til Kristin,
til Ingvild, Helle, Eli-Ann, mamma, Irene, Parisa.
… og til noen menn:
Ingolv, Per.

Mye av det som handler om latin i denne boken, har
jeg lært av Tor Ivar Østmoe. Jeg har stjålet en del fakta
direkte fra hans bok *Latin for gud og hvermann*, og Tor
Ivar har dessuten hjulpet meg med alle replikkene på latin.
Tusen takk! Vårt samarbeid har resultert i boken *Latin
for begynnere* på Kagge forlag. På én måte kan man si
at det er den læreboken Ella bruker når hun underviser
Celeste, Frøydis og Jenna.

Takk også til Thea Selliaas Thorsen, som har kommet med
innspill om blant annet romerske hevner.

Litteraturliste

Janson, Tore: *Latin. Kulturen, historien, språket*, Pax 2004

Hafting, Christin: *Latin som lever*, Aschehoug 1983

Mount, Harry: *Amo, amas, amat and all that. How to become a Latin lover*, Short Books 2006

Roggen, Vibeke: *Jo visst kan du gresk og latin*, Pax 2010

Roggen, Vibeke, Rolf Hesse og Gudrun Haastrup: *Omnibvs 1*, Aschehoug 2003

Roggen, Vibeke og Hilde Sejersted: *Latinen lenge leve!* Pax 2011

Thorsen, Thea Selliaas: *Kom ikke uten begjær*, Gyldendal 2011

Østmoe, Tor Ivar: *Latin for gud og hvermann*, Kunnskapsforlaget 2005

Oversatte sitater

Sitatet på side 345 er fra *Catullus samlede dikt* (dikt nr. 63), Tiden 1996, gjendiktet til norsk ved Johann Grip og Henning Hagerup.

Sitatet på side 367 er fra Ovid: *Ars armandi – kunsten å elske*, Gyldendal 2006, gjendiktet av Thea Selliaas Thorsen.

Uoversatte latinske sitater, ord og uttrykk

Hae feminae vincent mares – Slike kvinner vil beseire menn.

Prologus

Lectio I: In médias res – Rett på sak

Omen non accípio – Jeg godtar ikke varselet.

Mihi nomen est Ella – Mitt navn er Ella.

Mensa rotunda – Rundt bord (fra *Gift* av Alexander Kielland)

Habeo filiam – Jeg har en datter.

Mox Nox – Snart kommer natten.

Lectio II: Nunc est bibendum – Nå skal det drikkes. (Horats)

In vino veritas – I vin er sannhet.

Álius est Amor, álius Cupído – Kjærlighet er én ting, begjær en annen.

Ásinus ásimum fricat – Det ene eselet gnir det andre.

Lectio III: Memento mori – Husk at du skal dø.

Nihil sub sole novum – Intet nytt under solen

Jacta álea est – Terningen er kastet. (Cæsar)

Lectio IV: Pia desidéria. Pia fraus. – Fromme ønsker. Fromt bedrag.

Quod différtur, non aufértur – Det som utsettes, utslettes ikke.

Lectio V: Sui amans, sine rivali – En som elsker seg selv, uten rival (Cicero)

459

Alma Mater – nærende mor (brukt om universiteter)

Lectio VI: Naturália non sunt túrpia – Naturlige ting er ikke noe å skamme seg over.

Lectio VII: Victoria concordia crescit – Samhold gir seier.

Fama volat – Ryktet flyr.

Acta est fábula, pláudite – Stykket er slutt, applauder!

Lectio VIII: Ad arma – Til våpen!

Quantum satis – En tilstrekkelig mengde

Lectio IX: Terra incógnita – Ukjent land

Ista quidem vis est – Dette er jo vold. (Cæsar)

Cui bono? – Til gode for hvem?

Declino ergo sum – Jeg bøyer, altså er jeg. (*Conjugato ergo sum* er ikke riktig latin).

Inter arma silent leges – Blant våpnene tier lovene.

Lectio X: Clavam extórquere Hérculi – Fravriste Herkules hans kølle (Vergil)

Mundus vult decipi – Verden vil bedras.

Lectio XI: Causa belli – Krigens årsak

Quot capita tot sensus – Hvert hode sin mening

Gallia est omnis divisa in partes tres, quarum unam íncolunt Belgae, áliam Aquitani, tértiam qui ipsorum lingua Celtae, nostra Galli appellantur. – Hele Gallia er delt inn i tre deler, en som er bebodd av belgiere, aquitaniere en annen som i deres eget språk er kalt *Celtae*, i vårt Gallia.

Lectio XII: Consummatum est – Det er fullendt.

Audére est fácere – Å våge er å gjøre.

Epilogus:

Cítius, áltius, fórtius – Raskere, høyere, sterkere (mottoet for OL)